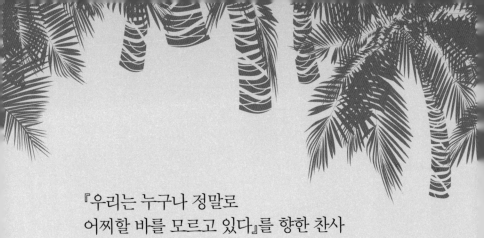

『우리는 누구나 정말로
어찌할 바를 모르고 있다』를 향한 찬사

★ 파울러가 최고의 진가를 발휘했다. _《시애틀 타임스》

★ 책을 읽고 나서 이렇게 울컥한 게 얼마 만인가. 눈물을 흘리며 새벽 3시에 책장을 덮었고, 다음 날 아침에 마지막 부분을 다시 읽으며 또다시 울음을 터뜨렸다.

_루스 오제키(『현재 이야기|A Tale for the Time Being』 저자)

★ 이토록 흥미진진하고 은근슬쩍 강렬한 소설이라니 독자들의 관심을 한 몸에 받아 마땅하다. 신선한 어휘와 종횡무진 내달리는 줄거리는 코미디를 지향하지만 진지한 존재 이유를 잊어버리는 법이 없다. 가슴속 깊이 상실감을 아로새긴 채 집요하게 진실을 파헤쳐가는, 그리고 마치 거울을 들여다보듯 서로를 마주보며 성장해나가는 모든 가족들에 관한 이야기다.

_바버라 킹솔버, 《뉴욕 타임스 북리뷰》

★ 이 소설의 위치는 심리 스릴러와 과학 논문과 성장 소설이라는, 언뜻 보기에는 성립할 수 없을 듯한 조합의 중간 어디쯤이다. 하지만 파울러는 특유의 위트와 환상적인 솜씨로 이 복잡한 조합을 무리 없이 소화한다.

_《USA 투데이》

★ 소설 속 화자인 로즈메리의 음성은 여리고 화가 났고 놀라우리만치 솔직하다. 기법이나 지적인 면에서는 복잡하지만 감정적인 면에서는 흡인력이 대단한 작품이다.

_《커커스 리뷰》

★ 익명으로 조심스럽게 펼쳐지는 비밀스러운 이야기가 처음에는 전형적인 가족 이야기처럼 느껴지지만 사실은 정반대다. 분위기는 기분 좋게 유쾌하지만 내용은 충격적이다.

_앨리스 시볼드(『러블리 본즈 The Lovely Bones』 저자)

★ 강렬하고 불편한 소설…… 인간의 감정 깊숙이 파고들어 비극적인 사랑 이야기로 독자들의 마음을 사로잡는다.
_《라이브러리 저널》

★ 동물과 인간의 경계를 무너뜨리는 것이 감상적인 헛소리이자 신에 대한 모독이라고 생각했던 독자라면 파울러의 전복적인 소설을 읽고 다시금 고민하게 될 것이다.
_《프레시 에어》

★ 아주 그럴듯하고 절대적으로 있음 직한 이야기다. 유쾌하고 감동적이며 흥미진진한 동시에 과학사의 수치스러운 일부분을 눈 하나 깜빡하지 않고 되짚는 중요한 작품이다.

_메리 도리아 러셀(『스패로 The Sparrow』 저자)

★ 용감하고 대담하며 충격적인 이 소설을 읽고 나면 좋은 의미에서 그리고 나쁜 의미에서 인간이라는 존재에 대해 다시금 생각하게 된다.
_《마이애미 헤럴드》

우리는 누구나 정말로
어찌할 바를 모르고 있다

우리는 누구나 정말로
어찌할 바를 모르고 있다

WE ARE ALL COMPLETELY
BESIDE OURSELVES

캐런 조이 파울러 장편소설
이은선 옮김

현대문학

차 례

책과 동물의 수호자이자
양쪽 방면에서 나의 영웅이었던
멋진 웬디 웨일을 추억하며

일러두기

1. 본문 중 굵은 글씨는 저자가 강조한 것입니다.
2. 본문의 주는 모두 옮긴이 주입니다.

……나의 유인원 시절은 여러분의 유인원 시절—여러분도 그 비슷한 시절을 거쳤다는 가정 아래—못지않게 머나먼 과거의 이야기입니다. 하지만 그 시절의 경험이 조그만 침팬지에서부터 위대한 아킬레우스에 이르기까지 이 땅 위를 걷는 모든 이들의 발뒤꿈치를 간질이고 있죠.

—프란츠 카프카, 「어느 학술원에 보내는 보고서」

프롤로그

나를 아는 사람들은 내가 어렸을 때 엄청난 수다쟁이였다고 하면 깜짝 놀랄 것이다. 두 살 때 내 모습을 촬영한 홈 비디오를 보면 구식이라 소리도 나지 않고 이제는 색도 많이 바랬지만—하늘은 하얗고 내가 신은 빨간색 운동화는 마치 유령처럼 희미한 분홍색이다—내가 예전에 얼마나 말이 많았는지 알 수 있다.

나는 자갈이 깔린 우리 집 앞 진입로에서 돌멩이를 하나씩 주워서 커다란 양철 빨래통에 넣고 다시 돌아가서 또 한 개 집어 오는 과정을 반복하며 일종의 조경 공사를 하고 있다. 열심히 왔다 갔다 하지만 다분히 과시적이다. 눈은 무성영화 속 주인공처럼 휘둥그레 뜬다. 깨끗한 석영 조각을 들고 감탄하며 바라보다 입속에 넣어서 한쪽 볼을 불룩하게 만들기도 한다.

어머니가 등장해 석영을 뺏는다. 그런 다음 어머니는 화면 밖으로 사라지지만 내가 뭐라고 강력하게 주장하자—제스처를 보면 그렇다는 것을 알 수 있다—다시 화면 속으로 들어와서 돌을 빨래통에 넣는다. 비디오를 촬영한 5분 동안 나는 쉴 새 없이 입을 놀린다.

몇 년 뒤에 어머니는 어떤 집의 언니가 말을 하면 입에서 두꺼비와 뱀이 튀어나오고 동생이 말을 하면 꽃과 보석이 튀어나왔다는 전래동화를 읽어주었다. 그 이야기를 들었을 때 나는 어머니가 내 입속에 손을 넣어서 다이아몬드를 꺼내는 홈 비디오 속의 이 장면을 떠올렸다.

나는 어렸을 때 머리색이 옅은 노란색이었고 지금보다 예뻤는데, 비디오를 찍느라 곱게 단장을 했다. 말을 잘 안 듣는 앞머리는 물을 적셔서 한쪽으로 넘기고 모조 다이아몬드가 박힌 나비매듭 모양의 머리핀을 꽂았다. 내가 머리를 돌릴 때마다 머리핀이 햇빛을 받고 반짝인다. 내 조그만 손이 빨래통에 가득 담긴 돌멩이들을 쓰다듬는다. 이게 언젠가는 전부 다 네 것이 될 거야, 이렇게 말하고 있는 듯하다. 그게 아니라 전혀 다른 소리를 하고 있을 수도 있지만. 이 비디오의 핵심은 말, 그 자체가 아니다. 우리 부모님이 대단하게 여기는 부분은 지칠 줄도 모르고 이어지는 엄청나게 많은 말이다.

하지만 내가 입을 다물어야 할 때도 있었다. 어머니는 사람들 앞에서 갖추어야 할 예의를 가르치면서 하고 싶은 말이 두 가지 있으면 더 마음에 드는 쪽을 하나 골라서 그 이야기만 하는 게 좋다고 한 적이 있었는데, 나중에는 세 가지 가운데 하나를 고르는 것으로 수정되었다. 아버지가 잘 자라는 인사를 하려고 매일 밤마다 내 방을 찾아오면 나는 말소리만으로 아버지를 붙잡아놓고 싶어서 숨 돌릴 틈도 없이 이야기를 늘어놓았다. 아버지가 손잡이에 손을 올려놓는 게 보이면 문이 서서히 닫히기 시작했다. 나는 할 얘기가 있어요! 하고 외쳤고, 닫히던 문은 중간에서 멈추었다.

그럼 중간에서부터 시작해라. 아버지는 이렇게 대답했다. 아버지는 복도 불빛을 등지고 있어서 어두컴컴하게 보였고 어른들이 저녁이면 늘 그렇듯 피곤한 기색이었다. 문 틈새로 보이는 불빛은 거기다 대고 소원을 빌 수 있는 별빛 같았다.

앞부분은 건너뛰고 중간에서부터 시작해라.

제1부

나를 과거에서부터 몰아낸 폭풍이 잦아들었습니다.

　　　　　　　—프란츠 카프카, 「어느 학술원에 보내는 보고서」

하나

그래서 1996년 겨울을 기점으로 내 이야기의 중반부가 시작된다. 오래전에 촬영한 홈 비디오가 무슨 전조라도 됐는지, 그 무렵 우리 가족은 나, 어머니 그리고 보이지는 않지만 카메라를 잡고 있는 게 분명한 아버지, 이렇게 셋으로 줄어들었다. 1996년이면 내가 오빠를 마지막으로 본 지 10년, 언니가 사라진 지 17년째 되던 해다. 내가 굳이 이 말을 꺼내지 않았더라면 아무도 몰랐겠지만, 내 이야기의 중반부는 그들의 부재가 주요 테마다. 1996년 무렵에는 하루 종일 언니나 오빠 생각을 하지 않은 적도 많았다.

1996년. 윤년. 병자년. 결국에는 낭패를 보겠지만, 클린턴 대통령이 막 재선에 성공했다. 카불이 탈레반의 손에 넘어갔다. 사라예보 포위전이 끝났다. 찰스 황태자가 얼마 전에 다이애나 황태자비와 이혼했다.

헤일밥 혜성이 우리 하늘을 휙 지나갔다. 혜성이 지나가자마자 토성 비슷하게 생긴 물체가 보였다는 주장이 그해 11월에 처음으로 제기되었다. 복제양 돌리와 체스 전문 컴퓨터 프로그램 딥블루가 슈퍼스타였다. 화성에서 생명체의 흔적이 발견되었다. 헤일밥의 꼬리를 물고 등장한 토성 비슷하게 생긴 물체는 외계 우주선일 수 있었다. 1997년 5월에는 39명이 천국행을 꿈꾸며 자살할 예정이었다.

이런 시대적 배경을 감안했을 때 나는 얼마나 평범한가. 1996년에 나는 캘리포니아대학교 데이비스 분교를 5년째 다니고 있는 스물두 살의 대학생이었다. 3학년이었는지 4학년이었는지 모르겠지만 아무튼 학점, 학위, 필수과목, 이런 데 관심이 눈곱만큼도 없어서 조만간 졸업할 가망이 없었다. 아버지도 종종 지적했다시피 나의 공부는 깊다기보다 넓었다. 아버지에게 그 소리를 한두 번 들은 게 아니었다.

하지만 나는 서두를 이유가 없었다. 널리 존경을 받는 사람 아니면 은근히 영향력 있는 사람이 되는 것 말고는 딱히 포부가 없었고, 그 둘 중에서 어느 쪽이 좋을지 갈팡질팡했다. 뭘 전공하든 그런 사람이 될 가능성은 없어 보였으니 상관없기는 했지만.

내 학비를 대주던 부모님은 분통을 터뜨렸다. 그 무렵 어머니는 종종 짜증을 냈다. 언성을 높이며 비분강개하다니 덕분에 회춘하긴 했지만, 어머니의 그런 모습은 처음이었다. 어머니는 아버지와 나 사이에서 말을 전하고 중재하느라 지쳤다고 선포했다. 그 뒤로 아버지와 나는 거의 말을 섞지 않았다. 내 기억에 따르면 나는 그러거나 말거나 아랑곳하지 않았다. 아버지로 말할 것 같으면 대학교수이자 뼛속까지 현학자였다. 무슨 대화를 나누든 체리 속의 씨처럼 교훈이 담겨 있었다. 나는 요즘도 소크라테스식 문답법을 접하면 아무나 물고 싶어진다.

그해에는 문이 열리듯 갑작스럽게 가을이 찾아왔다. 어느 날 아침에 자전거를 타고 학교에 가는데 엄청난 캐나다 기러기 떼가 머리 위로 지나갔다. 기러기 떼를 보거나 그러지는 못했지만 요란한 끼루룩 끼루룩 소리가 위에서 들렸다. 짙은 땅안개가 벌판을 감싸고 있어서 나는 페달을 밟으며 그 사이를 뚫고 지나갔다. 땅안개는 여느 안개처럼 드문드문하거나 둥둥 떠다니지 않고 굳게 한자리를 지킨다. 남들은 보이지 않는 세상을 관통하며 위기감을 느낄지 몰라도 나는 몸 개그와 사건사고를 워낙 좋아하기 때문에—적어도 어렸을 때는 그랬다—거기서 짜릿한 쾌감을 느꼈다.

축축한 공기가 닿자 내 몸에 광을 낸 듯한 기분이 들었고 나도 철새가 된 듯 살짝 마음이 들떴다. 그러니까 도서관에서 괜찮은 남학생이 옆에 앉으면 추파를 던지거나 수업 시간에 상상의 나래를 펼칠 수 있는 심리 상태였다는 뜻이다. 나는 그 무렵, 살짝 마음이 들뜰 때가 많았다. 그런 느낌을 즐겼지만 거기에서 얻은 소득은 전혀 없었다.

점심시간이 되자 구내식당에 가서 아무거나 집어 들었다. 아마 치즈 토스트였을 것이다. 아니, 치즈 토스트였다고 하자. 나는 식당에서 옆 의자 위에 책을 얹어놓는 습관이 있었다. 호감이 가는 상대가 다가오면 얼른 치우고, 호감이 가지 않는 상대가 지나가면 접근을 차단하는 용도였다. 스물두 살이다 보니 호감의 기준이 더 이상 풋풋할 수 없었지만, 아무리 풋풋한 잣대를 들이대도 나부터가 남들에게 호감을 살 만한 유형과 한참 거리가 멀었다.

근처 테이블에 어떤 커플이 앉아 있었는데, 여학생의 언성이 점점 높아지더니 무시하려야 무시할 수 없는 지경에까지 이르렀다. "이런 썩을, 숨 쉴 공간이 필요하다고?" 그녀가 말했다. 그녀는 파란색의 짧은 티셔츠를 입고 그 위로 에인절피시 모양의 유리 펜던트가 달린 목걸이를 걸고 있었다. 길고 까만 머리를 어설프게 땋아서 등 뒤로 늘어뜨렸다. 그녀가 일어나서 한 팔로 테이블을 쓸었다. 이두박근이 예뻤다. 나도 팔이 저렇게 생겼으면 좋겠다는 생각을 했던 기억이 난다.

접시들이 바닥으로 떨어져서 깨졌다. 쏟아진 케첩과 콜라가 그 사이에서 범벅이 됐다. 당시는 어딜 가든 배경음악이 흐르고 우리의 인생 전반을 배경음악으로 설명할 수 있는 시대라(그리고 그냥 하는 말이지만, 배경음악들이 대부분 아무 생각 없이 골랐다고 하기에는 너무 얄궂다) 식당 안에서 음악이 흐르고 있었을 텐데 솔직히 기억이 나지 않는다. 어쩌면 달콤한 정적과 석쇠 위에서 치즈가 지글거리는 소리만 들렸을 수도 있다.

"어때?" 여학생이 물었다. "진정하라고 하지 마. 널 위해서 숨 쉴 공간을 만들어주고 있는 거니까." 그녀는 아예 테이블을 쓰러뜨려서 한쪽으로 내동댕이쳤다. "됐어?" 그녀는 언성을 높였다. "내 남자 친구가 좀 더 넓은 공간을 차지할 수 있게 전부 다 나가줄래? 공간이 우라지게 많이 필요하대." 그녀는 케첩과 접시 더미 위로 자기 의자를 내동댕이쳤다. 뭔가가 좀 더 깨지는 소리가 들렸고 갑자기 커피 냄새가 진동했다.

우리들은 전부 다 그 자리에 얼어붙었다. 베수비오 화산이 폭발된 후에 발견된 사람들처럼 포크를 입으로 가져가다 말고, 숟가락으로 수프를 뜨다 말고 그대로 멈추었다.

"이러지 마." 남자 친구는 딱 한 번 이렇게 말하고 더 이상 그녀를 말리지 않았다. 그녀는 지저분한 접시들이 담긴 쟁반 말고는 아무것도 없는 다른 테이블로 자리를 옮겼다. 깨질 만한 것들을 전부 다 차근차근 깨트리고, 던질 만한 것들을 전부 다 던졌다. 소금통이 바닥을 빙글빙글 돌다 내 발치에서 멎었다.

젊은 남자가 자리에서 일어나 살짝 말을 더듬으며 진정제를 먹으라고 했다. 그녀가 던진 숟가락이 그의 이마에 맞고 요란한 소리를 내며 튕겨져 나왔다. "개새끼 편들지 마." 그녀가 말했다. 그녀의 목소리는 아주 후끈했다.

그는 눈을 휘둥그레 뜨고 털썩 주저앉았다. "난 괜찮아." 그는 누구에게랄 것 없이 이렇게 말했지만 자신 없어 하는 목소리였다. 그러다 문득 놀란 목소리로 외쳤다. "젠장! 나 지금 폭행당한 거잖아?"

"이런 쓰레기 짓을 내가 못 견디겠다는 거야." 남자 친구가 말했다. 그는 얼굴이 좁고 덩치가 큰데 헐렁한 청바지에 롱코트를 입고 있었다. 콧날은 베일 듯했다. "마음대로 다 때려 부숴라, 이 미친년아. 그 전에 내 집 열쇠나 돌려주고."

그녀가 의자 하나를 다시 집어던지자 내 머리와 1.2미터 정도—그보다 훨씬 가까웠는데 선심 쓰는 거다—간격을 두고 날아와서 내 테이블에 부딪혀 테이블을 쓰러뜨렸다. 나는 잔과 접시를 잡았다. 책들이 바닥에 부딪치며 요란한 소리를 냈다. "어디 한번 뺏어보시지." 그녀가 말했다.

요리사가 깨진 접시들을 앞에 놓고 먹어보라고 하는 것처럼 우습게 들려서 나는 오리 비슷한 소리를 내며 폭소를 터뜨렸다. 그 소리에 모두들 고개를 돌렸다. 잠시 후에 내가 웃을 일은 아니라는 생각에 웃음을 멈추자 모두들 고개를 다시 원래 방향으로 돌렸다. 소동이 벌어졌음을 알아차리고 잔디밭에서 구경을 하러 나선 구경꾼들이 유리벽 너머로 보였다. 점심을 먹으러 오던 삼인조가 문 앞에서 걸음을 멈추었다.

"내가 못할 줄 알고?" 그가 그녀 쪽으로 몇 발짝 발을 옮겼다. 그녀는 케첩이 묻은 각설탕을 한 움큼 집어서 던졌다.

"이제 끝장이야." 그가 말했다. "우리 사이는 이제 끝장이야. 네 물건들 복도로 내놓고 열쇠를 바꾸겠어." 그가 몸을 돌리자 그녀가 유리잔을 던졌다. 유리잔은 그의 귀에 맞고 튕겨져 나왔다. 그는 발을 헛디뎌서 휘청하며 맞은 부위를 만져보더니 피가 묻었는지 손가락을 확인했다. "나한테 기름값 줘야 하는 거 알지?" 그는 돌아보지도 않고 이렇게 말했다. "부쳐라." 이 말을 끝으로 그는 사라졌다.

문이 닫히자 일순 침묵이 흘렀다. 잠시 후 여학생이 우리들 쪽으로 고개를 돌렸다. "야 이 병신들아, 뭘 보냐?" 그녀는 의자를 하나 집었다. 제자리로 갖다 놓으려는 건지 던지려는 건지 알 수 없었다. 그녀도 어쩔까 싶었을 것이다.

　구내 경찰이 도착했다. 그는 권총집 위에 손을 얹고 조심스럽게 내 쪽으로 다가왔다. 아무 죄 없는 우유 잔과, 아무 죄 없는 먹다 만 치즈 토스트가 담긴 접시를 들고 뒤집힌 테이블과 의자를 밟고 서 있는 내 쪽으로! "그거 내려놔라." 그가 말했다. "그리고 잠깐 앉아." 내려놓으라니 어디로? 앉으라니 어디에? 내 주변에서 똑바로 서 있는 것은 나 하나뿐이었다. "대화로 해결하자. 어떻게 된 일인지 얘기해봐. 너, 아직 은 큰일 나지 않았어."

　"걔 아니에요." 카운터를 지키고 있던 여자가 말했다. 그녀는 체구가 우람하고 나이가 많았는데—사십이 넘은 듯했다—윗입술에 애교점 이 있고 양쪽 눈가에 아이라이너가 뭉쳐 있었다. 내가 햄버거를 반납 하면서 좀 더 익혀달라고 했을 때 너희들은 꼭 여기 사장인 것처럼 굴 지만 사실은 뜨내기에 불과하다고, 자기는 무슨 재주로 여기 붙박여 있는지 생각이나 해봤느냐고 면박을 준 적이 있었다.

　"키 큰 애예요." 그녀가 경찰에게 말했다. 손으로 가리켜주기까지 했 지만, 경찰은 나를 뚫어져라 쳐다보며 나의 다음 행보에 주목하느라 들은 체도 하지 않았다.

　"진정해." 그가 다시 다정한 목소리로 가만가만 말했다. "너, 아직은 큰일 나지 않았어." 그는 의자를 들고 있는, 머리를 땋은 여학생 바로 앞을 지나서 앞으로 움직였다. 나는 그의 어깨 너머로 그녀의 눈을 쳐 다보았다.

　"경찰은 필요할 때 없고." 그녀가 내게 말하며 웃었다. 웃는 얼굴이 보기 좋았다. 큼지막한 이가 하얗게 빛났다. "사악한 자에게는 휴식이 없고." 그녀는 머리 위로 의자를 들어올렸다. "너에게는 국물도 없고." 그녀는 경찰이나 내가 아니라 문을 향해 의자를 날렸다. 의자는 등받이 쪽으로 떨어졌다.

경찰이 무슨 일인지 확인하느라 고개를 돌렸을 때 내가 접시와 포크를 떨어뜨렸다. 솔직히 일부러 그런 건 아니었다. 왼손에서 갑자기 힘이 풀렸다. 그 소리에 경찰이 홱 하니 다시 내 쪽으로 고개를 돌렸다.

우유가 반쯤 남은 유리잔은 그대로 들고 있었다. 나는 건배를 제안하기라도 하는 것처럼 그 유리잔을 살짝 들어 보였다. "그러지 마라." 그가 이번에는 좀 전보다 훨씬 험상궂은 목소리로 말했다. "내가 장난치러 여기 온 줄 아니? 나를 씨발, 시험할 생각은 하지 마."

그 소리에 나는 유리잔을 바닥으로 던졌다. 잔이 깨지면서 내 한쪽 신발과 양말 위로 우유가 튀었다. 유리잔을 그냥 떨어뜨린 게 아니었다. 있는 힘껏 바닥으로 던졌다.

둘

40분 뒤에 미친년과 나는 욜로 군 경찰차 뒷좌석에 진드기처럼 쑤셔 넣어졌다. 순진한 구내 경찰이 처리할 수 없을 만큼 사태가 커져버렸기 때문이었다. 수갑도 찼는데 생각보다 손목이 훨씬 더 아팠다.

여학생은 체포되자 한결 차분해졌다. "그 자식한테 나 개수작 부리는 거 아니라고 누누이 얘기했건만." 그렇게 의기양양하다기보다 좀 더 구슬픈 목소리이기는 했지만 구내 경찰도 나한테 그 비슷한 말을 했었다. "같이 가기로 마음먹어 줘서 고맙다. 내 이름은 할로 필딩. 연극과야."

그럼 그렇지.

"할로는 처음 본다." 내가 말했다. 할로라는 이름을 말하는 거였다. 성이 할로인 사람은 만난 적 있었다.

"어머니의 이름을 물려받은 거야. 어머니의 이름은 진 할로*에서 온 거고. 할아버지가 어머니한테 그런 이름을 지어준 이유는 진 할로가 재색을 겸비했기 때문이야. 음흉한 노인네라서 그런 게 아니고. 그건 절대 아니지. 하지만 진 할로의 재색이 어떤 역할을 했니? 궁금해서 묻는 거야. 그랬다고 엄청난 롤모델이 된 것도 아니잖아?"

나는 〈바람과 함께 사라지다〉에 출연했나 싶은 것 말고는 진 할로에 대해서 아는 게 전혀 없었다. 그 영화는 본 적이 없었고 앞으로도 볼 생각이 없었다. 그 전쟁은 끝났다. 이제는 잊어야 한다. "나는 로즈메리 쿡이야."

"로즈메리는 꽃말이 '나를 기억해요'잖아." 할로가 말했다. "멋지다. 진짜, 진짜 짱이다." 그녀는 두 팔을 엉덩이 밑으로 넣고 다리 밑으로 통과시켜서 수갑 찬 손목을 앞으로 내밀었다. 만약 나도 똑같이 할 수 있었다면 둘이 악수를 할 수 있었을 테고, 그것이 그녀의 의도인 것 같았지만 내 능력 밖의 일이었다.

우리가 군 유치장으로 옮겨졌을 때도 이 묘기가 센세이션을 불러일으켰다. 경찰관 여럿이 불려 와서, 할로가 순순히 쭈그리고 앉아서 수갑 찬 손목 위로 몇 번씩 왔다 갔다 넘는 것을 구경했다. 그녀는 겸손의 미덕을 발휘해 그들의 열띤 반응을 잠재웠다. "제 팔이 워낙 길거든요. 소매가 맞는 옷을 찾을 수 없을 정도예요."

우리를 체포한 경관은 이름이 아니 해딕이었다. 해딕 경관이 모자

---

* Jean Harlow(1911~1937). 1930년대 미국의 여배우이자 섹스 심벌.

를 벗자 반원 모양으로 깨끗하게 벗어진 이마가 드러나서 인상이 스마일 이모티콘처럼 깔끔해 보였다.

그는 수갑을 풀고 우리를 군 경찰서 처리반으로 넘겼다. "이러니까 우리가 무슨 치즈 같잖아." 할로가 말했다. 그녀는 어느 모로 보나 베테랑이었다.

하지만 나는 아니었다. 그날 아침에 느꼈던 흥분은 이미 오래전에 사라졌고 이제는 비탄 아니면 향수 비슷한 감정이 그 자리를 비집고 들어섰다. 내가 무슨 짓을 저지른 걸까? 도대체 내가 왜 그랬을까? 머리 위에 달린 형광등이 파리처럼 웅웅거리며 모든 이의 눈 밑을 그늘지게 만들자 전부 다 나이 들고 절박하고 살짝 파랗게 질린 사람으로 둔갑했다.

"죄송하지만 말씀 좀 여쭐게요. 끝나려면 얼마나 걸릴까요?" 나는 최대한 공손하게 물었다. 문득 오후 수업을 못 듣게 됐다는 생각이 들었다. 유럽 중세사. 아이언 메이든*과 지하 감옥과 화형.

"걸릴 만큼 걸려." 군 경찰서 소속 여경이 푸르스름한 얼굴로 나를 못되게 노려보며 말했다. "네가 짜증 나는 질문을 하지 않으면 더 빨라지겠지."

그건 이미 물 건너간 얘기였다. 그녀는 나를 곧바로 유치장에 넣고 홀가분하게 할로의 조서 작성에 착수했다. "걱정 마, 보스." 할로가 내게 말했다. "나도 곧 따라 들어갈 테니까."

---

* 인체 모양을 한 관 내부에 못이 박혀 있는 중세의 고문 도구.

"보스?" 군 경찰서 소속 여경이 되물었다. 할로는 어깨를 으쓱했다. "보스. 리더. 주동자." 그녀가 나를 보며 특유의 미소를 짓자 제빙기가 번뜩 하고 지나가기라도 한 것처럼 치아가 반짝였다. "엘 카피탄*."

경찰과 대학생들이 서로 으르렁대지 않는 날이 언젠가는 오겠지만 내 살아생전에 그런 날이 올 것 같지는 않다. 나는 시계와 신발과 허리띠를 벗고 바닥이 끈적끈적한 철창 안에 맨발로 들어갔다. 내 소지품을 수거한 여자는 그보다 더 심술궂을 수가 없었다. 맥주, 구내식당에서 파는 라사냐, 살충제, 오줌이 한데 뒤엉킨 냄새가 코를 찔렀다.

철창이 천장까지 연결되어 있었다. 내가 직접 확인했다. 나는 여자치고 나무 타기를 제법 잘한다. 천장에 달린 형광등이 바깥보다 더 많고 더 시끄럽게 웅웅거리는데 그 와중에 하나가 깜빡여서 유치장 안이 어두워졌다 밝아질 때마다 하루가 눈 깜빡할 새 지나가는 듯한 기분이 들었다. 굿모닝, 굿나잇, 굿모닝, 굿나잇. 신발을 신고 있으면 좋겠다는 생각이 들었다.

이미 안에 여자가 두 명 있었다. 한 명은 커버를 씌우지 않은 싱글 매트리스 위에 앉아 있었다. 어리고 가녀린 흑인인데 술에 취했다. "나, 병원 가야 해." 그녀가 내게 이렇게 말하면서 팔꿈치를 내밀었다. 가늘게 베인 상처에서 느릿느릿 피가 흘러나오는데, 형광등이 깜빡일 때마다 빨간색에서 보라색으로 변했다. 그녀가 갑자기 비명을 지르는 바람에 나는 움찔했다. "도와주세요! 아무도 없나요?" 나를 비롯해서

---

* Capitán. 스페인어로 대장이라는 뜻.

아무도 대답을 하지 않았고 그녀는 두 번 다시 입을 열지 않았다.

다른 여자는 중년의 백인으로 안절부절못하고 꼬챙이처럼 비쩍 말랐다. 밝게 염색한 머리는 뻣뻣했고, 연주황색 정장은 이 상황에 걸맞지 않게 너무 근사했다. 방금 전에 경찰차를 뒤에서 들이받았는데, 그녀의 말로는 일요일 오후에 자기 집에서 축구 파티를 열 때 쓰려고 토르티야와 살사를 훔치려다가 잡힌 게 불과 지난주였다고 했다. "좋지 않아." 그녀가 말했다. "좋지 않은 정도가 아니라 재수 옴 붙은 거지."

드디어 내 조서를 작성할 차례가 되었다. 시계가 없었기 때문에 몇 시간이나 기다렸는지 모르겠지만 아무튼 내가 모든 희망을 버리고 한참 뒤였다. 할로는 아직도 경찰서 안에서 삐걱거리는 의자에 앉아 다리를 두드려가며 진술을 손보고 있었다. 그녀의 죄목은 기물 파손과 공적 불법 방해였다. 그녀의 말로는 허접한 죄목이라고 했다. 걱정할 것 없으니 나도 걱정할 필요 없다고 했다. 그녀는 구내식당에서 같이 있었던 그 남자 친구에게 연락했다. 그러자 남자 친구가 당장 차를 몰고 달려왔고, 그녀는 내 조서 작성이 끝나기도 전에 사라졌다.

남자 친구가 있으면 얼마나 유용한지 알 수 있었다. 전에도 여러 번 느낀 거였지만.

내 죄목도 동일하지만 한 가지 중요한 항목이 추가됐다. 경관 폭행죄였는데 이건 허접한 죄목이라고 얘기해주는 사람이 아무도 없었다.

하지만 이제 나는 때와 장소를 잘못 만난 죄밖에 없다고 굳게 믿기에 이르렀다. 부모님에게 연락했다. 달리 연락할 상대가 없기 때문이었다. 평소처럼 어머니가 받아주길 바랐지만 어머니는 브리지 게임을 하러 나가고 없었다. 어머니는 사기꾼으로 악명이 높다. 그런데도 어머니와 브리지를 같이하겠다는 사람들이 있다니 놀라울 따름이지만 그들이 브리지에 얼마나 목을 매는지를 보여주는 방증이기도 하다. 마치 약물과도 같다고 할까. 어머니는 부당 이익이 담긴 은색 클러치를 짤랑거리며 한두 시간 뒤에 룰루랄라 귀가할 예정이었다.

하지만 룰루랄라도 아버지에게 내 소식을 전해 듣기 전까지였다. "도대체 무슨 짓을 한 거냐?" 아버지는 훨씬 더 중요한 일을 하다가 나 때문에 끊기기라도 한 것처럼 화가 난 목소리였지만, 사실 생각지도 못했던 일이 벌어진 건 아니었다.

"아무 짓도 안 했어요. 구내 경찰을 호출한 죄밖에 없어요." 뱀이 허물을 벗듯 걱정들이 나에게서 스르르 빠져나가는 것이 느껴졌다. 아버지를 상대하면 종종 이런 현상이 벌어졌다. 아버지가 짜증을 낼수록 나는 느물거리며 재미있어했고, 두말하면 잔소리지만 그럴수록 아버지의 짜증이 증폭됐다. 솔직히 누구라도 그럴 것이다.

"별것 아닌 일일수록 더 짜증을 유발하는 법이지." 아버지가 말했다. 내가 체포를 당한 사건이 그렇게 금세 훈계를 늘어놓는 계기로 둔갑했다. "유치장에서 전화할 사람은 네 오빠일 줄 알았더니." 아버지는 이렇게 덧붙였다. 나는 백만 년 만에 등장한 오빠 얘기를 듣고 화들짝 놀랐다. 원래 아버지는 말을 함부로 하는 성격이 아니었다. 도청 장치가 달려 있다고 믿는 집 전화로 통화할 때는 특히 그랬다.

나는 빤한 대꾸는 하지 않았다. 오빠는 언젠가 분명 철창신세를 질 테지만, 그렇더라도 오빠가 전화할 일은 절대 없을 거라고 하지 않았다.

전화기 위쪽 벽에 파란 볼펜으로 두 단어가 적혀 있었다. **미리 생각하**
자. 좋은 충고이기는 하지만 그 전화기를 쓰게 된 사람에게는 늦은 감
이 있었다. '미리'를 '머리'로 바꿔서 미용실 이름으로 쓰면 좋겠다는
생각이 들었다.

"내가 이 멀리서 뭘 어쩌면 좋을지 전혀 모르겠네." 아버지가 말했
다. "네가 좀 알려줬으면 좋겠는데."

"아빠, 저도 이번이 처음인데요."

"네가 지금 잘난 척 나불거릴 때냐?"

그때 문득 봇물처럼 울음이 터져 나와서 나는 아무 말도 할 수가 없
었다. 몇 번씩 울음기가 섞인 심호흡을 하고 몇 번씩 다시 시도해보았
지만 한마디도 내뱉을 수가 없었다.

아빠의 말투가 달라졌다. "옆에서 누가 부추긴 거겠지. 너는 예전부
터 따라쟁이였잖니. 아무튼 꼼짝 말고 거기 있어라." 내게 달리 선택의
여지도 없건만. "내가 뭘 어쩔 수 있을지 알아볼 테니까."

내 다음으로 하얗게 탈색한 금발이 전화를 걸었다. "나 지금 어디
있게?" 그녀는 숨소리를 섞어가며 밝은 목소리로 이렇게 물었지만 알
고 보니 전화를 잘못 걸었다.

아버지는 자기 뜻대로 하는 데 이골이 난 전문직 종사자답게 나를
체포한 경찰관과 어찌어찌 통화하는 데 성공했다. 해딕 경관도 자식
이 있었기에 우리 아버지에게 공감을 아끼지 않았다. 두 사람은 금세
서로를 빈스와 아니라고 부르기 시작했고, 폭행 혐의는 공무 집행 방

해로 축소되었고 얼마 안 있어서 아예 없던 일이 되었다. 기물 파손과 공적 불법 방해만 남았는데, 아이라인을 짙게 그린 구내식당의 그 여직원이 찾아와서 나를 대변해주었기 때문에 그마저도 없던 일이 되었다. 그녀는 내가 아무 죄 없는 구경꾼에 불과하며 유리잔을 깰 생각이 없었다고 주장했다. "전부 다 충격을 먹었거든요. 얼마나 시끄러웠는지 몰라요." 하지만 그 즈음에 나는 이미 추수감사절 휴일 내내 집에 내려가서 나흘 동안 아버지와 얼굴을 맞대고 이 문제에 대해서 논의하기로 약속한 뒤였다. 우유를 쏟은 대가치고는 너무 가혹했다. 철창 신세를 진 시간을 제외해도 그랬다.

셋

내가 약속하는 그 순간에조차 우리 모두 알고 있었다시피 명절 동안 내 체포 전적과 같은 폭탄성 화제를 놓고 대화를 나눈다는 것은 말도 안 되는 소리였다. 부모님은 계속 우리가 끈끈한 가족인 척했다. 서로 숨기는 게 없고 힘들 때 기댈 수 있는 가족인 척했다. 사라진 언니와 오빠를 감안했을 때 놀랍도록 야무진 발상이었다. 존경스러울 지경이었다. 하지만 내 생각은 분명했다. 우리는 **절대** 그런 가족이 아니었다.

아무거나 예로 들자면 성관계. 우리 부모님은 자기들이 과학자이자 냉엄한 현실 전문가이자 공공연하게 오르가슴을 즐긴 육십 년대의 후손이라고 생각했다. 하지만 내가 아는 몇 안 되는 지식들은 대부분 야생동물이나 자연을 다룬 공영방송의 프로그램, 전문가일 리 없는 작가들이 쓴 소설, 대답 없는 질문들만 난무하는 냉혹한 실험이 출처였다. 하루는 사용 설명서와 함께 청소년용 탐폰이 내 침대 위에 놓여 있은 적이 있었다. 전문용어가 난무하는 데다 지루해 보여서 설명서는 읽지 않았다. 그 탐폰에 대해서 아무도 내게 어떤 말도 하지 않았다. 담배인 줄 알고 피우지 않은 게 천만다행이었다.

나는 인디애나 주 블루밍턴에서 자랐다. 부모님이 1996년에도 계속 거기 살고 있었기 때문에 주말에 잠깐 다녀오기도 간단치 않은데, 나는 약속한 대로 명절 나흘 동안 내려가 있지 못했다. 수요일과 일요일은 저렴한 좌석이 이미 매진이라 목요일 오전에 인디애나폴리스로 내려가서 토요일 밤에 다시 돌아오는 수밖에 없었다.

추수감사절 저녁때 말고는 아버지의 얼굴을 거의 보지 못했다. 아버지는 국립보건원에서 연구비를 지원받았는데 영감이 떠오른다는 핑계를 대며 링 밖으로 퇴장했다. 내가 가 있는 거의 내내 서재에 틀어박혀서 $0' =[001]$ 아니면 $P(S1n+1)=(P(S1n)(1-e)q+P(S2n)(1-s)+P(S0n)cq$, 이런 방정식으로 칠판을 채웠다. 식사도 거의 하지 않았다. 분명 잠도 자지 않았을 것이다. 수염이 하도 금세 자라서 평소에는 아침저녁으로 면도를 했는데 면도도 하지 않았다. 도나 할머니는 오후 4시가 되면 거뭇거뭇 돋아나는 아버지의 수염을 보고 닉슨을 닮았다고 했다. 칭찬인 척했지만 그 소리를 들으면 아버지의 짜증이 폭발한다는 것을 알고서 하는 얘기였다. 아버지는 커피를 마시거나 제물낚싯대를 들고 앞마당으로 나설 때만 모습을 드러냈다. 엄마와 나는 부엌 창가에 서서 설거지를 하고 그릇을 닦으며, 아버지가 낚싯대를 던지면 서리가 내린 잔디밭 가장자리 너머로 날아가는 미끼를 구경했다. 아버지는 이런 식으로 낚시를 하며 명상에 잠기는 것을 좋아했지만 뒤에 나무가 너무 많았다. 이웃 주민들은 아직까지도 불안해했다.

아버지가 이런 식으로 일에 매달리면 술을 마시지 않아서 좋았다. 아버지는 몇 년 전에 당뇨병 진단을 받았기 때문에 절대 술을 마시면 안 된다. 그래서 몰래 마시기 시작했다. 그 때문에 엄마는 항상 경계 태세를 유지했고, 나는 두 분이 자베르 경감과 장발장 같은 사이로 변한 게 아닌가 싶어서 가끔 걱정이 됐다.

올해는 밥 삼촌 부부와 나보다 어린 두 사촌과 함께 도나 할머니네 집에서 추수감사절을 보내는 차례였다. 우리는 양쪽 할머니 댁에서 번갈아가며 명절을 보냈다. 좋은 게 좋은 거고 한쪽 집안만 즐거움을 독차지할 이유가 없기 때문이었다. 도나 할머니는 외할머니이고, 친할머니는 프레데리카 할머니다.

프레데리카 할머니네 집에 가면 눅눅한 탄수화물 잔치가 벌어졌다. 조금씩 계속 먹기 때문에 절대 소식할 수 없었다. 집 안에는 색동 부채, 비취 조각상, 옻칠한 젓가락과 같은 싸구려 오리엔탈 소품들이 곳곳에 흩뿌려져 있었다. 똑같이 생긴 스탠드도 한 쌍 있었다. 나이 지긋한 성현의 모습으로 깎은 석조 받침대 위에 빨간색 비단 갓을 씌운 스탠드였다. 두 성현은 길고 얇은 수염을 길렀고 돌로 만든 손에 실제 사람의 손톱이 섬뜩하게 박혀 있었다. 몇 년 전에 프레데리카 할머니는 지금까지 구경한 명소 중에서 로큰롤 명예의 전당 3층만큼 근사한 곳은 없다고 내게 말한 적이 있었다. 거기 들어가면 좀 더 훌륭한 사람이 되고 싶은 생각이 든다고 했다.

프레데리카 할머니는 손님들을 괴롭혀서 두 접시, 세 접시씩 먹게 해야 집주인 노릇을 제대로 하는 거라고 생각하는 성격이었다. 하지만 우리는 접시를 채우거나 말거나 신경 쓰지 않고, 파이 껍질은 얇게 벗겨지며, 오렌지 크랜베리 머핀은 구름처럼 가벼운 도나 할머니네 집에서 더 많이 먹었다. 도나 할머니는 은촛대에 은초를 꽂았고, 가을 낙엽으로 식탁 한가운데를 장식했고, 뭐가 됐건 취향이 분명했다.

도나 할머니는 오이스터 스터핑을 건네며, 누가 봐도 딴생각을 하고 있는 게 빤한 아버지에게 요즘은 무슨 연구를 하느냐고 단도직입적으로 물었다. 나무라는 뜻에서 묻는 것이었다. 그 식탁에 앉아 있는 사람들 중에서 아버지 혼자만 그 사실을 몰랐든지 아니면 모르는 척했다. 아버지는 회피 조건 형성을 마르코프 연쇄로 분석 중이라고 대답했다. 그러면서 헛기침을 했다. 부가 설명을 하려는 것이었다.

우리는 기회를 차단하기 위해서 화제를 돌렸다. 훈련된 물고기 떼처럼 동시에 방향을 틀었다. 아름다운 광경이었다. 무조건 반사였다. 이것이 바로 그 빌어먹을 회피 조건 형성의 향연이었다.

"칠면조 좀 이쪽으로 주세요, 어머니." 밥 삼촌이 이렇게 말하면서 요즘은 검은 살보다 흰 살이 더 많아지도록 칠면조를 사육한다는 이야기로 부드럽게 화제를 돌렸다. "이 가엾은 새들은 거의 걷지도 못하잖아요. 딱한 기형아가 됐죠." 이것도 아버지를 겨냥한 공격이었다. 유전자를 복제하거나 서로 섞어서 새로운 동물을 만들어내는, 도가 지나친 과학 사업을 향한 빈정거림이었다. 몇 겹으로 이루어진 암호와 측면 페인트 모션, 완벽한 시치미 떼기. 이것이 우리 가족이 적대감을 표현하는 방식이었다.

그런 가족들이 많을 거라고 보지만.

밥 삼촌은 여봐란 듯이 검은 살 한 덩이를 덜었다. "엄청나게 커다랗고 흉측한 젖가슴을 늘어뜨리고 어기적어기적 걸어 다닌다니까요?"

아버지는 상스러운 농담을 했다. 아버지는 밥 삼촌이 도발할 때마다 똑같은, 아니면 약간 변형한 농담을 했다. 그러니까 횟수가 2년에 한 번 꼴이다. 재미있는 농담이면 이 자리에서 소개하겠지만 그렇지가 않다. 여러분이 그걸 들으면 우리 아버지를 한심하게 여기게 될 텐데 우리 아버지를 한심하게 여기는 건 여러분이 아니라 내가 할 일이다.

그 뒤로 흐르는 정적은 어머니를 향한 연민으로 채워졌다. 정신을 잃지 않았더라면 윌 바커와 결혼할 수 있었는데 그 대신 줄담배를 피우고 폭음을 하며 제물낚시나 하는 인디애나폴리스 출신의 무신론자와 결혼한 우리 어머니. 윌 바커의 부모님은 시내에서 문방구점을 했고 그는 부동산 변호사였지만, 그의 직업은 별로 중요하지 않았다. 우리 아버지와 달리 심리학자가 아니라는 점이 핵심이었다.

블루밍턴에 사는 우리 할머니 세대는 '심리학자'라는 단어를 들으면 킨제이와 그의 외설스러운 연구, 스키너와 얼토당토않은 베이비 박스를 떠올렸다. 심리학자들은 연구 과제를 연구실에 두고 오지 않았다. 집까지 들고 왔다. 아침 식탁에서 실험을 진행하고, 자기네 가족을 주인공으로 해괴망측한 쇼를 제작하며, 번듯한 사람들이라면 물어볼 생각조차 하지 않을 질문에 대답했다.

월 바커는 너희 어머니라면 하늘의 별이라도 따다 줄 기세였다. 도나 할머니가 내 앞에서 이런 소리를 하면, 나는 그 누이 좋고 매부 좋은 결혼이 성사되었다면 지금의 나도 없었을 텐데 할머니는 과연 그 부분에 대해서 생각을 해본 적이 있는지 궁금해졌다. 도나 할머니가 보기에 내가 없는 건 프로그램 오류일까, 특장점일까?

이제 와 생각해보면 할머니는 자식 사랑이 워낙 엄청나서 다른 사람을 생각할 겨를이 없는 그런 여자였다. 손자들도 소중하지만 자기 자식들이 워낙 소중했다. 비난하는 뜻에서 하는 얘기가 아니다. 어머니가 그 정도로 사랑을 듬뿍 받으며 자랐다니 나로서는 반가운 일이다.

트립토판: 칠면조 고기에는 이 화합물이 들어 있어서 먹으면 졸음이 쏟아지고 긴장이 풀린다고 한다. 온 가족이 모인 추수감사절이라는 풍경 속에는 수많은 지뢰가 묻혀 있는데 그중 하나가 트립토판이다.

두 번째 지뢰: 고급 사기그릇. 다섯 살 때 내가 도나 할머니의 워터퍼드 고블릿*을 이 하나 크기만큼 물어뜯은 적이 있었다. 물면 뜯길지 궁금하다는, 오로지 그 이유에서 저지른 짓이었다. 그 뒤로 할머니는 내게 로널드 맥도널드가 그려진 플라스틱 텀블러(해마다 그림이 희미

---

* 금속 또는 유리로 만든, 굽이 달린 잔.

해져 가고 있긴 하다)에 우유를 따라서 주었다. 1996년에는 내가 와인을 마실 수 있을 만큼 컸지만 그래도 그 텀블러는 여전했다. 나이를 먹어도 달라지지 않는 장난 같은 거였다.

그해에 우리가 어떤 대화를 나누었는지는 거의 기억나지 않는다. 하지만 들추지 않고 지나간 화제는 뭐가 있었는지 부분적으로나마 자신 있게 나열할 수 있다.

사라진 가족들. 없는 사람은 없는 사람이니까.

클린턴의 재선. 2년 전에 밥 삼촌이 아칸소에서 클린턴에게 강간당한 여자가 한 명도 아니고 여럿일 거라고 주장했을 때 우리 아버지가 격한 반응을 보이는 바람에 명절을 망친 적이 있었다. 밥 삼촌은 둥그스름하게 휜 표면에 '아무도 믿지 말 것'이라고 립스틱으로 진하게 적힌 유령의 집 거울을 통해서 세상을 바라본다. 그러자 도나 할머니가 정치 이야기는 금물이라는 절대 불변의 규칙을 새로 만들었다. 서로 의견이 다른 걸 못 견디는데 누구든 손만 내밀면 잡을 수 있는 곳에 포크나 나이프가 있기 때문이었다.

내가 일으킨 법적인 문제. 이건 우리 어머니와 아버지 말고는 아무도 몰랐다. 친척들은 내가 신통치 않은 녀석으로 밝혀지는 순간을 오래전부터 기다려왔으니 계속 기다린다고 해서 안 될 것도 없었다. 사실, 덕분에 그들은 계속 전투태세를 갖출 수 있었다.

사촌 피터의 처참한 SAT 점수. 이건 다들 알고 있지만 모르는 척했다. 1996년에 피터는 열여덟 살이 되었지만 워낙에 태어났을 때부터 나보다 훨씬 어른스러웠다. 피터의 어머니인 비비 외숙모는 우리 가족 적응 지수가 우리 아버지와 비슷했다. 우리 외가가 가입하기 힘든 클럽과 닮은 구석이 있는 모양이다. 외숙모가 이유 없이 허둥지둥하고 울고 안절부절 못하는 성격이라 피터는 열 살 때부터 학교에 갔다가 집에 오면 냉장고를 열어서 있는 재료를 가지고 자기 가족 네 명이 먹을 저녁을 만들었다. 그 애는 여섯 살 때 이미 화이트소스*를 만들 줄 알았다고, 누가 봐도 빤하고 부당한 의도로 내 앞에서 굳이 그 이야기를 꺼내는 어른들도 있었다.

피터는 인류 역사상 처음으로 고등학교에서 얼짱으로 뽑힌 시립 오케스트라 첼로주자이기도 했다. 그는 갈색 머리에 희미한 주근깨가 광대뼈 위로 눈가루처럼 뿌려졌고, 콧잔등을 가로지른 오래된 흉터가 눈 바로 옆에서 끝났다.

누구나 피터를 좋아했다. 우리 아빠가 그를 좋아한 이유는 종종 레몬 호로 같이 탈출해서 거기 사는 농어를 괴롭힐 수 있는 낚시 친구이기 때문이었다. 우리 엄마가 그를 좋아한 이유는 엄마의 친정 식구들 중에서 아무도 하지 못한 일을 해주었기 때문이었다. 우리 아빠를 좋아해주었기 때문이었다.

내가 그를 좋아한 이유는 여동생을 대하는 태도가 마음에 들었기 때문이었다. 1996년에 재니스는 뚱하고 얼굴은 여드름투성이이며 남들보다 해괴하다고 볼 수는 없는(그러니까 경계선상에 있는) 열네 살이었다. 그런데 피터가 아침마다 학교까지 차로 데려다주고, 오케스트

* 버터, 우유, 밀가루를 넣어 걸쭉하게 만든 소스.

라 연습이 없으면 오후에도 데리러 갔다. 여동생이 웃긴 말을 하면 웃어주었다. 투덜거리면 들어주었다. 생일이면 액세서리나 향수를 선물했고, 필요한 경우에는 부모님이나 친구들로부터 지켜주었다. 어찌나 착한 오빠인지 보고 있으면 가슴이 시릴 정도였다.

동생에게서 뭔가를 느꼈기 때문인데, 오빠보다 동생을 더 잘 아는 사람이 세상에 어디 있겠는가. 오빠가 동생을 좋아해준다는 것은 대단한 일이라고 본다.

디저트를 먹기 직전에 비비 외숙모가 우리 아버지에게 학력 평가에 대해서 어떻게 생각하느냐고 물었다. 아버지는 아무 대답도 하지 않았다. 자기 앞에 놓인 고구마를 빤히 쳐다보며, 허공에 글씨라도 쓰는 것처럼 포크로 동그라미를 그리고 삿대질을 했다.

"여보!" 어머니가 부르며 옆구리를 찔렀다. "학력 평가에 대해서 어떻게 생각하느냐고 묻잖아."

"아주 부정확하죠."

외숙모가 바라던 대답이었다. 피터는 학점이 훌륭했다. 공부도 정말 열심히 했다. SAT 점수는 부당함의 극치였다. 모두 하나가 돼서 쉬쉬하는 동안 도나 할머니가 준비한 근사한 저녁 식사가 끝났다. 파이가 나왔다. 호박과 사과와 피칸을 넣은 파이였다.

그때 아버지가 분위기를 망쳤다. "로지는 SAT 점수가 정말 좋았는데." 우리 모두 SAT 이야기를 꺼내지 않으려고 애를 쓰고 있었는데, 내 성적이 얼마나 훌륭했는지 피터가 궁금하지도 않을 텐데. 아빠는 먹던 파이를 예의바르게 한쪽 뺨으로 몰아넣고 자랑스러워하는 표정으로 나를 보며 미소를 지었다. 마르코프 연쇄 고리들이 쓰레기통 뚜껑처럼 요란한 소리를 내며 아빠의 머릿속에서 서로 부딪치고 있었을 것이다. "꼬박 이틀이 지난 다음에서야 봉투를 열었는데 최상위권이었죠. 특히 언어 과목에서." 이러면서 나를 향해 살짝 고개를 숙였다. "당연한 거겠지만."

외삼촌이 쨍그랑 소리와 함께 접시 가장자리에 포크를 내려놓았다.

"어렸을 때 하도 테스트를 많이 받아서 그래." 어머니가 삼촌에게 말했다. "그래서 테스트를 받으면 늘 성적이 좋아. 요령을 알아서." 그러고는 내 귀에 그 말이 들리지 않았을 거라고 생각하는지 내 쪽을 돌아보며 덧붙였다. "네가 참 자랑스럽다."

"기대가 컸는데." 아버지가 말했다.

"지금도 마찬가지지!" 어머니의 미소는 결코 흔들리지 않았다. 목소리는 필사적으로 명랑했다. "지금도 기대가 크지!" 어머니의 시선이 나에게서 피터와 재니스에게로 옮아갔다. "너희 모두에게!"

외숙모는 냅킨으로 입을 가렸다. 외삼촌은 벽에 걸린 정물화를 식탁 너머로 물끄러미 바라보았다. 반짝이는 과일 더미와 축 늘어진 꿩을 그린 그림이었다. 조물주가 창조한 그대로 젖가슴을 개량하지 않은 꿩이었다. 죽었지만 그것 역시 조물주의 계획 안에 있었다.

아버지가 말했다. "얘네 학교에서 쉬는 시간에 비가 오니까 행맨 게임*을 했는데 얘가 'refulgent'**라는 단어를 문제로 냈던 거 기억나?

* 알파벳을 제시해 단어를 맞추는 게임.
** 환히 빛난다는 뜻.

일곱 살 때 말이야. 선생님이 없는 단어를 만들어내는 속임수를 썼다고 했다며 울면서 집에 왔지."

(아버지가 잘못 기억하고 있는 거다. 학교 선생님이 그런 소리를 했을 리가 없다. 그때 선생님은 내가 **일부러** 속임수를 썼다고 생각하지는 않는다고 했다. 너그러운 말투로 얼굴을 환히 빛내며 그렇게 말했다.)

"저도 로즈 누나 점수 기억해요." 피터는 감탄하는 뜻에서 휘파람을 불었다. "얼마나 대단한 건지 그때는 잘 몰랐지 뭐예요. 어려운 시험인데, 그 생각은 했지만." 착하기도 하지. 하지만 피터에게 정을 들이지는 말자. 이 이야기의 주인공이 아니니까.

돌아가기 하루 전날인 금요일에 엄마가 내 방으로 들어왔다. 나는 그때 중세 경제 교재를 한 장 택해서 요약, 정리하고 있었다. 순전히 전시용으로 책을 붙잡고 있다가—다들 명절 분위기를 내고 있는데 나는 얼마나 열심히 공부하는지 보세요!—이내 창밖으로 보이는 홍관조에 정신이 팔렸다. 녀석은 뭐가 탐이 나는지, 잔가지를 입에 물고 지지배배 울었다. 캘리포니아에는 빨간 새가 살지 않는다. 그래서 여기보다 후지다.

어머니가 문을 두드리는 소리에 내 연필이 바빠졌다. 중상주의. 길드 독점 체제. 토머스 모어의 『유토피아』. 내가 엄마에게 물었다. "유토피아에도 전쟁이 있는 거 알아요? 그리고 노예가 있는 것도요?"

엄마는 몰랐다고 했다.

엄마는 잠깐 사부작거리며 침대보를 반듯하게 펴고, 서랍장 위에 놓여 있던 돌을 몇 개 집었다. 대부분 안의 결정이 보이도록 파베르제의 달걀처럼 쪼갠 정동석이었다.

그 돌들은 내 것이었다. 어렸을 때 채석장이나 숲 속에서 주워다가 망치로 두드리거나 2층 창문에서 집 앞 진입로로 던져서 깨뜨린 것들인데, 이 집은 내가 어렸을 때 살던 집이 아니고 이 방도 내 방이 아니었다. 내가 태어난 뒤로 우리 가족은 이사를 세 번 했고, 부모님은 내가 대학으로 떠난 다음에서야 이 집에 정착했다. 어머니 말로는 예전에 살던 집의 빈 방들을 보면 슬퍼진다고 했다. 돌아보면 뭐하나. 우리 집은 우리 가족마냥 점점 작아져서 매번 새로 이사한 집을 그 전까지 살던 집 안에 넣을 수 있었다.

맨 처음에 살았던 집은 시외에 있었다. 8만 제곱미터에 달하는 대지에서 층층나무, 옻나무, 미역취, 덩굴옻나무가 자라는 커다란 농가였다. 개구리, 반딧불이 그리고 눈동자가 달빛 색깔인 길고양이도 있었다. 나는 그 집보다는 헛간이 더 많이 생각나고, 헛간보다는 개울이 더 많이 생각나고, 개울보다는 오빠와 언니가 방을 드나들 때 오르내렸던 사과나무가 더 많이 생각난다. 나는 맨 첫 번째 가지에 손이 닿지 않아서 그 나무를 타고 올라가지 못했기 때문에 네 살쯤 됐을 때 2층으로 가서 나무를 타고 내려왔다. 그러다 쇄골이 부러지자 어머니는 하마터면 죽을 뻔했다고 했는데, 만약 2층에서 떨어졌다면 정말 죽었을 수도 있었다. 하지만 내가 나무를 타고 거의 다 내려왔다는 건 아무도 알아주지 않는 듯했다. 아버지는 그 사건에서 무슨 교훈을 얻었느냐고 물었고 나는 당시 말로 제대로 표현하지 못했지만, 이제 와 돌이켜보면 거둔 성과보다 실패한 대목이 더 중요하다는 게 그때 얻은 교훈인 것 같다.

내가 가상의 친구를 만든 것도 그 무렵이었다. 나는 내 이름 중에서 쓰이지 않는 '메리'라는 부분과 당장은 필요 없는 이런저런 성격들을 그 친구에게 부여했다. 메리와 나는 많은 시간을 함께 보냈지만 학교에 입학하던 날, 어머니가 말하길 메리는 학교에 갈 수 없다고 했다. 놀라운 일이었다. 나는 학교에서는 내 본모습을 고스란히 드러내면 안 된다는 얘기를 들은 듯한 심정이었다.

알고 보니 그건 적절한 경고였다. 유치원은 나의 어떤 부분은 학교에서 환영을 받고 어떤 부분은 그렇지 못한지 배우는 곳이었다. 여러 가지 중에서 한 가지만 예로 들자면, 유치원에서는 내가 하고 싶은 말이 선생님이 하는 이야기보다 훨씬 더 재미있어도 거의 하루 종일 입을 다물고 있어야 했다.

"메리는 엄마랑 같이 집에 있으면 돼." 어머니는 이렇게 말했다.

이야말로 더욱 놀랍고, 생각지도 못했던 메리의 간교함이 드러나는 순간이었다. 우리 어머니는 메리를 별로 좋아하지 않았다. 내가 메리를 좋아하는 가장 결정적인 이유가 그거였다. 문득 메리에 대한 엄마의 평가가 달라질 수도 있다는 생각, 결국에는 엄마가 나보다 메리를 더 좋아하게 될지 모른다는 생각이 들었다. 그래서 메리는 내가 학교에 있는 동안 아무도 홀리지 못하게 우리 집 옆 하수구에서 잠을 잤고, 그러다 어느 날 집에 오지 않았고, 우리 집안의 전통에 따라서 두 번다시 거론되지 않았다.

우리 가족은 내가 다섯 살이 되던 해 여름에 그 농가에서 이사했다. 결국에는 그곳에도 개발의 바람이 불어서 이제는 새 주택들만 있고 들판도 헛간도 과수원도 없는 막다른 골목으로 변했다. 우리는 그렇게 달라지기 훨씬 전부터 대학교 근처의 소금통 모양 집*에서 살고 있었다. 이사한 명목상의 이유는 아버지가 걸어서 출퇴근할 수 있기 때문이었다. 나는 집이라고 하면 그 집을 떠올리지만 오빠는 예전 집을 떠올린다. 이사할 때 오빠는 길길이 날뛰었다.

소금통 모양 집에는 나더러 올라가면 안 된다고 한, 경사가 가파른 지붕과 조그만 뒷마당이 있었고 남는 방이 거의 없었다. 내 방에는 소녀티가 물씬 나는 분홍색을 칠하고 시어스**에서 산 체크무늬 커튼을 달았는데, 어느 날 내가 학교에 간 새 친할아버지가 말도 없이 파란색으로 칠해버렸다. **방이 분홍색이면 밤새 붕붕거리느라 못 자고, 방이 파란색이면 파릇파릇하게 일어날 수 있어.** 앞뒤로 운이 맞으면 내가 아무 소리도 하지 않을 거라고 착각했는지, 반발하는 나를 향해 할아버지는 이렇게 말했다.

세 번째인 이 집은 바닥이 전부 다 돌이고, 창문은 높고, 조명은 매립형이며, 수납장은 유리로 되어 있다. 비현실적이고 기하학적인 미니멀리즘을 추구하며 밝은색 하나 없이 온통 연갈색, 베이지색, 아이보리색이다. 그리고 이사한 지 3년이 지났는데도 모두들 잠시 머물렀다 떠날 생각이라도 하는 것처럼 묘하게 휑뎅그렁하다.

* 앞에서 보면 2층이고 뒤에서 보면 1층인 집.
** 미국의 대규모 통신 판매 회사.

그 돌들은 나도 아는 물건이지만 서랍장이나 회색 벨벳으로 된 누비 침대보나 벽에 걸린 그림—파란색과 검은색으로 뭔가를 컴컴하게 그려놓았는데 백합과 백조인지, 해초와 물고기인지, 행성과 혜성인지 모르겠다—은 처음 보았다. 정동석은 그 방과 어울리지 않았다. 집에 잠깐 내려온 나를 생각해서 꺼내놓은 물건이라 내가 떠나면 곧장 상자로 다시 들어갈 운명인지 궁금해졌다. 문득 이 모든 게 복잡한 가면극이 아닐까 하는 의구심이 들었다. 내가 떠나면 부모님은 진짜 자기집으로 돌아가는 거다. 내 방이 없는 진짜 자기 집으로.

엄마가 침대에 걸터앉았고 나는 연필을 내려놓았다. 워밍업에 해당하는 대화가 오갔겠지만 기억이 나지 않는다. 아마 "네가 대화를 피하면 아버지가 상처받으시잖아. 너는 아버지가 모르는 줄 알지만 다 아셔" 이런 식이었을 것이다. 그건 명절 때마다 나오는 얘기였다. 〈멋진 인생〉*처럼 그 얘기가 빠지면 명절이 아니었다.

결국 엄마가 본론으로 들어갔다. "내 예전 일기장을 처분하는 문제를 놓고 아빠하고 내가 요즘 고민 중이야. 나는 사적인 내용이라고 생각하는데 아버지는 도서관에 기증해야 된다고 해서. 사후 50년이 지난 다음에 공개해달라고 할까 봐. 도서관에서 그런 소장품을 좋아하지 않는다고 하더라만, 유족을 생각해서 특별히 허락할 수도 있지 않을까?"

나는 깜짝 놀랐다. 어머니가 우리 사이에서 무슨 일이 있어도 절대

* 1946년에 개봉된 프랭크 캐프라 감독의 영화로 크리스마스 때 자주 방영된다.

하지 않는 이야기를 꺼낸 거나 다름없었던 것이다. 지나간 이야기를 말이다. 나는 쿵쾅거리는 심장을 달래며 기계적으로 대답했다. "엄마 좋을 대로 하세요. 아빠 얘기는 신경 쓰지 말고요."

엄마는 못마땅한 표정으로 나를 흘끗 쳐다보았다. "너랑 의논하려는 게 아니야. 일기장을 너한테 주려고 하거든. 네 아빠의 말마따나 어느 도서관에서 관심을 보일 수도 있지만, 네 아빠는 그 일기장에 너무 과학적인 의미를 부여하는 것 같아.

아무튼. 결정은 네가 내려라. 너도 받기 싫을 수 있으니까. 아직 마음의 준비가 되지 않았을 수도 있고. 던져도 되고 찢어서 모자를 만들어도 돼. 어떻게 했느냐고 절대 묻지 않을게."

나는 무슨 말이든 해보려고, 고맙다는 뜻을 전하되 어물쩍 넘어갈 수 있는 방법을 찾으려고 애를 썼다. 하지만 사전 경고를 접한 지 몇 년이 지난 지금까지도 뭐라고 했으면 좋았을지 생각이 나지 않는다. 뭔가 근사하고 호기로운 말을 건넸더라면 좋았을 텐데 그랬을 가능성은 없다.

그다음으로 생각나는 것은 아버지가 선물을 들고 우리가 있는 그 방으로 들어왔다는 것이다. 몇 달 전에 포춘 쿠키 안에 들어 있었던 점 쾌인데 나에게 딱 걸맞은 내용이라 지갑에 넣어두었다고 했다. **우리 마음속에는 항상 당신이 있다는 것을 잊지 마요.**

역사와 기억이 안개로 덮여서 실제보다 당위가 더 부각되는 순간들이 있다. 안개가 걷히면 훌륭한 부모님과 훌륭한 자식들이 짠하고 등장한다. 그냥 목소리가 듣고 싶어서 전화하고, 잘 자라고 뽀뽀해주며,

명절을 맞아서 집에 돌아갈 날을 손꼽아 기다리는, 고마움이 뭔지 아는 자식들이 등장한다. 우리 가족과 같은 관계에서는 어째서 사랑을 애써 강구할 필요가 없는지, 어째서 사랑을 잃어버릴 리 없는지 알겠다. 잠깐 동안이지만 우리가 그런 가족으로 보인다. 우리 모두가 그렇게 보인다. 복원되고 복구된 가족. 다시 뭉친 가족. 환하게 빛나는 가족으로 보인다.

넷

나는 가슴이 뭉클하긴 했지만 이 세상에서 가장 받고 싶지 않은 선물이 어머니의 일기장이었다. 다 적혀 있고 몇 페이지에 뭐라고 되어 있는지 안다면 과거에 대해 함구한들 무슨 의미가 있을까?

엄마의 일기장은 스케치북만큼 큰데 그보다 더 두툼했고, 두 권이라서 초록색의 낡은 크리스마스 리본으로 묶어놓았다. 트렁크 안에 넣어놨던 짐을 다 빼서 다시 정리한 다음 위에 걸터앉고 눌러야 다시 잠글 수 있었다.

그런데 중간에, 아마도 시카고에서 비행기를 갈아탔을 때인 것 같은데, 트렁크가 자기만의 모험을 떠나버렸다. 나는 새크라멘토에 도착했을 때 수화물 벨트 앞에서 한 시간 동안 기다렸고, 뻔뻔하고 싸가지 없는 인간들을 붙잡고 알아보느라 또 한 시간을 허비했다. 그러다 결국에는 빈손으로 막차를 타고 데이비스로 향했다.

일기장을 받은 지 하루도 안 됐는데 벌써 잃어버리다니 죄책감이 들었다. 나의 잘못이라고는 모든 사람들의 일처리 능력을 과신한 것밖에 없는데, 항공사에서 이번만큼은 무능력을 좋은 방향으로 활용해준 덕분에 그 일기장을 두 번 다시 볼 일이 없게 되었으니 행복했다. 교재는 부치지 않아서 다행이었다.

하지만 무엇보다 피곤했다. 엘리베이터를 타고 내가 사는 층에서 내리자 조앤 오즈번의 〈원 오브 어스〉가 들리는데, 내 집에 가까워질수록 소리가 점점 더 커졌다. 나는 (룸메이트인) 토드가 일요일에 돌아오는 줄 알았고, 남들은 다 좋아하는 〈원 오브 어스〉를 혼자 싫어하는 줄 알았기 때문에 그 노래를 듣고 깜짝 놀랐다.

토드가 수다를 떨고 싶은 상태가 아니기만 바랄 따름이었다. 그가 지난번에 아버지네 집에 갔을 때는 두 사람이 믿는 것과 바라는 것과 예전의 기억에 이르기까지 모든 것을 놓고 한참 동안 대화를 나눴다. 그 시간이 하도 감동적이다 보니 서로 잘 자라는 인사를 주고받은 뒤에 아버지와 얼마나 가까워진 기분인지 이야기하고 싶어서 다시 1층으로 내려갔다. 그러다 문 앞에서 아버지가 새어머니에게 하는 소리를 들었다. "아이구, 두야. 저런 덜떨어진 녀석을 봤나. 정말 내 아들이 맞나 싶다니까?" 토드가 일찍 돌아왔다면 대수롭게 넘길 수 있는 사태가 아니었다.

문을 열어보니 할로가 내 소파에 앉아 있었다. 내가 홍역에 걸렸을 때 프레데리카 할머니가 코바늘로 떠준 숄을 두르고 내 다이어트 탄

산음료를 마시고 있었다. 그녀는 벌떡 일어나서 음악 소리를 줄였다. 까만 머리를 정수리로 틀어 올려서 연필을 꽂고 있었다. 나를 보고 상당히 움찔했다는 것을 알 수 있었다.

예전에 학부모 면담 시간 때 유치원 선생님이 나더러 선을 지키는데 문제가 있다고 한 적이 있었다. 그러면 안 되는데 상대방을 자꾸 만진다고 했다. 그 말을 듣고 내가 몹시 당황했던 기억이 난다. 다른 사람들을 건드리면 안 되는 줄 전혀 몰랐을 뿐 아니라 반대로 생각했던 것이다. 그런데 나는 줄곧 그 비슷한 실수를 저지르며 살았다.

따라서 내 집에 들어갔는데 잘 알지도 못하는 사람이 안에 있으면 어떤 반응을 보여야 정상인지 나는 잘 모른다고 보면 된다. 나는 지쳐서 아무 말도 할 기운이 없었다. 그래서 금붕어처럼 입만 벌렸다.

"깜짝이야!" 할로가 말했다.

멍하니 벌어져 있던 입이 더 크게 벌어졌다.

그녀는 잠깐 기다리다 물었다. "나 때문에 화난 거 아니지?" 이제야 막 생각났다는 듯이 묻는 말에서 진정성과 뉘우침이 느껴졌다. 그녀의 말이 빨라지기 시작했다. "레그가 쫓아내지 뭐야. 내가 돈도 없고 갈 데도 없으니까 두어 시간 밖에서 배회하다 기어 들어와서 문 열어 달라고 싹싹 빌 거라고 생각한 거지. 열 받게." 동지애! "그래서 여기로 온 거야. 네가 내일 돌아오는 줄 알고." 논리정연. 평정심. "너 피곤해 보인다." 연민. "귀찮게 하지 않을게." 약속.

그녀는 내 표정을 읽으려고 기를 썼지만 읽을 표정이 없었다. 나는 묵직한 뼛속까지, 무신경한 머리칼 뿌리까지 피곤할 따름이었다.

그리고 어쩌면 호기심도 있었다. 아주 살짝. "내가 어디 사는지 어떻게 알았어?" 내가 물었다.

"네 조서에 적힌 걸 봤어."

"안에는 어떻게 들어왔고?"

그녀가 연필을 뽑자 머리채가 비단처럼 어깨 위로 쏟아졌다. "이 아파트 관리인을 찾아가서 예쁜 척하면서 우는소리 좀 늘어놓았지. 아무래도 믿을 만한 사람이 못 되는 것 같아." 그녀는 이제 잔뜩 걱정하는 투였다.

씩씩대며 잠이 들었는지 그런 기분으로 잠에서 깼다. 전화벨이 울리고 있었다. 가방을 찾았으니 오후에 가져다주겠다는 항공사 전화였다. 다음번 여행 때도 자기들 항공사를 이용해달라고 했다.

화장실에 갔는데 변기가 막혀버렸다. 뚫으려고 몇 번 애를 써보다 관리인을 불렀다. 내 집 화장실로 와서 내 소변을 그렇게 대놓고 처리해달라고 부르려니 당황스러웠지만 그나마 작은 거라 다행이었다.

그런데 그는 적극적이었다. 위 팔뚝이 보이도록 깨끗한 셔츠 소매를 걷어붙이고 뚫어뻥을 양날 검처럼 휘두르며 한걸음에 달려왔다. 워낙 손바닥만 한 집이라 집 안에 있으면 못 볼 수가 없는데도 그는 할로를 찾았다. "친구는 어디 있어요?" 그의 이름은 상당히 시적인 에즈라 메츠거였다. 부모님이 아들에게 건 기대가 컸던 모양이다.

"남자 친구네 집에 갔어요." 나는 돌려서 얘기할 기분이 아니었다.

게다가 나는 지금까지 에즈라에게 여러 번 잘해주었다. 한번은 정체 불명의 남자 둘이 이 집을 찾아와서 그에 대해 이것저것 물은 적이 있었다. CIA에 지원해서 그렇다는데, 내가 생각하기에는 어떤 관점에서 바라보든 끔찍한 발상이었지만 즉석에서 만들어낼 수 있는 한도 내에서 가장 훌륭한 칭찬을 했다. "그 사람은 남들 눈에 띄지 않겠다고 마음을 먹으면 절대 안 보이게 잘 숨어요."

"남자 친구네 집에 갔단 말이죠. 남자 친구 얘기는 들었어요." 에즈라는 나를 쳐다보았다. 그는 앞니를 빨아서 콧수염을 말았다 풀었다 하는 습관이 있었다. 그때도 아마 한참 동안 그랬을 것이다. 잠시 후에 그가 다시 말했다. "이렇게 안타까울 수가. 가지 못하게 막지 그랬어요."

"애초에 개를 들이지 말았어야죠. 집에 아무도 없었잖아요. 그거 불법 아니에요?"

예전에 에즈라가 자기는 관리인이 아니라 이 아파트의 펄떡이는 심장이라고 생각한다고 말한 적이 있었다. 인생은 정글이고 세상에는 그를 깔아뭉개려는 사람들이 있었다. 3층에 사는 일당이 그랬다. 그는 그들을 알지만 그들은 그를 몰랐고, 자기들이 도대체 어떤 인간을 상대하고 있는지도 몰랐다. 하지만 알게 될 것이었다. 에즈라의 눈에는 모종의 음모가 보였다. 그는 음모의 세계에 진을 치고 사는 사람이었다.

그는 명예라는 단어도 자주 들먹였다. 그의 콧수염이 번민으로 심하게 떨리는 것이 내 눈에 들어왔다. 만약 뚫어뻥으로 그 자리에서 할

복자살을 할 수 있었다면 아마 그랬을 것이다. 하지만 그는 순식간에 자기는 잘못한 게 아무것도 없음을 깨달았다. 번민이 분노로 바뀌었다. "남자 친구 손에 죽는 여자들이 1년에 몇 명인지 알아요?" 그가 물었다. "친구의 목숨을 구해줬는데 고맙다고 하지는 못할망정."

싸늘한 침묵이 우리 둘 사이에 자리 잡았다. 15분이 지난 다음에서야 그가 탐폰을 당겨서 꺼냈다. 내가 쓰고 버린 게 아니었다.

나는 다시 침대에 누우려고 했지만 베갯잇에 길고 까만 머리카락들이 붙어 있었고 시트에서 바닐라 향수 냄새가 났다. 쓰레기통에 픽시 스틱스* 껍질이 있었고, 도마 없이 뭘 잘랐는지 금색 반짝이가 박힌 포마이카 조리대에 칼자국이 남았다. 할로는 가는 데마다 흔적을 남기는 스타일이었다. 점심때 먹으려고 했던 블루베리 요거트가 사라지고 보이지 않았다. 토드가 쾅 하고 문 닫는 소리와 함께 형편없는 문워크를 하며 들어왔다. 불법 거주자가 우리 집에 들어왔다는 소식에 문워크가 더 형편없어졌다.

토드의 아버지는 아일랜드 교포 3세이고 어머니는 일본 교포 2세인데 사이가 지독하게 나빴다. 어렸을 때 토드는 여름방학 동안 아버지와 지내고 나면 예기치 못했던 지출로 인해 어머니가 지불해야 하는 청구서 목록을 들고 돌아갔다. 찢어져서 새로 산 〈스타워즈〉 티셔츠—$17.60, 신발 끈—$1.95, 이런 식이었다. 토드는 너처럼 평범한 가족들과 지내면 정말 좋을 것 같다고 입버릇처럼 이야기했다.

---

* 빨대 모양의 포장지 안에 새콤달콤한 가루가 담긴 제품.

한때는 그도 아일랜드 하프와 아니메*를 한데 어우르는 융합 실험을 꿈꾸었다. 하지만 지금은 둘이 서로 극과 극이라는 것을 알았다. 그의 표현을 빌리자면 그 둘은 물질과 반물질이었다. 세상의 이 끝과 저 끝이었다.

'덜떨어진 녀석' 사건 이후에 토드는 욕을 쓸 일이 있으면 일본 쪽에서 물려받은 유산을 뒤졌다. **바카**(바보), **오바카상**(바보 양반), **기사마**(또라이). "그런 짓을 하다니 **기사마** 아니야?" 그가 물었다. "우리 열쇠 바꿔야 하는 거 아니야? 바꾸려면 얼마 드는지 알아?" 그는 자기 방으로 들어가서 CD 개수를 세더니 다시 밖으로 나왔다. 나는 시내로 피신해서 커피를 마시고 싶었지만, 집을 지키고 있다가 트렁크를 받아야 했다.

트렁크는 배달될 기미가 없었다. 5시 5분에 항공사—800-FUCK-YOU**—로 전화를 걸었더니 새크라멘토 공항의 수화물 분실과로 직접 연락하라고 했다. 중요한 전화인데도 새크라멘토 공항에서는 전화를 받지 않았다.

7시쯤에 전화벨이 울렸지만 집에 잘 도착했는지 엄마가 확인차 전화한 거였다. "절대 아무 말 하지 않겠다고 한 거 나도 알지만 너한테 일기장을 넘기고 났더니 참 홀가분하다. 무거운 짐을 내려놓은 듯한 심정이야. 됐다. 앞으로는 두 번 다시 얘기하지 않을게."

---

* 일본 애니메이션.
** 미국의 공공 안내 전화번호는 보통 800번으로 시작하는데, 다이얼 패드에 있는 숫자와 함께 기입된 철자를 대입하면 오바마케어 핫라인 전화번호가 800-FUCK-YO(U)가 되어 화제가 된 바 있다.

토드가 9시쯤에 사과의 뜻에서 심포지엄 레스토랑의 피자를 사 가지고 들어왔다. 여자 친구 기미 우치다도 와서 다 같이 〈결혼했고……아이도 있어요〉를 보며 피자를 먹었는데, 기미와 토드가 나흘 만에 만난 거라 소파가 좀 비좁아졌다. 나는 방으로 들어가서 책을 읽었다. 내 기억에는 그 당시에 『모스키토 코스트』*를 읽고 있었다. 아버지들이 자기 가족에게 저지르는 미친 짓거리들은 한도 끝도 없는 듯했다.

---

* 미국의 소설가이자 여행 작가인 폴 서루가 1981년에 발표한 소설. 주인공이 가족들을 데리고 문명과 동떨어진 오지로 떠난다는 내용을 담고 있다.

다섯

다음 날 아침에도 나는 전화벨 소리에 깼다. 트렁크를 찾았으니 오후에 갖다 주겠다는 항공사 전화였다. 내가 수업이 있다고 했더니 관리실에 맡겨놓겠다고 했다.

나는 3일이 지나도록 에즈라를 찾아가지 않았다. 그렇게 3일이 지나는 동안 할로와 밤에 한 번 만났다. 그녀가 청재킷 차림에 조그만 링 귀걸이를 달고 집으로 찾아왔다. 그녀는 머리에 묻은 금색 반짝이 가루를 손으로 털어내며 오는 길에 파티장을 지났더니 금가루가 묻었다고 했다. 금혼식 파티였다. "한 남자랑 평생 동안 같이 산 게 무슨 자랑거리라도 되는 모양이야." 그녀는 이렇게 말하고는 다시 덧붙였다. "저기. 너 화났다는 거 알아. 물어보지도 않고 너희 집에 쳐들어가다니 내가 완전 제정신이 아니었지. 알아."

"이젠 괜찮아." 내가 대답하자 그녀는 그렇다면 화요일밖에 안 돼서 부어라 마셔라 하기는 아직 이르지만(듣자 하니 요즘은 수요일에 시작된다고 하지만 1996년 당시에는 불타는 주말이 목요일에 시작되었다) 맥주 한잔 사겠다고 했다. 우리는 스위트 브라이어 서점을 지나고, 생활협동조합의 상징인 큼지막한 토마토 조각품을 지나고, 잭 인 더 박스 앤드 밸리 와인을 지나서 패러건 바가 있는 기차역 맞은편 모퉁이로 갔다. 해는 졌지만 지평선은 아직 시뻘겠다. 까마귀들이 나무 위에서 시끄럽게 울어댔다.

나는 이곳의 널찍한 하늘이나 울타리가 쳐진 평평한 땅, 사시사철 가실 줄 모르는 쇠똥 냄새를 처음부터 좋아하지는 않았다. 하지만 이제는 울타리를 보면 그런가 보다 하고, 쇠똥 냄새를 잘 느끼지 못하며, 하늘 예찬자가 되었다. 세상에서 가장 멋진 저녁노을보다 내가 직접 감상한 저녁노을이 최고다. 별은 많을수록 좋다. 나는 까마귀도 그렇다고 생각하지만 나와는 생각이 다른 사람들도 있을 것이다. 그건 그 사람들 손해다.

나는 패러건에 간 적이 거의 없었다. 대학생들은 다른 술집을 애용한다. 패러건은 데이비스에서 가장 불량스러운 주점이다. 그러니까 그 집 단골들은 대부분 데이비스고등학교에서 미식축구 아니면 스케이트보드 아니면 맥주 파티를 즐기며 짜릿한 학창 시절을 보냈던 돌연변이 좀비들이고, 장난이 아닌 분위기를 솔솔 풍긴다고 보면 된다. 텔레비전에서는 스포츠 중계가 왁자지껄 흘러나왔고—닉스 대 레이커스였다—무기력한 향수가 가게 안에 충만했다. 이것이 포화 지경에 이르면 간간이 소음이 터졌다.

모두들 할로를 아는 눈치였다. 바텐더가 직접 술을 가져다주었다. 내가 땅콩을 몇 알 먹을 때마다 그가 와서 접시를 채웠다. 우리가 맥주를 다 마시면 누군가가 새 맥주를 보내고 우리 테이블로 건너왔지만 그때마다 할로가 딱지를 놓았다. 달콤하고 환한 미소를 지으며 이렇게 말했다. "정말 미안하지만 우리가 **지금** 뭘 하던 중이라서."

나는 그녀에게 물었다. 어디에서 왔는지(프레즈노), 데이비스에 온 지 얼마나 됐는지(3년), 학교를 졸업하면 뭘 할 생각인지. 그녀의 꿈은 오리건 주 애슐랜드에서 살며 거기 있는 셰익스피어 컴퍼니의 무대 연출과 조명을 맡는 것이었다.

그녀는 내게 물었다. 청각장애인과 시각장애인 중에서 뭐가 낫고, 똑똑한 것과 예쁜 것 중에서 뭐가 나은지. 사람 하나 구하는 셈치고 싫어하는 남자하고 결혼할 수 있겠는지. 질 오르가슴을 느껴본 적 있는지. 가장 좋아하는 슈퍼히어로로는 누군지. 정치인 중에서 한 명을 고르라면 누구와 오럴섹스를 하고 싶은지.

내 평생 그렇게 철저하게 발가벗겨지기는 처음이었다.

어머니와 아버지 중에 누굴 더 좋아하는지.

이제 우리는 위험한 영역으로 접어들고 있었다. 피하고 싶은 화제가 있으면 침묵을 지키는 게 좋을 때도 있지만, 다른 이야기를 열심히 늘어놓는 게 좋을 때도 있다. 나는 지금도 필요한 경우에는 수다스러워질 수 있다. 수다스러워지는 법을 잊어버리지는 않았다.

그래서 나는 어렸을 때 농가에서 살다가 이사한 그해 여름에 대해 이야기를 시작했다. 나는 누가 가족에 대해서 물으면 기다렸다는 듯이 그 이야기를 꺼낸다. 스스럼없이 대하는 척하기 위해서, 마음을 열고 속내를 털어놓는 척하기 위해서다. 하지만 고래고래 고함을 질러야 하는 아수라장 술집 안에서는 효과가 반감된다.

그 이야기는 중반부에서부터 시작된다. 내가 조 할아버지와 프레데리카 할머니네 집으로 실려 가는 시점에서부터. 사전에 경고는 없었고 부모님이 이유를 뭐라고 설명했는지 기억이 나지 않는다. 하지만 부모님이 뭐라고 했건 나는 믿지 않았다. 나는 파멸의 바람이 불었을 때 알아차렸다. 나는 아주 끔찍한 짓을 저질렀기 때문에 내쳐지는 거였다.

우리 친할아버지, 친할머니는 인디애나폴리스에서 살았다. 후덥지근하고 바람이 안 통하며 좋다고 하기에는 2퍼센트 부족한, 묵은 과자 비슷한 냄새가 나는 집에서 살았다. 내 방에는 어릿광대 가면을 쓴 남자와 여자의 그림이 걸려 있었고, 거실에는 그 모조 오리엔탈 소품들이 널려 있었다. 정말로 가짜였다. 가짜 중의 가짜였다. 내가 실제 사람의 손톱이 박힌 심란한 성현 석상이 있었다고 하지 않았던가. 이제 그런 집에서 잠을 청해야 하는 어린아이를 상상해보기 바란다.

길거리에서 노는 몇 명 안 되는 아이들은 다들 나보다 나이가 한참 많았다. 나는 현관 스크린 도어 뒤에 서서 그들을 구경하며 내가 대답할 수 있는 뭔가를 물어봐주길 바랐지만 내 소원은 이루어지지 않았다. 가끔 뒷마당에 나가보기도 했지만 정원 손질을 할 필요가 없도록 조 할아버지가 콘크리트로 덮어버렸기 때문에 집보다 더 더웠다. 나는 공을 튕기거나 화단을 걸어가는 개미들을 잠깐 구경하다 들어가서 막대 사탕을 달라고 징징거렸다.

할아버지, 할머니는 거의 하루 종일 텔레비전을 보거나 그 앞 의자에 앉아서 졸았다. 나는 집에서와 달리 매주 토요일에 만화를 볼 수 있었는데 〈슈퍼 프렌즈〉를 최소 세 편 이상 보았으니 그 집에 최소 3주 동안 있었다는 뜻이 된다. 오후가 되면 셋이서 거의 날마다 연속극을 보았다. 래리라는 남자와 캐런이라는 아내가 등장하는 연속극이었다. 래리는 병원장이었고 캐런은 남편이 출근해 있는 동안 접대부로 일을 했다. 내 눈에는 별로 나쁠 것 없어 보였는데 나쁜 일이라고 했다.

"〈인생은 한 번뿐〉이네." 할로가 말했다.

"아무튼."

내가 쉴 새 없이 조잘거렸기 때문에 프레데리카 할머니는 짜증을 냈다. 할머니는 이 연속극이 예전에는 가족 이야기라서 다섯 살짜리 손녀와 같이 봐도 아무 문제 없었는데 이제는 순전히 선정적인 이야기뿐이라고 투덜거렸다. 하지만 조 할아버지는 내 수다 덕분에 연속극을 더 재미있게 볼 수 있다고 했다. 하지만 내가 죽은 척하려고 쌍둥이 남동생 행세를 하고, 내 아이가 죽으면 남의 아이를 훔쳐도 된다고 생각할까 봐 걱정이 됐는지 실제 사람들은 그러지 않는다는 걸 잊지 말라고 경고했다.

하지만 거의 하루 종일 할 일이 없었다. 오늘이 어제 같았고 매일 밤마다 어릿광대 가면을 쓴 누군가에게 꼬집히는 악몽을 꾸었다. 아침 메뉴는 구역질 나는 하얀 반점이 박힌 스크램블드에그였다. 나는 그 스크램블드에그를 절대 먹지 않았지만 그래도 메뉴는 바뀌지 않았다. "그러다 땅꼬마 될라." 프레데리카 할머니는 내가 남긴 아까운 스크램블드에그를 쓰레기통에 버리며 이렇게 말했다. 그리고 또 만날 했던 말은 "생각할 게 있는데 잠깐만 조용히 해줄래?" 내 기억이 닿는 먼 옛날부터 계속 듣던 말이었다. 그 당시에 내 대답은 "싫어요"였다.

그러다 미용실에서 만난 어떤 아주머니가 나더러 자기 집에 와서 자기 아이들과 놀면 되겠다고 했다. 우리는 차를 몰고 찾아갔다. 알고 보니 그 아주머니의 아이들은 건장한 사내아이 둘이었다. 그중 한 명은 여섯 살밖에 안 됐는데 몸집이 이미 어마어마했다. 그 집에는 트램펄린이 있었는데, 내가 뛸 때마다 입고 간 치마가 펄럭여서 속옷이 다 보였다. 아이들이 그걸 가지고 놀렸는지 아니면 내가 그냥 원초적인 수치심을 느꼈는지 기억이 나지 않는다. 아무튼 그길로 나는 폭발했다. 모두들 딴 데 정신이 팔려 있었을 때 나는 집까지 걸어갈 작정을 하고 대문 밖으로 빠져나왔다. 블루밍턴의 진짜 집까지 걸어갈 작정이었다.

한참 걸어야 한다는 건 알고 있었다. 길을 잘못 들 수 있다는 생각은 하지 못했던 것 같다. 나는 그늘이 진 잔디밭과 스프링클러가 있는 길을 골라서 갔다. 현관 앞에 나와 있던 어떤 아주머니가 부모님은 어디 계시느냐고 묻길래 나는 할아버지네 집에 와 있다고 대답했다. 아주머니는 더 이상 아무것도 묻지 않았다. 그 집에서 나왔을 때 이미 늦은 시각이었던 모양이다. 기분상으로는 어떻게 느껴졌을지 몰라도 다

섯 살밖에 안 된 내가 멀리까지 걸어갔을 리 없는데 금세 날이 어두워
지기 시작했다.

나는 색깔이 마음에 드는 어떤 집을 골랐다. 밝은 파란색으로 칠한
건물에 빨간색 문이 달려 있었다. 그리고 동화 속에 나오는 집처럼 아
담했다. 내가 문을 두드리자 러닝셔츠 위에 목욕 가운을 걸친 남자가
나왔다. 그는 나를 안으로 들여서 식탁에 앉히고 쿨에이드를 한 잔 주
었다. 좋은 사람이었다. 나는 래리와 캐런, 어릿광대, 덩치 큰 사내아
이, 블루밍턴까지 걸어가려는 계획에 대해서 이야기했다. 그는 아주
심각한 표정으로 열심히 듣더니 내가 미처 알아차리지 못했던, 내 계
획의 몇 가지 문제점을 지적했다. 아무 집 대문이나 두드려서 점심이
나 저녁을 달라고 하면 싫어하는 음식이 나올 수 있었다. 어떤 집에서
는 그게 규칙이기 때문에 설거지를 해야 할 수 있었고, 양배추가 됐건
간이 됐건 내가 제일 싫어하는 음식을 먹으라고 줄 수 있었다. 이쯤 되
자 나는 블루밍턴까지 걸어가겠다는 계획을 기꺼이 포기할 마음이 들
었다.

그래서 나는 할아버지 성이 쿡이라고 알려주었고, 그는 전화번호부
에 기재된 몇 군데 집에 전화를 돌린 끝에 우리 할아버지, 할머니를 찾
아냈다. 할아버지, 할머니가 데리러 왔고 나는 바로 다음 날 집으로 돌
려보내졌다. 성가시고 정말 시끄러워서 데리고 있지 못하겠다는 이유
에서였다.

"어머니가 동생을 낳거나 해서 그런 거 아니었어?" 할로가 물었다.

"응." 내가 대답했다.

"그냥 문득 생각이 나서. 보통 그럴 때 할머니네 집에 보내잖아. 그러니까 전형적인 사례를 들자면."

동생이 생겨서가 아니라 어머니가 신경쇠약증에 걸려서 그런 거였는데 할로에게 솔직히 실토할 생각은 절대 없었다. 이 이야기의 장점은 관심을 다른 데로 돌리고 싶을 때 유용하게 써먹을 수 있다는 것이다. 그래서 나는 그 대신 이렇게 말했다. "아직 해괴한 부분이 남았어." 그러자 할로는 요란하게 손뼉을 치며 손깍지를 꼈다. 술을 마시더니 체포됐을 때처럼 아슬아슬할 정도로 까불거렸다.

셀틱스 유니폼을 입은 남자가 우리 테이블로 다가왔지만 할로는 손사래를 쳤다. 자기가 더 가슴 아프지만 어쩔 수 없다는 표정을 지으면서 그랬다. "아직 해괴한 부분이 남았거든." 그녀가 설명했다. 남자는 그 해괴한 부분을 같이 듣고 싶은 욕심에 옆에서 얼쩡거렸지만, 아무한테나 해도 될 이야기가 아니었기 때문에 나는 그가 갈 때까지 기다렸다.

"그 조그맣고 파란 집에 갔을 때 화장실을 써도 되느냐고 물었거든." 나는 언성을 낮추면서 할로의 입에서 나는 맥주 냄새를 맡을 수 있을 만큼 바짝 고개를 숙였다. "목욕 가운을 입은 남자가 2층 오른쪽에 있다고 했지만 내가 다섯 살이었잖아. 그래서 엉뚱한 방문을 열었어. 어떤 여자가 그 방 침대에 엎드리고 누워 있는데 팔다리가 등 뒤에서 팬티스타킹으로 묶여 있는 거야. 꼭 칠면조 구이처럼. 입에도 뭔가를 물고 있었어. 남자 양말 같은 걸.

내가 문을 여니까 여자가 고개를 돌려서 나를 쳐다봤어. 뭘 어쩌면 좋을지 모르겠더라고. 무슨 생각을 하면 좋을지도 모르겠고. 뭔가가 아주, 아주 잘못된 것 같은 날카롭고 서늘한 느낌뿐이었어. 그런데—"

누군가가 패러건 문을 열고 들어와서 다시 문을 닫자 잠깐 찬바람이 불었다.

"여자가 나를 보고 윙크를 하는 거야." 내가 말했다.

어떤 남자가 할로의 등 뒤로 다가와서 목덜미에 손을 얹었다. 캐나다 단풍나무 잎이 찍힌 까만색 니트 털모자를 썼고 날카로운 콧날은 왼쪽으로 살짝 휘었다. 서퍼 타입이지만 우울한 분위기였다. 잘생긴 얼굴이었고 내가 마지막으로 봤을 때는 대학교 구내식당에서 할로가 던지는 각설탕을 피하고 있었다. "로즈, 이쪽은 레그." 할로가 말했다. "내가 사랑이 뚝뚝 묻어나는 목소리로 누군지 얘기했었지?"

레그는 나를 알아보지 못했다. "일하러 간다더니?"

"너는 도서관에 간다더니?"

"공연에 엄청난 문제가 생겼다며? 그래서 전원 집합이라며?"

"너는 엄청난 시험이 있어서 공부해야 한다며? 네 미래가 그 시험 결과에 달렸다며?"

레그는 옆 테이블에서 의자를 끌어다가 앉고는 할로의 맥주를 마셨다. "나중에 내가 고마워질 거다." 그가 말했다.

"잠깐, 깜짝 놀랄 소식을 전해줄게." 할로가 달콤한 목소리로 운을 뗐다. 그리고는 이렇게 말했다. "로즈메리가 제일 좋아하는 슈퍼히어로는 타잔이래."

"아니, 그건 아니지." 레그가 일말의 망설임도 없이 대꾸했다. "타잔은 초능력이 없잖아. 그러니까 슈퍼히어로가 아니지."

"나도 그렇게 얘기했는데!"

진짜 그랬다. 나는 할로가 묻기 전까지는 제일 좋아하는 슈퍼히어로가 없었다. 그래서 자유분방한 자유연상 훈련을 하며 다른 질문에 대답했을 때처럼 충동적으로 타잔을 선택했다. 그런데 그녀가 내 선택에 의문을 제기할수록 점점 더 거기에 집착하게 됐다. 나는 누가 반대하고 나서면 그러는 성향이 있다. 우리 아빠한테 물어보면 알 거다.

이제 와서 논의를 재개하다니 비겁한 수작이었다. 설득에 넘어가는 척해놓고 납작 엎드려서 응원군이 도착하길 기다리다니.

하지만 수적인 열세가 설득의 이유는 될 수 없었다. 적어도 우리 집에서는 그랬다. "해석의 문제지. 이쪽 세계에서는 평범한 사람이 저쪽 세계에서는 초능력자가 되잖아. 슈퍼맨을 봐."

하지만 레그는 슈퍼맨을 인정하지 않았다. "배트맨이 내 한계야. 그 이상은 사양한다." 그는 그 섹시한 모자 밑에 쌍각류 조개의 뇌를 담고 다녔다. 그와 살을 섞는 사람이 내가 아니라서 다행이었다.

여섯

　사실 나는 버로스*의 작품을 읽은 적이 없었다. 우리 부모님이 그런 책을 집 안에 둘 리 없었다. 내가 타잔에 대해서 아는 거라고는 쥐똥만큼도 없었다. 레그가 이 책의 인종차별주의에 대해 일장 연설을 늘어놓기 시작했지만, 나는 이 책이 인종차별주의적인지 어쩐지 알지 못했고 그렇다 한들 타잔의 잘못도 아니었다. 만약 타잔이 인종차별주의자라면 문제가 심각해지겠지만, 무지를 인정하는 것이 말다툼에서 이길 수 있는 방법은 아니었다. 때문에 내게 남은 것은 **어머나, 시간이 벌써 이렇게 됐네,** 수법밖에 없었다.

　나는 어두컴컴한 바둑판 모양의 거리를 혼자 걸어갔다. 기다란 열

---

* Edgar Rice Burroughs(1875~1950). 미국의 대중 소설가이자 영화 〈타잔〉의 원작자.

차가 천둥소리를 내며 내 오른쪽을 지나가자 신호등이 켜지면서 종소리와 함께 차단기가 내려왔다. 찬바람에 나뭇잎들이 바스락거렸고, 우드스톡 피자 가게 앞에 한량들이 몇 명 모여 있길래 부딪치기 싫어서 길을 건넜다. 그중 한 명이 같이 놀자고 불렀지만 전혀 마음이 동하지 않았다.

토드가 아직 깨어 있었다. 그도 버로스의 작품을 읽지 않았지만, 만화 버전 〈정글의 왕자 타짱〉의 광팬이었다. 타짱에게는 초능력이 있었다. 확실히 있었다. 토드는 어떤 시리즈인지 설명해주면서(내가 보기에는 요리와 포르노가 섞인 유쾌한 조합 같았다) 다음번에 집에 다녀올 때 몇 권 가져다주겠다고 했지만 일본어를 몰라도 읽을 수 있을지 의문이었다.

그는 이제 내가 강조하고 싶은 부분—레그가 밥맛이라는 것—에는 관심도 없었다. 도쿠히로 마사야*는 천재라며, 자기가 강조하고 싶은 부분을 떠들어대느라 여념이 없었다. 어쨌거나 레그가 어이없을 만큼 황당한 태도를 보였는지, 그것조차 점점 애매해져 가고 있었다. 애초에 내가 왜 타잔에 대해서 지껄였는지 모를 일이었다. 많이 취했었나 보다.

나는 결국 하루인가 이틀 밤 뒤에 에즈라를 찾아갔다. 그는 내 트렁크를 가지고 있었지만 화가 아직 풀리지 않았는지 지금 당장은 돌려

* 德弘正也(1959~). 1993년 10월부터 1994년 9월까지 방영된 난바 히토시 감독의 TV 애니메이션 〈정글의 왕자 타짱〉의 원작자.

줄 수가 없다고 했다. "너무 바빠서요?" 나는 못 믿겠다는 투로 물었다. 이 아파트가 도대체 몇 층이나 된단 말인가.

"당근이죠." 그가 말했다. "내가 얼마나 바쁜지 모른다는 것 자체가 나에 대해서 아는 게 거의 없다는 증거네요."

그는 이틀이 더 지난 다음에서야 청소 도구함 문을 열고(그 안에는 식수를 심각하게 오염시킬 수 있는 물건이 들어 있었다. 에즈라가 말하길 그것만 있으면 이 도시 전체를 독살할 수도 있었다. 따라서 그 물건이 3층에 사는 인간들과 같은 테러 분자들의 손에 넘어가지 않도록 여기에 보관하는 것이 그의 임무였다) 트렁크를 꺼내주었다. 연하늘색의 하드 케이스였다.

"아, 맞다. 깜빡했네." 그가 말했다. "어제 어떤 남자가 찾아와서 학생의 오빠 트래버스라고 했는데. 학생이 올 때까지 기다리겠다고 했지만 내가 그랬어요. 자기가 없을 때 친구나 가족을 집 안에 들이면 그 학생이 얼마나 난리를 부리는지 상상도 못 할 거라고."

나는 그 손님이 정말 오빠였을지 믿기지 않는 한편으로 오빠가 드디어 나를 찾아왔다는 사실에 기뻐서 깜짝 놀랐고, 에즈라가 돌려보냈다고 하니 두 번 다시 찾아오지 않을지 모른다는 생각에 머리에서 김이 모락모락 나서 갈피를 잡을 수가 없었다. 한꺼번에 느끼기에는 너무 복잡한 감정의 조합이었다. 나는 낚싯바늘에 걸린 물고기마냥 심장이 철렁했다.

부모님 앞으로 지금도 어쩌다 한번씩 엽서가 배달되기는 했지만, 내가 오빠에게 마지막으로 개인적인 연락을 받은 것은 고등학교를 졸업했을 때였다. 오빠는 앙코르와트 사진 뒷면에 이렇게 적었다. **넓은 세상에서 큰사람이 되라.** 엽서에는 런던 소인이 찍혀 있었다. 그러니까 어디에 있는지 몰라도 런던은 아니라는 뜻이었다. 에즈라의 전언에서 가장 설득력 있는 부분이 뭔가 하면 오빠의 실제 이름이 트래버스가 아니라는 것이었다. 우리 오빠가 맞는다면 절대 본명을 쓸 리 없었다.

"나중에 다시 오겠다고 했어요?" 내가 물었다.

"아마도요. 아마 조만간 다시 오겠다고 했을 거예요."

"조만간이면 하루 이틀 뒤에요, 아니면 며칠 뒤에요? 하루 이틀 뒤에 오겠다고 했어요, 아니면 며칠 뒤에 오겠다고 했어요?"

하지만 에즈라의 응대는 거기까지였다. 알려야 할 필요성이 있는 정보만 알리는 게 그의 원칙이었다. 그는 앞니를 빨며 기억이 나지 않는다고 했다. 그는 바쁜 사람이었다. 아파트 한 채를 관리해야 하지 않는가.

나는 어렸을 때 오빠가 세상에서 제일 좋았다. 끔찍할 때도 많았지만 그렇지 않은 때도 있었다. 오빠는 몇 시간 동안 나를 붙잡고 캐치볼과 카드를 가르쳐주었다. 카지노와 잘 기억은 안 나지만 진 러미, 고 피시, 하츠, 스페이즈를 가르쳐주었다. 오빠도 포커를 잘 쳤지만 오빠한테 배운 내가 더 잘 쳤다. 나 같은 꼬맹이가 그렇게 잘 칠 줄 아무도 예상하지 못했기 때문이었을 것이다. 우리는 오빠의 친구들을 많이 벗겨먹었다. 그 친구들이 오빠한테는 현금으로 결제했지만 나는 그보다 좀 더 보편적으로 통용되던 가비지 페일 키즈 카드를 받았다. 한때는 내 수중에 그 카드가 수백 장이었다. 나는 그중에서도 버기 베티라는 초록색 파리 여자아이를 제일 좋아했다. 웃는 얼굴이 참 예뻤다.

하루는 스티븐 클레이모어라는 아이가 내게 돌멩이를 넣은 눈덩이를 던진 적이 있었다. 내가 그에게 면부득한 존재라고 했는데, 맞는 말이었건만 왠지 안 좋은 소리처럼 들린다는 이유에서였다. 나는 이마에 스펀지 같은 혹을 달고 무릎에 자갈이 박힌 채로 집에 갔다. 다음 날 학교로 찾아온 오빠가 스티븐의 팔을 등 뒤로 꺾어서 사과를 받아내고, 나를 데리 퀸에 데리고 가서 자기 돈으로 초콜릿을 입힌 아이스크림콘을 사주었다. 내 친구의 팔을 꺾은 것도 그렇고 우리 둘 다 말도 없이 각자의 학교를 무단이탈한 것도 그렇고 나중에 문제가 됐지만, 그 무렵 우리 가족의 행동 방칙이 애매모호했던 데다 오빠가 얽히면 복잡해졌기 때문에 우리 둘 다 실질적으로 처벌을 받지는 않았다.

내가 캘리포니아대학교 데이비스 분교를 선택한 데에는 여러 가지 이유가 있었다.

첫째, 집하고 워낙 멀기 때문에 나에 대해서 아무도 모른다.

둘째, 어머니와 아버지가 좋다고 했다. 같이 캠퍼스 구경을 했을 때 부모님은 이 도시가 사실상 중서부나 다름없다고 했다. 특히 널찍한 자전거도로에 홀딱 반했다.

하지만 셋째로 가장 실질적인 이유는 오빠 때문이었다. 부모님도 내 의도를 분명 아셨을 테고 거기에 희망을 걸었을 것이다. 그렇지 않았더라면 평소에 짠돌이로 유명한 우리 아버지가 인디애나 주에도 더할 나위 없이 훌륭한 대학이 많고 그중 하나는 우리 집에서 몇 블록만

가면 나오는데, 중서부를 닮은 이 나라 모든 도시의 모든 자전거도로를 갖다 바친들 다른 주에 있는 대학의 비싼 학비를 1년 동안 대줄 이유가 없었다.

하지만 FBI에서 말하길 오빠가 가출하고 약 1년이 지난 1987년 봄에 데이비스에서 지낸 적이 있다고 했는데, 정부에서 하는 말이 틀릴리 없었다. 멈춘 시계도 하루에 두 번은 맞는다고 하지 않는가. 그들이 지목한 곳이 데이비스 딱 한군데였다.

그리고 나는 부모님의 외동딸 노릇을 계속할 자신이 없었다. 내 상상 속에서 오빠가 내 아파트 문을 두드리면, 나는 토드에게 게임보이를 빌리려고 하거나 유해 폐기물 처리 원칙을 다시 정하러 나선 에즈라일 거라고 생각하며 문을 연다. 나는 오빠를 한눈에 알아본다. 어휴, 얼마나 보고 싶었는지 몰라. 오빠는 이렇게 말하면서 나를 끌어안는다. 내가 떠난 뒤에 어떤 일들이 있었는지 전부 다 듣고 싶어.

마지막으로 오빠를 보았을 때 나는 11살이었고 오빠는 나를 증오했다.

트렁크는 내 것이 아니었다. 두말하면 잔소리였다.

일곱

내가 할로에게 했던 이야기—인디애나폴리스의 할머니 댁으로 보내진 이야기—는 내가 하려는 이 이야기의 중반부가 아니다. 할로한테 얘기했을 때는 중반부에서부터 이야기를 시작하겠다고 했지만, 실제 사건과 진술은 별개의 개념이다. 그 이야기가 사실이 아니라는 뜻은 아니다. 내가 그때 일을 제대로 기억하고 있는지 아니면 어떤 식으로 얘기하면 되는지를 기억하고 있는지, 이제는 솔직히 잘 모르겠다는 것일 뿐.

말은 우리 기억에 이런 영향을 미친다. 우리 기억을 단순하게 정리하고 단단하게 굳히며 성문화하고 영구 보존한다. 여러 번 되풀이된 이야기는 가족 앨범 속의 사진과 같다. 결국에는 포착하려던 순간이 그것으로 대체된다.

오빠가 등장한 이 시점에 도달하고 보니 뒤로 돌아가지 않고서는 앞으로 나아갈 방법이 보이지 않는다. 그 이야기의 결말, 그러니까 내가 할머니네 집에서 우리 가족에게로 돌아간 때로 말이다.

마침 그 지점에서 내가 어떻게 마무리를 지으면 되는지 아는 부분이 끝나고, 지금까지 한 번도 말한 적 없는 이야기가 시작된다.

제2부

……달력으로 따지면 짧은 시간일지 몰라도,
제가 그랬던 것처럼 가끔 멋진 사람들, 충고, 박수갈채
그리고 관현악 연주와 동행할 때가 있긴 해도 기본적으로
혼자 전속력으로 질주하기에는 한없이 긴 시간이죠…….

— 프란츠 카프카, 「어느 학술원에 보내는 보고서」

하나

그리하여 때는 1979년. 양의 해. 기미년.

여러분들이 기억할지 모르는 그 당시 사건들을 소개하자면, 마거릿 대처가 이제 막 수상으로 선출되었다. 이디 아민이 우간다에서 망명했다. 지미 카터가 조만간 이란 인질 사태에 직면하게 된다. 그나저나 그는 늪토끼에게 공격당한 전무후무한 미국 대통령이었다. 지지리 운도 없지.

그리고 여러분들이 당시 모르고 지나갔을 사건들을 소개하자면, 그해에 이스라엘과 이집트가 평화조약을 체결했고 사하라사막에서 30분 동안 눈이 내렸다. 동물보호연맹이 결성되었다. 마들렌 섬에서 시셰퍼드 호의 선원 여덟 명이 1,000여 마리의 바다표범 새끼들에게 유독하지 않지만 절대 지워지지 않는 빨간색 염색약을 뿌렸다. 새끼들의 가죽을 못 쓰게 만들어 사냥꾼들의 손아귀에서 보호하기 위해서였다. 그들은 체포되었고, 완벽한 조지 오웰식 이중 화법으로 표현하자면 바다표범 보호법 위반죄로 기소되었다.

시스터 슬레지의 〈위 아 패밀리〉가 라디오에서 흘러나왔고, 텔레비전에서는 〈해저드 마을의 듀크 가족〉이 방송되었다. 극장에서는 〈브레이킹 어웨이〉가 상영되었는데, 인디애나 주 블루밍턴에서는 간판을 내릴 태세를 갖추고 있었다.

이 중에서 내가 그 당시에 알고 지나간 것은 〈브레이킹 어웨이〉뿐이었다. 1979년에 나는 다섯 살이었고 나만의 고민거리가 있었다. 하지만 블루밍턴이 그 정도로 격앙된 분위기였다. 고뇌하던 아이들조차 할리우드의 뜨거운 열풍을 감지할 수 있었다.

우리 아버지는 분명 장 피아제*의 이론상 다섯 살이면 내가 인지적 사고나 감정 발달 면에서 아직 전조작기였다고 짚고 넘어가주길 바랄 것이다. 좀 더 자란 내가 지금의 관점에서 그 당시 내가 여러 사건들을 논리적으로 이해했던 것처럼 포장하는 거라고 여러분에게 양해를 구하고 싶어 할 것이다. 전조작기에 느끼는 감정은 원래 이분법적이고 극단적이라고 말이다.

그 부분은 얘기했다 치고 넘어가기로 하자.

* Jean Piaget(1896~1980). 스위스의 심리학자. 인간의 인지발달 과정을 감각운동기, 전조작기, 구체적 조작기, 형식적 조작기의 네 단계로 구분한 인지발달이론으로 유명하다.

살다 보면 이분법적이고 극단적인 감정을 느낄 수밖에 없는 때도 있기 마련이다. 한마디로 간단하게 정리해서 얘기하자면 그 당시 우리 가족은 남녀노소 할 것 없이 전부 다 정말, 정말, 정말 제정신이 아니었다.

내가 트램펄린에서 작고 파란 집까지 수도 횡단 여행을 떠난 다음 날, 아버지가 찾아왔다. 할머니, 할아버지가 나를 데리고 가라고 연락해서 그런 거였는데 아무도 나한테 그 부분에 대해서 제대로 알려주지 않았다. 나는 그때까지도 내가 할머니네 집으로 버림을 받았는데 두 분이 나를 키우지 않겠다고 하는 걸로 알고 있었다. 그럼 어디로 가게 될까? 이제는 누가 나를 사랑해줄까? 나는 최대한 얌전하게 울었다. 아버지는 내가 우는 걸 싫어했기 때문에 그래야 희망이 있었다. 하지만 아무도 나의 엄청난 자제심에 감탄하지 않았고 아버지는 나의 눈물조차 알아차리지 못한 눈치였다. 나와의 인연을 끊은 게 분명했다.

어른들이 소곤소곤 불길한 대화를 나누는 동안 나는 방 밖으로 쫓겨났고, 짐을 싸서 자동차 뒷좌석에 올라타고 차가 움직이기 시작한 뒤에도 집으로 가는 줄 몰랐다. 집으로 가는 게 아니었으니 알든 모르든 별 차이가 없긴 했다.

어렸을 때 나는 우울한 일이 생기면 잠을 도피 수단으로 삼았다. 그때도 그러고 나서 눈을 떠보니 낯선 방이었다. 그런데 낯익은 물건들이 그 방에서 가장 낯설었다. 내 서랍장이 창가에 놓여 있었다. 나는 내 침대에 누워서 내 이불을 덮고 있었다. 나를 사랑했던 시절에 프레데리카 할머니가 발치에서 베개까지 손바느질로 해바라기를 아플리케 처리해서 만들어주신 이불이었다. 하지만 서랍 안에는 아무것도 없었고 이불을 들추면 맨 매트리스가 드러났다.

창가에 상자로 만든 요새가 쌓여 있었다. 그중 하나가 캔맥주를 넣는 다목적 상자였는데, 달걀 모양으로 허시 키세스 초콜릿 자국이 남은 『괴물들이 사는 나라』 표지가 손잡이 구멍 사이로 보였다. 나는 상자 위로 올라가서 밖을 내다보았다. 사과나무도 없고 헛간도 없고 칙칙한 벌판도 없었다. 그 대신 바비큐용 그릴과 녹이 슨 그네, 관리가 잘된 텃밭―토마토가 빨갛게 익어가고 완두 꼬투리가 고개를 내밀었다―이 있는 어느 집 뒷마당이 이중 유리창 뒤에서 어렴풋이 아른거렸다. 예전에 살았던 농장에서는 그런 채소들이 있으면 덩굴 위에서 익기 전부터 따서 먹거나 버렸는데.

예전에 살았던 농장은 으르렁거리고 빽빽거리고 꽥꽥거렸다. 항상 누군가가 피아노를 치거나 세탁기를 돌리거나 침대 위에서 뛰거나 프라이팬을 두드리거나 통화 중이니까 다들 조용히 좀 하라고 소리를 질렀다. 그런데 이 집은 꿈속처럼 고요했다.

그때 내가 무슨 생각을 했는지 모르겠지만 이제 여기서 혼자 사는가 보다고 생각하지 않았을까. 무슨 생각이 들었든 간에 나는 울음이 터져서 다시 침대로 들어가 잠을 청했다. 간절히 바랐는데도 일어나보니 방도 그대로, 눈물도 그대로였다. 나는 간절하게 어머니를 찾았다.

어머니 대신 아버지가 들어와서 나를 안아 올렸다. "쉬잇. 어머니는 옆방에서 주무시고 계셔. 무서웠니? 미안하다. 여기가 우리 집이야. 여긴 네 방이고."

"다들 여기서 나랑 같이 사는 거예요?" 나는 아직 마음을 놓을 수 없었기에 조심스럽게 물었다. 내가 꼬집기라도 한 것처럼 아버지가 움찔하는 게 느껴졌다.

아버지는 나를 내려놓았다. "네 방이 얼마나 더 커졌는지 보이지? 여기서 우리가 아주 행복하게 지낼 수 있을 거야. 둘러봐라. 여기저기. 어머니 방에만 들어가지 말고."

예전 집은 바닥에 상처 난 나무나 리놀륨이 깔려 있어서 대걸레와 물이 든 양동이만 있으면 금세 닦을 수 있었다. 이 집은 내 방에서부터 복도까지 따끔거리는 은색 카펫이 빈틈없이 깔려 있었다. 여기서는 양말을 신고 스케이트를 탈 수 없었다. 이 카펫 위에서는 킥보드도 탈 수 없었다.

새집 2층은 내 방, 부모님 방, 벌써 벽에 칠판이 걸린 아버지의 서재 그리고 파란색 욕조에 샤워커튼이 없는 욕실로 이루어져 있었다. 내 방은 농장의 환하고 조그만 구석방보다 컸을지 몰라도 집 자체는 전보다 작았다. 아니면 다섯 살 때는 그런 걸 아직 몰랐을 수도 있겠다. 피아제에게 물어보라.

1층은 타일을 붙인 벽난로가 딸린 거실, 아침 식탁이 딸린 부엌, 샤워기는 있지만 욕조는 없는 좀 더 작은 욕실 그리고 그 옆에 오빠 방이 있었다. 오빠 침대에는 담요가 없었는데, 그날 밤이 되어서야 뒤늦게 파악한 이유에 따르면 오빠가 새집에 발을 들여놓길 거부하며 단짝 마르코네 부모님이 내쫓기 전까지 그 집에서 살겠다고 했기 때문이었다.

바로 그게 오빠와 나의 차이점이었다. 나는 늘 내쳐질까 두려워했고 오빠는 늘 먼저 떠났다.

방마다 상자가 있었고 개봉된 상자는 거의 없었다. 벽에는 아무것도 없었고 선반에도 아무것도 없었다. 부엌에 그릇이 몇 개 있었지만 블렌더, 토스터, 제빵기는 보이지 않았다.

나는 열여덟 살 때까지 살게 될 그 집을 난생처음 둘러보며 무슨 일이 벌어졌는지 직감했다. 그 집에는 대학원생들이 연구할 공간이 없었다. 위아래로 들락거리며 아무리 찾아보아도 방이 세 개뿐이었다. 그중 하나는 오빠 방이었다. 또 하나는 부모님 방이었다. 또 하나는 내 방이었다. 나는 버림받지 않았다.

버림받은 쪽은 다른 아이였다.

나는 블루밍턴 생활을 접고 대학생으로 새출발하면서 어느 누구에게도 펀 언니에 대해서 **절대** 얘기하지 않기로 조심스럽게 마음을 먹었다. 대학생 시절에는 그녀에 대해서 절대 얘기한 적이 없었고 생각한 적도 거의 없었다. 누가 가족에 대해서 물으면 이혼하지 않은 부모님과 여행을 많이 다니는 오빠가 한 명 있다고 대답했다. 펀 이야기를 꺼내지 않는 것이 처음에는 결단이었지만 나중에는 고치기 힘든 습관이 되었다. 2012년인 지금까지도 나는 다른 누가 그녀의 얘기를 꺼내면 질색한다. 서서히 워밍업을 하는 단계가 필요하다. 나 스스로 타이밍을 골라야 한다.

그녀가 내 인생에서 사라졌을 때 나는 겨우 다섯 살이었지만 그래도 나는 그녀를 기억한다. 그녀의 냄새와 촉감, 얼굴과 귀와 턱과 눈의 단편적인 이미지를 또렷하게 기억한다. 팔과 발과 손가락까지도. 하지만 로웰처럼 완벽하게 기억하지는 못한다.

로웰은 우리 오빠의 본명이다. 우리 부모님이 고등학생 때 서로 만난 곳이 여름 과학 캠프가 열린 애리조나의 로웰 천문대였다. "하늘을 보러 갔는데 별들이 네 엄마의 눈에 들어 있지 뭐냐." 아버지가 이렇게 말할 때마다 나는 뿌듯한 마음이 반, 당황스러운 마음이 반이었다. 사랑에 빠진 괴짜 고등학생 커플.

펀이 사라졌을 때 나도 로웰처럼 분노했더라면 지금의 내가 이렇게 싫지 않았겠지만 그때는 부모님에게 화를 내는 것이 너무 위험하게 느껴졌기 때문에 나는 대신 겁에 질렸다. 그리고 또 한편으로는 안심했다. 내가 버림받은 쪽이 아니라 선택받은 쪽이라는 데 부끄럽도록 격렬하게 안심했다. 나는 그랬던 기억이 날 때마다 내가 겨우 다섯 살이었다는 사실을 떠올리려고 애를 쓴다. 그 부분에 있어서만큼은 나 스스로 정당한 평가를 내리고 싶다. 나를 용서할 수 있으면 좋겠지만 아직은 그러지 못했고 앞으로도 그럴 수 있을지 모르겠다. 아니, 용서해야 하는 건지도 모르겠다.

인디애나폴리스에서 할머니, 할아버지와 보낸 몇 주가 아직까지도 내 인생사상 가장 극명한 경계선이자 나의 루비콘 강이다. 그 전에는 언니가 있었다. 그 후에는 없어졌다.

그 전에는 내가 말을 많이 할수록 부모님이 기뻐하는 눈치였다. 그 후에는 남들처럼 부모님도 나더러 조용히 있어달라고 했다. 나는 결국 조용한 아이가 되었다(하지만 어느 정도 시간이 지난 다음부터였고 주변의 요구에 부응하느라 그런 건 아니었다).

그 전에는 오빠가 우리 가족이었다. 그 후에는 오빠가 우리를 떨쳐버릴 수 있을 때까지 시간만 때웠다.

그 전에는 많은 일들이 벌어졌지만 내 기억 속에서 지워지거나 떨어져 나가서 동화 같은 압축본만 남았다. 한때는 마당에서 사과나무가 자라고 개울이 흐르고 눈동자가 달빛 색깔인 고양이가 사는 집이 있었다. 그러다 기억나는 게 많은 몇 개월이 이어지는데, 대부분의 기억들이 수상하리만치 선명하다. 나는 어린 시절의 아무 기억이나 끄집어내면 그것이 언니가 있었을 때 일인지 아니면 언니가 사라지고 난 뒤의 일인지 당장 대답할 수 있다. 어떤 내가 그 자리에 있는지 기억하기 때문이다. 언니가 있을 때의 나인지, 없을 때의 나인지. 그 둘은 서로 전혀 다르다.

하지만 의혹의 소지가 있다. 나는 겨우 다섯 살이었다. 어떻게 다섯 살짜리가 한 줌의 대화를 토씨 하나까지 기억할 수 있으며, 라디오에서는 정확히 무슨 노래가 흘러나왔는지, 나는 무슨 옷을 입고 있었는지 기억할 수 있을까? 내가 커튼 위로 올라가서 우리 가족을 내려다보고 있기라도 한 것처럼, 말도 안 되게 전지전능한 시점에서 기억하는 장면이 그렇게 많은 이유가 뭘까? 선명한 색상과 입체음향으로 생생하게 기억하는 광경이 하나 있건만, 실제로는 없었던 일이라고 믿어

의심치 않는 이유는 뭘까? 그 부분에 대해서는 머릿속에 담아두었다가 나중에 다시 이야기하기로 하자.

조용히 있어달라는 소리를 자주 들은 기억은 나지만 그때 내가 무슨 이야기를 하고 있었는지는 거의 기억나지 않는다. 이와 같은 기억의 단절로 인해 그때부터 벌써 말수가 준 것 아니냐는 오해를 불러일으킬 수도 있겠다. 하지만 앞으로 소개하는 여러 일화에서 내가 아니라고 말하지 않은 이상 쉴 새 없이 조잘거렸다고 보면 맞다.

반면에 우리 부모님은 입을 닫아버렸기 때문에 내 어린 시절은 그 묘한 침묵 속에서 흘러갔다. 부모님은 집안끼리 아는 친구인 마저리 위버가 주유소 화장실에 시어머니를 두고 출발하는 바람에 되돌아갔던 이야기는 종종 했으면서, 내가 타월 천으로 만든 펭귄 인형 덱스터 포인덱스터(우리 가족 중에 어느 누구하고는 정반대로 지나친 사랑으로 너덜너덜해졌다)를 똑같이 주유소 화장실에 두고 오는 바람에 인디애나폴리스까지 되돌아갔던 이야기는 절대 꺼내지 않았다. 솔직히 전자가 더 재미있는 이야기이긴 하지만 말이다.

내가 한참 동안 보이지 않아서 경찰을 불렀는데 백화점에서 마주친 산타클로스를 따라서 담배 가게까지 쫓아간 것으로 밝혀져서, 안 그래도 환상적이었던 하루에 경찰 출동이라는 보너스가 추가됐다는 이야기는 우리 부모님이 아니라 프레데리카 할머니에게 들었다.

내가 한번은 깜짝 선물이랍시고 케이크 반죽 속에 10센트짜리 동전을 묻는 바람에 대학원생의 이가 나갔는데, 모두들 편이 저지른 짓인 줄 알았지만 내가 용감하게 진실을 실토했다는 이야기도 우리 부모님이 아니라 도나 할머니에게 들었다. 그 10센트가 내 것이었으니 인심도 좋은 깜짝 선물이었다.

고삐 역할을 할 만한 확실한 증거가 거의 없으니 내 기억이 얼마나 자유분방하게 날조되었을지 아무도 모를 일이다. 학교에서 놀리는 친구들 말고는 편에 대해서 자주 이야기한 사람이 도나 할머니와 로웰 오빠밖에 없었는데 할머니는 엄마가 그만하게 했고 로웰은 우리 곁을 떠나버렸다. 둘 다 그녀의 이야기를 자주 꺼낸 데에는 그럴 만한 이유가 있었다. 도나 할머니는 우리 어머니를 비난의 화살로부터 보호하기 위해서였고 로웰은 기억을 환기하며 칼을 갈기 위해서였다.

옛날 옛적에 어떤 가족이 살았다. 그 가족에게는 딸이 둘 있었고 어머니와 아버지는 두 딸을 똑같이 사랑하겠노라고 약속했다.

둘

어느 집이든 대부분 더 많은 사랑을 받는 아이가 있기 마련이다. 부모님들은 없다고 하고 실제로 그렇게 생각할지 몰라도 아이들 눈에는 빤히 보인다. 차별을 느끼면 아이들은 무척 심란해진다. 2등은 항상 받아들이기 어려운 법이다.

더 많은 사랑을 받는 아이도 힘들긴 마찬가지다. 노력의 대가이든 아니든 간에 부담스럽다.

어머니는 나를 더 예뻐했다. 아버지는 로웰을 더 예뻐했다. 나는 어머니만큼 아버지를 사랑했지만 내가 가장 사랑한 사람은 로웰이었다. 펀은 어머니를 제일 좋아했다. 로웰은 나보다 펀을 더 좋아했다.

실상을 단순하게 나열하면 괜찮아 보인다. 저마다 몫이 있다. 충분한 몫이 있다.

셋

인디애나폴리스에서 돌아오고 몇 달 동안 내 인생사상 가장 끔찍한 날들이 이어졌다. 어머니는 신기루 같았다. 밤에만 방 밖으로 나오는데, 항상 네크라인에 심란하도록 유치한 나비매듭이 달린 꽃무늬 플란넬 잠옷을 입고 있었다. 머리는 빗지 않아서 연기처럼 서로 엉켰고 눈은 움푹 들어가서 꼭 멍이 든 것처럼 보였다. 어머니는 손을 들고 말을 할 것처럼 하다가도 허공에 떠 있는 자기 손을 보고 갑자기 입을 다물곤 했다.

어머니는 거의 아무것도 먹지 않았고 요리를 전혀 하지 않았다. 아버지가 어머니의 빈자리를 때우러 나섰지만 건성이었다. 학교에 갔다가 퇴근하면 찬장만 들여다보았다. 저녁으로 크래커에 땅콩버터를 발라서 먹거나 전채 요리로 깡통에 든 토마토 수프를, 메인 요리로 깡통에 든 클램 차우더 수프를 먹었던 기억이 난다. 매 끼니가 수동 공격적이고 절실한 애원이었다.

도나 할머니가 이틀에 한 번씩 와서 나를 돌보기 시작했지만 1979년에 블루밍턴에서는 그런다고 한들 할머니 곁에 꼼짝없이 붙들려 있어야 하는 건 아니었다. 나는 예전에 농장 주변을 돌아다녔던 것처럼 집 주변을 돌아다닐 수 있었다. 차이가 있다면 이제는 개울 대신 찻길을 조심해야 한다는 것뿐이었다. 혼자서 길을 건너는 것은 안 될 일이었지만, 나는 대개 필요한 상황이 닥치면 어떻게든 어른을 조달했다. 나는 그들의 손을 잡고 좌우를 살피며 길을 건너는 식으로 대부분의 동네 어른들을 사귀었다. 베클러 씨가 말하기 올림픽 훈련 중이냐고 물었던 게 생각난다. 그는 나더러 금메달감이라고 했다.

그 동네에는 아이들이 많지 않았고 내 또래는 한 명도 없었다. 앤더슨 부부의 딸 엘로이즈는 젖먹이였다. 두 집 건너에 사는 웨인은 열 살짜리 남학생이었다. 건너편 길모퉁이 집에는 고등학교에 다니는 남학생이 살았다. 같이 놀 만한 친구가 전혀 없었다.

그래서 나는 주변의 애완동물을 사귀었다. 내가 가장 좋아했던 애완동물은 붉은 갈색과 흰색이 섞였고 코는 분홍색이었던 베클러 씨네 집 스패니얼 스니핏이었다. 베클러 씨 부부는 그 아이를 마당에 묶어서 키웠다. 여지만 보이면 도망쳐서 차에 치인 적이 있기 때문이었다. 나는 몇 시간씩 스니핏과 놀았다. 스니핏은 머리를 내 다리나 발 위에 얹은 다음 귀를 쫑긋 세우고 내가 하는 이야기를 한마디, 한마디 귀담아들었다. 베클러 씨 부부는 내가 그런다는 걸 알고 나서, 손자 손녀들이 어렸을 때 썼던 조그만 의자를 밖에다 꺼내주었다. 하트 모양의 쿠션이 깔린 의자였다.

전과 다르게 혼자 보내거나 메리(아무도 좋아하지 않았던 내 상상 속의 친구 메리를 여러분도 기억할지 모르겠다)와 단둘이서 보낸 시간도 많았다. 재미없었다.

도나 할머니가 침대보를 갈고 빨래도 해주었지만 아버지가 없을 때만 그랬다. 할머니는 아버지와 한방에 있는 것을 견디지 못했다. 로웰이 편을 내보냈다는 데 화를 냈다면 도나 할머니는 애초에 그녀를 들였다는 데 화를 냈다. 할머니는 아니라고, 항상 편을 좋아했다고 하겠지만 다섯 살인 내가 보기에도 아니었다. 내 첫 번째 생일 때 편이 도나 할머니의 핸드백 속 물건을 쏟아버리고, 할머니가 우울해질 때마다 꺼내 보려고 지갑에 넣어두었던 댄 할아버지의 딱 한 장뿐인 폴라로이드 사진을 먹어버렸다는 이야기를 몇 번이나 들었는지 모른다.

로웰 말로는 내가 뭐든 편을 따라했으니 사진이 한 장 더 있었더라도 내가 먹어버렸을 거라고 했다. 로웰에게 전해 들은 아버지 말로는 할머니가 유독한 소지품들로 가득한 핸드백을 내 손은 닿지 않고 편의 손만 닿는 곳에 놓아둔 것이 의미심장한 대목이라고 했다.

원래 아버지는 편과 내 이름을 두 할머니 이름을 따서 한쪽은 도나, 한쪽은 프레데리카라고 짓되 동전을 던져서 어느 쪽이 누가 될지 정하려고 했는데 양쪽 할머니 모두 내가 당신의 이름을 써야 한다고 주장했다. 아버지는 호의 차원에서, 어쩌면 보상 차원에서 계획한 일이 말다툼으로 번지자 짜증을 냈다. 도나 할머니라면 모를까, 자기 어머니가 그럴 줄은 몰랐던 것이다. 쿡 집안이라는 시공 연속체에 구멍이 뚫리고 금이 가려던 찰나, 어머니가 나서서 나는 로즈메리, 편은 편으로 하겠다고, 자기가 엄마니까 그렇게 정하겠다고 못을 박았다. 내가 그 이전의 계획에 대해서 알게 된 것도 도나 할머니가 옥신각신하던 와중에 아빠의 특이한 성격을 보여주는 증거로 제시했기 때문이었다.

개인적인 소견을 밝히자면 논의가 무위로 돌아가서 다행이라고 생각한다. 내 할머니라서 그런지, 도나라는 이름은 할머니의 이름처럼 느껴진다. 프리데리카라는 이름은 어떠냐고? 중요한 건 이름이 아니라 실체 아니냐고? 하지만 평생 프리데리카라는 이름으로 불린다면 분명 대가가 따를 것이다. 무슨 숟가락이라도 되는 것처럼 최면에 걸린 채로 살 것이다(그렇다고 지금 멀쩡한 정신으로 사는 건 아니지만).

그래서 도나 할머니가 부엌을 청소했고, 그 즈음에 이르자 아무도 상자를 열 생각이 없는 것이 분명해졌기에 기운이 나면 상자에서 그릇이나 내 옷을 꺼냈다. 내 점심을 챙겼고, 달걀 반숙처럼 몸에 좋은 음식을 만들어서 방 안으로 들고 들어가 어머니를 의자에 앉혀서 침대 시트를 갈고, 빨아줄 테니 잠옷을 갈아입으라고 요구하고, 뭐라도 좀 먹으라고 애원했다. 가끔 연민이 하늘을 찌를 때는 할머니가 좋아하는 주제—건강 상식과 한 번도 만난 적 없는 사람들의 부부 문제—를 가지고 찔끔찔끔 대화를 시도했다. 할머니는 특히 죽은 사람들을 좋아했다. 위인전이라면 사족을 못 썼고 부부간의 불화가 극한 스포츠 종목에 버금갔던 튜더 왕가*를 유난히 좋아했다.

그런 방법을 동원해도 효과가 없으면 무뚝뚝하게 변했다. 날씨가 별로인데도 이렇게 화창한 날에 허송세월하는 건 죄를 짓는 거라고 하거나 아이들을 챙겨야 하지 않겠느냐고 했다. 아니면 작년부터 나를 보육원에 보내서 올해는 유치원생이 되었어야 하는 거라고 했다 (편이 갈 수 없었기에 나도 보육원에 다니지 않았다. 메리도 마찬가지였고). 그리고 아무라도 로웰을 말려야 한다고, 열한 살밖에 안 된 애가 집안을 들었다 났다 하면 되겠느냐고 했다. 로웰이 감정적인 협박을 일삼는데 그냥 내버려둘 참이냐고, 진작 허리띠로 혼쩌검을 냈어야 하는 거라고 했다.

한번은 할머니가 로웰을 끌고 오려고 마르코네 집으로 갔다가 얼굴을 붉으락푸르락하며 빈손으로 돌아온 적이 있었다. 두 아이가 자전거를 타고 나갔는데 아무도 행방을 몰랐고 마르코의 어머니는 우리 아빠에게 로웰을 데리고 있어줘서 고맙다는 인사를 받았다고, 아빠가 찾아와야 돌려보내겠다고 했다는 것이었다. 할머니는 마르코의 엄마가 아이들을 방치한다고 우리 엄마에게 말했다. 그리고 아주 버릇이 없는 여자라고 했다.

할머니는 늘 아버지가 퇴근하기 전에 떠났고 가끔 나에게 당신이 왔다 갔다는 이야기를 하지 말라고 시켰다. 에인절 케이크 속에 달걀 흰자가 차곡차곡 쌓여 있듯이 할머니의 DNA 속에는 음모 유전자가 차곡차곡 쌓여 있기 때문이었다. 하지만 아빠는 당연히 알고 있었다.

* 1485년에서 1603년까지 잉글랜드 왕국을 다스린 왕가. 모두 여섯 명의 아내를 두었던 헨리 8세가 대표적인 인물이다.

그러지 않고서야 나를 집에 두고 나갔을 리 없었다. 나중에 아빠는 할머니가 만든 음식을 방에서 들고 나와 쓰레기통에 쑤셔넣었다. 그러고는 맥주를 한 병, 두 병 마시다 위스키로 갈아탔다. 내 몫으로는 크래커에 땅콩버터를 발라서 주었다.

밤이 되면 다투는 소리가 내 방까지 들렸다. 엄마의 목소리는 너무 희미해서 들리지 않았고(어쩌면 아무 말도 하지 않았을 수도 있다) 아빠는 술기운에 웅얼거렸다(이제는 그게 술기운 때문이었다는 걸 알겠다). 다들 나한테만 뭐라고 하지. 아빠가 말했다. 빌어먹을 아이들도, 빌어먹을 마누라도. 우리가 뭘 어쩔 수 있었겠어? 나도 속상하다고.

그러다 마침내 집으로 돌아온 로웰이 아무도 모르게 어두컴컴한 계단을 올라와서 나를 깨웠다. 멍 자국이 티셔츠 소매로 덮이도록 내 팔 위쪽을 때리며 말했다. "네가 딱 한 번만 그 빌어먹을 입을 다물고 있었더라면 얼마나 좋았겠냐."

내 평생 누군가를 만나서 그렇게 기뻤던 적은 그 전에도 그 후에도 없었다.

넷

나는 닫힌 부모님의 방문을 무서워하는 공포증이 생겼다. 늦은 밤
이면 방문이 틀에 갇혀서 심장처럼 고동치는 소리가 들렸다. 나는 로
웰을 찾아가서 그가 들어오라고 하면 그 옆에 몸을 웅크리고 누웠다.
집 안에서 그 방문과 최대한 멀찍이 떨어진 곳을 찾았다.

가끔 로웰은 나를 가엾어 했다. 가끔은 그도 무서워하는 눈치였다.
우리는 사라진 펀과 쓰러진 엄마로 인한 부담감을 각자 짊어지고 있
다가 가끔, 짧은 시간 동안 함께 짊어졌다. 로웰은 나에게 책을 읽어주
거나 조잘거리는 나를 옆에 두고 두세 벌의 카드가 동원되는, 성공할
가능성이 거의 없는 복잡한 솔리테르 게임을 했다. 아무나 성공할 수
있는 게임이었다면 굳이 시도할 이유가 없었을 것이다.

그는 가끔 비몽사몽인 상태면 아버지의 고함 소리를 피해서 온 나

를 자기 침대 위로 올라오게 했지만, 자기가 화가 난 상태라는 것을 기억하고 있을 때면 말없이 흐느껴 우는 나를 2층으로 돌려보냈다. 잠자리 옮기기는 우리 집안의 가풍이었다. 편과 나는 처음부터 끝까지 한 침대에서 잔 적이 거의 없었다. 우리 부모님은 혼자 자기 싫은 마음이 포유류의 당연한 습성이라고 생각했고, 몸부림을 심하게 치는 우리가 우리 침대에서 자주길 바라기는 했지만 절대 강요하지는 않았다.

나는 잠든 로웰의 옆에서 그의 머리카락을 만지작거리며 마음을 가라앉히곤 했다. 가위처럼 두 손가락 사이에 머리카락을 끼우고 엄지손가락으로 따끔거리는 끝을 쓰다듬었다. 로웰의 헤어스타일은 루크 스카이워커였지만 머리색은 완전히 한 솔로였다. 두말하면 잔소리지만 나는 당시에 그 영화를 보지 못했다. 너무 어린 데다 편이 극장에 갈 수 없기 때문이었다. 하지만 트레이딩 카드가 있었다. 그래서 등장인물들의 머리색과 스타일이 어떤지 알았다.

게다가 그 영화를 여러 번 본 오빠가 우리 앞에서 실연으로 보여주었다. 나는 루크를 제일 좋아했다. **내 이름은 루크 스카이워커. 당신을 구하러 왔어요.** 하지만 편은 취향이 좀 더 세련돼서 한을 더 좋아했다. **계속 웃어보시지, 털북숭이.**

차별을 느끼면 아이들은 무척 심란해진다. 마침내 〈스타워즈〉를 보았을 때 루크와 한은 훈장을 받지만 추바카는 받지 못하는 마지막 부분 때문에 영화의 전체적인 감흥이 식었다. 오빠가 그 부분을 각색해서 들려주었기 때문에 상당한 충격으로 느껴졌다.

우리 아버지의 실험실에서 방출된 쥐 세 마리가 우리 안에서 밤새도록 찍찍거리며 삐걱삐걱 쳇바퀴를 돌렸기 때문에 오빠의 방에서는 축축한 삼나무 냄새가 났다. 이제 와 생각해보면 실험실 쥐들이 어떻게 하루 만에 데이터 포인트에서 애완동물로 둔갑해서 이름과 특권이 부여되고 동물병원에서 진찰을 받을 수 있게 되었는지 신기할 따름이다. 이런 신데렐라 스토리가 어디 있을까! 하지만 그 당시에는 신기하다는 생각을 하지 못했다. 그 당시 내게 헤르만 뮌스터, 찰리 체다 그리고 모자를 쓴 꼬맹이 템플턴은 다른 뭐가 아닌 헤르만, 찰리, 템플턴일 따름이었다.

로웰한테서도 냄새가 났다. 고약하지는 않았지만 전과는 다른 냄새라서 확 느껴졌다. 그때는 그가 미친 듯이 화가 나서 냄새가 달라진 줄 알았다. 달콤한 아이 티를 벗고 시큼한 어른으로 자라느라 그런 거였는데, 그게 분노의 냄새인 줄 알았다. 그는 자면서도 땀을 흘렸다.

로웰은 거의 매일 모두들 잠든 시각에 집을 나섰다. 알고 보니 그 시각에 나가서 비어드 부부네 집에서 아침을 먹었다고 한다. 비어드 부부는 아이가 없는 독실한 기독교도로 우리 맞은편에서 살았다. 그가 눈이 나쁜 비어드 씨에게 스포츠 면을 큰 소리로 읽어주는 동안 비어드 부인이 베이컨을 굽고 달걀 프라이를 만들었다. 비어드 부인은 로웰더러 사랑스러운 아이라며 언제든 환영이라고 했다.

그녀는 우리 집안의 사정을 조금 알았다. 블루밍턴의 주민들이 대부분 그랬지만 제대로 아는 사람은 한 명도 없었다. "모두를 위해 기도하고 있어요." 어느 날 아침에 그녀가 초콜릿 칩 쿠키가 든 깡통을 들고 천사의 후광처럼 은은한 가을 햇살을 받으며 우리 집에 찾아와서 한 말이었다. "여러분 모두 하느님의 형상으로 만들어졌다는 것만 기억하세요. 그 믿음 하나만 있으면 힘든 시기도 헤쳐나갈 수 있을 거예요."

맙소사, 누가 보면 펀이 죽은 줄 알겠다. 도나 할머니는 이렇게 말했다. 여러분도 그렇게 생각하고 있을지 모르겠는데, 나는 그때 다섯 살이라 아무것도 몰랐지만 나보다 나이가 많은 사람이라면 누구나 그런 줄 알았을 것이다.

확실하지는 않지만 펀이 사라진 이유를 부모님이 여러 번 설명해주었는데 내가 그 기억을 억압하고 있었던 모양이다. 부모님이 아무 말도 하지 않았을 것 같지는 않다. 하지만 초기 불안증을 달래며 매일 아침마다 눈을 뜨고 매일 밤마다 잠을 청했던 것만큼은 분명하게 기억이 난다. 뭐가 두려운지 모른다고 해서 두려움이 줄어들지는 않았다. 더 커졌다고 딱 잘라서 말할 수 있다.

아무튼 펀은 죽지 않았다. 지금도 살아 있다.

로웰이 상담을 받기 시작하자 밤마다 이어지는 아버지의 독백에 자주 등장하는 주제가 되었다. 상담사가 뭔가를 제안하면—가족회의, 부모님과의 단독 면담, 심상 치료나 최면 치료—아버지는 폭발했다. 정신분석은 이론만 그럴듯한 말짱 사기라고 했다. 책을 쓸 때는 어렸을 때 겪은 한 가지 트라우마가, 그것도 기억조차 하지 못하는 트라우마가 한 사람의 인생을 좌우한다고 설정하면 도움이 될 수도 있겠지.

하지만 맹검 실험도 없고, 통제 집단도 없잖아? 재현할 수 있는 자료도.

우리 아버지의 주장에 따르면 정신분석 용어들은 라틴어계 영어로 번역되었을 때 비로소 과학적인 품격이 부여된다고 했다. 독일어 원서에서는 신선하리만치 소박하다는 것이다. (이런 식으로 고함을 지르는 우리 아버지의 모습을 상상해보라. 우리 집안에서는 용어, 라틴어계, 품격, 이런 단어를 섞어가며 짜증을 부려도 전혀 이상할 게 없었다.)

하지만 상담은 우리 아버지의 발상이었다. 문제아를 둔 여타의 부모들처럼 뭔가 **조치**를 취해야 할 필요성을 느꼈는데, 문제아를 둔 여타의 부모들처럼 상담 말고는 생각나는 게 없었던 것이다.

나에게는 멀리사라는 베이비시터를 붙여주었다. 올빼미 같은 안경을 쓰고 머리카락을 파란색으로 지그재그 물들인 대학생이었다. 맨 첫 주에 나는 그녀가 도착한 순간에 잠이 들어서 그녀가 가고 난 다음에서야 깼다. 베이비시터의 입장에서는 완벽한 아이였다.

그것은 학습된 행동이었다. 내가 네 살이었을 때 레이철이라는 베이비시터가 내 입을 막을 속셈으로 혓바닥 위에 팝콘 알갱이를 몇 알 얹어주면서 한참 동안 입을 다물고 있으면 알갱이가 터질 거라고 한 적이 있었다. 꼭 성공하고 싶어서 최대한 참았기에 실패했을 때 충격이 컸는데, 로웰이 말하길 절대 그럴 일은 없다고 했다. 이 사건을 계기로 나는 베이비시터들에게 완전히 질려버렸다.

나는 멀리사에게 익숙해지자 그녀를 좋아하기로 마음먹었다. 다행스러운 일이었다. 내가 기부할 수 있는 유일한 재능—말하기—으로 우리 가족의 문제를 해결할 계획을 세웠는데 혼자서는 할 수 없기 때문이었다. 나는 아버지와 함께하려는 게임과 내가 받으려는 검사가 어떤 건지 열심히 설명해주었지만 멀리사는 이해력이 달렸거나 아니면 열의가 없어서 알아듣지 못했다.

우리는 일종의 타협안을 만들었다. 올 때마다 그녀가 사전에 실린 새로운 단어를 하나씩 가르쳐주기로 한 것이다. 딱 한 가지 규칙이 있다면 그녀도 그전까지 몰랐을 정도로 외롭고 케케묵은 단어라야 했다. 단어의 뜻은 뭐가 됐든 상관없었다. 덕분에 시간을 아끼고 번거로움을 덜 수 있었다. 그 대신 나는 한 시간 동안 그녀에게 말을 걸지 말아야 했다. 확실하게 지킬 수 있도록 그녀가 오븐 타이머를 맞춰놓았지만, 결국에는 내가 언제면 한 시간이 끝나느냐고 몇 분마다 묻곤 했다. 하고 싶은 말들이 가슴속에 쌓여서 조만간 터질 것 같았다.

"오늘 하루 어땠니, 로지?" 퇴근한 아빠가 물으면 대답했다. 패기만만했다고. 아니면 초롱초롱했다고. 아니면 십이면체였다고. "다행이로구나." 아빠는 이렇게 대답했다.

꼭 유익한 단어라야 할 필요는 없었다. 심지어 일맥상통하는 단어라야 할 필요도 없었다. 오용된 단어라면? 금상첨화였다.

나는 그저 적어도 나만큼은 연구를 계속하고 있다는 것을 보여주고 싶었다. 언제든 아버지의 마음이 동하면 소매를 걷어붙이고 열심히 매진하고 있는 나를 찾을 수 있도록 그러고 싶었다.

어느 날 오후에 도나 할머니가 찾아와서 커피도 마시고 쇼핑도 하자며 어머니를 억지로 데리고 나간 적이 있었다. 여름이 지나고 가을이 유통기한을 향해 치닫고 있었다. 멀리사가 나를 보기로 했는데 나 대신 텔레비전만 봤다.

멀리사는 이제 우리 가족의 일원으로 확실히 자리를 잡아서 매일 오후마다 텔레비전을 보았다. 그전까지만 해도 어린아이는 놀 거리를 스스로 만들어내야 한다는 원칙 아래 낮에는 텔레비전 시청이 금지되었는데도 그랬다.

멀리사는 연속극 중독자였다. 할아버지, 할머니네 집에서 보았던 그 연속극이 아니었다. 여기에는 캐런도 래리도 나오지 않았다. 멀리사가 본 연속극은 온통 벤과 어맨다, 루실과 앨런 얘기였다. 그리고 할아버지, 할머니가 보았던 연속극이 살짝 선정적이었다면 이 연속극은 선정의 향연이었다. 멀리사가 나에게 드라마를 봐도 좋다고 허락한 이유는 내가 하나도 이해하지 못하기 때문이었다. 나는 하나도 이해하지 못했기 때문에 드라마를 보고 싶은 마음이 들지 않았다. 우리는 드라마가 방영되는 동안 내가 얼마나 조용히 해야 하느냐를 놓고 옥신각신했다.

멀리사는 단속이 느슨해지기 시작했다. 나한테 어떤 단어를 가르쳐주고 나서 곧바로 부모님 앞에서는 절대 그 단어를 입에 담지 않겠다는 약속을 받아낸 적도 있었다. 문제의 단어는 'ithyphallic'*이었다.

* 발기한 음경을 달고 있다, 외설스럽다는 뜻이다.

나중에 SAT에 그 단어가 나왔다면 기뻐서 어쩔 줄 몰랐겠지만 내 바람대로 이루어지는 않았다. 사실 그다지 쓸모 있는 단어가 아니었다.

내가 약속을 잘 지키는 사람인지는 로웰에게 물어보면 알 수 있다. 그날의 공식 단어는 'psychomanteum'*이었는데도 불구하고 나는 아버지를 보자마자 그날은 외설스러웠다고 말해버렸다. 부모님이 그 단어를 듣고 당장 멀리사를 자르기로 결정했는지, 그건 잘 모르겠다.

아무튼 나는 그 단어를 아버지보다 로웰한테 먼저 말했다. 로웰은 그날 학교에 있어야 할 시각에 살금살금 뒷문으로 들어와서 나더러 따라오라고 손짓했다. 나는 시키는 대로 했지만, 그가 원한 만큼 조용히 따라 나가지는 못했다. 로웰은 내가 배운 새 단어에 관심을 보이지 않고 짜증을 내며 손사래를 쳤다.

동네 사람 하나가 우리 집 앞에 서 있었다. 길모퉁이 하얀 집에 사는 고등학생이었다. 러셀 터프먼이 구부러진 담배에 불을 붙여서 빨며 우리 엄마가 타고 다니는 파란색 닷선에 기대서 있었다. 우리 집 앞 진입로에서 러셀 터프먼을 만날 줄이야. 나는 마음을 빼앗겼다. 황홀했다. 한눈에 반해버렸다.

로웰이 그의 손을 잡고 악수했다. 그의 주먹 안에서 자동차 열쇠가 짤랑거렸다. "쟤 정말 괜찮겠어?" 러셀이 눈으로 나를 가리키며 물었다. "말이 엄청 많다고 하던데."

"데려가야 해." 로웰이 말했다. 그래서 나는 뒷자리에 올라탔고 로웰

---

* 혼령과 접선하기 위해 만든 거울 방.

이 안전띠를 매주었다. 그는 러셀이 아닌 다른 사람이 운전할 때도 안전띠를 꼭 챙겼다. 나중에 알게 된 사실이지만 러셀은 아직 면허증이 없었다. 운전자 교육이며 기타 등등을 받아서 운전을 할 줄 아는 게 전부였다. 나중에 그 일로 난리가 났지만 나는 그가 운전한다는 데 일말의 불안감도 느낀 기억이 없다.

로웰은 첩보 영화처럼 비밀 임무를 수행하러 떠날 거라며 메리도 데리고 가도 좋다고 했다. 메리는 입을 다물 줄 알아서 모두에게 모범을 보여주기 때문이었다. 나는 신이 났고 오빠들과 함께 떠난다는 게 영광스러웠다. 이제 와 생각해보면 로웰은 기껏해야 열한 살이었고 러셀은 열여섯 살이었으니 나이 차가 상당히 많이 나는 셈이었지만 그 당시 내 눈에는 둘 다 멋져 보였다.

나도 그 무렵에는 그 집에서 탈출하고 싶어서 몸이 근질거렸다. 한번은 누군가가 안에서 우리 부모님의 방문을 두드리는 꿈을 꾼 적이 있었다. 처음에는 탭댄스처럼 경쾌하고 리드미컬하게 시작되었는데 한 번 두드릴 때마다 소리가 점점 커져서 내 고막이 터질 것 같은 지경에 이르렀다. 나는 겁에 질려서 잠에서 깼다. 시트가 흠뻑 젖는 바람에 로웰의 손을 빌려서 잠옷을 갈아입고 시트를 벗겨야 했다.

러셀이 라디오 주파수를 학생들이 듣는 WIUS로 바꾸자 모르는 노래가 흘러나왔다. 노래를 몰라도 따라 부르는 데에는 아무 문제가 없어서 나는 러셀이 신경에 거슬려서 못살겠다고 할 때까지 뒷자리에서 계속 따라 불렀다.

망할. 나는 이 말을 몇 번 반복했지만, 러셀이 어떤 식으로 대처하면 좋을지 고민할 필요가 없도록 조그맣게 중얼거렸다. 이 단어를 중얼거리면 혀가 동그랗게 말리는 느낌이 좋았다.

앞 유리창 너머는 보이지 않고 머리 받침대에 부딪치는 러셀의 뒤통수만 보였다. 나는 그의 마음을 사로잡을 수 있는 방법을 연구했다. 남들이 잘 모르는 어려운 단어를 늘어놓아 봐야 러셀의 환심을 살 수 없을 것 같지만 그것 말고는 무기가 없었다.

노래 몇 곡과 할로윈 때 방송될 라디오 추리극 광고가 잇따라 흘러나왔다. 그러다 어떤 청취자가 전화를 걸어서, 영혼에 독이 된다고 생각하는 기독교도들에게까지 『드라큘라』를 읽게 하는 교수님에 대해서 이야기를 나누고 싶다고 했다. (1979년 당시 뱀파이어 이야기에 부담감을 느꼈던 사람이 요즘은 어떤 심정일지 여기서 잠깐 상상해보자. 그런 다음 다시 내 이야기로 돌아가자.)

전화가 이어졌다. 그렇지 않은 사람들이 있긴 해도 대부분 『드라큘라』를 좋아했지만, 읽을 책까지 자기 마음대로 정해주는 교수를 좋아하는 사람은 아무도 없었다.

차가 덜커덩거리기 시작했고 타이어가 자갈을 밟는 게 느껴졌다. 차가 멈추었다. 눈부신 화관을 쓰고 있는 옛날 우리 농장 앞 길가의 튤립나무를 알아볼 수 있었다. 황금빛 나뭇잎들이 파랗고 하얀 하늘 위에 둥둥 떠 있었다. 로웰이 내려서 대문을 열고 다시 탔다.

나는 우리의 행선지가 여기인 줄 몰랐다. 기분이 좋았었는데 불안해지기 시작했다. 그렇게 말한 사람은 아무도 없었고 모두들 거기에 대해서 이야기 자체를 거의 하지 않았지만, 나는 편이 예전 농장에 남겨져서 대학원생들과 함께 살고 있을 거라고 생각했다. 예전과 별반 다를 것 없이, 어쩌면 나보다 훨씬 평화롭게 살고 있을 거라고. 엄마가 그립겠지만(하지만 우리 셋 다 그렇지 않았던가?) 아빠가 들러서 알록달록한 포커 칩과 건포도로 하는 훈련을 감독하고 있을 거라고. 두세 달 뒤에 여섯 살이 되면 늘 그랬듯이 우리 둘 다 사족을 못 썼던(내가 알기로 그녀는 좋아하지 않았다는 증거가 없다) 설탕 입힌 장미 장식인 놓인 생일 케이크를 먹을 거라고.

그러니까 엄마를 볼 수 없어서 슬프기는 할 테고 내가 그녀와 입장을 바꾸고 싶은 마음은 없지만 **그렇게** 슬프지는 않을 거라고 생각했다. 대학원생들은 착했고, 금지 사항이기도 했지만 기본적으로 펀을 좋아했기 때문에 버럭 소리를 지르는 법이 없었다. 그들은 나보다 펀을 더 사랑했다. 나한테는 다리를 붙잡고 끈질기게 늘어져야 관심을 보일 때도 있었다.

이제 우리는 덜컹거리며 진입로를 달리고 있었다. 펀은 오는 차가 있으면 금세 알아차렸다. 진작부터 창문 앞에 서 있곤 했다. 나는 그녀를 보고 싶은 마음이 있는지 알 수 없었지만 그녀는 나를 보고 싶지 않을 게 뻔했다. "메리는 펀 만나고 싶지 않대." 나는 로웰에게 이렇게 말했다.

로웰은 몸을 돌리더니 실눈으로 나를 노려보았다. "맙소사, 설마 펀이 계속 여기서 살고 있을 거라고 생각하는 건 아니겠지? 씨발, 로지."

로웰의 입에서 **씨발**이라는 욕이 나온 건 처음 들었다. 돌이켜보면 그는 러셀의 환심을 사려고 그런 욕을 내뱉은 게 분명하다. **씨발**이라는 단어도 입안에서 굴리면 느낌이 좋았다. 씨발, 씨발, 씨발. 꽥, 꽥, 꽥. "애기 같은 소리하지 마." 로웰이 말했다. "여기에는 아무도 없어. 빈집이라고."

"나 애기 아니야." 무조건 반사였다. 사실은 마음이 놓여서 애기라는 소리를 들은들 상관없었다. 그렇다면 화가 난 편과 재회할 일이 없었다. 낯익은 나무들이 황금빛 구름처럼 하늘을 덮었다. 아래에서는 타이어가 자갈길을 밟고 지나가는 귀에 익은 소리가 들렸다. 그 길에서 맑고 투명한 석영 조각을 주웠던 기억이 났다. 네 잎 클로버처럼 잊을 만하면 나타나서 계속 찾게 되었다. 새집에는 자갈이 없어서 말짱 꽝이었다.

차가 멈추었다. 우리는 내려서 옆으로 빙 돌아갔지만 부엌문이 잠겨 있었다. 모든 문이 잠겨 있고, 심지어 2층 창문도 우리가 이 집에서 지낸 마지막 해에 철창으로 막아놓았다고 로웰이 러셀에게 말했다. 내가 완전히 터득하기도 전에 사과나무를 타고 방을 드나드는 길이 막혀버린 것이었다.

남은 희망은 부엌에 뚫린 개구멍뿐이었다. 나는 개를 키운 기억조차 나지 않지만 듣자 하니 큼지막한 테리어를 키운 적이 있었고—이름이 타마라 프레스였다—편과 내가 엄청 좋아해서 내가 두 살이 되기 직전에 녀석이 암으로 죽을 때까지 그 위에서 잠을 잤다고 한다. 이 개구멍은 특이하게 걸쇠가 밖에 달려 있었다.

로웰이 걸쇠를 풀고 나더러 들어가라고 했다.

나는 들어가기 싫었다. 무서웠다. 그 집은 더 이상 우리 집이 아니라는 데 상처를 받았을 뿐 아니라 버림받은 기분일 것 같았다. "그냥 빈 집이야." 로웰이 용기를 북돋웠다. "그리고 메리가 너랑 같이 들어갈 거잖아." 싸움이 벌어지면 메리가 해결해줄 거라고 믿으라는 건가?

메리는 소용없었다. 펀이 필요했다. 언제면 펀이 집으로 돌아올까?

"야." 러셀이었다. 러셀이 나한테 말을 걸다니! "우리는 꼬맹이, 너만 믿는다."

그래서 나는 사랑을 위해 용기를 냈다.

나는 간신히 개구멍을 통과해서 햇볕이 쏟아지고, 먼지가 서로 부 딪치며 반짝이처럼 날리는 부엌에 섰다. 텅 빈 부엌은 처음이었다. 식 탁이 놓였던 리놀륨 장판의 흠집 난 자리는 다른 부분보다 더 밝고 부 드러웠다. 예전에 펀과 내가 식탁 밑에 숨어서 아무도 모르게 사인펜 으로 바닥에 그림을 그린 적이 있었다. 잘 찾아보면 우리가 그린 작품 의 흔적이 아직도 남아 있었다.

빈 부엌이 웅웅거리며 조여와 나를 압박하자 숨을 쉴 수가 없었다. 온 부엌이 분노로 자욱한 것처럼 느껴졌지만 화를 내는 쪽이 집인지 펀인지 알 수 없었다. 나는 얼른 문을 열었고, 오빠와 러셀이 들어오자 집이 나를 놓아주었다. 이제는 더 이상 화를 내지 않았다. 그 대신 지 독하게 슬퍼했다.

두 남자가 자기들끼리 나지막이 속삭이며 앞으로 걸어가자 나는 의 심스러운 마음에 따라갔다. 그 안에는 그리운 것들이 많았다. 나는 빈 백 의자*를 썰매처럼 타고 내려왔던 널찍한 계단이 그리웠다. 지하실도 그리웠다. 내려가는 길이 어둡다는 게 문제이기는 했지만, 겨울이면 광주리에 담긴 사과와 당근을 마음대로 먹을 수 있었다. 지금은 오빠들이 앞장서지 않는 한 지하실로 내려갈 생각이 없었고, 오빠들이 지하실에 가면 주저 없이 따라갈 작정이었다.

널찍하고 늘 정신없었던 집 안 분위기도 그리웠다. 끝이 보이지 않는 마당도 그리웠다. 헛간도, 망가진 의자와 자전거, 잡지, 아기 침대, 우리 유모차와 카시트로 발 디딜 틈이 없었던 마구간도 그리웠다. 개울과, 여름이면 감자를 굽거나 옥수수를 튀겨 먹었던 화덕도 그리웠다. 과학 관찰용으로 올챙이를 담아서 현관에 두었던 유리병, 천장에 그린 별자리, 서재 바닥에 깔았던 세계지도도 그리웠다. 점심을 들고 그 위로 올라가면 오스트레일리아 아니면 에콰도르 아니면 핀란드에서 먹을 수 있었는데. 지도 서쪽 귀퉁이에는 빨간 글씨로 **두 손바닥으로 대륙을 가릴 수 있어요**, 라고 적혀 있었다. 내 손바닥으로는 인디애나 주도 가릴 수 없었지만 나는 모양을 보고 지도에서 인디애나 주를 찾았다. 나는 조만간 글을 읽을 수 있을 거라고 생각했다. 이사 가기 전까지만 해도 어머니가 아버지의 수학책을 교재로 나를 가르치고 있었다. **두 수의 곱은 어떤 수다.**

"완전 호러쇼잖아." 러셀이 말했다. 그 소리에 이 집은 빛을 잃었다. 완전 쓰레기장 같잖아. 새집에 있는 내 방이 이 집에 있는 내 방보다 커.

---

* 겉천을 씌운 주머니 모양의 쿠션형 소파.

"잔디밭에 지금도 전기가 흐르냐?" 러셀이 물었다. 앞마당은 민들레, 미나리아재비, 클로버로 질식할 지경이었지만, 누가 봐도 원래 용도는 잔디밭이었다.

"그게 무슨 소리야?" 로웰이 물었다.

"잔디밭을 밟으면 감전된다던데. 사람들이 들어오지 못하게 하려고 전기가 흐르게 만들어놔서."

"아니." 로웰이 말했다. "그냥 평범한 풀밭이야."

보던 연속극이 끝나자 멀리사는 내가 없어진 것을 알아차렸다. 그녀가 온 동네를 뒤지다 비어드 부부의 충고에 따라 우리 아버지에게 연락했을 때 아버지는 마침 로웰이 학교에서 사라졌다는 소식을 접했다. 아버지는 덕분에 수업을 휴강했다고, 우리들 때문에 아버지뿐 아니라 학생들 전체가 피해를 입은 거라고 그 뒤로 며칠 동안 누누이 강조했다. 그 학생들 입장에서는 아버지 수업이 휴강된 것이 일주일을 통틀어서 가장 행복했던 순간이었을 텐데 말이다. 아버지가 집에 도착하고 보니 차가 없었다.

그래서 우리가 돌아왔을 때 아버지는 뒷좌석에 앉아 있던 나를 안아서 내리며 오늘 하루는 어땠느냐고 묻지 않았다. 그래도 나는 어땠는지 이야기했다.

다섯

여러분이 메리에 대해서 모르는 사실이 한 가지 있다. 내 어린 시절을 함께한 상상 속의 친구는 여자아이가 아니었다. 새끼 침팬지였다.

내 언니 펀도 마찬가지였다.

이미 알아차린 분들도 있을 것이다. 그렇지 않은 경우라면 유인원이라는 펀의 실체를 여태껏 밝히지 않은 내가 짜증이 나도록 입이 무거운 인간처럼 느껴졌을지 모르겠다.

변명을 하자면 몇 가지 이유가 있었다. 나는 태어나서 18년 동안 침팬지와 함께 자랐다는 꼬리표를 달고 지냈다. 그 꼬리표를 떼어내느라 이 나라의 절반을 건너왔다. 따라서 내가 누군가를 만났을 때 그 얘기부터 꺼낼 가능성은 없다.

하지만 그보다 훨씬, **훨씬** 더 중요한 이유가 있다면 여러분에게 실상을 제대로 전달하기 위해서였다. 펀이 침팬지라고 공개하자 여러분은 벌써부터 그녀를 내 언니로 받아들이지 않고 있지 않은가. 우리가 그녀를 일종의 애완동물처럼 사랑했겠거니 생각하고 있지 않은가. 펀이 떠났을 때 도나 할머니가 로웰과 나에게 말하길 애완견 타마라 프레스가 죽었을 때도 어머니가 엄청난 충격을 받았다고 했다. 지금도 그때와 다를 바 없다는 뜻이었을 것이다. 로웰이 이 말을 아버지에게 고스란히 전했고 우리 모두 무척 기분 나빠했기 때문에 도나 할머니는 했던 말을 당장 취소해야 했다.

펀은 애완견이 아니었다. 로웰의 여동생이자 그림자이자 믿음직한 단짝이었다. 우리 부모님은 딸처럼 펀을 아끼겠노라고 약속했고, 나는 두 분이 그 약속을 지켰는지 한참 동안 자문했다. 나는 부모님이 책을 읽어주었 때 그리고 조만간 나 스스로 책을 읽게 되었을 때 전보다 촉각을 곤두세워서 부모님이 딸을 얼마나 사랑하는지 알아낼 수 있는 단서를 찾았다. 나는 동생인 동시에 딸이었다. 펀뿐만 아니라 나를 위해서도 알아야 했다.

나는 책 속에서 버릇없게 자란 딸과 억압당하면서 자란 딸, 큰 소리로 얘기하는 딸과 침묵을 강요당하는 딸을 만났다. 탑 속에 갇힌 딸, 얻어맞고 종 취급을 당하는 딸, 사랑받지만 가족을 위해 끔찍한 괴물을 상대하러 길을 나서는 딸을 만났다. 다른 집에 맡겨진 여자아이들은 제인 에어나 앤 셜리처럼 고아인 경우가 많았지만 그렇지 않은 경우도 있었다. 그레텔은 오빠와 함께 숲 속에 버려졌다. 다이시 틸러먼*은 다른 형제들과 함께 쇼핑몰 주차장에 버려졌다. 새러 크루**는 아버지의 사랑을 받았지만 그래도 혼자 기숙학교에 맡겨졌다. 대체적으로 양상이 워낙 다양했기 때문에 편이 받은 대접은 간단하게 그 범주 안에 들어갈 수 있었다.

내가 맨 처음에 언급한 동화를 기억하는가. 동생이 무슨 말을 하면 보석과 꽃으로 변하고 언니가 무슨 말을 하면 뱀과 두꺼비로 변한다는 이야기 말이다. 그 이야기는 이렇게 끝이 난다. 숲으로 내쫓긴 언니가 거기서 비참하고 쓸쓸하게 최후를 맞는 것으로. 어머니가 배신했기 때문인데, 나는 그 이야기를 들었을 때 하도 심란해서 들은 것을 후회했고 편이 사라지기 훨씬 전부터 어머니에게 다시는 그 이야기를 읽지 말아달라고 했다.

하지만 내가 심란하고 불안한 마음에 옛 기억을 조작한 것일 수도 있다. 편이 떠난 뒤, 내가 그 이야기를 들었을 때 어떤 느낌이었어야 하는지 뒤늦게 깨닫고 거기에 맞게 편집한 것일 수도 있다. 인간들은 그런다. 항상 그런다.

편이 추방당하기 전까지는 나 혼자 있었던 순간이 거의 없었다. 그녀는 나의 쌍둥이이자 유령의 집 거울이자 정신없이 움직이는 반쪽이었다. 여기서 짚고 넘어가야 할 중요한 사실이 있다면 나도 그녀에게 마찬가지 존재였다는 것이다. 나도 로웰처럼 그녀를 언니로서 사랑했다고 말하고 싶지만, 나에게는 자매가 편 하나뿐이었으니 확실히 그랬다고 장담하지는 못하겠다. 통제 집단이 없는 실험이었다고 할까.

* 미국의 청소년 문학가 신시아 보이트가 쓴 틸러먼 시리즈의 주인공.
** 1888년에 발표된 프랜시스 버넷의 소설 『소공녀』의 주인공.

그래도 『작은 아씨들』을 처음 읽었을 때 내가 편을 사랑했던 마음이 조가 베스를 사랑한 만큼은 아니었을지 몰라도 조가 에이미를 사랑했던 만큼은 되었다는 생각이 들었다.

그 당시에 새끼 침팬지를 인간의 아이마냥 키워보려고 했던 가족은 우리 말고도 또 있었다. 윌리엄 레먼* 박사가 대학원생과 환자들에게 침팬지를 있는 대로 처방한 오클라호마 주 노먼의 슈퍼마켓 통로는 그런 가족들로 버글거렸다.

자기 자식과 침팬지를 동시에 기른 가족도 여럿 있었지만, 자기 자식과 침팬지를 쌍둥이처럼 기른 가족은 1930년대의 켈로그 부부 이래 우리가 처음이었다.** 1970년대에 침팬지를 기른 대부분의 집에서 아이들은 상당히 나이가 많았고 실험에 일절 동참하지 않았다.

편과 나는 이성의 합리적인 틀 안에서 최대한 동등한 대접을 받았다. 침팬지의 형제나 자매 중에서 생일파티 초대를 받더라도 감기를 옮길 수 있다는 이유로 전부 다 거절했던 아이는 이 나라를 통틀어서 나 혼자뿐이었을 것이다. 새끼 침팬지는 호흡기 질환 감염률이 치명적인 수준으로 높았기 때문에 그런 거였다. 다섯 살 때까지 우리 둘이 함께 파티에 참석한 적은 딱 한 번뿐이었는데, 나는 기억이 나지 않지

---

* William Lemmon. 오클라호마대학교의 심리학 교수이자 침팬지 연구의 선구자 역할을 했던 오클라호마대학교 영장류 연구소장. 자신의 두 자녀와 침팬지들을 함께 키웠고, 방대한 연구 자료를 수집할 목적으로 주변의 여러 가정에 침팬지를 입양시켰다.
** 1930년대에 윈스럽 켈로그 부부가 아들 도널드와 구아라는 암컷 침팬지를 함께 기른 적이 있었다.

만 로웰의 증언에 따르면 피냐타*와 야구방망이와 날아다니는 사탕에 얽힌 불미스러운 사건이 벌어져서 펀이 생일파티 주인공인 버티 커빈스의 다리를 무는 사태가 발생했다고 한다. 가족 이외의 다른 사람을 물다니 엄청난 사건이었다.

나의 추측에 불과하기는 하지만 침팬지를 기른 다른 가족들은 우리와 달랐을 것이다. 펀은 편애에 극도로 민감해서 격렬하고 모진 반응을 보였다. 차별을 느끼면 침팬지들은 무척 심란해한다.

내 머릿속에 남은 가장 오랜 기억은 시각적이라기보다 촉각적인 기억이다. 펀에게 기대고 누워 있었던 기억이다. 내 뺨에 닿는 그녀의 털이 느껴진다. 거품 목욕을 하고 나와서 딸기 비누와 젖은 수건 냄새가 난다. 턱에 듬성듬성 난 하얀색 털에 물방울이 몇 개 매달려 있다. 내가 기대고 있는 어깨 너머로 고개를 들자 물방울이 보인다.

그녀의 손과 까만 손톱과 쥐었다 폈다 하는 손가락들도 보인다. 그녀의 손바닥이 말랑말랑하고 쭈글쭈글하고 분홍색인 것을 보면 우리 둘 다 아주 어렸을 때다. 그녀가 내게 옅은 갈색의 큼지막한 건포도를 주고 있다.

우리 앞 바닥에 그 건포도 접시가 놓여 있고 내가 아니라 펀이 무슨 게임에서 얻은 거지만, 펀이 나눠주고 있으니 그러거나 말거나 상관없다. 그녀 하나, 나 하나, 그녀 하나, 나 하나. 이 기억 속에서 내가 느낀 감정은 엄청난 만족감이다.

---

* 파티 때 아이들이 눈을 가리고 막대기로 쳐서 터뜨리는, 장난감과 사탕이 가득 든 통.

좀 더 시간이 흐른 뒤에 생긴 또 한 가지 기억이 있다. 우리는 아버지의 서재에서 같다/다르다 게임을 하고 있다. 펀에게는 두 가지 물건을 보여주도록 되어 있다. 예를 들면 사과 두 개를 보거주거나 사과와 테니스공을 보여주는 식이다. 그녀는 포커 칩을 두 개 들고 있다. 하나는 빨간색, 다른 하나는 파란색이다. 그 두개가 같은 거라고 생각하면 오늘의 게임 진행을 맡은 대학원생 셰리에게 빨간색 칩을 주어야 한다. 다르면 파란색 칩이다. 그녀가 게임의 규칙을 이해했는지 아직은 불분명하다.

그런데 나에게는 이미 이 게임이 시시하다. 나를 담당한 에이미는 네 가지 물건을 여러 조합으로 보여주고는 그중에서 뭐가 알맞지 않은지 묻는다. 제법 까다로운 조합도 있다. 새끼 돼지, 새끼 오리, 말, 새끼 곰이었던 게 돼지, 오리, 말, 곰이 된다. 나는 이 게임을 좋아하는데, 특히 아빠가 정답과 오답이 없다고 했기 때문이다. 그냥 내가 어떤 식으로 생각하는지 알아보려는 게임이라고 한다. 그래서 나는 틀릴 수 없는 게임을 **하면서** 내가 생각하는 모든 것을 모든 사람들에게 들려준다.

나는 답을 선택하며 에이미에게 오리와 말과 기타 등등에 대해 아는 정보와 그런 동물들에 얽힌 경험담을 늘어놓는다. 오리들한테 빵을 주면 큰 오리들이 다 먹고 작은 오리들은 하나도 못 먹는다고 이야기한다. 그러면 안 되는 거죠? 나쁜 거잖아요. 나눠 먹어야지.

예전에 빵이 부족해서 오리들한테 쫓긴 적이 있다는 이야기도 한다. 펀이 오리들에게 빵을 나누어주지 않았다는 이야기도 한다. 펀은 혼자 다 먹어요. 그건 맞는 말이기도 하지만 틀린 말이기도 하다. 에이미가 아니라고 하지 않기에 나는 좀 더 자신 있게 똑같은 말을 반복한다. **나한테는** 잘 나누어주었지만 편은 욕심꾸러기예요, 라고 말한다.

나는 에이미에게 말을 타본 적 없지만 나중에 타볼 거라고 한다. 나중에 말을 한 마리 사서 스타 아니면 블레이즈라는 이름을 붙여줄 거라고 한다. 편은 말을 못 타죠? 내가 묻는다. 나는 늘 나만 할 수 있고 편은 할 수 없는 일을 찾는다. "어쩌면." 에이미는 이렇게 대답하고 나와의 대화를 모두 적는다. 사는 게 이보다 더 행복할 수 없었다.

하지만 편은 사과를 먹을 수 없기 때문에 짜증을 낸다. 그녀는 같다/다르다 게임을 그만둔다. 내 쪽으로 건너와서 쭈글쭈글한 자기 이마를 내 평평한 이마에 대서 나더러 자기 호박색 눈을 똑바로 들여다보게 한다. 하도 가까이 대는 바람에 그녀의 숨결이 내 입속으로 들어온다. 냄새를 맡아보니 기분이 나쁘다는 것을 알 수 있다. 평소 풍기는 축축한 수건 냄새 밑으로 살짝 시큼하고 톡 쏘는 냄새가 난다. "나 방해하지 마." 나는 이렇게 말하며 그녀를 살짝 밀친다. 어쨌거나 일을 하고 있지 않은가.

그녀는 방 안을 배회하며 사과와 바나나와 사탕과 기타 맛있는 간식을 달라고 수화로 얘기하지만 감감무소식이기 때문에 괴로워한다. 그녀는 우리 아버지의 책상과 큼지막한 안락의자 사이를 점프하기 시작한다. 노란색 바탕에 찌르레기가 그려진, 가장 좋아하는 치마를 입고 있는데 점프할 때마다 치맛단이 허리까지 펄럭여서 그 아래에 찬 기저귀가 보인다. 입술을 깔때기처럼 내밀었고 조그만 얼굴은 하얗고 노골적이다. 흥분할 때 내는 **우 우 우** 소리가 나지막이 들린다.

그녀는 화를 내고 있지만 내 눈에는 재미있게 노는 것처럼 보인다. 나도 아빠의 책상으로 올라가는데 아무도 안 된다거나 조심하라고 하지 않는다. 펀한테 아무 소리도 하지 않았기 때문에 나한테도 할 수 없는 것이다. 생각보다 멀어서 나는 팔꿈치로 바닥을 찧는다. 떨어지는 나를 보고 펀이 웃는 소리가 들린다. 그러자 주변에서 살짝 흥분한다. 원래 침팬지는 신체적인 접촉이 있을 때에만 웃기 때문이다. 그전까지만 해도 펀은 누가 쫓아오거나 간지럼을 태울 때만 웃었다. 비웃음은 분명 인간 고유의 특징이다.

아버지가 셰리와 에이미에게 펀이 웃을 때 귀담아들으라고 한다. 그녀가 숨을 쉴 때마다 웃음이 멎기 때문에 헐떡이는 소리처럼 들린다. 아빠가 생각하기에는 숨을 반복적으로 들이쉬고 내쉬는 동시에 일정한 소리를 낼 수 없어서 그럴지 모르겠다고 한다. 언어능력 발달상 그게 어떤 의미일까? 내가 보기에는 펀이 못되게 굴었다는 것이 이 사건의 핵심인데 그 부분에 대해서는 아무도 신경 쓰지 않는다.

내가 팔꿈치가 아프다고 했을 때 아무도 관심을 보이지 않다가 나중에 내 팔꿈치가 부러진 것으로 밝혀지자 아빠는 사과하는 뜻에서 엑스레이 사진을 보여주었다. 골절 부위가 마치 금이 간 사기 접시처럼 보인다. 나는 골절이라는 심각한 사태 속에서 위안을 얻는다.

하지만 완벽하게 위로가 되지는 않는다. 펀은 할 수 있지만 나는 할 수 없는 일이 산이라면 나는 할 수 있지만 펀은 할 수 없는 일은 흙더미에 불과하다. 내 키가 훨씬 크다는 게 대단한 일이기는 하지만, 힘은 편이 훨씬 세다. 내가 훨씬 잘하는 게 딱 하나 있다면 말인데, 난간을 타고 날쌔게 올라가거나 식료품 저장실 문 위로 올라가서 검은 표범처럼 기지개를 펼 수 있는 능력과 맞바꾸지 않을 만큼 소중한 능력인가 하면 잘 모르겠다.

그래서 나는 맞대응 차원에서 메리를 만들어냈다. 메리는 할 줄 아는 게 펀보다 많았다. **게다가** 자기 능력을 좋은 일에만 썼다. 그러니까 오로지 내 지시에 따라, 나를 위해서 썼다.

하지만 그녀를 탄생시킨 가장 주된 목적은 나보다 인기 없는 놀이 친구를 만들기 위해서였다. 메리의 가장 큰 장점이 좀 진저리 나게 군다는 것이었다.

농장에 다녀오고 며칠이 지난 후 메리와 나는 러셀 터프먼의 집 뒷마당에 있는 단풍나무 위에 올라가 있다. 거기서 그 집 부엌을 들여다보고 있다. 누비 조끼를 입은 난쟁이 같은 그의 어머니가 식탁에 신문지를 깔고 호박을 쪼개고 있다.

우리가 러셀네 단풍나무에 올라간 이유가 뭘까? 그 동네에서 내가 후딱 올라갈 수 있는 나무가 그 나무밖에 없기 때문이다. 그 나무는 줄기 아랫부분이 세 갈래로 나뉘었는데 한 갈래가 지면과 거의 수평이라 윗가지를 잡고 받침목을 딛고 가듯이 걸어가면 그만이었다. 좀 더지나면 나무를 타고 올라가야 했지만 가지들이 워낙 많아서 쉽게 이동할 수 있었다. 가지에 앉아서 러셀의 집 안을 들여다볼 수 있다는 것은 보너스에 불과했다. 우리의 목적은 나무 타기였지, 정찰이 아니었다.

메리는 나보다 훨씬 높이 올라갈 수 있어서 비어드 부부가 사는 집 지붕까지 보인다고 했다. 러셀의 방 안도 보인다고 했다. 러셀이 침대 위에서 뛰고 있다고 했다.

하지만 거짓말이었다. 어느 틈엔가 러셀이 부엌문 밖으로 나오더니 나를 향해서 똑바로 걸어왔던 것이다. 단풍잎이 군데군데 남아 있어서 잘하면 몸을 숨길 수도 있을 것 같았다. 꼼짝 않고 숨어 있는데 러셀이 내 발밑까지 다가왔다. "꼬맹아, 너 거기서 뭐하냐?" 그가 물었다. "어딜 들여다보고 있는 거냐고."

나는 그에게 그의 어머니가 호박을 자르고 있다고 말했다. 그런데 자르다라는 말 대신 **분해하다**라는 단어를 썼다. 예전에 로웰이 농장 옆 개울가에서 죽은 개구리를 주워 오자 아버지와 그가 식탁 위에 개구리를 올려놓고 축축한 견과류처럼 생긴 조그만 심장을 해부한 적이 있었다. 그때는 아무렇지도 않았는데 러셀의 어머니가 호박 안에 손을 집어넣자 속이 뒤틀리면서 입안에 침이 고이기 시작했다. 나는 침을 꿀꺽 삼키고 더 이상 부엌을 들여다보지 않았다.

나는 나뭇가지를 밟고 서서 머리 위의 가지를 한 손으로 붙잡고 무심하게 몸을 살짝 흔들면서 이야기했다. 누가 보더라도 속이 불편한지 몰랐을 것이다. 그런 식으로 여유를 부렸다. "몽키 걸." 러셀이 말했다. 내가 학교에 다니기 시작한 뒤로 숱하게 듣게 될 별명이었다. "너 진짜 특이하다." 하지만 재미있어하는 말투라서 기분 나쁘게 들리지 않았다. "오빠한테 돈 받아 가라고 전해."

나는 다시 부엌을 들여다보았다. 러셀의 어머니가 호박의 내장을 꺼내서 신문지 위로 한 움큼씩 던지고 있었다. 머리가 멍해지면서 다리가 후들거려서 한순간 이대로 나무에서 떨어지거나 그보다 더 심각하게는 구역질을 하는 게 아닌가 싶었다.

그래서 중심을 잡으려고 나뭇가지에 걸터앉았는데 가늘고 낭창낭창한 나뭇가지라 내 몸무게를 이기지 못하고 갑자기 휘어버렸다. 나는 잔가지와 나뭇잎을 쓸어가며 미끄러져 내려왔고 두 발로 땅을 먼저 디딘 뒤 엉덩방아를 찧었다. 두 손 가득 생채기가 났다.

"그건 또 뭐냐?" 러셀이 물으며 단풍잎 때문에 물이 든 내 바짓가랑이를 손가락질했다. 그때 느낀 굴욕감은 말로 표현할 수 없을 정도였다. 아무도 내 사타구니를 쳐다보거나 거기에 대해서 운운하면 안 되는 거였다. 내 사타구니가 시뻘게지면 안 되는 거였다.

며칠 뒤에 경찰이 러셀네 집에 들이닥쳤다. 도나 할머니 말로는 그가 농장에서 할로윈 파티를 벌였기 때문이라고 했다. 창문이란 창문은 죄다 깨지고 미성년의 여자아이가 하룻밤 병원 신세를 졌다고 했다.

언어라는 게 어쩌나 부정확한지, 인간이 왜 굳이 언어라는 수단에 의존할까 싶을 때가 있다. 내 귀에는 그것이 어떤 말로 들렸는가 하면, 펀이 장난꾸러기 요정처럼 시간과 공간을 거슬러 우리가 다 같이 살았던 그 집에 들어가서 때려 부쉈다는 말로 들렸다. 깨진 유리창이 내게는 파티의 상징일 수 있었다. 펀과 나는 예전에 크로케 공을 던져서 창문 하나를 깨며, 나중 일은 어떻게 되거나 말거나 신나게 논 적이 있었다. 하지만 창문이란 창문이 죄다 깨졌다고? 그건 장난처럼 들리지 않았다. 분명하고 집요한 분노의 기운이 느껴졌다.

도나 할머니가 내게 하려던 이야기는 이런 거였다. 너는 아직 어려서 알코올과 약물을 섞어서 마시는 게 얼마나 위험한지 모르겠지만, 살아생전에 네가 위세척하는 꼴을 보는 일은 없었으면 좋겠다. 그러면 안 그래도 썩어 문드러진 네 어머니의 가슴이 미어질 거다.

여섯

그러다 어느 날 아침에 엄마가 갑자기 정신을 차렸다. 눈을 떠보니 스콧 조플린이 부른 〈메이플 리프 래그〉의 유쾌한 멜로디가 계단 위로 쏟아지고 있었다. 어머니가 일어나서 예전에 그랬던 것처럼 두 손을 건반 위에 둥그렇게 얹고 발로 페달을 밟아가며 피아노로 우리를 깨우고 있다는 뜻이었다. 어머니는 샤워를 마치고 아침상을 차려놓았고, 그 뒤로 얼마 안 있어서 책을 읽기 시작했고, 결국에는 말문도 열었다. 그러자 아빠가 몇 주 동안 술을 입에 대지 않았다.

다행스러운 일이었지만, 엄마의 다른 면을 보고 난 다음이라 마음을 완전히 놓을 수는 없었다.

우리는 와이키키에서 그해 크리스마스를 보냈다. 그곳에서는 산타가 보드용 반바지에 샌들을 신고 있었고 전혀 크리스마스 분위기가 나지 않았다. 편과 함께 지낼 때는 여행을 할 수 없었다. 이제 우리는 여행을 할 수 있었고 멀리 떠날 필요가 있었다. 작년에 편은 그만하라는 소리를 귀에 못이 박히도록 들어도 크리스마스 전등을 껐다 켰다 했다. 편이 트리 꼭대기에 별을 다는 것이 우리 집안의 전통이었다.

몰래 선물을 들고 2층 벽장 안으로 들어갔는데 좋아서 콧방귀를 뀌는 바람에 들통이 났던 편. 크리스마스 아침이면 포장지를 갈기갈기 찢어서 허공에 흩뿌리고 눈처럼 우리 목덜미에 쑤셔 넣었던 편.

비행기 여행은 처음이었는데 아래로 보이는 새하얀 구름이 굽이치는 매트리스 같았다. 하와이는 공항에서부터 냄새가 마음에 들었다. 산들바람에서 플루메리아 향이 났고 호텔 샴푸와 비누에서도 그 향이 풍겼다.

와이키키 해변은 얕아서 나 같은 어린아이도 한참 멀리까지 걸어서 나갈 수 있었다. 깡충깡충 뛰며 물속에서 몇 시간 동안 놀고 났더니 밤이 돼서 로웰과 한 침대에 누울 때까지 심장 고동 소리가 귓전을 때렸다. 나는 그때 수영을 배웠다. 부모님이 파도를 맞으며 서서 발차기로 왔다 갔다 하는 나를 잡아주었는데, 물어보지는 않았지만 편이라면 나처럼 하지 못했을 거라고 장담할 수 있었다.

나는 아침을 먹으면서 새롭게 깨달은 사실을 공개했다. 세상이 위와 아래, 두 부분으로 나뉘어 있다는 것이었다. 스노클링을 하면 아래 세상을 구경할 수 있고 나무 위에 올라가면 위 세상을 구경할 수 있는데, 어느 쪽이 다른 쪽보다 낫다고 할 수는 없었다. 나 같은 어린아이가 이렇게 흥미진진한 이야기를 하다니 아무라도 받아 적어야 하는 거 아닌가 하고 생각했던 기억이 난다.

얘기하고 싶은 게 세 가지 생각나면 하나만 골라서 그것만 얘기해. 펀이 떠나고 몇 달 동안 나에게 계속 선택받지 못한 두 가지가 그녀에 관한 이야기였다. 하와이에서는 펀이 나무를 잘 탈지 몰라도 나는 잠수를 잘한다는 생각이 들었다(하지만 입 밖으로 얘기하지는 않았다). 그녀에게 잠수하는 내 모습을 보여주고 싶었다. 라바 케이크 조각에 환호하고 스파이더맨처럼 야자수를 타고 오르는 그녀의 모습을 보고 싶었다.

조식 뷔페를 정말 좋아했을 텐데.

어딜 가든 그녀가 보였지만 절대 그렇다는 말은 하지 않았다.

그 대신 무너지려는 기미가 보이는지 강박적으로 어머니를 관찰했다. 어머니는 바다 위에 반듯하게 떠 있거나 수영장 옆 의자에 누워서 마이타이를 마셨고, 훌라의 밤 때는 지배인이 지원자를 모집하자 벌떡 일어섰다. 갈색으로 태운 피부에 꽃다발을 목에 걸고 두 손을 유연하고 능숙하게 움직이던 어머니가 얼마나 아름다웠는지 아직도 기억이 난다. **바다에 그물을 던졌네. 고기, 고기들아, 내게로 헤엄쳐 오너라.**

집으로 돌아가기 전날에 저녁을 먹으면서 아버지가 조심스럽게 지적했다시피 어머니는 지식인이었다. 교양인이었다. 이제 나도 유치원에 들어갈 테니 하루 종일 집 안에 틀어박혀 있을 게 아니라 일을 하는 게 좋지 않을까?

나는 아버지한테 그 말을 듣기 전까지 내가 유치원에 가게 되는 줄 몰랐다. 나는 다른 아이들과 어울린 적이 그렇게 많지 않았다. 그래서 바보같이 좋아했다.

은색에서 검은색으로 바뀌기 시작한 바다가 식당 창밖에서 반짝였다. 엄마가 더 이상 얘기하고 싶지 않다는 뜻에서 대충 맞장구를 치자 아버지는 엄마의 의중을 알아차렸다. 그 당시에 우리는 엄마의 의중에 촉각을 곤두세웠다. 서로 조심했다. 발끝으로 살금살금 걸어 다녔다.

그런 상태가 몇 달 동안 계속되었다. 그러던 어느 날, 저녁 식사 시간에 로웰이 문득 이렇게 물었다. "펀은 찐 옥수수를 정말 좋아했는데. 얼마나 지저분하게 먹었는지 기억나요?" 그러자 방충망에 걸린 벌레처럼 펀의 말뚝 같은 이빨에 들러붙었던 노란색 옥수수 알들이 퍼뜩 떠올랐다. 아마 우리가 찐 옥수수를 먹고 있어서 로웰이 그런 이야기를 꺼냈을 텐데, 그렇다면 다시 여름이 돌아왔다는 뜻이었다. 뇌우가 쏟아지고 반딧불이가 날아다니고, 펀이 다른 곳으로 옮겨진 지 거의 1년이 지났다는 뜻이었다. 순전히 추측에 불과하기는 하지만.

"펀이 우리를 얼마나 좋아했는지 기억나요?" 로웰이 물었다.

아빠는 포크를 들어서 부들부들 떨리는 손가락으로 꼭 붙잡았다. 그러다 다시 내려놓고는 어머니를 흘끗 훔쳐보았다. 어머니는 접시를 뚫어져라 쳐다보고 있어서 눈이 보이지 않았다. "그만해라." 아버지가 로웰에게 말했다. "아직은 안 돼."

로웰은 아버지의 말을 무시했다. "펀 보러 가고 싶어요. 다 같이 가서 만나야 해요. 우리가 왜 데리러 오지 않는지 궁금해하고 있을 거예요."

아버지가 손바닥으로 얼굴을 쓸었다. 예전에는 펀과 나를 데리고 그런 식으로 게임을 했다. 얼굴을 위에서 아래로 쓸어내리면 우거지상이 나왔다. 아래에서 위로 쓸어올리면 웃는 얼굴이 나왔다. 내리면 우거지상. 올리면 웃는 얼굴. 내리면 멜포메네*. 올리면 탈리아**. 표정으로 비극과 희극이 연출되었다.

그날 저녁에는 손을 내렸을 때 축 처진 서글픈 얼굴이 드러났다. "우리 넷 다 그러고 싶지." 아버지가 말했다. 말투가 로웰과 비슷했다. 차분하지만 단호했다. "우리 넷 다 펀을 보고 싶어 하지. 하지만 펀의 입장에서는 어떻게 하는 게 가장 좋은 방법일지 생각해야 하지 않겠니? 사실 펀은 끔찍한 적응 기간을 거쳐서 이제 행복하게 잘 살고 있어. 그런데 우리를 만나면 속상해지기만 할 거다. 네가 이기적인 이유에서 그런 소리를 한 게 아니라는 건 알지만, 네 기분 좋아지자고 펀의 기분을 망치면 쓰겠니?"

하지만 엄마가 울기 시작했다. 로웰은 아무 말 없이 접시를 들고 일어나서 손도 대지 않은 음식을 쓰레기통에 버렸다. 접시와 잔을 식기세척기에 넣었다. 그길로 부엌을 나갔고 집을 나갔다. 이틀 동안 집에 들어오지 않았는데 이번에는 마르코의 신세를 지지 않았다. 로웰이 어디서 잤는지 우리는 끝까지 알아내지 못했다.

아빠는 예전에도 그런 논리를 펼친 적이 있었다. 나는 러셀과 로웰과 함께 농장에 다녀온 날, 펀이 그 집에 살지 않는다는 것을 마침내

---

* 그리스신화에서 비극의 여신.
** 그리스신화에서 목가, 희극의 여신.

알게 된 날 아버지에게 펀이 어디 갔느냐고 물었다.

아빠는 그때 2층 서재에 있었고 나는 〈록퍼드 파일스〉가 시작했다고 알리러 간 참이었다. 로웰이 "방에 들어가서 네 행동에 대해 생각해보라"는 말이 "좋아하는 TV 프로그램을 보면 안 된다"는 뜻은 아닐 거라며 나를 보낸 것이었다. 나는 책상 위로 올라가서 아빠의 무릎 위로 뛰어내릴까 고민했지만, 이미 멀리사에게 아무 말도 없이 사라지는 잘못된 판단을 내린 데다 아빠가 장난칠 기분이 아니라는 것을 알고 있었다. 선택의 여지가 없는 상황으로 몰리면 아빠가 나를 받아주겠지만 기분 좋게 받아주지는 않을 것 같았다. 그래서 나는 뛰어내리는 대신 펀에 대해서 물었다.

아빠가 나를 안아서 무릎에 앉히자 평소처럼 담배와 맥주, 블랙커피, 올드 스파이스 냄새가 났다. "펀은 이제 다른 가족이랑 살고 있어." 아빠가 말했다. "농장에서. 거긴 다른 침팬지들도 많아. 그러니까 새 친구들이 많아진 거지."

나는 같이 놀지 못하는데 펀하고 놀게 된 그 새 친구들에게 당장 시샘이 났다. 펀이 나보다 더 좋아하게 된 친구가 생겼을지 궁금해졌다.

다른 쪽에서 평형추 역할을 하는 펀 없이 나 혼자 아빠 무릎에 앉아 있으려니 기분이 이상했다. 아빠가 나를 끌어안은 팔에 힘을 주었다. 그때 아빠가 나중에 로웰에게 한 이야기를 했다(아마 여러 번 했을 것이다). 우리가 보러 가면 펀이 속상해질 테니까 안 된다고, 하지만 거기서 잘 살고 있다고. "우리는 영원히, 영원히 펀을 그리워할 거야." 아빠가 말했다. "하지만 행복하게 지내고 있다는 걸 아니까, 그게 중요한 거야."

"편은 새로운 음식을 싫어하는데." 내가 말했다. 그 생각이 나자 걱정스러워졌다. 편과 나는 먹는 데 신경을 많이 썼다. "우리는 늘 먹던 음식을 좋아하잖아요."

"새로운 게 좋을 수도 있어." 아빠가 말했다. "편이 지금까지 먹어본 적 없지만 좋아할지 모르는 음식들이 얼마나 많은지 아니? 망고스틴. 스위트숍. 잭프루트. 부티아."

"그래도 좋아하는 음식은 계속 먹을 수 있는 거죠?"

"나무콩. 케이크 애플. 잼잼."

"그래도 좋아하는 음식은 계속 먹을 수 있는 거죠?"

"젤리롤. 정글짐. 재주넘기."

"그래도……."

아빠가 포기했다. 아빠가 졌다. "그럼." 아빠가 말했다. "그럼. 당연하지. 그래도 좋아하는 음식은 계속 먹을 수 있어." 아빠가 그렇게 말한 기억이 난다.

나는 이런 농장이 있다고 오랫동안 믿었다. 로웰도 그랬다.

내가 여덟 살쯤 됐을 때 기억 비슷한 게 점점 떠올랐다. 맞춰야 하는 퍼즐처럼 한 번에 한 조각씩 떠올랐다. 이 기억 속에서 나는 아주 어린아이였고 부모님과 함께 차를 타고 가고 있었다. 좁은 시골길이라 양쪽으로 빽빽한 미나리아재비, 풀, 야생 당근이 차창에 스쳤다.

앞에서 길을 건너는 고양이를 보고 아버지가 차를 멈추었다. 나는 뒷좌석의 카시트에 묶여 있었으니 이 고양이를 볼 수 없었을 텐데도 몸통은 까맣고 얼굴과 배가 하얀 고양이었다고 선명하게 기억한다. 고양이가 우리 앞에서 왔다 갔다 하며 머뭇거리자 짜증이 난 아버지가 고양이를 치고 지나갔다. 나는 충격을 받은 기억이 났다. 뭐라고 했던 기억이 났다. 고양이가 길을 계속 막고 있어서 그랬던 거라며, 달리 어쩔 도리가 없었다는 듯이 어머니가 아버지를 변호한 기억이 났다.

모든 장면이 완성되자 나는 내 이야기를 믿을 만한 단 한 사람—즉, 도나 할머니—에게 이 기억을 들고 갔다. 그때 할머니는 안락의자에 앉아서 잡지를 읽고 있었다. 아마 《피플》이었을 것이다. 캐런 카펜터*가 얼마 전에 죽은 때로 기억한다. 양쪽 할머니 모두 그 일 때문에 심란해했다. 나는 부들부들 떨며 할머니에게 이야기했고 울지 않으려고 했지만 실패했다. "아이고, 아가." 도나 할머니가 말했다. "분명 꿈이었을 거야. 너희 아버지가 절대 그럴 사람이 아니라는 거 너도 알잖니."

만약 이 세상에 아빠의 단점을 눈에 불을 켜고 찾을 사람이 있다면 도나 할머니였다. 그런 할머니가 당장 그럴 리 없다고 하자 얼마나 안심이 됐는지 모른다. 내가 알고 있던 사실들도 되살아났다. 우리 아버지는 다정한 사람이라는 것, 우리 아버지가 그렇게 끔찍한 짓을 저지를 리 없다는 것이었다. 오늘날까지도 나는 그런 일이 없었을 거라고 분명하게 확신한다. 내게는 그것이 슈뢰딩거의 고양이였다.

우리 아버지가 동물들에게도 다정했을까? 어렸을 때는 그렇다고

---

* Karen Carpenter(1950~1983). 1970년대 미국에서 활동한 남매 팝 듀오 카펜터스의 보컬. 1983년 2월에 거식증으로 세상을 떠났다.

생각했지만, 그때는 내가 실험실의 쥐들이 어떻게 사는지 잘 몰랐다. 우리 아버지는 동물들에게 다정했지만 과학 실험의 대상이었을 때는 예외였다고 해두자. 그렇게 함으로써 뭔가 배우는 게 있지 않은 이상 아버지가 고양이를 치고 지나가는 일은 없었을 것이다.

아버지는 인간의 동물적인 본능을 철석같이 믿었기 때문에 편을 인간으로 만들 수 있는 가능성보다 나를 동물로 만들 수 있는 가능성이 훨씬 크다고 보았다. 미안하지만 나뿐 아니라 여러분에게까지, 그러니까 우리 모두에게 적용되는 의견이었다. 아버지는 동물들이 아버지가 규정하는 그런 방식으로 사고할 수 없다고 믿었고, 인간의 사고력도 마뜩찮게 여겼다. 인간의 뇌는 귀 사이에 박혀 있는 피에로 차와 같다고 했다. 문을 열면 피에로들이 우르르 나온다고 했다.

인간에게는 사리분별이 있다는 발상도, 그렇다고 믿고 싶기 때문에 설득력 있게 느껴지는 거라고 했다. 만약 사리분별이라는 게 존재한다면 객관적인 관찰자들이 사기극을 한눈에 알아차릴 수 있어야 했다. 인간의 모든 판단과 행동과 가치관과 세상을 해석하는 방식의 근거는 감정과 본능이었다. 이성과 사리분별은 울퉁불퉁한 표면을 덮은 얇은 페인트였다.

예전에 아버지가 말하길 미국 의회를 이해하는 유일한 방법이 있다면 200년 된 영장류 연구로 간주하는 것이라고 했다. 아버지는 일반 동물의 인지능력을 둘러싼 사고방식의 변화를 접하지 못하고 돌아가셨다.

하지만 의회에 대한 아버지의 생각은 틀리지 않았다.

일곱

펀에 얽힌 또 다른 기억들:

가장 어렸을 때 기억 속에서 우리는 세 살이다. 어머니는 펀이 이쪽, 내가 저쪽 품속으로 파고들 수 있도록 서재의 큼지막한 2인용 안락의자에 앉아 있다. 며칠 동안 계속 비가 내려서 나는 안에만 갇혀 있는데 신물이 났고, 실내용 목소리만 쓰는 데 신물이 났다. 펀은 누가 책을 읽어주면 좋아한다. 졸음에 겨워하며 아무 말 없이 어머니 옆에 최대한 바짝 붙어서 어머니가 입은 코듀로이 바지의 벨트 고리를 만지작거리고 허벅지를 쓰다듬는다. 반면에 나는 어떻게 앉아도 불편해서 몸부림을 치고, 혼날 만한 짓을 유발하려고 엄마의 무릎을 넘어서 펀의 발을 찬다. 엄마가 생선 초절임도 만들 수 있을 만한 말투로 나더러 가만히 있으라고 한다.

책은 『메리 포핀스』이고 할머니가 손가락을 부러뜨리자 빨아먹을 수 있는 막대 사탕으로 변하는 부분이다. 나는 속이 울렁거리지만 편은 **사탕**이라는 단어를 듣더니 꿈을 꾸듯 나른하게 입을 우물거린다. 편은 손가락 어쩌고 하는 부분을 파악하지 못하다니 이해가 되지 않는다. 편은 내용을 파악하지 못하다니 이해가 되지 않는다.

나는 하나도 빠짐없이 이해하고 싶기 때문에 쉴 새 없이 끼어든다. 유모차가 뭐예요? 류머티즘이 뭐예요? 나도 나중에 류머티즘 걸려요? 고무천을 댄 장화가 뭐예요? 나도 사주면 안 돼요? 메리 포핀스가 자기들 별을 떼어버렸을 때 마이클하고 제인은 화가 났을까요? 하늘에 별이 없으면 어떻게 돼요? 그럴 수도 있을까요? 마침내 어머니가 말한다. "못살겠네. 책 읽게 입 좀 닥치면 안 되겠니?" 엄마가 평소에 좀처럼 듣지 못했던 **못살겠다**와 **닥치다**라는 단어를 썼기 때문에 메리를 제물로 삼는 수밖에 없다. 나는 엄마에게 메리가 알고 싶어 하는 거라고 얘기한다. 엄마가 말한다. "메리 때문에 내가 폭발하기 직전이야. 여기 이 편처럼 메리도 착하게 얌전히 들어야지."

내가 메리를 제물로 삼았다면 편은 나를 제물로 삼았다. 편도 류머티즘이 뭔지 몰랐는데 내가 물어본 덕분에 알게 됐다. 류머티즘이 뭔지 알게 됐을 뿐 아니라 **말을 할 줄도 모르는데** 잠자코 있었다고 칭찬을 들었다. 편은 아무것도 아닌 일에 칭찬을 듣는데 나는 뭘 해도 칭찬을 받지 못한다는 생각이 든다. 엄마는 편을 가장 좋아하는 게 분명하다. 편의 얼굴 반쪽이 보인다. 거의 잠이 들어서 한쪽 눈꺼풀이 펄럭이고, 한쪽 귀는 까만 털 위로 양귀비처럼 활짝 피었고, 한쪽 엄지발가락을 입에 넣고 빠는 소리가 들린다. 편이 졸린 눈을 들어 자기 다리 너머로, 구부러진 엄마의 팔을 지나서 나를 쳐다본다. 아, 맡은 역할을 완벽하게 해내고 있다. 아직까지 기저귀를 차고 있는 아기!

두 번째 기억: 대학원생 하나가 그 지역 라디오 방송국에서 무료로 배부한 편집 테이프를 얻어다 카세트 플레이어에 넣었다. 여자들이 전부 다 춤을 춘다. 엄마와 도나 할머니, 편과 나, 대학원생 에이미, 캐럴라인 그리고 코트니. 〈스플리시 스플래시 아이 워즈 테이킹 어 배스〉, 〈팰리세이즈 파크〉, 〈러브 포션 넘버 나인〉에 맞춰서 옛날식으로 춤을 춘다.

그때가 낮인지 밤인지 알 수 없었어. 보이는 모든 것에 대고 입을 맞추었지.

편은 있는 힘껏 발을 구르고, 가끔은 의자 등받이에서 바닥으로 뛰어내린다. 에이미더러 그네를 태워달라고 해서 허공에 떠 있는 내내 까르르거린다. 나는 흔들고 뛰고 눕고 턴다. 엄마가 외친다. "콩가 라인." 엄마가 우리를 일렬로 거느리고 구불구불 1층으로 내려가고 편과 나는 춤, 춤, 춤을 추며 그 뒤를 따라간다.

세 번째 기억: 화창한 햇살이 반짝이고 다시금 눈이 내린 날. 로웰이 부엌 창문에 대고 눈 뭉치를 던지고 있다. 눈 뭉치가 유리창에 맞으면 철퍼덕 튀어서 반짝이는 자국을 남긴다. 편과 나는 신이 나서 가만히 있지 못하고 뒤로 늘어뜨린 목도리를 휘두르며 부엌을 뱅글뱅글 돈다. 편은 발을 구르고 좌우로 몸을 흔든다. 연거푸 뒤로 공중제비를

넘는다. 둘이서 손을 잡고 빙빙 돌자 편의 정수리가 보인다.

나는 눈이 어디서 오느냐고, 왜 겨울에만 내리느냐고, 오스트레일리아에서는 여름에 눈이 내린다는데 그럼 오스트레일리아에서는 모든 게 우리랑 정반대라는 뜻이냐고 묻는다. 밤에는 환하고 낮에는 어두컴컴해요? 아주 나쁜 짓을 해야 산타 할아버지한테 선물을 받을 수 있어요? 엄마는 대답 없이 조바심만 낸다. 편에게 장갑을 씌우고 부츠를 신길 방법이 없기 때문이다. 편은 뭘 신기기만 하면 비명을 지른다.

옷을 입히는 것 자체가 진 빠지는 일이다. 엄마는 너무 춥지 않은 이상 옷을 입히지 않았으면 한다(기저귀는 예외지만). 편을 우스꽝스러운 꼴로 만들고 싶지 않은 것이다. 하지만 내가 옷을 입어야 하니까 편도 그래야 한다. 게다가 편도 옷을 입고 싶어 한다. 엄마는 편의 옷을 자기표현의 일환으로 규정하지만 아빠는 그런 식의 의인화를 질색한다.

그날 엄마는 엄마가 끼는 큼지막한 장갑을 편의 파카 소맷부리에 편으로 달고, 편이 손을 넣어주자마자 곧바로 빼도 아무 소리 하지 않는다. 나한테는 손과 발로 눈밭을 헤치지 말고 똑바로 서서 다니라고 한다. 냄새가 스멀스멀 부엌 안에 번진다. 엄마는 그대로 편을 내보낼까 고민하는 눈치다. "편한테서 냄새나요." 내가 말하자 엄마는 한숨을 쉬며 편의 파카를 벗기고 옷을 갈아입히러 2층으로 데려간다. 아빠가 편을 데리고 내려와서 다시 방설복 속으로 집어넣는다. 2층에서 샤워기 트는 소리가 들린다. 나는 더워서 땀을 흘리고 있다.

로웰은 눈으로 개미를 만들고 있다. 로웰이 후절부라고 부르는 몸

135

통 부분을 아직 원하는 만큼 크게 만들지 못했는데—키가 자기만 한 돌연변이 거대 개미를 만들고 싶어 한다—눈이 하도 끈적끈적해서 벌써부터 바닥에 붙기 시작했다. 펀과 내가 마침내 눈으로 뒤덮인 농장 마당으로 뛰쳐나가 보니 로웰이 눈 뭉치를 떼어내서 계속 굴리려고 애를 쓰고 있다. 우리는 끙끙대는 그의 주변을 깡충깡충 뛰어다닌다. 펀이 바로 옆의 조그만 뽕나무 위로 휙 하니 올라간다. 가지에 눈이 쌓여 있다. 펀은 그 눈을 먹는다. 가지를 흔들어서 우리 목 위로 눈을 뿌리자 로웰이 그만하라고 한다.

펀은 그만할 생각이 없다. 로웰은 모자를 쓴다. 펀은 그의 등 위로 뛰어내려서 팔로 목을 감싼다. 그녀가 웃는 소리가 들린다. 가는 톱을 앞뒤로 긁는 듯한 소리다. 로웰은 뒤로 손을 뻗어서 그녀의 팔을 붙잡고 바닥으로 내동댕이친다. 그녀는 더 큰 소리로 웃고 한 번 더 나무 위로 올라간다.

하지만 로웰은 다른 개미를 만들려고 하얀 눈이 수북이 쌓인 다른 곳으로 자리를 옮겨버린다. "눈덩이를 굴리다 말고 너희를 기다린 게 패착이었어." 그가 말한다. "계속 굴려야 하는 건데." 실망한 펀이 소리를 지르지만 그는 못 들은 척한다.

나는 뒤에 남아서 장갑 낀 손으로 미완성 후절부 주변에 도랑을 판다. 펀은 나무에서 내려와 로웰을 따라가기 시작한다. 나도 따라오는지 확인하려고 그녀가 고개를 돌리자 나는 도와달라고 수화로 얘기한다. 평소 같으면 아무 소용 없었을 텐데 그녀는 로웰한테 아직 화가 풀리지 않았기 때문에 빙그르르 몸을 돌린다.

아버지는 커피를 들고 현관에 서 있다. "아무것도 그 곁에는 남지 않았네." 아버지가 버려진 눈 개미의 몸통을 컵으로 가리키며 읊는다. "그 거대한 잔해의 부식 주변에는.'*"

펀은 내 옆에 주저앉아서 턱을 내 팔 위에 얹고 발로 후절부를 밟는다. 눈을 다시 한 움큼 입에 넣어서 앞으로 불룩 튀어나온 입술을 묘기 부리듯 쩝쩝거리며 움직이더니 눈을 반짝이며 나를 올려다본다. 펀의 눈은 사람의 눈보다 커 보인다. 흰자위가 흰색이 아니라 홍채보다 아주 조금 옅은 누런색이라서 그렇다. 나는 펀의 얼굴을 그릴 때 적갈색 크레용으로 눈을 색칠한다. 펀은 항상 크레용을 먹어버리기 때문에 그림을 완성하는 법이 없다.

그녀는 이제 발로 눈덩이를 찬다. 도와주려고 그러는 건지 불분명하지만 도움이 된다. 내가 옆에서 손으로 민다. 눈덩이가 살짝 흔들리더니 생각보다 쉽게 바닥에서 떨어져 나온다.

이제 나는 눈덩이를 굴려서 점점 커지게 만들 수 있다. 펀은 파도에 까딱이는 낚시찌처럼 뒤에서 콩콩거린다. 쌓인 눈 위로 뛰었다 그 사이로 푹 빠지며 주머니고양이처럼 어지러운 흔적을 남긴다. 소맷부리에 달린 장갑이 쥐처럼 눈 위에서 펄떡인다.

고개를 돌린 로웰이 손으로 햇볕을 가린다. 온 사방이 얼음으로 하얗게 뒤덮여서 눈이 부시다. "그거 어떻게 한 거야?" 그가 큰 소리로 묻는다. 둥그런 재킷 모자 구멍 속에서 나를 보며 씩 웃고 있다.

---

* 영국 낭만주의 문학을 대표하는 시인인 퍼시 셸리가 쓴 〈오지만디어스Ozimandias〉의 일부 구절이다.

"진짜 열심히 밀었어." 내가 말한다. "펀도 도와줬고."

"걸 파워!" 로웰이 고개를 젓는다. "멋지네."

"사랑의 힘이지." 아버지가 말한다. "사랑의 힘."

그때 대학원생들이 등장한다. 다 같이 썰매를 타러 갈 거라고 한다! 펀이 진정하지 않을 게 뻔하기 때문에 아무도 나한테 진정하라고 하지 않는다.

내가 가장 좋아하는 대학원생은 매트다. 매트는 영국의 버밍엄에서 왔는데 펀과 나를 **애기**라고 부른다. 나는 그의 다리를 감싸 안고 부츠 발끝을 딛고 깡충깡충 뛴다. 펀은 캐럴라인을 끌어안아서 눈 위로 쓰러뜨린다. 일어난 펀은 머리끝에서 발끝까지 도넛처럼 하얀 가루를 뒤집어쓰고 있다. 우리 둘 다 안아서 그네를 태워달라고 자기만의 방식으로 떼를 부린다. 하도 신이 나서, 우리 어머니가 좋아하는 희한하게 느낌이 확 와 닿는 표현을 빌리자면, 완전히 어찌할 바를 모르고 있다.

예전에 나는 항상 펀이 무슨 생각을 하는지 안다고 생각했다. 그녀가 아무리 이상한 행동을 해도, 아무리 이상한 걸 몸에 걸치고 메이시스 백화점의 퍼레이드 풍선처럼 까딱거리며 집 안을 돌아다녀도 다들 내가 알아듣기 쉬운 말로 해석해줄 거라고 믿었다. 펀이 밖에 나가고 싶대요. 펀이 〈세서미 스트리트〉*를 보고 싶대요. 펀이 아줌마더러 똥

* 미국의 유아용 TV 프로그램.

같대요. 개중 일부는 단순한 투사에 불과했을지 몰라도 그 나머지는 아니라고 확신한다. 내가 그녀를 이해하지 못할 이유가 없지 않은가. 나보다 더 편을 잘 아는 사람은 없었다. 나는 모든 씰룩임에 담긴 의미를 알았다. 나는 그녀에게 맞추어져 있었다.

"왜 꼭 편이 우리말을 배워야 해요?" 한번은 로웰이 아버지에게 이렇게 물은 적이 있었다. "우리가 편의 말을 배우면 안 돼요?" 아버지는 편이 언어를 배울 수 있을지 여부는 아직 불분명하지만 자기들끼리 쓰는 언어가 없는 것만큼은 분명하다고 대답했다. 로웰이 언어와 의사소통을 혼동해서 그러는데, 그 둘은 전혀 다른 거라고 했다. 언어는 단순한 말이 아니야. 아버지는 그렇게 말했다. 말의 체계, 말끼리 서로 영향을 주고받는 방식, 이런 것들도 전부 다 언어라고 할 수 있거든.

다만 아버지는 이보다 훨씬 더 길게, 로웰이나 나나 편이 가만히 앉아서 집중할 수 없을 만큼 길게 설명했다. 전부 다 **움벨트***와 관계가 있다는데, 나는 그 단어의 발음이 마음에 들어서 그만하라는 소리를 들을 때까지 북을 두드리듯 계속 반복했다. 그 당시에는 **움벨트**의 뜻이 뭔지 별로 관심이 없었는데, 알고 보니 각 유기체가 세상을 경험하는 특유의 방식을 가리키는 말이었다.

나는 심리학자의 딸이다. 그렇기에 표면적인 관찰 대상과 진정한 관찰 대상은 다르다는 것을 안다.

켈로그 부부가 1930년대에 자기 자식과 침팬지를 기르기 시작했을

---

* Umwelt. 전후 상황, 환경이라는 뜻의 독일어.

때 명시한 목적은 언어와 기타 등등의 능력을 비교, 대조하기 위해서였다. 우리의 목표도 마찬가지였다. 하지만 과연 그랬을까?

켈로그 부부는 이 충격적인 실험으로 권위가 실추돼서 두 번 다시 진지한 과학자 대접을 받지 못할 거라고 생각했다. 내가 그 사실을 아는데 야심만만한 우리 아버지가 몰랐을 리 없다. 그렇다면 너무 일찍 불행하게 막을 내린 펀과 로즈메리, 로즈메리와 펀의 연구 목적은 무엇이었을까? 나는 여전히 잘 모르겠다.

하지만 내가 보기에 흥미로운 데이터를 대거 제공한 쪽은 나다. 나이를 먹을수록 내 언어 발달은 펀과 대조를 이루는 수준을 넘어, 모든 비교를 뿌리째 흔드는 **완벽하게 예측 가능한** 미지의 요소 역할을 했다.

데이와 데이비스가 1930년대에 연구 결과를 출간한 이후부터 쌍둥이로 자라면 언어 습득에 영향을 미친다는 것이 정설로 받아들여졌다. 1970년대에 좀 더 새롭고 유용한 연구가 이루어졌지만 우리 부모님은 아직 그쪽에 관심이 없었던 것 같다. 게다가 우리는 잠재력이 전혀 다른 쌍둥이였으니 그런 연구 결과가 우리 상황과 딱 맞아떨어진다고 볼 수도 없었다.

대학원생들이 관찰하는 동안에는 서로 떨어져 있기도 했지만 펀과 나는 대부분의 시간을 함께 보냈다. 내가 습관처럼 그녀를 대변하기 시작하자 그녀는 내가 자기를 대변해줄 거라고 으레 기대하는 눈치를 보이기 시작했다. 세 살부터 이미 내가 펀의 통역사 노릇을 하고 있었으니 그 때문에 그녀의 발전이 더뎌진 측면도 분명 있었을 것이다.

그러니까 우리 아버지는 펀이 어느 정도까지 의사소통을 할 수 있는지를 연구했다기보다 나와 어느 정도까지 의사소통을 할 수 있는지를 연구한 게 아닐까. 타블로이드 신문에나 어울림 직한 반대의 경우도 필연적으로 성립하는데 그걸 모르는 척했던 건 아닐까. 아버지가 대외적으로 제기한 질문은 펀이 인간의 언어를 배울 수 있느냐는 것이었다. 그런데 스스로 인정하지는 않았지만 사실상 아버지가 제기한 질문은 로즈메리가 침팬지의 언어를 배울 수 있느냐는 것이었다.

초창기에 연구에 동참했던 티모시라는 대학원생은 말문이 트이기 이전 시기에 펀과 내가 자작언어증*을 보였다고 주장한 적이 있었다. 끙끙거리는 소리와 수화로 이루어진 둘만의 암호가 있었다는 것이다. 정식 기록으로 남겨지지 않아서 나도 얼마 전에서야 알게 된 사실인데, 아버지는 그것을 증거가 빈약하고 비과학적이며 사실상 엉뚱한 주장으로 간주했다고 한다.

아메리칸 투어리스트 트렁크 광고 모델로 유명했던 침팬지 우피가 가끔 텔레비전에 나올 때가 있었다. 펀은 그에게 전혀 관심이 없었다. 그런데 한번은 아주 잘생긴 통가가 링크 역할을 맡은 〈랜설럿 링크, 비밀 침팬지〉 재방송을 몇 편 본 적이 있었다. 펀은 양복에 넥타이를 매고 말을 하는 이 유인원들을 더 재미있어했다. 열심히 들여다보며 힘이 좋은 입술을 오므렸다 폈다 했다. 모자를 뜻하는 몸짓이었다. "펀이 랜설럿 링크가 쓴 것 같은 모자가 있었으면 좋겠대요." 내가 어

* idioglossia. 쌍둥이 같은 밀접한 관계의 아이들이 기존의 언어를 습득하지 못하고 자기들만의 언어를 사용하는 것.

머니에게 말했다. 나도 사달라는 말은 할 필요가 없었다. 편이 사면 나도 사는 거였다.

우리 둘 다 모자를 얻지 못했다.

그러고 나서 얼마 후에 아버지가 보리스라는 어린 침팬지를 우리 농장으로 초대했다. 편이 보리스를 보고 보인 몸짓은 가끔 헛간에서 독거미를 보았을 때 보인 몸짓과 같았다. 어머니는 '기어 다니는 응가'라고, 로웰은 '기어 다니는 똥'(내가 보기에는 이쪽이 더 알맞았다. 응가는 장난스러운 표현이었다. 똥이 진지한 표현인데, 편은 진지했다)이라고 해석한 몸짓이었다. 편은 보리스를 보고 기어 다니는 지저분한 똥이라고 했다. 곧이어서는 기어 다니는 끔찍한 똥이라고 했다.

편은 인간들에게 둘러싸여서 살다 보니 자기도 인간이라고 생각했다. 뜻밖의 반응은 아니었다. 집에서 자란 침팬지들은 침팬지와 인간의 사진 더미를 두 종류로 분류하라는 임무가 주어지면 대부분 자기 사진을 분류할 때 딱 한 번 실수를 저지른다. 편도 그랬다.

미처 예상하지 못했던 부분이 있다면 내가 느끼는 혼란스러움이었다. 지금은 널리 알려진 사실이지만, 그 당시에 아빠는 어린아이의 뇌 신경계가 부분적으로나마 주변의 두뇌를 거울처럼 반영하며 발달한다는 사실을 알지 못했다. 편과 내가 수많은 시간을 함께 보냈으니 거울이 양쪽 모두를 비추었을 것이다.

오랜 세월이 흐른 뒤에 나는 인터넷에서 아버지가 나를 주제로 쓴 논문을 발견했다. 좀 더 많은 표본을 대상으로 추가 연구를 진행한 결과 아버지가 최초로 제시한 가설이 맞는 것으로 밝혀졌는데, 우리가 많이 쓰는 비유와는 정반대로 인간이 다른 유인원보다 모방의 성향이 훨씬 강하다는 내용이었다.

예컨대 미로 상자에서 먹을거리를 꺼내는 방법을 시연해 보이면 침팬지들은 불필요한 단계를 모두 건너뛰고 곧바로 간식을 꺼낸다. 어린아이들은 과도한 모방에 나서 필요성 여부와 관계없이 모든 단계를 재현한다. 노예처럼 모방하는 인간의 행태가 용의주도하고 효율적인 방식보다 뛰어난 이유가 있다는데 그 이유가 뭔지는 잊어버렸다. 여러분이 논문을 직접 읽어보기 바란다.

나는 핀이 사라진 해 겨울에, 심란하고 복잡한 집안 사정 때문에 남들보다 한 학기 늦게 유치원 생활을 시작했는데 친구들은 나를 몽키걸 아니면 줄여서 몽키라고 불렀다. 나는 몸짓이나 표정이나 시선의 움직임 그리고 무엇보다 화제가 남들과 살짝 달랐다. 몇 년 뒤에 아버지가 지나가는 말처럼 불쾌한 골짜기* 반응을 운운한 적이 있었다. 인간이 자기들과 거의 비슷하지만 똑같지는 않은 것들에게 느끼는 혐오감에 대해서 말이다. 이 불쾌한 골짜기 반응은 정의하기 쉽지 않고 확인하기는 더욱 어렵다. 하지만 그런 반응이 실제로 존재한다면 침팬지의 얼굴을 보았을 때 마음이 불편해지는 이유가 설명이 된다. 유치원 친구들 사이에서는 내가 불편한 존재였다. 그 다섯 살, 여섯 살배기들은 모조 인간에게 속지 않았다.

---

* uncanny valley. 일본의 로봇공학자 모리 마사히로가 주창한 이론. 인간은 로봇과 같은 인공체들이 자신과 비슷할수록 호감을 느끼지만, 그 정도가 일정 수준을 넘어서면 오히려 혐오감을 느낀다고 한다.

나는 친구들의 단어 선택에 대해 꼬투리를 잡았다. 친구들은 원숭이와 유인원의 차이점을 모를 정도로 멍청하냐고 애교 있게 물었다. 인간도 유인원이라는 걸 모르나요? 하지만 그 말은 곧, 나를 유인원이라고 불러도 된다는 뜻이었기에 친구들은 원래 부르던 별명을 고수했다. 그리고 자기들도 유인원이라는 사실을 받아들이길 거부했다. 부모님들도 아니라고 아이들에게 딱 잘라서 말했다. 주일학교에서 한 시간 내내 나에 대한 반론이 꼬리에 꼬리를 물고 이어졌다는 소리가 들렸다.

어머니는 나를 유치원에 보내기 전에 이런 것들을 가르쳤다.

똑바로 서 있을 것.

말을 할 때 양손을 움직이지 말 것.

친구의 입이나 머리카락 속에 손가락을 집어넣지 말 것.

아무리 그럴만한 상황이라도 절대 친구를 물지 말 것.

맛있는 음식이 나오더라도 너무 흥분하지 말고 친구의 컵케이크를 뚫어져라 쳐다보지 말 것.

노는 시간에 테이블이나 책상 위에서 뛰지 말 것.

나는 어머니의 가르침을 거의 항상 기억했다. 하지만 성공한 지점보다는 실패한 지점이 더 부각되기 마련이다.

유치원에 입학한 다음에서야 배운 것들도 있었다.

침팬지처럼 다양하지는 않지만 어른들보다는 무방비한 아이들의 표정 읽는 법.

학교에서는 조용히 있기만 하면 된다는 것(엄마가 이것도 주의 사항에 넣었어야 하는 게 아니었는지 모르겠다. 내게 부과된 규칙—하고 싶은 말이 세 가지 있으면 그중에서 하나만 골라서 하라는 규칙—으로는 턱도 없었다).

아이들은 어려운 단어에 눈썹 하나 까딱하지 않는다는 것. 그리고 어른들은 어려운 단어의 실질적인 의미에 지대한 관심을 보이기 때문에 뜻을 알고 쓰는 게 좋다는 것.

하지만 무엇보다도 다른 건 다른 거라는 사실을 배웠다. 하는 행동을 바꿀 수는 있었다. 전에는 하지 않던 것을 할 수도 있었다. 그래도 100퍼센트 인간이라고 볼 수 없는, 타블로이드 신문에나 어울림 직한 몽키 걸이라는 나의 본질은 달라지지 않았다.

펀은 같은 무리 속에서 나보다 잘 지내고 있었으면 좋겠다는 생각이 들었다. 2009년의 연구 결과에 따르면 짧은꼬리원숭이들이 자기들끼리 불쾌한 골짜기 반응의 기미를 보인 적도 있다고 하니 침팬지들 사이에서도 있을 법한 이야기다.

물론 그 당시에 나는 이런 생각을 전혀 하지 못했다. 오랫동안 펀이 타잔과 정반대의 삶을 살고 있을 거라고 추측했다. 나는 펀이 인간들 틈바구니에서 자라다 자기들 무리로 되돌아가서 다른 유인원들에게 수화를 전파하고 있다고 믿고 싶었다. 범죄 사건을 해결하거나 그러고 있을지 모른다고 믿고 싶었다. 우리 덕분에 그녀에게 초능력이 생겼다고 믿고 싶었다.

제3부

저는 사고방식이 인간과 달랐지만,
상황의 압박도 있고 하니 다 아는 것처럼 처신했죠.

—프란츠 카프카, 「어느 학술원에 보내는 보고서」

하나

재고 따지고 할 필요도 없이, 펀이 떠났을 때 엄마, 아빠, 로웰이 받은 충격이 나보다 훨씬 컸을 것이다. 내가 좀 더 의연하게 대처할 수 있었던 것은 오로지 상황을 이해하기에 너무 어린 나이였기 때문이었다.

하지만 내가 가장 많은 타격을 입은 측면도 있었다. 엄마, 아빠, 로웰에게 있어 펀은 이야기의 중반부에 등장한 존재였다. 세 사람에게는 그 전의 삶이 있었으니 돌아갈 곳이 있었다. 하지만 나에게 펀은 시초였다. 그녀가 내 인생에 등장했을 때 나는 겨우 생후 1개월이었다 (그리고 그녀는 생후 3개월이 조금 안 됐다). 그 이전의 나는 어떤 아이였는지 내가 알 길이 없었다.

나는 그녀의 부재를 몸으로 느꼈다. 그녀의 냄새와 내 목덜미에 닿던 끈적끈적하고 축축한 숨결이 그리웠다. 내 머리칼을 헤집던 그녀의 손가락이 그리웠다. 예전에는 나란히 앉거나 대각선으로 누워서 하루에도 수백 번씩 밀고 당기고 쓰다듬고 부딪쳤는데 그럴 수 없다는 게 괴로웠다. 그 아픔과 굶주림이 피부로 느껴졌다.

나는 그만하라는 소리를 들을 때까지 제자리에서 무의식적으로 계속 몸을 흔들었다. 눈썹을 뽑는 버릇도 생겼다. 피가 나도록 손톱을 물어뜯는 바람에 도나 할머니가 사다 준 하얀색 부활절 장갑을 몇 달 동안 잘 때까지 끼기도 했다.

펀은 억센 파이프 청소용 솔 같은 팔로 뒤에서 내 허리를 감싸 안고 내 등에 자기 얼굴과 몸을 대서 우리 둘이 한 사람인 양 한 발짝씩 걷게 했다. 그러면 대학원생들이 웃음을 터뜨려서 우리가 재간둥이로 인정을 받는 듯한 느낌이 들었다. 등 뒤에 원숭이가 들러붙어 있으니 가끔 거추장스럽게 느껴질 때도 있었지만 대부분 내가 커진 기분이 들었다. 결국에는 펀이 뭘 할 수 있고 내가 뭘 할 수 있는지가 아니라 펀과 나, 둘이 합쳐서 뭘 할 수 있는지가 중요한 것처럼 느껴졌다. 그리고 펀과 나, 둘이 함께라면 못할 일이 거의 없었다. 환상적이고 근사하며 변화무쌍한 쿡 자매의 반쪽에 해당하는 인간, 그게 내가 아는 나였다.

어디에선가 읽었는데 이별했을 때 쌍둥이가 느끼는 상실감보다 큰 상실감은 없다고 한다. 남은 쪽은 자기 자신이 하나의 온전한 개체라기보다 불완전한 반쪽처럼 느껴진다는 것이다. 심지어 자궁 내에서 이별했는데도 평생 결핍을 느끼는 사람들이 있다고 한다. 일란성 쌍둥이가 가장 심하고 그다음이 이란성 쌍둥이다. 범위를 좀 더 확대하면 결국에는 편과 나에게 다다른다.

편과의 이별이 내 종알거림에 즉각적인 영향을 미치지는 않았지만—사실 이별의 의미를 진정으로 파악하기까지 오랜 세월이 걸렸다—나는 결국 그녀가 있을 때에만 나의 장황한 수다에 의미가 부여된다는 사실을 깨달았다. 그녀가 무대에서 사라지자 나의 독창적인 문법과 합성어, 체조 선수처럼 날렵한 동사의 활용에 어느 누구도 관심을 기울이지 않았다. 계속 모든 사람들의 주의를 분산시키는 그녀가 없으면 내가 더 부각될 수 있다고 생각한 적이 있을지 몰라도 실상은 정반대였다. 편이 내 인생에서 사라진 순간, 대학원생들도 사라졌다. 예전에는 내가 하는 모든 말이 추후 연구와 논의를 위해 꼼꼼하게 기록해야 할 자료였다. 하지만 이제 나는 나름대로 특이하기는 하지만 과학적인 관점에서 아무 의미가 없는 평범한 아이로 전락했다.

둘

부모님과 바로 옆방에서 지내면 좋은 점이 한 가지 있다. 이런저런 이야기를 들을 수 있다는 것이다. 그런데 그게 나쁜 점이 되기도 한다. 어떨 때는 엄마와 아빠가 사랑을 나누었다. 어떨 때는 대화를 주고받았다. 어떨 때는 대화를 주고받으며 사랑을 나누었다.

세월이 흘렀지만 부모님이 잠자리에서 주고받는 대화의 내용은 생각 외로 크게 달라지지 않았다. 아빠는 학계에서의 입지를 걱정했다. 얼마 전까지만 해도 아빠는 떠오르는 젊은 교수로 보조금과 대학원생을 부활절 달걀마냥 그러모았다. 편과 보낸 시절의 말미에는 모두 여섯 명의 대학원생이 농장에서 이루어지는 연구를 주제로 열심히 끼적이고 있었다. 그 가운데 두 명은 예정대로 논문을 마쳤지만 나머지 네 명은 그러지 못했다. 관점을 좁혀서 이미 수집한 자료를 토대로 논리도 빈약하고 재미도 없는 소리를 늘어놓는 수밖에 없었다. 연구실과 학과의 위상이 전체적으로 흔들렸다.

우리 아버지는 피해망상증 환자가 되었다. 그 5년 동안 탄탄하고 흥미진진한 연구 결과를 발표했음에도 불구하고 동료들이 자기를 무시한다고 믿어 의심치 않았다. 고개를 돌리는 곳마다, 교수 회의와 칵테일파티 때마다 증거가 보였다. 그 때문에 아버지는 주기적으로 술독에 빠졌다.

로웰은 계속 말썽을 일으켰다. 대부분 로웰이 문제였지만 나 역시 예외는 아니었다. 우리 부모님은 침대에 나란히 누워서 고민했다. 우리를 어쩌면 좋을까. 로웰이 언제쯤이면 다정다감하고 감수성이 풍부한 원래의 모습으로 돌아갈까. 내가 언제쯤이면 상상 속의 친구가 아니라 진짜 친구를 사귈 수 있을까.

로웰의 상담을 맡은 돌리 디랜시 선생님은 로웰이 이제는 부모님의 사랑을 무조건적이라고 여기지 않는다고 했다. 어떻게 그럴 수가 있겠는가. 그는 펀을 여동생처럼 아끼라는 소리를 들었다. 그래서 그렇게 했는데 펀이 쫓겨났다. 그는 혼란스러웠고 화가 났다. 아빠는 그런 이야기를 들려줄 수 있는, 정규 교육을 받은 전문가가 있어서 다행이라고 했다.

엄마는 디랜시 선생님을 좋아했지만 아빠는 아니었다. 디랜시 선생님의 아들 재커리는 내가 유치원에 다녔을 때 3학년이었다. 정글짐 아래에 누워 있다가 여자아이가 자기 위로 지나가면 속옷 색깔을 큰 소리로 외쳤다. 바지를 입어서 알 수 없는 경우에도 그랬다. 내가 이야기했기 때문에 우리 부모님은 그가 그렇다는 것을 알았다. 아빠는 의미 있는 정보라고 생각했다. 아주 인상적인 정보라고 했다. 엄마는 생각이 달랐다.

디랜시 선생님은 로웰이 함께 생활하기 어려운 아이가 된 이유가 전부 다 그만의 장점 때문이라고 했다. 사실 가장 큰 장점이라고 할 수 있는 의리, 사랑, 정의감 때문이라고 했다. 우리는 로웰이 달라지길 바랐지만, 그 변화를 가로막는 요소들이 달라지길 바라지는 않았다. 그래서 난감했다.

나는 상담사가 따로 없었기 때문에 디랜시 선생님이 나에 대한 의견까지 밝혔다. 나도 로웰와 똑같은 어려움을 겪고 있지만 로웰은 한계를 시험하는 식으로 반응하고 있다면 나는 착한 아이가 되려고 안간힘을 쓰는 식이었다. 양쪽 반응 모두 일리가 있었다. 양쪽 반응 모두 도와달라는 외침으로 해석해야 했다.

디랜시 선생님은 기대치가 명확하고 결과가 예측 가능할 때 아이들이 최선을 다한다고 했지만, 로웰은 선을 긋고 여기가 선이라 알려주면 당장 그 위를 밟고 지나가는 성격이라는 것을 간단하게 무시한 발언이었다.

우리 부모님은 선을 분명하게 긋기보다 로웰의 불안감을 가라앉히는 데 집중하기로 했다. 우리 집은 로웰에 대한 사랑으로 넘쳐났다. 그가 좋아하는 음식과 책과 게임들로 넘쳐났다. 우리는 루미큐브 게임을 했다. 워런 지본*의 노래를 들었다. 우라질 디즈니랜드까지 다녀왔다. 로웰은 노발대발했다.

디랜시 선생님의 판단이 틀렸다고 보지는 않지만 불완전한 건 맞다. 우리가 다 같이 느낀 가슴 절절한 슬픔을 빠뜨린 것이다. 펀이 **사라졌다.** 그녀의 증발은 혼란스러움, 불안감, 배신감, 사람과 사람 간의 복잡한 문제 등 여러 가지 것들을 상징했다. 하지만 그것 자체이기도 했다. 펀은 우리를 사랑했다. 그녀는 다채로움과 소음, 온기와 에너지로 온 집 안을 채웠다. 그랬기에 그리움을 누릴 자격이 있었고 우리는 그녀를 미치도록 그리워했다. 우리 가족 외에는 아무도 그걸 전적으로 이해하지 못하는 눈치였다.

나는 학교에서 누려야 할 느낌—내가 가치 있고 없어서는 안 될 존재라는 느낌—을 누리지 못했기 때문에 1학년 때 2번가에 있는 히피 학교로 전학을 갔다. 그 학교 아이들도 나를 별반 좋아하지 않았지만 히피들 사이에서 별명 부르기는 허용되지 않는 사안이었다. 스티븐 클레이모어가 아이들에게 별명을 부르는 대신 겨드랑이를 긁으라고 가르쳤고, 가끔 아이들이 겨드랑이를 긁기는 했어도 별명을 부르지는 않는다고 공식적으로 부인할 수 있었기에 우리 부모님을 비롯해서 어른들은 내 상황이 나아졌다고 자위했다. 1학년 담임이었던 래드퍼드 선생님은 진심으로 나를 예뻐했다. 나는 〈빨간 암탉〉에서 누가 봐도 주인공이자 가장 인기 있는 암탉 역할을 맡았다. 이것만으로도 엄마는 내가 잘해내고 있다고 믿기에 충분했다. 어머니의 긴장증은 근거 없는 쾌활함으로 대체되었다. 로웰과 나는 잘 지내고 있었다. 우리 둘

---

* 미국의 록 싱어송라이터.

다 기본적으로 착한 아이들이었다. 똑똑한 아이들이었다. 다른 건 몰라도 우리 가족이 전부 다 건강했다! 모든 일은 생각하기 나름이었다.

하지만 모든 동화책을 통틀어서 빨간 암탉보다 더 단절된 주인공이 있을까?

사회적인 차별과 난관에 부딪치면 눈빛으로 호소하는 것이 엄마와 아빠의 평소 방식이었으니 편에 대해서 아무 소리도 하지 말아달라고 학교 측에 분명 미리 당부를 했을 것이다.

"태미가 셔나이어의 생일 컵케이크를 먹지 못하는 이유는 밀가루 알레르기가 있기 때문이야. 오늘은 우리 다 같이 밀에 대해서 알아보자. 어디서 자라고, 우리가 먹는 음식 중에서 얼마나 많은 음식에 밀가루가 들어가는지. 내일은 태미의 어머니께서 우리 먹어보라고 쌀가루로 만든 컵케이크를 만들어 오실 거야. 또 알레르기 있는 사람 있니?"

"오늘은 라마단의 첫날이지. 이마드는 지금보다 좀 더 크면 날마다 해가 떠서 질 때까지 금식하면서 라마단을 지킬 거야. 금식은 물 말고는 아무것도 먹지도 마시지도 않는다는 뜻이야. 라마단은 음력으로 지내기 때문에 날짜가 해마다 달라. 오늘은 음력 달력을 만들어보자. 우주 비행사가 돼서 달 위를 걷는 우리들 모습을 그려보는 거야."

"대정이는 한국에서 왔기 때문에 영어를 못해. 오늘은 지도에서 한국을 찾아보자. 대정이만 새로운 언어를 배울 게 아니라 우리도 한국어를 몇 개 배워보자. '웰컴, 대정'이 한국어로는 이거야."

특별한 엄명이 있지 않고서야 편과 함께 자란 나의 어린 시절이 수업 주제가 되지 않을 이유가 없었다.

아빠는 내 사회적인 입지를 높일 수 있는 요령을 몇 가지 가르쳐주었다. 아빠가 말하길 사람들은 상대방이 자기 행동을 똑같이 따라해주면 좋아한다고 했다. 그러니까 누군가가 나에게 말을 걸려고 몸을 숙이면 나도 같이 몸을 숙여야 했다. 남들이 다리를 꼬면 나도 다리를 꼬고, 남들이 웃으면 나도 웃고, 기타 등등이었다. 나는 학교에서 아이들과 있을 때 이런 노력을 기울여야 했다(하지만 교묘하게 시도해야 했다. 아무라도 눈치채면 헛수고였다). 아빠는 좋은 의도에서 건넨 충고였지만 결과는 처참했다. 몽키 걸 이야기에 너무 딱 들어맞는 게 문제였다. 원래 흉내 내기 하면 원숭이 아닌가. 그 말은 곧 내가 교묘함 면에서 완전 낙제생이었다는 뜻이기도 했다.

엄마의 지론도 벽을 타고 내 방으로 건너왔다. 엄마가 아빠에게 말하길 학창 시절에 친구가 많을 필요는 없지만 한 명은 있어야 되는 거라고 했다. 나는 3학년 때 짧은 기간 동안 대정이와 친구인 척했다. 그는 아무 말도 하지 않았지만 대화라면 나 혼자서 주거니 받거니 충분히 이어나갈 수 있었다. 나는 그가 떨어뜨린 장갑을 주워주었다. 점심도 같이 먹었고(적어도 한 테이블에서 먹었다) 수업 시간에는 둘이 나란히 앉았다. 내가 두서없이 늘어놓는 말을 계속 들으면 그가 영어를 빨리 배우는 데 도움이 될지 모른다는 논리에서였다. 얄궂은 건 뭔가 하면 나의 끊임없는 수다 덕분에 영어가 상당히 늘었는데도 그는 말문이 트이자마자 다른 친구들을 사귀었다는 것이었다. 우리의 관계는 아름다웠지만 짧았다.

대정이는 영어가 정말 유창해지자마자 공립학교로 전학을 갔다. 그의 부모님은 인디애나 수학과학고등학교에서 듣는 수학 수업을 비롯해서 아들에 대한 포부가 있었다. 1996년에 어머니는 데이비스로 전화해서 대정이가 가까운 캘리포니아대학교 버클리 분교에 다닌다고 전했다. "둘이 한번 만나지 그러니?" 우리의 짧았던 우정에 어머니가 그 정도로 도취되었던 것이다. 어머니는 절대 포기하지 못했다.

한국어로는 '몽키'가 '원숭이'다. 발음대로 쓰자면 그렇다. 올바른 표기법은 모르겠다.

셋

한편 로웰은 꾸역꾸역 고등학교로 진학했다. 고등학생 로웰은 중학생 로웰보다 같이 지내기가 훨씬 수월했다. 이제는 편을 만나러 가자는 소리도 하지 않고 우리처럼 그녀를 거의 들먹이지 않았다. 냉랭하지만 깍듯했다. 평화가 얇은 눈처럼 우리 집을 덮었다. 어머니날이 되자 그는 엄마에게 〈백조의 호수〉 주제가가 흘러나오는 뮤직 박스를 선물했다. 엄마는 며칠 동안 울었다.

마르코는 여전히 로웰의 단짝이었지만 마르코의 엄마는 전처럼 로웰을 좋아하지 않았다. 둘이 3번 가에 있는 사하라 마트에서 트위즐러*를 훔치다 걸려서 본보기로 벌을 받았기 때문이었다.

* 배배 꼬인 쫀득이 과자.

그는 어떤 여학생과 사귀었다 헤어지기를 반복했다. 그 여학생의 이름은 캐서린 차머스였지만 다들 키치라고 불렀다. 키치는 모르몬교도였다. 그녀의 부모님은 엄했지만 할 일이 많아서—아이가 아홉 명이었다—여동생 단속을 두 오빠에게 맡겼다. 두 오빠는 각자의 방식으로 임무를 수행했다. 한 오빠는 그녀가 통금 시간을 어길 때마다 우리 집에 찾아와서 그녀를 데려갔다. 다른 오빠는 여동생이 낯선 사람에게 부탁할 필요가 없도록 분스 팜 와인을 몇 병씩 사주었다. 우리 아버지의 연구 결과도 말해주듯이 이런 조합은 행동 교정에 별로 효과가 없었다. 키치는 우리 동네에서 유명했다.

차머스 씨의 집에 가면 로웰은 키치의 방 근처에 얼씬도 못했지만 우리 부모님은 이른바 문호 개방 정책을 추구했다. 그러니까 키치가 로웰의 방에 있어도 되지만 문을 활짝 열어놓아야 한다는 뜻이었다. 내가 어쩌다 한 번씩 정찰의 임무를 띠고 가보면 문은 항상 규정대로 열려 있었다. 하지만 가끔 로웰과 키치가 옷은 다 입고 있지만 침대에 누워서 한 공간을 차지하려고 열심히 노력 중일 때가 있었다. 엄마는 그 부분에 대해서 묻지 않았기 때문에 나도 아무 말 하지 않았다. 어느덧 나도 고자질하면 안 된다는 사실을 터득한 것이었다.

사실상 나는 어느 시점부터 입을 거의 다물고 지내다시피 했다. 언제부터 그랬는지 정확하게는 모르겠다. 내가 주목을 받지 않아야 학교생활이 가장 잘 풀린다는 사실을 깨달은 지는 오래됐지만 안다고 다 되는 것은 아니었다. 변화는 오랫동안 지속적인 노력을 기울인 끝에 서서히 이루어졌다. 나는 먼저 어려운 단어들을 제거했다. 그런 단어를 쓴들 아무 도움이 되지 않았다. 그리고 다음 단계로 다른 사람들이 잘못된 단어를 써도 지적하지 않았다. 머릿속 생각과 그것을 말로 표현하는 비율을 3대 1에서 4대 1, 5대 1, 6대 1, 7대 1로 점점 낮추었다.

머릿속으로는 계속 여러 가지 생각들을 했고, 가끔 내가 그걸 말로 표현하면 상대방이 어떤 반응을 보일 것이며 그러면 나는 또 뭐라고 말할지 혼자 상상의 나래를 펼 때도 있었다. 말로 해소하지 않으니 이런 생각들로 내 머릿속은 복잡했다. 〈스타워즈〉의 모스 아이슬리 기지처럼 시끄럽고 요상했다.

선생님들이 나더러 수업 시간에 딴생각을 한다고 나무라기 시작했다. 예전에는 쉴 새 없이 떠드는 와중에도 집중할 수 있었다. 그런데 지금은 엄마의 표현을 빌리자면 산만해졌다.

아빠의 표현을 빌리자면 집중력이 떨어졌다.

로웰은 아무 말도 하지 않았다. 아마 내가 그런 줄 알아차리지도 못했을 것이다.

3학년이 되자 그는 사우스고등학교 농구팀의 포인트 가드가 되었다. 워낙 막강하고 권위 있는 포지션이었기 때문에 덕분에 내 학교생활까지 수월해졌다. 나는 모든 경기를 관람했다. 고등학교 체육관에 울리는 메아리, 종소리, 그 냄새, 공이 나무를 때리는 소리— 나는 지금도 이런 것들을 접하면 마음속 깊은 곳에서부터 행복해진다. 인디애나의 농구팀. 오빠가 코트에서 교통정리를 하는 동안에는 너 나 할 것 없이 나에게 잘해주었다.

그해에는 인디애나의 매리언에 최강의 팀이 있었고 우리는 그 팀과 경기를 앞두고 있었다. 나는 너무 흥분해서 머릿속이 웅웅거릴 지경이었다. 뱀 한 마리가 로웰의 등번호인 9자 모양으로 농구공을 감싼 포스터를 만들어서 거실 창문에 달았다. 그런데 어느 날, 분명히 팀을 이끌고 연습을 하고 있어야 할 시각에 로웰이 집으로 들어오는 소리가 들렸다. 나는 로웰이 문을 닫으면 어떤 소리가 나는지 알고 있었다.

그때 나는 2층에서 책을 읽고 있었다. 이미 눈물범벅이었으니 『비밀의 숲 테라비시아』* 아니면 『나의 올드 댄, 나의 리틀 앤』** 처럼 누군가가 죽는 책이었다. 엄마는 어디인지 기억나지 않는 곳으로 외출하고 없었는데 엄마가 있었던들 달라지는 건 아무것도 없었을 테고, 엄마에게 자책의 빌미를 제공하지 않아서 다행스러울 따름이다.

나는 무슨 일인가 싶어서 1층으로 내려갔다. 방문이 닫혀 있었다. 문을 열었다. 로웰은 발을 베개 위에 올려놓고 머리를 발치에 둔 채 엎드리고 누워 있었다. 그가 고개를 들었지만 얼굴이 보일 정도는 아니었다. "씨발, 나가." 잔뜩 가시가 박힌 목소리였다. 나는 꼼짝하지 않았다.

그는 바닥으로 다리를 내리고 일어서서 내 쪽으로 고개를 돌렸다. 얼굴이 벌겋고 축축하고 퉁퉁 부었다. 그가 내 어깨를 잡고 밖으로 밀쳤다. "씨발, 다시는 들어오지 마. 씨발, 알았어?" 그는 문을 닫았다.

저녁때가 되자 그는 괜찮아진 것 같았다. 저녁을 먹으면서 아빠에

---

* 캐서린 패터슨의 동화. 1970년대 미국 농촌을 배경으로 고독한 두 소년의 우정과 모험, 비밀을 그리고 있다.
** 윌슨 롤스가 쓴 동화로 주인을 위해 목숨을 바친 두 마리의 개에 관한 이야기다. 1961년에 출간된 이래 지금까지도 어린이들의 필독서로 널리 읽힌다.

게 얼마 안 남은 경기에 대해 이야기했다. 연습을 빼먹었다는 말은 하지 않았고 나도 입을 다물었다. 우리는 〈코스비 가족〉을 보았다. 그가 웃었던 기억이 난다. 우리 가족이 다 같이 무엇인가를 한 게 그때가 마지막이었다.

그날 밤에 그는 모아놓은 돈을 꺼내서—그의 은행은 수두에 걸렸을 때 도나 할머니가 양말로 만들어준 그루초 막스* 인형이었다—옷가지 몇 벌과 함께 운동 가방에 넣었다. 평소에 돈을 버는 데 재주가 있었고 땡전 한 푼 쓰지 않았으니 금액이 상당했을 것이다. 그는 아버지의 열쇠를 들고 실험실 안으로 들어갔다. 쥐들을 좀 더 큼지막한 우리 몇 개에 나누어 넣고 그 우리를 들고 나와서 풀어주었다. 그런 다음 시카고행 버스를 타고 그길로 영영 사라져버렸다.

아버지의 대학원생들은 또다시 몇 년 동안 수집한 자료를 날려버렸다. 아빠 말로는 그런 날씨에 풀어주다니 쥐들한테 가혹한 처사라고 했다. 대학교에서 잘리지는 않았지만 두 번 다시 인기 있는 대학원생을 받지 못했으니 아빠한테도 가혹한 처사였다. 엄마는 편과 헤어졌을 때보다 로웰이 사라졌을 때 더 심한 타격을 입었다고만 해두겠다. 엄마가 받은 충격을 말로 표현할 방법이 없다. 엄마는 두 번 다시 괜찮아진 척하지 못했다.

처음에 우리는 그가 돌아올 줄 알았다. 내 생일이 얼마 남지 않았다. 그가 설마 내 생일을 빼먹을까 싶었다. 그는 예전에도 며칠씩, 가장 길

* Groucho Marx(1890~1977). 미국의 코미디언 겸 영화배우.

었을 때는 나흘 동안 집을 나갔다가 어디서 지냈는지 말도 없이 돌아오곤 했다. 때문에 부모님은 생쥐 대석방 사건에도 불구하고 이번에는 다르다는 걸 알아차리기까지 어느 정도 시간이 걸렸다. 결국 2주 뒤에 신고했지만 경찰에서는 그를 상습 가출범으로 간주한 데다 이제 막 열여덟 살을 넘기고 성인이 되었으니 별반 걱정하지 않았다. 부모님은 K. T. 페인이라는 책임감이 투철한 여류 탐정에게 그를 찾아달라고 했다. 처음에 페인은 정기적으로 집으로 연락했다. 로웰을 아직 찾지 못했지만 단서를 입수했다고 했다. 그를 봤다는 사람들이 있다고 했다. 그가 있는 곳을 안다고 제보한 사람들이 있다고 했다. 하지만 아무도 내게 별 이야기를 하지 않은 것을 보면 장난 제보였던 모양이다. "안녕, 꼬맹아." 내가 전화를 받으면 그녀는 이렇게 말했다. "반짝반짝 잘 지내지?" 나는 무슨 단서라도 엿듣고 싶어서 근처를 서성였지만 우리 부모님은 아무 정보도 캐낼 수 없는 단답형으로 조심스럽게 대화에 응했다.

그러다 로웰은 완전히 자취를 감추었다. 전화가 걸려올 때마다 엄마의 상태가 점점 더 나빠지자 결국에는 아빠가 K. T.에게 연구실로 연락해달라고 했다.

탐정이 바뀌었다.

몇 주가 몇 개월로 바뀌어도 우리는 그가 돌아올 거라고 믿었다. 나는 절대 그의 방으로 짐을 옮기지 않았지만 종종 그의 침대에서 잠을 청했다. 그러면 그와 조금 더 가까워지는 기분이 들었고 옆방에서 엄마가 우는 소리를 듣지 않아서 좋았다. 그러던 어느 날, 오빠가 나를 위해 『반지 원정대』 안에 남긴 쪽지를 발견했다. 오빠는 내가 『반지의 제왕』 3부작을 자주 읽는다는 것을 알았다. 조만간 내가 이 세상 그 어떤 곳보다 인디애나 주 블루밍턴과 비슷한 샤이어에서 위안을 느낄 필요가 있다는 것을 알았다. "펀이 사는 곳은 빌어먹을 농장이 아니야." 쪽지에는 그렇게 적혀 있었다.

엄마가 이 이야기를 들을 만한 상태가 아니었기에 쪽지의 존재를 나만의 비밀로 간직했다. 나는 펀을 어떤 농장으로 **보냈는데** 나쁜 짓을 저질렀든지 해서 다른 곳으로 옮겨졌나 보다고 미루어 짐작했다. 게다가 로웰이 출동하지 않았던가. 로웰이 펀의 문제를 처리하고 돌아와서 내 뒤치다꺼리를 도맡을 것이었다.

처음부터 지금까지 아버지가 거짓말을 했을지도 모른다는 생각은 절대 하지 못했다.

나는 여덟 살인가 아홉 살이었을 때 침대에 누워서 잠이 들기 전까지 펀과 내가 그 농장에서 함께 지내는 상상을 하곤 했다. 그 농장에 어른이나 다른 사람은 없고, 노래를 가르치고 책을 읽어줄 누군가가 시급한 새끼 침팬지들뿐이었다. 나는 새끼 침팬지들을 잠자리에 눕히고 동화책을 읽어주는 내 모습을 상상하며 잠을 청했다. 『피터 팬』에서 약간의 아이디어를 차용한 상상이었다.

두 번째로 영감을 얻은 곳은 디즈니 판 〈스위스 패밀리 로빈슨〉이었다. 디즈니랜드에 갔을 때 내가 가장 좋아했던 곳이 나무 위의 오두막집이었다. 내 일거수일투족을 감시하는 부모님이 없었다면, 내가 근심 걱정 없이 속 편한 고아였다면 아마 문이 닫힐 때까지 자동 피아노 밑에 숨어 있다가 그 오두막집을 거처로 삼았을 것이다.

나는 뿌리, 몸통, 가지를 전부 다 편의 농장으로 옮겨서 어떻게 하면 물을 끌어다가 나무 위의 오두막집에서 채소를 기를 수 있을지—상상 속에서 나는 채소를 좋아했다—, 도르래와 철선을 동원하면 될지 밤마다 고민했다. 각종 장치와 운반상의 난제들이 머릿속을 어지럽히는 가운데 잠이 들었다.

몇 년 뒤에 〈스위스 패밀리 로빈슨〉이 디즈니랜드의 나무 위의 오두막집에서 쫓겨나고 그 자리에 타잔과 성모 원숭이 칼라가 입성했으니 이 얼마나 얄궂은 운명인가.

매리언은 블루밍턴 사우스를 격파하고 주 우승컵을 거머쥐었다. 그해를 기점으로 3년 동안 이른바 보라색의 시대가 이어졌다. 로웰이 있었더라도 결과가 달라지지는 않았을 것이다. 그렇기는 해도 그의 잠적이 내 사회적인 입지에는 전혀 도움이 되지 않았다. 경기가 끝나고 다음 날 아침, 우리 집 뽕나무 가지에는 화장실 휴지들이 반짝이 조각처럼 달려 있었고 현관에는 개똥이겠지만 아무도 장담할 수 없는 대변 봉투가 세 개 놓여 있었다. 그날 나는 학교에서 피구를 했고 시커멓게 멍이 들었다. 아무도 막으려 하지 않았다. 공격 대열에 합류하고 싶었던 선생님도 몇 명 있지 않았을까 싶다.

몇 달이 지나고 몇 년이 흘렀다.

중학교에 입학한 첫날, 누군가가 《내셔널 지오그래픽》 한 장을 내

등에다 붙였다. 가임기에 돌입해서 분홍색 표적처럼 부푼 암컷 침팬지의 엉덩이가 번들거리는 광택지 위에 대문짝만 하게 실린 페이지였다. 그 뒤로 두 시간 동안 내가 교실 밖으로 나가서 복도를 지나갈 때마다 아이들이 교미하듯 내 엉덩이를 찔렀고, 결국 프랑스어 시간에 선생님이 사진을 보고 떼어주었다.

나의 중학교 생활은 계속 그런 식일 것 같았다. 껌과 잉크와 변기의 물을 넣으세요. 열심히 저으세요. 나는 첫날, 집으로 돌아갔을 때 화장실 문을 잠그고 소리를 덮으려고 샤워를 하며, 그때까지도 언젠가는 돌아올 거라고 생각한 로웰을 부르며 울었다. 오빠가 돌아오면 친구들을 막아줄 텐데. 오빠가 돌아오면 친구들이 후회할 텐데. 그때까지 그 교실을 지키고 그 복도를 걸어 다니며 버티는 수밖에 없었다.

부모님한테는 아무 말도 하지 않았다. 어머니는 그 정도로 강하지 못했다. 내 이야기를 들으면 두 번 다시 방 밖으로 나오지 못할 게 분명했다. 내가 어머니를 위해서 할 수 있는 일이 있다면 잘 지내는 것뿐이었다. 나는 그것이 나의 임무인 양 열심히 노력했다. 근무 환경을 놓고 경영진에게 불평하지도 않았다.

아버지한테는 얘기해봐야 소용없었다. 아버지가 입학한 지 하루 만에 학교를 때려치우라고 할 리 없었다. 나를 도울 수도 없었고, 도우려고 들었다가는 끔찍한 실수를 저지를 게 뻔했다. 부모님들은 너무 순진해서 중학교라는 보스*의 풍경화를 상대하기에는 역부족이다.

그래서 나는 함구했다. 그 무렵에 나는 늘 함구하고 지냈다.

다행히 첫날보다 더 심한 날은 없었다. 나보다 훨씬 기분 나쁘게 특이한 아이들이 나를 대신해서 직격탄을 맞았다. 가끔 나더러 아주 걱정하는 듯한 말투로 발정기냐고 묻는 친구들도 있긴 했지만 그건 내 잘못이었다. 내가 4학년 때 발정기라는 단어를 써서 모두의 기억에 각인하지 않았던들 그게 뭔지 아는 친구는 없었을 것이다. 하지만 거의 날마다 어느 누구도 나에게 말을 걸지 않았다.

엄마와 아빠는 불이 꺼진 방 안에서 내가 너무 조용해졌다며 걱정했다. 그러다 그럴 때가 된 거라고 서로 다독였다. 사춘기가 되면 다들 뚱해지기 마련이라고, 자기들도 그랬다고 했다. 그러다 달라질 거라고 했다. 예전의 끊임없는 수다와 지금의 침묵 사이에서 적절한 합의점을 찾을 거라고 했다.

로웰은 가끔 엽서로 소식을 전했다. 메시지는 있을 때도 있고 없을 때도 있었지만, 이름은 항상 적지 않았다. 내슈빌의 파르테논 신전 사진에 세인트루이스 소인이 찍혀 있었던 엽서가 생각난다. "다들 행복했으면 좋겠어요." 뒷면에는 이렇게 적혀 있었다. 분석하기 쉽지 않고 액면 그대로 받아들이기 힘든 문장이었지만 진심일 수 있었다. 로웰은 우리가 행복하길 바라는 것일 수 있었다.

우리는 1987년 6월 초의 어느 날에 수색을 중단했다. 로웰이 사라진 지 1년이 지난 시점이었다. 나는 그때 같이할 사람이 없으면 다들 그렇게 하듯이 집 앞 진입로에서 차고 문에 대고 테니스공을 던졌다

* Hieronymus Bosch(1450?~1516). 네덜란드의 풍경화가로 지옥의 세계를 많이 그렸다.

가 받는 놀이를 하고 있었다. 나는 열세 살이었고 뜨거운 여름방학이 기다리고 있었다. 햇빛은 반짝였고 공기는 습하고 잔잔했다. 오전에 도서관에서 빌려 온 책 일곱 권이 내 방에 쌓여 있는데, 그중에서 세 권은 처음 읽는 책이었다. 길 건너편에서 비어드 부인이 나를 보고 손을 흔들었다. 잔디를 깎고 있어서 잔디 깎는 기계가 꿀벌처럼 나른하게 웅웅거렸다. 나는 행복하지는 않았지만 행복하다는 게 어떤 기분인지 기억을 더듬고 있었다.

어떤 남자 둘이 우리 집 앞에 까만 차를 세우고 진입로를 걸어왔다. "너희 오빠를 만나러 왔단다." 한 남자가 내게 말했다. 피부가 까무잡잡했지만 흑인은 아니었다. 머리를 워낙 짧게 쳐서 민머리에 가까웠고 더위에 땀을 흘리고 있었다. 그가 손수건을 꺼내서 정수리를 닦았다. 나도 그의 정수리를 손으로 쓰다듬고 싶었다. 까칠한 머리칼이 손바닥에 닿는 느낌이 좋을 것 같았다.

"좀 불러주겠니?" 다른 남자가 물었다.

"오빠는 펀이랑 같이 있는데요." 나는 말했다. 손이 근질거려서 바지 허벅지에 대고 비볐다. "펀이랑 같이 살려고 떠났어요."

엄마가 나와서 현관으로 오라고 손짓했다. 팔을 잡아서 나를 엄마의 등 뒤로 보내고 두 남자와 나 사이에 섰다.

"FBI입니다, 부인." 거의 민머리에 가까운 남자가 말했다. 그러면서 신분증을 보여주었다. 우리 오빠가 캘리포니아대학교 데이비스 분교의 존 E. 서먼 수의학 연구소에 460만 달러 상당의 피해를 입힌 방화 용의자라고 했다. "지금으로서는 아드님이 자진 출두하는 것이 최선입니다." 한 남자가 말했다. "이 말씀을 꼭 전해주시기 바랍니다."

"편이 누굽니까?" 다른 남자가 물었다.

로웰이 풀어준 쥐들은 거의 대부분 다시 잡혔지만 몇 마리는 아니었다. 그중 일부는 우리 아버지의 암울한 예측에도 불구하고 그해 겨울을 지나 이듬해 겨울까지 살아남았다. 짝짓기도 하고 여행도 하고 모험도 하며 계속 부족함 없이 살았다. 몇 년이 지난 뒤에 블루밍턴에서 두건 쥐를 보았다는 목격담이 등장했다. 한 마리는 어느 기숙사 벽장 안 신발 속에 들어 있었고, 또 한 마리는 시내 커피숍에 등장했다. 대학교 예배당 신도석 아래에서도 발견되었다. 던 공동묘지에서 발견된 녀석은 독립 전쟁 시절에 만들어진 무덤 위에서 미나리아재비를 먹고 있었다.

넷

이제 열다섯 살이 된 나는 혼자 자전거를 타고 아름다운 가을의 인디애나대학교 교정을 가로지르고 있었다. 열심히 페달을 밟는데 누군가가 내 이름을 불렀다. "로즈메리! 잠깐." 누군가가 외쳤다. "잠깐!" 그 소리에 자전거를 멈추고 보니 이제 인디애나대학교 학생이 된 키치 차머스인데 나를 보고 진심으로 반가워하는 눈치였다. "로즈메리 쿡! 그 옛날을 함께한 내 친구!"

키치는 나를 데리고 학생회관으로 가서 콜라를 사주었다. 그러면서 잡담을 늘어놓기에 나는 잠자코 들었다. 그녀는 방탕했던 어린 시절을 후회한다며 나는 똑같은 실수를 저지르지 않았으면 좋겠다고 했다. 한번 저지르면 돌이킬 수 없는 실수도 있는 법이라고 경고했다. 하지만 이제 그녀는 전보다 나은 생활을 하고 있었다. 여학생 클럽에 가입했고 학점도 좋았다. 교직과정을 이수하는 중인데, 나더러 좋은 선생님이 될 수 있을 거라며 생각해보라고 했다. 나는 결국 교직과정을 이수하기는 했지만 그녀가 왜 그런 생각을 했는지 이때까지도 모를 일이다.

페루로 전도하러 떠난 근사한 남자 친구도 있는데 한 주도 빠짐없이 전화를 한다고 했다. 그녀는 이런저런 이야기 끝에 결국 로웰한테서 들은 소식이 있느냐고 물었다. 그녀는 아무 소식도 들은 적이 없었다. 그가 떠난 이래 한마디도 듣지 못했다. 너무한 것 아니냐고 했다. 우리 가족 전부 다 좋은 사람들인데 너무한 것 아니냐고 했다.

그러고 나서 그녀는 로웰을 마지막으로 만났을 때 있었던 일에 대해서 들려주었다. 나는 처음 듣는 이야기였다. 두 사람은 농구 연습장까지 걸어가던 길에 우연히 매트를 만났다. 매트는 버밍엄 출신이었고 내가 가장 좋아한 대학원생이었다. 나는 편과 헤어진 이래 매트를 만난 적이 없었다.

내가 자기를 좋아하는 줄 몰랐고, 나에게 작별 인사조차 하지 않았던 매트.

알고 보니 편이 블루밍턴을 떠났을 때 동행한 사람이 매트였다. 그는 로웰이 그런 줄 몰랐다는 데 놀란 눈치였다. 다른 침팬지들은 가족들과 갑자기 헤어졌을 때 다른 뚜렷한 이유 없이, 오로지 상실감으로 인해 죽는 경우가 있었다. 그래서 편이 새로운 환경에 잘 적응할 수 있도록 매트가 사실상 자원병으로 나섰다. 그는 사우스다코타의 버밀리언에 있는 심리학 연구소로 편을 데려갔다. 이십여 마리의 침팬지들이 수용된 연구소이고 울레비크 박사가 소장인데, 매트가 보기에 그는 좋게 봐줄 만한 구석이 없는 사람이었다.

펀이 이동에 따른 충격과 공포로 괴로워하는 게 분명했는데도 울레비크 박사는 매트와 펀이 함께 지내는 시간을 일주일에 몇 시간으로 제한했다. 그는 덩치도 더 크고 나이도 더 많은 네 마리의 침팬지들이 사는 우리에 펀을 당장 집어넣었고, 다른 침팬지들과 살아본 적이 없는데 좀 천천히 어울리게 하면 안 되겠느냐는 매트의 말에 안 된다고 못을 박았다. 자기 처지를 파악해야 된다고 했다. 자기 정체를 파악해야 된다고 했다. 그러면서 이렇게 말했다. "자기 처지를 파악하지 못하면 여기 둘 수 없어요." 그는 매트가 거기서 지내는 동안 펀의 이름을 부른 적이 단 한 번도 없었다.

키치가 말했다. "그 말에 로웰이 폭발했어." 그녀는 농구팀 연습에 참가하라고 그를 설득하려고 했다. 매리언과의 경기에서 벤치 신세를 지면 어쩌나 걱정이 됐다. 그녀는 그에게 팀원들과 학교와 블루밍턴을 생각할 의무가 있다고 했다.

"내 앞에서 염병할 의무 어쩌고 하지 마." 그는 이렇게 말했다. (하지만 나는 진위가 의심스럽다. 로웰은 그때까지 **염병할**이라는 단어를 쓴 적이 없었다.) "내 동생이 그 우리에 갇혀 있다고." 두 사람은 싸웠고 키치는 그 자리에서 결별을 선언했다.

키치는 펀에 대해서 전혀 몰랐기 때문에 그 동네의 다른 사람들처럼 절대 이해하지 못했다. 그녀는 지금도 로웰의 극단적인 반응은 납득이 안 된다고 했다. "나는 매리언하고의 경기에서 지는 남자의 여자 친구는 되고 싶지 않다고 했어." 그녀가 말했다. "그런 말을 한 걸 후회하지만 우리는 항상 험한 말을 주고받았거든. 늘 그랬던 것처럼 나중에 화해하면 된다고 생각했지. 로웰도 말을 험하게 하고 그랬어. 나만 그런 거 아니야."

하지만 그 소리는 내 귀에 들리지도 않았다. 좀 전에 들은 이야기가 귓전에서 계속 맴돌았다. 키치가 그랬다. "사우스다코타의 거기에서 펀이 무슨 짐승 취급을 당하고 있다고 매트가 그랬거든."

다섯 살 때 내가 저지른 행동과 느낀 감정도 나 스스로 용서가 안 되는데 내가 열다섯 살 때 보인 행동은 한마디로 구제불능이었다. 로웰은 펀이 사우스다코타의 우리에 갇혀 있다는 소식을 듣자마자 그날 밤에 당장 떠났다. 똑같은 소식을 들었을 때 내가 보인 반응은 듣지 못한 척하는 것이었다. 심장이 내 목을 눌러서 키치의 끔찍한 이야기를 듣는 내내 꼼짝하지 않았다. 그 쿵쾅거리는 고약한 살덩이가 목을 누르고 있으니 콜라를 마저 마실 수도, 말을 할 수도 없었다.

하지만 자전거를 타고 집으로 오는 동안 머리가 맑아졌다. 나는 다섯 블록을 다 왔을 때 그렇게 나쁜 소식은 아니라는 결론을 내렸다. 고맙게도 매트가 같이 가주었다. 스무 마리의 새로운 침팬지 가족이 생겼다. 우리는 아빠의 농장으로 옮겨지기 전에 잠깐 거치는 임시방편이었을 것이다. 로웰은 천성적으로 남을 잘 믿지 못했다. 말도 안 되는 비약적인 결론을 내리는 재주가 있었다.

게다가 펀에게 **정말로** 무슨 문제가 있었다면 지금쯤 로웰이 처리했을 것이었다. 그는 사우스다코타에 가서 필요한 조치를 취했다. 그런 다음 캘리포니아 주 데이비스로 건너갔다. FBI가 알려준 정보였다. 우리 정부가. 그들이 거짓말할 리 있겠는가.

나는 저녁을 먹는 자리에서 평소처럼 아무 말도 하지 않는 전략을 썼다. 말을 하면 나만 아는 사실이 다 같이 아는 사실이 되고, 그 선을 넘으면 돌이킬 방법이 없다. 아무 말도 하지 않으면 수정의 여지가 많아졌고, 내 오랜 경험상 보통은 침묵이 최선의 방침이었다. 나는 힘들게 침묵의 세계로 입문했지만 열다섯 살에는 이미 철저한 신봉자였다.

다섯

그 뒤로 나는 두 번 다시 편 생각을 하지 않으려고 애를 썼다. 대학교 입학을 앞두고 집을 떠났을 즈음에는 성공이 바로 눈앞에 있었다. 전부 다 워낙 오래전에 벌어진 일이었다. 그때 나는 워낙 어렸다. 편과 함께 보낸 세월보다 혼자 보낸 세월이 훨씬 길었고, 그녀와 함께 보낸 시절은 거의 기억도 나지 않았다.

나는 자식들 가운데 마지막으로 집을 떠났다. 엄마는 다른 주의 대학에 진학하겠다는 나의 황당한 선택을 묵묵히 받아들였지만, 첫해 내내 수화기 너머로 들리는 목소리가 흔들렸다. 나는 1학년 여름방학 때 집에 가지 못했고 2학년 때도 주내 거주자 장학금 신청 자격 요건을 아직 갖추지 못했기 때문에 집에 가지 않았다. 엄마와 아빠가 7월에 건너왔다. "그나마 여긴 더워도 습하지는 않구나." 부모님은 계속

이 말을 반복했지만 기온이 37.7도를 넘긴 적도 한 번 있었으니 헛소리였다. 우리는 차를 몰고 교정을 구경했고, 오래전에 방화로 불에 탔지만 이제는 완벽하게 운영되고 있는 연구소를 아무 말 없이 한 바퀴 돌았다.

그러고 나서 부모님은 블루밍턴으로 돌아갔고 8월에 집을 옮겼다. 또다시 내가 한 번도 본 적 없는 집에서 살게 되다니 기분이 묘했다.

나는 영장류와 관계있는 수업을 무의식적으로 피했다. 유전학, 형질인류학은 물론이고 심리학도 단연코 사절이었다. 그런데 영장류를 피하기가 얼마나 어려운지 여러분도 겪어보면 깜짝 놀랄 것이다. 예컨대 중국 고전 입문 수업을 들으면 원숭이 왕 손오공과 그가 천국에서 저지른 난장판에 대해서 배우는 데 꼬박 일주일을 할애해야 한다. 유럽 문학 수업을 들으면 강의계획서에 카프카의 「어느 학술원에 보내는 보고서」가 있다. 교수님은 화자로 등장하는 레드 피터라는 원숭이가 유대인을 상징하는 존재라고 할 테고 그렇게 볼 수도 있겠다 싶을 테지만, 누가 봐도 그렇게 명확한 해석은 아니다. 천문학 수업을 들으면 탐험이 주제인 장, 우주를 개척한 개와 침팬지들을 소개하는 장이 있을지 모른다. 헬멧을 쓰고 입이 귀에 걸리도록 웃고 있는 우주 침팬지 사진을 보게 될지 모르고, 그러면 침팬지들은 무서워졌을 때만 그렇게 웃는다고, 사람들과 더불어 아무리 많은 시간을 보내도 그건 달라지지 않을 거라고 폭로하고 싶은 충동을 느낄지 모른다. 행복해 보이는 사진 속의 우주 침팬지들은 사실 겁에 질린 거라고 말하고 싶어서 참을 수 없는 지경에 이를지 모른다.

그러니까 내가 절대 편 생각을 하지 않은 것은 아니다. 자극제가 없는 한 떠올리지 않았고 생각이 나더라도 얼른 떨쳐버렸다고 보는 게 맞다.

내가 캘리포니아대학교 데이비스 분교에 온 이유는 과거(오빠)를 찾는 동시에 과거(몽키 걸)를 잊기 위해서였다. 두말하면 잔소리지만 여기서 몽키 걸은 지금도 그렇고 예전에도 그렇고 원숭이였던 적이 없는 편이 아니라 나를 지칭하는 말이다. 내가 닿을 수 없는 머릿속 한 구석, 언어 이하의 사고가 이루어지는 그곳에서는 우리 가족과 나를 고칠 수 있다고, 편이 존재하지도 않았던 듯이 살 수 있다고 믿고 있었던 모양이다. 그럴 수 있으면 잘된 일일 거라고 믿고 있었던 모양이다.

나는 신입생용 기숙사에 입실하면서 가족에 대해 절대 이야기하지 않기로 마음먹었다. 이제는 수다쟁이도 아니었으니 별로 어려울 것도 없는 일이었다. 그런데 놀랍게도 우리가 떠나온 가족이 워낙 인기 있는 주제라 회피하기가 생각보다 어려웠다.

내 첫 번째 룸메이트는 〈엑스 파일〉 강박증이 있는 로스가토스 출신이었다. 이름은 라킨 로즈였고, 천연 금발을 빨간색으로 염색하고는 자기를 스컬리라고 부르게 했다. 흥분하면 뺨이 무슨 저속 촬영한 사진처럼 북북 문질렀을 때 띠는 분홍색에서 하얀색에서 다시 분홍색으로 바뀌었다. 그녀는 사실상 나를 처음 만난 순간부터 자기 가족 이야기를 꺼냈다.

내가 문을 열어보니 먼저 도착한 스컬리가 침대를 골라서 그 위에다 옷을 산더미처럼 쌓아놓고(그런 상태가 몇 달 동안 계속됐다. 그녀는 둥지에서 잠을 자는 셈이었다) 포스터를 붙이고 있었다. 두말하면 잔소리지만 하나는 〈엑스 파일〉의 그 유명한 "I Want to Believe" 문구가 적힌 포스터였다. 다른 하나는 〈가위손〉이었는데, 그녀는 거기 출연한 조니 뎁을 가장 좋아한다고 했다. "너는 뭐 들고 왔어?" 그녀가 물었다. 내가 뭐라도 하나 들고 왔더라면 좀 더 좋은 첫인상을 남길 수 있었을지 모른다.

다행히 스컬리는 세 자매의 맏이라 자기보다 부족한 인간을 땜질하는 데 인이 박여 있었다. 그녀의 아버지는 고급 주택—서재에는 바퀴 달린 사다리가 있고, 분수대에서는 빨간 잉어가 헤엄치고, 붙박이장은 욕실만 하고 욕실은 침실만 한 그런 집—일을 하는 도급업자였다. 주말이면 벨벳 모자를 쓰고 르네상스 페스티벌을 찾아다니며 젊은 처자들에게 알은체했다.

그녀의 어머니는 십자수 도안을 만들어서 X-로즈(발음은 **크로스로즈**였다)라는 회사 이름으로 판매했다. 전국 각지의 공방에 납품하지만 특히 남부에서 인기가 많았다. 스컬리의 침대에는 중국의 만리장성 조감도를 십자수로 놓은 베개가 놓여 있었는데, 명암의 배분이 어찌나 소름 끼치는지 정말로 실감 났다.

예전에 스컬리는 어머니의 엄명으로 고등학교 댄스파티를 빼먹고 칫솔에 표백제를 묻혀서 욕실 타일 틈새를 닦은 적이 있었다. "이 사건 하나면 우리 엄마가 어떤 사람인지 전부 다 알 수 있지. 마사 스튜어트* 연락처가 단축 번호로 저장돼 있다니까?" 스컬리가 말했다. "진짜 그런 건 아니고. 정신적으로 그렇다는 거야." 그녀는 슬퍼 보이는 파란

눈으로 나를 물끄러미 쳐다보았다. "모든 게 완벽하게 평범한 것처럼 느껴지다 온 가족이 정신병자라는 걸 깨닫게 되는 그런 순간이 있지 않니?" 그녀가 구슬프게 물었다. 만난 지 20분쯤 됐을 때 한 말이었다.

스컬리는 입이 떡 벌어질 만큼 사교적이었다. 어찌나 외향적인지 꼭 자석 같았다. 모든 일이 우리 방에서 이루어지는 듯했다. 내가 수업을 마치거나 저녁을 먹고 들어와보면, 혹은 자다가 한밤중에 눈을 떠보면 대여섯 명쯤 되는 신입생들이 벽에 등을 대고 앉아서 두더지 잡기 게임처럼 정신없는 자기 집에 대해 투덜거리고 있었다. 그들의 부모님은 희한하기 이를 데 없었다! 스컬리처럼 그들도 얼마 전에서야 그 사실을 알아차렸다. 부모님들이 하나같이 희한했다.

어떤 아이의 어머니는 생물에서 B 플러스를 받았다고 여름 내내 외출 금지령을 내렸다. 그녀의 어머니는 B 플러스를 용납하지 않는 델리의 어느 동네에서 자랐다.

어떤 아이의 아버지는 아침을 먹으러 나가기 전에 온 가족을 냉장고 앞에 세워두고 오렌지주스를 한 잔씩 마시게 했다. 식당에서 파는 오렌지주스는 너무 비싼데 오렌지주스를 마시지 않으면 아침이라고 할 수 없기 때문이었다.

어느 날 밤에는 우리 맞은편 방에 사는 애비인가 뭐가 하는 아이가, 자기 언니가 열여섯 살이었을 때 세 살 때 아빠가 자기 성기를 만지게 했다고 폭로한 적이 있다는 이야기를 꺼냈다. 내 침대 발치에 가로로

---

* Martha Stewart(1941~). 가정의 살림살이를 비즈니스로 끌어올려 억만장자가 된 미국의 여성 기업인. 전 세계 가정주부들의 롤 모델이자 살림의 여왕으로 불린다.

누워서 한손으로 머리를 받치고 구부린 팔 위로 까만 머리를 폭포처럼 쏟으며 그런 이야기를 했다. 아마 탱크톱과 체크무늬 플란넬 파자마 바지를 입고 있었을 것이다. 잘 때 입는 옷이었지만 학교에 입고 가기도 했다. LA에서는 전부 다 잠옷을 입고 학교에 간다고 했다.

"그 뒤로 전부 다 상담 치료를 받고 편을 가르고 서로 절대 말을 섞지 않았어." 애비가 말했다. "그랬더니 갑자기 아빠가 그런 적 없었다는 게 기억난다는 거야. 꿈속에서 그랬던 것 같다나? 그런데도 진짜 그랬으면 어쩔 뻔했느냐며 자길 믿어주지 않은 사람들한테 **아직까지도** 씩씩대고 있어. 또라이야." 애비가 말했다. "가끔은 언니가 진짜 미워. 다른 가족들은 멀쩡하다? 그런데 정신 나간 언니 때문에 다 망가졌지 뭐야."

워낙 심각한 얘기라 뭐라고 대꾸를 하면 좋을지 아무도 알 수가 없었다. 우리는 가만히 앉아서 금색 반짝이로 발톱을 칠하는 스컬리를 구경하며 아무 말도 하지 않았다. 침묵이 너무 길어지자 어색해졌다.

"아무튼." 애비가 말했다. 1992년에는 심각하게 들렸을지 몰라도 사실은 그러거나 말거나 전혀 상관없을 때 "아무튼"이라고 했다. 그녀는 그냥 말만 한 게 아니라 핸드 사인까지 곁들였다. 양쪽 집게손가락을 들고 주먹 쥔 두 손의 엄지손가락을 맞대서 W자를 만들었다. 우리 때문에 그녀가 "아무튼"이라고 말할 수밖에 없었다는 사실에 침묵이 훨씬 더 고약하게 느껴졌다.

내가 대학교에서 맨 처음으로 배운 핸드 사인이 '아무튼'이기는 했지만 인기 있는 핸드 사인이 그 밖에도 여러 개 있었다. 엄지손가락과 집게손가락으로 L자를 만들어서 이마에 갖다 대면 '루저'라는 뜻이었다. '아무튼'을 의미하는 W를 위아래로 뒤집어서 W에서 M에서 W에서 M으로 만들면 '아무튼 너희 엄마는 맥도널드에서 일하지?'라는 뜻이었다. 1992년에는 그런 식으로 놀았다.

도리스 레비가 말문을 열었다. "우리 아버지는 슈퍼에서 노래를 불러." 그녀는 두 팔로 무릎을 감싸고 스컬리의 금색 발톱 옆 바닥에 앉아 있었다. "목청이 터져라." 매장 내 스피커에서 고릿적 로큰롤이 흘러나오면 그녀의 아버지는 식료품 코너에서 치즈를 일일이 집어서 냄새를 맡으며 고래고래 노래를 부른다. 〈마마 톨드 미 낫 투 컴〉. 〈웨이크 미 업 비포 유 고고〉.

"동성애자일지 몰라." 스컬리가 의견을 내놓았다. "듣자 하니 동성애자 같다."

"어느 날에는 저녁을 먹는데 뜬금없이 자길 존경하느냐고 묻더라." 도리스가 말했다. "내가 도대체 뭐라고 대답해야 하니?" 그녀가 나를 돌아보며 물었다. "너희 부모님도 상당히 특이하지?" 공모의 기운이 느껴졌다. 애비가 그런 이야기를 꺼낸 것을 후회하지 않도록 우리가 돌아가며 침묵을 메우는 작전이었다. 이제 내 차례였다.

하지만 나는 내게 넘어온 공을 뻥 차버렸다. 애비가 한 말—**그런데 정신 나간 언니 때문에 다 망가졌지 뭐야**—이 계속 귓전에 맴돌아서 다른 이야기는 폭풍우가 몰아치는 머나먼 바닷가에서 누가 나에게 고함을 지르는 거나 다름없었다.

"그렇지는 않아." 나는 대답하고, 우리 부모님에 대해서 아무 이야기도 하지 않으려고 말을 멈추었다. 우리 부모님이야 누가 뭐래도 침팬지를 자식처럼 키우려고 했던, 어디에서나 흔히 볼 수 있는 평범한 부부였다.

"우라지게 평범해서 좋겠다." 스컬리가 말하자 전부 다 맞장구쳤다.

이 얼마나 엄청난 사기극인가! 이 얼마나 엄청난 성과인가. 드디어 내가 그 모든 자질구레한 흔적을 지우고 거리 두기, 시선 처리, 표정, 어휘 논란에서 벗어났다. 평범하게 보이고 싶으면 평범하지 않다는 증거를 보이지 않으면 되는 거였다. 이 나라의 절반을 건너와서 아무하고도 말을 섞지 않는 작전이 마치 마법처럼 효과 만점이었다.

그런데 목표를 달성하고 보니 문득 평범한 것이 그렇게 바람직하게 느껴지지 않았다. 특이한 것이 새로운 정상으로 부각했는데 나만 몰랐다. 나는 여전히 어디에도 속하지 못했다. 나는 여전히 친구가 없었다. 어쩌면 친구 사귀는 법을 모르는 것일 수도 있었다. 사귀어본 적이 없었으니까.

어쩌면 아무도 나의 정체를 알지 못하도록 꼼꼼하게 단속하는 것이 친구를 사귀는 데 걸림돌일 수도 있었다. 어쩌면 내 방에 드나드는 아이들이 전부 다 친구인데 나는 더 많은 것을 기대하기 때문에 깨닫지 못한 것일 수도 있었다. 어쩌면 우정이라는 게 별것 아니라서 나에게는 이미 수많은 친구들이 있을지도 모르는 일이었다.

하지만 추론에 따르면 아니었다. 스컬리와 시끌벅적한 1학년 친구들이 주말에 타호로 스키를 타러 갔을 때 나는 초대받지 못했다. 내 방에서는, 내 앞에서는 다들 쉬쉬했기 때문에 나중에서야 그 소식을 들었다. 여행을 갔을 때 스컬리는 캘리포니아 폴리테크닉에 다니는 고학년생과 눈이 맞아서 하룻밤을 같이 보냈는데 다음 날 아침이 되자 남자가 대화를 거부했다. 이 사연을 어찌나 시시콜콜하게 늘어놓는지 내가 엿들을 수밖에 없었고, 스컬리가 그런 나를 보았다. "너는 관심 없을 줄 알았어. 인디애나에서 왔으니까 다른 데 가서 눈 구경하는 걸 좋아할 줄 알았지." 어색한 웃음, 핀볼처럼 움직이는 눈동자, 새빨개진 두 뺨. 스컬리가 어찌나 당황스러워하는지 보는 내가 다 안쓰러울 지경이었다.

대학교에서 철학 입문 수업을 들은 사람이라면 유아론唯我論이라는 개념을 접한 적이 있을 것이다. 유아론에 따르면 현실은 우리 머릿속에서만 존재한다. 내가 의식이 있는 존재라는 것 말고는 확신할 수 있는 사실이 아무것도 없다. 다른 모든 이들은 외부의 지배자나 고양이 기생충에게 조종당하는 의식 없는 꼭두각시일 수도 있고, 아무 목적 없이 그저 바삐 뛰어다니기만 하는 것일 수도 있다. 그게 아니라고 증명할 방법이 없지 않은가.

과학자들은 최선의 설명을 위한 추론을 의미하는 **귀추법**이라는 작전으로 유아론의 문제를 해결한다. 워낙 허술한 작전이라 외부의 지배자라면 모를까, 아무도 만족스러워하지는 않지만 말이다.

따라서 내가 여러분과 다르다는 걸 증명해 보일 방법은 없지만 그것이 나로서는 최선의 설명이다. 그리고 추론의 근거는 다른 사람들의 반응이다. 추측건대 내 성장 배경이 원인이지 않을까. 추론과 추측은 연기와 젤리다. 그것으로는 집을 지을 수 없다. 아무튼 내 말은 내가 남들과 다른 기분이 든다는 거다.

여러분도 그런 기분이 들지 모르겠지만.

침팬지 간의 우정은 보통 7년 동안 지속된다. 스컬리와 나는 9개월 동안 한방을 썼다. 그동안 심각하게 말다툼을 벌이거나 사이가 나빠진 적은 없었다. 하지만 짐을 싸서 각자의 인생 속으로 미끄러지듯 퇴장한 이후에는 서로 연락한 적이 없다. 안녕, 스컬리. 그녀는 내 인생에서 완전히 자취를 감추었다가 2010년에 다시 나타나 할 얘기도 없으면서 아무 이유 없이 페이스북에서 친구 신청을 한다.

2학년 때는 생협 게시판에서 아파트를 같이 쓰자는 광고를 보고 연락했다. 미술사를 전공하는 3학년생인 토드 도넬리는 알고 보니 착하고 조용했고 사람들을 곧이곧대로 믿는, 위험하지만 너그러운 생활 방식의 소유자였다. 그가 우리 부모님에 대해서 들은 것보다 내가 그에게 주근깨를 물려준 아일랜드계 아버지와 머리칼을 물려준 일본계 어머니에 대해서 들은 것이 더 많았지만, 그래도 대부분의 사람들에 비하면 양반이었다. 그 즈음에 이르자 내가 우리 가족에 대해서 이야기하는 법을 터득했기 때문이었다. 사실 아주 간단했다. 중간에서부터 시작하면 됐다.

어느 날 저녁에 토드가 그만의 불가사의한 능력을 발휘해서 버뱅크 필름스 오스트레일리아가 만든 애니메이션 판 〈철가면〉을 구해 온 적이 있었다. 당시 여자 친구였던 앨리스 하트숙(그녀를 놓치다니 바보였다)이 같이 보러 왔다. 그 둘이 소파 양쪽 끝에 머리를 두고 발을 한 가운데 포개서 발가락을 꼼지락거렸다. 나는 러그 위에 쿠션을 몇 개 쌓았다. 전자렌지에 돌린 팝콘을 먹으면서 토드가 애니메이션 전반과 그중에서도 특히 버뱅크 스타일에 대해 강연을 늘어놓았다.

줄거리는 여러분도 알 것이다. 쌍둥이 가운데 한 명은 프랑스의 왕이다. 나머지 한 명은 바스티유 감옥에 갇혀서 아무도 그의 얼굴을 볼 수 없게 철가면을 쓰고 살아간다. 왕의 자질을 모두 갖춘 쪽은 감옥에 갇힌 자다. 진짜 왕은 진짜 쓰레기다. 작품이 중반부에 다다르면 폭죽이 터지는 하늘 아래에서 아름다운 발레 공연이 펼쳐진다. 이상하게 그 순간부터 나는 숨을 쉴 수가 없었다. 텔레비전에서는 피루엣과 아라베스크가 이어지고 알록달록한 별들이 쏟아졌다. 바닥에서는 내가 식은땀을 흘리며 치받히는 심장을 달래고 숨을 헐떡이지만 폐를 열 수가 없었다. 일어나서 앉자 방 안이 시커메지면서 나를 중심으로 서서히 돌았다.

앨리스가 팝콘을 비운 봉지를 내게 던지며 거기다 대고 숨을 쉬라고 했다. 토드는 바닥으로 내려와서 내 다리 양옆을 자기 다리로 감쌌다. 그런 채로 내 어깨를 문질렀다. 토드는 스킨십을 좋아하지 않는 성격인데 고마웠다. 게다가 나는 스킨십을 좋아한다. 몽키 걸이라 그렇다.

안마를 받고 긴장이 풀리자 눈물이 터졌다. 팝콘 봉지에 대고 숨을 쉬며 흐느끼자 근사한 바다 소리가 났다. 어떨 때는 파도 소리가 났고 또 어떨 때는 물개 소리가 났다. "괜찮아?" 토드가 물었다. 나는 누가 봐도 괜찮지 않았는데 그래도 사람들은 그렇게 묻는다. "왜 그래?" 토드가 엄지손가락으로 내 목덜미를 눌렀다.

"괜찮아?" 앨리스가 물었다. "누구 부를까? 왜 그래?"

솔직히 나도 알 수가 없었다. 알고 싶지도 않았다. 지하 묘지에서 뭔가가 부활하고 있었고, 내가 아는 것이라고는 그게 뭔지 보고 싶지 않다는 것뿐이었다. 〈철가면〉도 더는 보고 싶지 않았다. 나는 걱정 말라고, 이제 괜찮아졌다고, 뭣 때문에 그랬는지 모르겠다고 했다. 그런 다음 뭐라고 핑계를 대고 들어가 누워서 토드와 앨리스가 더 이상 심란해하지 않도록 숨을 죽이고서 계속 울었다.

방 안에 보이지 않는 코끼리가 있으면 가끔 코에 걸려서 넘어지기 마련이다. 나는 아직까지도 길을 잘 아는, 오랜 역사를 자랑하는 탈출 경로를 선택했다. 최대한 빨리 잠을 청했다.

여섯

그리고 몇 년 뒤.

할로 등장.

이제 여러분은 나를 좀 더 잘 알게 됐을 테니 우리 둘이 처음 만난 순간을 다시 한 번 돌이켜보도록 하자. 나는 치즈 토스트와 우유를 앞에 두고 식당에 앉아 있다. 할로가 허리케인처럼 들이닥친다. 허리케인이 파란색 티셔츠를 입고 에인절피시 목걸이를 한, 키가 크고 섹시한 여학생일 수 있을지 모르겠지만.

그러니까 나는 여러분이 처음으로 이 이야기를 들었을 때 느꼈던 만큼 놀라지는 않았을지 모른다. 할로가 화가 난 척하고 있지만 사실은 그렇지 않다는 것을 느낄 수 있었을지 모른다. 접시를 깨고 외투를 던진 것은 전부 다 연극이었다. 어쩌면 나는 그녀가 어떤 식으로 재미

있게 놀고 있는지 눈치챌 수 있었을지 모른다.

멋진 연극이었고 그녀는 자기 연기를 즐겼고 제대로 해낸 데 만족스러워했지만 내가 깜빡 속아 넘어갈 만큼 훌륭하지는 않았다. 하지만 나는 같은 사기꾼으로서 그녀의 열정에 박수를 보냈다. 나라면 그러지 않았을 테지만 그녀의 선택에 감탄했다. 나는 대학에 입학한 이래 내가 희귀종인지 가짜인지 계속 자문하고 있었는데 양쪽 모두를 자청할 만큼 용감한 자가 어디선가 불쑥 등장한 것이었다.

하지만 그때 내가 왜 그런 반응을 보였는지는 여전히 알 수 없었다. 처음 이 이야기를 들었을 때 여러분만큼이나 전혀 알 수 없었다. 날아오는 물건들을 피하고, 수갑에 쓸려서 아파하고, 아빠에게 연락하고, 서류를 작성하느라 정신이 없었다. 이제 추수감사절 연휴를 집에서 보내고 데이비스로 돌아왔는데 내 아파트에서 할로를 맞닥뜨린 지금 시점으로 테이프를 빨리 돌려보자. 그런 상황을 좋아할 사람은 없을 것이다. 나는 더 심했다. 또 시작이로군. 나는 속으로 이렇게 중얼거렸다. 어찌나 분명하게 중얼거렸던지 내 목소리가 머릿속에서 들릴 정도였다. 지켜야 하는 선에 대한 개념이 없어서 내 물건을 만지고 죄다 깨부수는 친구를 맞닥뜨리는 데 이골이 난 사람처럼. 또 시작이로군.

바로 이 순간 최면술사가 손가락을 튕겼다. 내가 성질을 부리고 제멋대로 구는 할로를 심상하게 대할 수 있었던 것은 우리 둘 다 사기꾼이기 때문이어서가 아니었다. 내가 그녀의 연극을 보고도 아무렇지도 않았던 것은 전에도 본 적 있는 광경이기 때문이었다. 할로가 한쪽 구석에다 실례를 했더라도 나는 그러려니 했을 것이다. 그런 짓을 저지르지도 않았으니 우리 가족의 기준에 따르면 추태라고 볼 수도 없었다.

나는 그 광경이 익숙하다는 사실보다 그 익숙함을 알아차리기까지 걸린 시간에 더 충격을 받았다. 몽키 걸이라는 나의 본모습을 남들 앞에서 감추는 것과 나조차 완전히 잊어버리는 것은 전혀 별개의 문제가 아니던가(생각해보면 그것이야말로 내가 바라던 바였다. 그런데 싫었다. 정말 싫었다).

우리 아버지는 속아 넘어가지 않았다. "옆에서 누가 부추긴 거겠지." 아버지는 내 전화를 받았을 때 이렇게 이야기했는데 내가 알아차리지 못했다. 나는 아버지가 나보다 나를 더 잘 아는 눈치를 보이면 그 소리가 듣기가 싫어서 종종 귀를 닫아버렸다.

마침내 이런 깨달음이 찾아왔을 때 할로에 대한 감정이 명확해지기보다 복잡해졌다. 그녀는 내게 골치 아픈 존재였다. 유치원 통지서를 보면 내가 충동적이고 소유욕이 강하며 요구 사항이 많다고 적혀 있다. 전형적인 침팬지의 특징이라 없애려고 오랫동안 얼마나 애를 썼는지 모른다. 할로는 그때의 나와 성향이 같은데 개선의 의지가 없는 듯했다. 그녀와 어울리면 내가 다시 예전의 끔찍했던 시절로 돌아갈 수 있었다.

하지만 그녀와 함께 있으면 그 어느 때보다 마음이 편했다. 내가 그동안 느낀 외로움은 말로 표현할 수가 없을 정도다. 다시 한 번 강조하지만 나는 한순간도 혼자 있어본 적 없는 어린 시절을 보내다 단 며칠 만에 과묵한 외동딸 노릇에 장기 돌입했다. 나는 편을 잃었을 때 로웰까지 잃었고—최소한 예전 같지 않았다—그런 식으로 어머니와 아버지도 잃었고, 실제로 모든 대학원생을 잃었다. 내가 사랑해 마지않았던 버밍엄 출신의 매트는 결정적인 순간이 찾아오자 내가 아니라 편을 선택했다.

따라서 나도 알다시피 할로는 근본적으로 믿을 수 없는 친구였지만 그와 동시에 나의 본모습을 찾아주는 친구이기도 했다. 나는 본모습으로 돌아갈 생각이 전혀 없었지만, 본모습으로 돌아가고 싶은 마음도 그 못지않게 굴뚝같았다. 내 본모습을 알아나가는 과정이 얼마나 재미있을까? 내 안의 아버지 기질은 이런 생각을 했다. 반면에 어머니 기질은 이런 생각을 했다. 우리 로즈메리가 드디어 친구를 사귄 걸까?

이렇게 해서 우리는 결국 이야기의 중반부로 되돌아오게 된다. 범죄 기록과 다른 이의 연하늘색 트렁크를 어깨에 짊어진 발랄한 대학생 시절의 나에게로 말이다. 예언의 별들이 하늘 위에서 벼룩처럼 폴짝거리고 있다.

하나: 등장하자마자 사라져버린 어머니의 일기.

둘: 옆 감방에서 벽을 두드리는 소리와도 같은 로웰의 숨죽인 메시지.

셋: 할로.

〈줄리어스 시저〉*에서처럼 불길한 예언이 세 번 반복되면 아무리 몇 작품 뒤에 등장하는 캘리번**이라도 모르고 지나칠 수 없다.

나의 가장 큰 관심사는 오빠의 귀환이었다. 흥분이 돼서 크리스마스 아침처럼 속이 메슥거렸다. 가끔 〈나이트메어〉***에 더 가까운 크리스마스를 경험한 적 있는 사람이라면 어떤 식의 메슥거림을 말하는지 알 것이다.

나의 진정한 크리스마스 방학은 2주도 남지 않았다. 만약 로웰이 기말고사 기간에 찾아와준다면 시간을 왕창 낼 수 있었다. 둘이서 포커를 치고 루미큐브를 할까. 아니면 샌프란시스코로 건너가서 뮤어 우즈로 하이킹을 떠날까. 화창한 날, '사유지 무단출입 금지'라고 적힌 베리에사 호숫가의 어느 길을 달려서 '무단출입 시 고발 조치'라고 적힌 울타리를 넘어가면 동쪽으로는 시에라네바다 산맥, 서쪽으로는 태평양까지 캘리포니아 주 전체를 볼 수 있었다. 정말이지 환상, 그 자체였다. 로웰이라면 좋아할 게 분명했다.

그가 그 이후에 찾아온다면 나는 인디애나에 있을 것이었다.

때문에 나는 로웰이 며칠 뒤에 다시 오겠다고 했다는 에즈라의 말이 사실이길 바랐고, 며칠이 이틀이길 바랐다. 내가 크리스마스는 엄마, 아빠와 보내야 한다는 것을 로웰이 알아주길 바랐다. 그가 그런 적이 없었기 때문에 나라도 그래야 **한다는** 것을 알아주길 바랐다. 그 정도의 관심은 가져주길 바랐다.

---

* 권력을 장악한 시저와 브루투스, 카시우스가 벌이는 암투를 그린 셰익스피어의 희곡. 기원전 44년 시저는 3월 15일을 조심하라는 예언자의 경고를 무시하고 브루투스 등 로마 원로원 의원들의 음모에 빠져 칼에 찔려 죽는다.
** 셰익스피어의 희곡 〈템페스트〉에서 주인공 프로스페로를 섬기는 반인반수의 노예.
*** 1984년에 개봉된 공포 영화.

나는 데이비스로 건너온 지 몇 주 지났을 때 실즈 도서관 지하에 있는 신문 보관실을 찾아냈고, 거의 주말 내내 거기 틀어박혀서 존 E. 서먼 수의학 연구소 화염병 투척 사건을 다룬 1987년 4월 15일자 지역 일간지를 읽었다. 인디애나에서는 이 사건이 별로 주목을 받지 못했다. 블루밍턴 역사상 가장 가증스러운 고등학교 농구팀 포인트 가드와 연관이 있는 줄 아무도 몰랐기 때문이었다. 심지어 데이비스에서 조차 자세하게 다룬 기사가 많지 않았다.

연구소는 공사 도중에 화재로 소실되었다. 피해액은 약 460만 달러였다. 타버린 본채 안쪽에 페인트로 ALF라는 글자가 적혀 있었고, 근처에 주차되어 있던 대학 측 차량에도 Animal Liberation Front*라고 낙서가 되어 있었다. "동물실험은 동물, 인간, 환경에 도움이 된다"고 한 이 대학교 대변인의 발언이 화근이었다.

동물해방전선에서는 축산업과 식품업의 발전을 도모하는 것이 수의학 연구소의 설립 목적이라고 주장했다는데 나는 그것도 독자 투고란을 보고서야 알았다. 기사에서는 그 부분에 대한 언급이 전혀 없었다. 경찰 측에서 《데이비스 엔터프라이즈》에 밝힌 바에 따르면 용의자는 없지만 국내 테러 행위로 간주돼서 사건이 FBI로 이관되었다고 했다.

나는 그 이후에 캘리포니아 북부에서 줄줄이 자행된 화염병 투척 사건으로 조사 범위를 넓혔다. 산호세 빌 컴퍼니 창고, 페라라 미트 컴

---

* 동물해방전선. 1976년 영국에서 발족한 단체로 동물의 권리를 보호하기 위해 불법적인 행위도 서슴지 않는다.

퍼니, 창고형 양계장이 잇따라 화염병 공격을 받았다. 산타로사에서는 모피 가게에서 불이 났다. 범인이 체포된 사례는 한 건도 없었다.

나는 1층으로 올라가서 사서에게 동물해방전선 관련 자료를 찾아 달라고 했다. 로웰과 어울릴 만한 사람들인지 알아보기 위해서였다. 동물 구조 및 석방은 물론 기록과 실험실 자료까지 훔치는 것이 동물 해방전선의 전략이었다. 그들은 생체 실험 사진을 촬영해 언론에 배부했다. 실험 장비를 부수었다. 영장류용 뇌정위고정기까지 부수었다는데 나는 그게 어떤 장비인지 그때도 알지 못했고 지금도 알고 싶은 마음이 없다. 그들은 연구원과 모피 매매업자와 목장주를 괴롭혔고, 자동응답기에 살해 협박 메시지를 남겼고, 그들의 집을 쑥대밭으로 만들거나 그들의 아이들이 다니는 학교 운동장에 동물 학대의 참상을 폭로하는 사진을 붙이는 경우도 있었다.

그들에게 호의적인 기사도 있었다. 대다수는 아니었다. 《로이터》에서는 동물해방전선의 습격을 방주 이야기에 비유하며 한 가지 차이점이 있다면 노아가 아니라 람보가 키를 잡고 있다는 것이라고 했다. 하지만 누군가가 살해당할 날이 머지않았다는 데에는 모든 신문사가 동의했다. 거물급인 누군가가. 인간인 누군가가. 벌써 몇 명은 구사일생으로 목숨을 건졌다.

1985년에 벌어진 캘리포니아대학교 리버사이드 분교 무단 침입 사건이 내 눈에 들어왔다. 그때 도난당한 여러 동물 가운데 브리치스라는 짧은꼬리원숭이 새끼가 있었다. 브리치스는 시각장애인으로 태어난 갓난아이들을 위해 고안된 음파 장비를 시험하기 위해, 태어난 날 곧바로 두 눈을 봉합당했다. 시각을 박탈당한 상태로 3년 동안 키운 뒤 죽여서 시각, 청각, 운동 기능을 담당하는 뇌의 각 부분이 어떻게 달라졌는지 알아보는 것이 원래 계획이었다.

나는 앞을 보지 못하는 갓난아이와 고문당하는 새끼 원숭이 가운데 하나를 선택해야 하는 세상에서 살고 싶지 않았다. 솔직히 말해서 나에게 그런 질문을 던지는 것이 아니라 나를 그런 질문으로부터 보호하는 것이 과학의 임무라고 생각했다. 그래서 나는 관련 기사를 더 이상 찾아보지 않는 것으로 문제를 해결했다.

1985년에 로웰은 아무 말 없이 집을 나갔다. 우리는 그가 브라운대학교에 합격했기에 조만간 우리 곁을 떠날 줄 알고 있었지만 그래도 몇 개월은 남았을 줄 알았다. 몇 개월 동안 마르코와 키치와 어울려 다니는 모습을 보며 그는 우리 가족이라고, 그가 우리 곁을 떠나더라도 그 사실에는 변함없다고 생각할 수 있을 줄 알았다.

FBI가 우리 부모님에게 말하길 동물해방전선 서해안 지부는 개별 감방, 은신처, 동물 수송용 지하철을 갖춘 번듯한 조직이라고 했다. 어떤 경로로 로웰을 추적하게 되었는지는 밝히지 않았고, 심지어 그가 용의자라고 단정 짓지도 않았다. 중산층 출신의 젊은 백인 남성들이 가장 공격적으로 동물 보호 운동을 벌인다고만 했다.

데이비스의 수의학 연구소는 오래전에 완공돼서 동물해방전선이 원치 않았던 뭔지 모를 연구를 하느라 여념이 없었다. 나는 아무 때나 자전거를 타고 그 앞을 지나갈 수 있었다. 아무 때나 자전거를 타고 지나갈 수는 있지만 안으로 들어갈 수는 없었다. 그 무렵 모든 동물 연구소가 그렇듯 보안이 철저했다.

항공사에 다시 연락해서 사이비 가방은 가져가고 내 가방을 내놓으라고 하려던 찰나, 할로가 색다른 의견을 제시했다. 할로의 색다른 의견이란 자물쇠를 따고 트렁크를 열어서 안에 뭐가 들었는지 보자는 것이었다. 안에 든 물건을 훔치자는 건 아니었다. 두말하면 잔소리였다. 하지만 트렁크를 열어보지도 않고 돌려보내는 것은 그녀의 상식으로는 도저히 용납이 안 되는 일이었다. 인디애나에서 건너온(인디애나에서 건너왔다고 가정했을 경우) 희한한 트렁크에 뭐가 들어 있을지 어느 누가 알 수 있겠는가. 금화? 헤로인을 넣고 꿰맨 인형? 중서부의 어느 시의회 현장을 촬영한 폴라로이드 사진? 사과 버터?

궁금하지도 않니? 네 모험심은 다 어디로 간 거야?

할로가 사과 버터를 알다니 놀라웠다. 그런 이유에서 그녀 마음대로 하도록 내버려둔 것은 아니었다. 비밀번호를 알아내려다 제풀에 지치겠거니 생각했다. 게다가 공구도 필요했다. 어쩌면 폭파 전문가가 필요할지도 모를 일이었다. 침팬지 연구에서는 이런 종류의 도전 과제를 먹이 퍼즐이라고 한다. 성과와 속도에 따라 점수를 매기고 독창적인 방법을 동원하면 보너스 점수를 준다. 그뿐 아니라 안에 들어 있는 먹이를 뭐든 먹을 수 있게 한다. 트렁크를 열었는데 아무것도 가질 수 없다면 침팬지들은 너무하다고 생각할 것이다.

나는 믿는 구석(비밀번호를 알아낼 확률이 만 분의 1이라는 사실)이 있었기에 애매하게 몇 마디 이의 제기를 하고 내리는 비를 맞으며 생협에 커피를 사러 나갔다.

그런데 알고 보니 샤프트의 어디에 홈이 파였는지 예의 주시하며 다이얼을 돌리면 몇 분 만에 자물쇠를 딸 수 있었다. 돌아온 나를 붙잡고 에즈라가 시범을 보여주었다. 에즈라는 피해망상을 정글 특공대원 뺨치는 기술로 승화한 인물이었다. 그가 또 어떤 기술을 보유하고 있을지 생각만 해도 섬뜩했다.

할로가 3층 발코니에서 찾았을 때 그는 돌출부 아래에서 태극권 수련을 하며 자기가 생각하는 명대사를 연습하고 있었다. "네년 낯짝을 확 갈아버릴까 보다. 너는 프라이드치킨처럼 이미 골로 갔다." 에즈라가 예전에 말하길 자기는 영화를 촬영하고 있다고 생각하면서 하루를 살아나간다고 했다. 아마 많은 사람들이 그럴 것이다. 에즈라와 장르는 다르겠지만.

그가 상상한 영화에서 이 장면은 로맨틱한 장면이다. 발코니로 들어선 할로 앞에 태극권으로 무장한 그가 음울하고 우아한 분위기를 풍기며 등장한다. 그녀는 머리카락을 배배 꼬고 무대는 이제 거실, 두 사람이 자물쇠 위로 머리를 맞대고 있다. 그가 상상한 영화에서는 트렁크 안에 폭탄이 들어 있다. 내가 마침 알맞은 때 커피를 들고 나타나서 그들을 저지한다.

현실 속에서는 내가 저지하지 않았다. 아무 말 없이 에즈라의 설명을 듣고, 그가 마지막으로 다이얼을 돌려서 자물쇠를 풀고 트렁크를 열 때까지 지켜보았다. 그는 긴장감 넘치게 안에 든 물건을 하나씩 꺼냈다. 대부분 옷이었다. 운동복, 양말, 가슴팍의 빨간 동그라미 안에

'THE HUMAN RACE'라고 적힌 노란색 티셔츠가 나왔다. 할로가 이 티셔츠를 집어 들었다. 캡션 밑에 아메리카 대륙 쪽으로 돌려놓은 지구본이 있었다. 피부색이 각기 다른 사람들이 전부 다 그 둘레를 한 방향으로 돌고 있었다. 처음 보는 인류의 모습이었다. "너무 크다." 할로가 말했다. 실망한 기미가 전혀 없는 말투라 존경스러울 지경이었다.

에즈라가 더 깊숙이 손을 넣었다. "좋았어!" 그가 말했다. "좋았어!" 그러더니 잠시 후에 "다들 눈 감아요"라고 했다. 하지만 아무도 눈을 감지 않았다. 에즈라가 그러라고 했다고 눈을 감으면 바보다.

에즈라가 트렁크에서 뭔가를 끄집어냈다. 시신에서 유령이 부활하듯, 연하늘색 관 속에서 뱀파이어가 일어나듯 뭔가가 고개를 들었다. 벌레처럼 생긴 팔다리를 펼치자 그 뭔가가 표정 없는 눈으로 입을 딱딱거리며 에즈라의 손안에서 튀어나왔다. "이게 도대체 뭘까요?" 에즈라가 물었다.

복화술사가 쓰는 인형이었다. 보아하니 골동품이었다. 그 인형이 열린 트렁크 뚜껑 위에서 거미처럼 꿈틀거렸다. 조그만 한쪽 손에 뜨개바늘을 쥐고, 조그만 머리 위에 빨간색 모브 캡을 쓰고 있었다. "마담 드파르주*예요." 나는 이렇게 말하고 나서 "마담 기요틴요" 하고 괜한 사족을 달았다. 나는 에즈라가 얼마나 책을 많이 읽는지 계속 깜빡했다. 그와 참으로 안 어울리는, 참으로 영화광답지 않은 취미생활이었다.

* 찰스 디킨스의 소설 『두 도시의 이야기』에 나오는 복수의 화신. 항상 뜨개질을 한다.

할로는 좋아서 얼굴이 발그스레해졌다. 우리는 조깅을 좋아하는 복화술사의 트렁크를 잠깐 맡게 된 셈이었다. 그녀가 트렁크 안에서 찾고 싶었던 물건이 오랜 역사를 자랑하는 마담 드파르주의 인형이었던 모양인지 두 뺨에 홍조가 돌았다.

에즈라가 마담 드파르주의 옷 속으로 손을 넣었다. 그러자 그녀가 할로의 목으로 폴짝 뛰어올라가 그 주변에서 팔다리를 버둥거렸다. 에즈라가 그녀의 입에 대사를 불어넣었다. 딸들을 내려주셔서 감사하다고 하늘에 인사하는 걸까? 〈라마르세예즈〉* 가사를 뻐끔거리는 걸까? 아니면 〈프레르 자크〉** 가사를? 에즈라의 프랑스어 억양이 그 정도로 엉망이었다. 과연 프랑스어였는지 그것조차 알 수 없었다.

게다가 그 불쾌한 골짜기 반응이란. 그렇게 흉측한 인형극은 내 평생 처음이었다. 그렇게 소름 끼치는 광경은 내 평생 처음이었다.

나는 도덕군자로 돌변했다. "그렇게 가지고 놀면 되겠어요? 오래된 물건 같은데. 귀중품일 수도 있잖아요." 하지만 할로 왈, 바보가 아닌 이상 귀중품을 트렁크에 넣겠느냐고 했다. 그리고 아주 조심해서 다루고 있지 않으냐고 했다.

그녀는 에즈라에게 인형을 건네받아서 나를 향해 주먹을 휘두르게 했다. 마담 드파르주의 표정으로 보건대 모든 게 그녀가 계획한 대로 흘러가고 있었다. "재미있게 노는데 찬물 끼얹지 마." 마담 드파르주가 말했다.

* 프랑스 국가.
** 프랑스 동요로 단순한 가락의 돌림노래.

나는 이런 허튼 장난을 벌일 시간이 없었다. 들어야 할 수업이 있었다. 나는 부엌으로 가서 내 전화를 애지중지 여길 공항으로 연락해 메시지를 남겼다. 잠시 후에 할로가 부엌으로 따라 들어왔다. 그녀가 마담 드파르주를 다시 트렁크에 넣겠다고 하길래 나는 나중에 저녁때 만나서 술 한잔하자고 했다. 별일도 아닌데 호들갑 떨 필요는 없기 때문이었다.

그리고 할로의 환심을 사고 싶기도 했다.

일곱

　만약 여러분이 내게 대학교 때 들은 수업에 대해 묻는다면 나는 100번 중에 99번은 아무 대답도 하지 못할 것이다. 하지만 그날 오후에 들은 그 수업은 나머지 1에 해당한다.

　계속 비가 내리고 있었다. 호우라기보다 추적추적 내리는 비였고 나는 자전거를 타고 가느라 흠뻑 젖었다. 페달을 밟으며 지나가는데 갈매기 떼가 축구장 위에서 풀을 뜯고 있었다. 한자리에 모인 갈매기 떼는 폭풍우가 칠 때마다 숱하게 본 광경이었지만 볼 때마다 놀라웠다. 캘리포니아 주 데이비스는 상당한 내륙 지방이기 때문이다.

　강의실에 도착했을 무렵에는 청바지 단을 타고 떨어진 빗물이 신발 바닥에 고였다. 모든 대규모 강의가 열리는 화학과 강의실 100호는 교단까지 경사가 진 대형 강당이었다. 맨 꼭대기, 그러니까 강당 뒤편이 입구였다. 평소 같으면 비가 오는 날에는 수강률이 저조했다. 학생들은 비가 오면 구기 종목 경기처럼 수업도 취소된다고 생각하는 듯했다. 하지만 그날은 한 한기의 마지막 수업, 그러니까 기말고사 전 마지막 수업이었다. 늦게 들어가는 바람에 계단을 내려가서 앞쪽에 앉아야 했다. 나는 접이식 책상을 꺼내서 필기할 준비를 했다.

강의명은 종교와 폭력이었다. 강의를 맡은 소사 교수는 머리는 점점 벗어져가고 배는 점점 나와가는 사십 대 남자였다. 〈스타트렉〉 넥타이에 짝이 안 맞는 양말을 자랑스럽게 신고 다니는 인기 강사였다. 해묵은 정보를 전달하거나 역사 속의 일화를 소개할 때면 항상 "내가 스타플릿 아카데미에 다니던 시절에는 말이지" 하며 운을 뗐다. 그의 강의는 열정적이고 광범위했다. 내가 듣는 강의 중에서 이지 리스닝 계열이었다.

예전에 아버지가 나더러 교수가 내 쪽을 볼 때마다 시험 삼아 고개를 끄덕여보라고 한 적이 있었다. 그러면 교수가 파블로프의 개처럼 하릴없이 내 쪽을 자꾸 쳐다보게 될 거라고 했다. 아빠는 고도의 계산 아래 그런 말을 꺼낸 걸지 모른다. 교수가 나를 찾도록 길들여져 있으면 100여 명이 듣는 수업이라도 결석했을 때 티가 날 수밖에 없었다. 소사 교수와 나는 암묵적으로 친밀한 관계를 맺고 있었다. 우리 아버지는 잔꾀가 보통이 아니었다.

그날의 강의는 폭력적인 여성들에 대한 토론으로 시작되었다. 공개적으로 시인하지는 않았지만 지금까지 강의 주제가 전부 다 남성이었음을 역설하는 부분이었다. 하지만 내가 이 도입부를 기억하는 건 아니다. 아마 소사 교수님은 WKKK*, 금주운동, 이런저런 종교 단체와 여성이 여성을 상대로 저지른 폭력 사건에 대해 이야기했을 것이다. 아일랜드에서부터 파키스탄을 거쳐 페루까지 훑었을 것이다. 하지만 소사 교수님은 이런 것들을 독자적인 활동이라기보다 남성들이 벌인 활동의 부속물로 간주했다. 폭력적인 여성은 그의 관심사가 아니었다.

그는 이내 수업을 관통하는 전형적인 주제로 돌아가 종교적인 이유에서 여성들을 상대로 자행된 폭력에 대해 이야기하기 시작했다. 그러다 예고도 없이 갑자기 침팬지 이야기를 꺼냈다. 침팬지들도 우리처럼 인사이더가 아웃사이더에게 폭력을 가하는 성향이 있다고 했다. 경계를 순찰하는 수컷 침팬지들이 저지르는 짓과 잔인한 침팬지 습격단에 대해 이야기했다. 그러면서 우리가 영장류적이고 지독하게 종족적인 우리의 성향을 교리의 차이로 포장하는 건 아니냐고 반문했다. 우리 아버지가 했음 직한 소리라 나는 당장 반박하고 싶은 말도 안 되는 충동을 느꼈다. 소사 교수님이 내 쪽을 흘끗 보았지만 나는 고개를 끄덕이지 않았다. 그는 침팬지 세계에서는 서열이 가장 낮은 수컷이 서열이 가장 높은 암컷보다 위라고 하면서 그 이야기를 하는 내내 나를 똑바로 쳐다보았다.

강당 안에 파리가 한 마리 있었다. 소리가 들렸다. 나는 발이 시렸고 운동화 고무 냄새와 양말 냄새가 코를 찔렀다. 소사 교수님은 마침내 포기하고 고개를 돌렸다.

---

* 쿠 클럭스 클랜 여성회Women of the Ku Klux Klan. 쿠 클럭스 클랜은 백인 우월주의, 반유대주의, 인종차별주의를 표방하는 미국의 극우 비밀결사단체다.

그는 예전에도 수없이 했던 말을 반복했다. 대부분의 종교는 여성들의 성행위를 단속하는 데 집착했고 그것이 유일한 존재 이유인 종교도 많았다는 것. 그는 수컷 침팬지들이 어떤 식으로 성적인 감시를 자행하는지 설명했다. "한 가지 유일한 차이점이 있다면 침팬지들은 신의 명령을 따를 뿐이라고 주장하지는 않는다는 거지."

강단에서 멀찌감치 나와 있던 소사 교수님은 강단으로 돌아가서 메모지를 들여다보았다. 그는 가정 폭력과 더불어 성폭행도 침팬지의 습성이라며 구달의 팀이 최근 곰베에서 목격한 바에 따르면 발정기가 온 3일 동안 여러 수컷과 170번의 교미를 해야 했던 암컷이 있었다고 소개했다.

나는 펜을 내려놓는 수밖에 없었다. 손이 너무 심하게 떨려서 펜이 공책 위에서 진동하며 점과 선으로 이루어진 뭔지 모를 모스부호를 적고 있었다. 나는 머릿속 혈관이 터질 것 같아서 소사 교수님이 그다음에 한 말을 듣지 못했고, 주변에 앉은 학생들이 돌아보기에 정신을 차리고 보니 내가 쌕쌕 혹은 쉭쉭 혹은 헐떡거리며 숨을 너무 크게 쉬고 있었다. 내가 입을 다물자 다들 고개를 다시 돌렸다.

내가 친구가 없었으니 성경험도 없었을 거라고 단정 짓지는 말아주기 바란다. 내가 섹스 파트너를 따지는 기준은 훨씬, 훨씬 낮다. 그런데 친구가 없으면 섹스를 하기도 놀라우리만치 어려워진다. 내게 방향을 가르쳐주면서 잘하고 있다고 자신감을 불어넣어 줄 사람이 있으면 얼마나 좋을까 하는 생각이 종종 들곤 한다. 하지만 현실 속의 나는 모든 걸 혼자 처리하면서 나는 왜 영화처럼 환상적인 섹스를 경험한 적이 없을까 궁금해했다. 정상적인 성생활은 어떤 걸까? 정상적인 성행위는 어떤 걸까? 그런 질문을 하는 자체가 내가 정상적인 사람이 아니라는 뜻일까? 나는 내 인생의 본능적이고 포유류적인 부분조차 제대로 처리하지 못하는 느낌이었다.

"아주 조용하네?" 내 첫 상대는 그렇게 말했다. 내가 젤로로 만든 칵테일에 눈을 뜨고 얼마 안 있어서 열린 남학생 사교클럽 파티에서 만난 상대였다. 우리는 화장실 문을 잠그고 들어갔고, 사람들이 끊임없이 문을 두드리고 안에서 왜 안 나오느냐고 욕을 했으니 내 입장에서는 상당히 시끄러운 정사였다. 내가 세면기에 등을 대고 척추로 파고드는 세면기를 견디다 초보자들에게는 너무 어려운 각도라 결국에는 더러운 매트 위에서 하게 되었지만 나는 투덜거리지 않았다. 쿨하게 대했다.

그 전에 그는 나에게 수줍음을 많이 타는가 보다고 했다. 칭찬처럼 여기는 말투였다. 내 침묵을 묘하게 매력적이거나 신비롭거나 최소한 귀엽다고 여기는 듯한 말투였다. 나는 부모님의 방에서 종종 벽을 타고 건너왔던 소리를 기억했기에 만약 그게 바람직한 것인 줄 알았더라면 그런 소리를 냈을 것이다. 하지만 내가 느끼기에 그 소리는 소름 끼쳤고 부모님을 연상시켰다.

첫 번째가 아플 줄은 알고 있었다. 여러 잡지에 실린 상담 코너를 보고 마음의 준비를 하고 있었기에 그 부분에 대해서는 놀라지 않았다. 정말이지 무지막지하게 아팠다. 그런데 피를 볼 마음의 준비도 하고 있었는데 피는 비치지 않았다. 두 번째, 세 번째에도 아팠다. 성기가 더 작은 다른 남자와 했는데도 그랬다. 그때도 아플 거라고 한 잡지는 없었는데.

나는 결국 학교 보건실을 찾아갔다. 의사 선생님이 내진을 하더니 내 처녀막에 문제가 있다고, 너무 좁아서 해지기만 하고 찢어지지 않았다고 했다. 그곳에서 특수 장비로 처녀막을 없애는 작업이 이루어졌다. "이제 아무 문제 없을 거야." 선생님은 명랑한 목소리로 이렇게 말하며 불편한 요구에는 응할 필요 없다고, 몸을 지키는 게 중요하다고 여러 충고를 곁들였다. 내 손에 팸플릿이 쥐어졌다. 쥐가 나서 조여오는 것처럼 아래가 지독하게 아팠다. 하지만 그보다 창피했다.

말하고자 하는 바가 무엇인가 하면, 내가 형편없는 섹스의 문외한이 아니라는 거다.

하지만 나는 행운아다. 원하지도 않은 섹스를 강요받은 적은 평생 한 번도 없었으니까.

정신을 차리고 보니 소사 교수님이 일반적인 침팬지에서 그들의 (그리고 우리의) 사촌 격인 보노보 이야기를 하고 있었다. "보노보 사회는 평화롭고 평등하다. 이처럼 훌륭한 특성은 지속적이고 일상적인 동성 간의 교합을 통해 이루어지지. 보노보들에게 교미는 일종의 털손질이야. 사회적인 접착제에 불과하지." 소사 교수님은 이렇게 말하고 덧붙였다. "〈여자의 평화〉*는 180도 잘못 짚었어. 섹스를 줄이는 것이 아니라 늘리는 것이 평화로 가는 길인데."

남학생들은 그의 발언을 선선히 받아들였다. 자기들을 전적으로 성욕에 좌우되는 단순한 생물로 간주하는데, 발기한 음경을 달고 다닌다고 표현하고 싶어질 정도인데 놀랍게도 아무렇지 않아 했다.

여성들의 반항을 만악의 근원으로 간주하는데 아무렇지 않아 했다. 이런 반응은 그다지 놀랍지 않았다.

내 오른쪽으로 몇 줄 뒤에 앉아 있던 어린 여학생이 손을 들더니 호명될 때까지 기다리지도 않고 자리에서 일어났다. 금발을 땋아서 구슬로 복잡하게 장식한 여학생이었다. 내 쪽에서 보이는 귓가에 은색 커프스가 잔뜩 박혀 있었다. "뭐가 가장 나은 방식인지 교수님이 어떻게 아세요?" 그녀가 소사 교수님에게 물었다. "여자들이 남자들한테 느끼는 매력보다 보노보 암컷들이 수컷들에게 느끼는 매력이 더 클 수 있잖아요. 암컷들의 성생활을 단속하는 데 연연하지 않으면서 평화롭고 평등하게 지내는 것이 섹시할 수도 있고요. 여러분들이 한번 시도해보지 그래요?" 뒷줄에서 누군가가 침팬지가 먹이를 달라고 울부짖을 때 내는 것과 비슷한 소리를 냈다.

"보노보들은 모계사회예요." 어린 여학생이 말했다. "그런 성생활이 아니라 모계사회이기 때문에 평화로운 것일 수도 있잖아요? 암컷들끼리 연대하고. 암컷들끼리 서로 보호하고. 보노보들은 그렇게 지내죠. 침팬지와 인간들은 그렇지 않고요."

---

* 기원전 410년경에 아리스토파네스가 쓴 희극. 펠로폰네소스 전쟁으로 피해를 본 아테네 여성들이 '성 파업'을 일으켜 전쟁을 끝내고 평화를 선택하도록 남편들을 유도한다는 내용이다.

"그래." 소사 교수님이 말했다. "일리가 있는 말이다. 덕분에 생각할 만한 거리가 생겼군그래." 그는 내 쪽을 흘끗거렸다.

소사 교수님은 자기와 비슷한 부류를 선호하는 인간의 습성은 태어난 순간부터 시작된다는 말로 이번 학기 마지막 강의의 대미를 장식했다. 생후 3개월이 된 신생아들도 자기가 가장 자주 접한 인종의 얼굴을 선호한다. 가장 임의적인 기준—예컨대 신발 끈 색깔과 같은—에 의해 나뉜 어린아이들도 자기 그룹 안의 사람들을 그룹 밖의 사람들보다 훨씬 더 선호한다. "남에게 대접을 받고자 하는 대로 너희도 남을 대접하라는 것이 가장 숭고하고 가장 고차원적인 윤리 원칙이지." 소사 교수님이 말했다. "꼭 필요한 한 가지이기도 하고. 다른 모든 게 거기에서 비롯되니까. 십계명도 필요 없어. 하지만 너희들도 나처럼 윤리 원칙이 조물주로부터 시작된다고 믿는다면 조물주가 우리를 그와 반대로 설계한 이유가 궁금할 수밖에 없을 거다.

'너희도 남을 대접하라'는 것은 부자연스럽고 초인간적인 행위다. 그걸 주장하는 교회나 신도들은 많은데 실제로 실천에 옮기는 숫자는 턱없이 부족한 이유가 그 때문이지. 근본적으로 우리의 본성에 어긋나거든. 이것이 인간의 비극이다. 인간애의 공유를 거부하는 것이 인간이 공유하는 속성이라는 것이."

수업이 끝났다. 강의가 마음에 들었기 때문인지 아니면 끝났기 때문인지 알 수 없지만 모두 박수를 쳤다. 소사 교수님은 기말고사에 대해서 몇 마디를 했다. 날짜와 사실을 단순히 반추하는 그런 시험은 아닐 거라고 했다. 우리의 사고 수준을 보고 싶다고 했다. 그는 또다시 나를 쳐다보았다. 나는 격려의 뜻에서 마지막으로 고개를 끄덕여줄 수 있었지만 여전히 심란했다. 극도로 심란했다. 심장이 쿵쾅거릴 정도로 엄청나게 심란했다.

나는 보노보에 대해서 들어본 적이 없었다. 갑자기 모든 사람들이 나보다 침팬지에 대해서 더 잘 아는 것처럼 느껴졌다. 놀랍기도 하고 뜻밖에도 불쾌했다. 하지만 그런 느낌은 가장 사소한 고민거리였다.

제4부

다시 한 번 말씀드리죠. 인간 흉내 내기가 재미있지는 않았습니다.
내가 인간들을 흉내 냈던 건 탈출구를 찾기 위해서였지,
다른 이유는 없었어요.

—프란츠 카프카, 「어느 학술원에 보내는 보고서」

하나

인터넷이라는 완전체가 캔디 랜드(아니면 슈츠 앤드 래더스가—아니면 소리!가—더 나은 비유일지 모르겠다. 아무튼 절대 이기지 못하기 때문에 절대 끝나지 않는 그런 게임이면 된다) 게임 판처럼 우리 앞에 진을 치고 있는 2012년의 지금, 나는 아이들과 함께 길러진 그 유명했던 침팬지들이 어떻게 되었는지 알아보려 하고 있다. 실험 정보는 쉽게 검색이 되는데 피험자의 운명은 파악하기가 쉽지 않다. 정보가 있는 곳에 종종 논란이 뒤따른다.

초창기 침팬지 중에서 영리하고 순했던 구아는 켈로그 가족과 살다가 자신이 태어난 여크스 연구소로 반환되고 얼마 안 있어 1933년에 호흡기 감염으로 숨을 거둔 듯하다. 그녀는 켈로그 가족과 약 9개월에 걸쳐 함께 지내는 동안 포크나 컵 사용 면에서 그 집의 갓난 아들 도널드를 쉽게 앞질렀다. 죽었을 때 그녀의 나이는 두 살이었다.

1947년에 태어난 비키 헤이스는 웹사이트에 따라 차이가 있지만 6세 반 아니면 7세에 자기 집에서 바이러스성 수막염으로 죽었다. 그녀가 죽자 그녀의 부모님은 이혼했다. 다수의 친구들의 증언에 따르면 그들이 헤어지지 않은 단 한 가지 이유가 비키였다. 그녀는 외동딸이었다.

메이벨(1965년생)과 설로미(1971년생)는 각자의 가족이 그들만 남겨두고 여행을 떠난 지 며칠 만에 둘 다 심한 설사로 죽었다. 양쪽 모두 설사의 근본적인 원인은 밝혀지지 않았다.

앨리(1969년생)도 연구소로 반환된 뒤에 생명을 위협할 정도로 심한 설사에 시달렸다. 자기 털을 뽑는 증상을 보였고 한쪽 팔을 쓸 수 없게 되었지만 그래도 목숨을 부지했다. 확인되지 않은 소문에 따르면 그는 1980년대에 의학 연구소에서 실험 대상이 되어 치사량의 살충제를 투입받은 뒤 죽었다고 한다.

루시 테멀린(1964년생)은 오클라호마에서 테멀린 가족과 함께 지내다 열두 살 때 침팬지들과 함께 지내도록 감비아로 보내졌다. 루시는 《플레이걸》 잡지와 자기가 직접 우린 차와 스트레이트 진을 좋아했다. 진공청소기를 통해 성적 쾌감을 느끼는, 도구를 쓸 줄 아는 침팬지였다. 자유분방한 아가씨였다.

하지만 야생 생활에 대해서는 아는 게 없었다. 그녀는 노엘의 방주라는 침팬지 농장에서 태어난 지 이틀 만에 어머니와 헤어져 인간의 가정으로 입양되었다. 감비아에서는 재니스 카터라는 심리학과 대학원생이 그녀를 길들이기 위해 오랜 시간 동안 조심스럽게 심혈을 기울였다. 이 시기에 루시는 극심한 우울증을 앓았고 체중이 줄었고 자기 털을 뽑았다. 1987년에 침팬지들 틈바구니에서 마지막으로 목격되었을 때 그녀는 체념한 것처럼 보였다.

몇 주 뒤에 이리저리 흩뿌려진 그녀의 유골이 수습되었다. 밀렵꾼들의 품 안으로 반갑게 뛰어들었다가 살해되었을 거라는 의혹이 널리 유포되었지만 단호하게 반론이 제기되기도 했다.

출판계와 영화계의 스타 님 침스키(1973~2000)는 스물여섯이라는 너무 이른 나이에 세상을 떠났다. 사망 당시에는 텍사스의 블랙 뷰티 말 농장에서 지내고 있었지만 그 전에 거쳐간 집과 대리 가족이 워낙 많았다. 그는 25가지 아니면 125가지의 수화를 익혔지만—문헌별로 다르다—그를 연구 대상으로 선택한 허브 테라스 심리학 박사가 보기에는 언어능력이 실망스러운 수준이었다. 님이 네 살이 되었을 때 테라스는 실험의 종료를 선포했다. 님은 오클라호마의 영장류 연구소로 보내졌다.

실패로 간주된 님의 실험 결과는 수화를 쓸 줄 아는 많은 침팬지들에게 영향을 미쳤다. 그 직격탄을 맞고 연구 지원금이 끊겼다.

그는 결국 의학 연구소로 팔려서 조그만 우리에서 지내다 소송을 걸겠다고 협박하며 공금을 모금한 예전 대학원생의 손에 구출되었다.

교차 육성된 침팬지들 중에서 가장 유명했던 워쇼(1965~2007)도 나중에는 오클라호마의 영장류 연구소에서 지냈다. 비인간인격체 최초로 미국식 수화를 익힌 그녀는 구사할 줄 아는 어휘수가 350개였고 2007년에 마흔둘의 나이로 자연사했다. 대학원생 시절에 그녀와 함께 연구를 시작했던 로저 푸츠가 결국 평생을 바쳐서 그녀를 보호하고 행복을 도모했다. 그녀는 그가 그녀를 위해 엘렌즈버그의 센트럴워싱턴대학교에 마련한 안식처에서 그녀를 알고 사랑했던 인간과 침팬지들에게 둘러싸인 채 눈을 감았다.

로저 푸츠는 워쇼를 통해 인간이라는 단어에서 사람을 뜻하는 인人 자보다 사이를 뜻하는 간間 자가 훨씬 더 중요하다는 사실을 깨달았다고 한다.

유인원과 함께 지냈던 사람들 사이에서는 책을 쓰고 싶은 욕구가 열병처럼 도지는 모양이다. 저마다 이유는 있다. 『유인원과 아이』는 켈로그 가족의 이야기다. 『가장 가까운 친척』은 워쇼 이야기다. 『우리 집에 살았던 유인원』은 비키다. 『인간이 되고자 했던 침팬지』는 님이다.

모리스 테멀린이 쓴 『루시: 인간으로 자란 침팬지』는 루시가 열한 살이 되던 1975년에 끝이 난다. 테멀린 부부는 교차 육성에 참여했던 수많은 가족들이 그랬듯, 우리 부모님이 그랬듯, 평생 키울 마음으로 그녀를 입양했다. 하지만 책의 말미에서 테멀린은 정상적으로 살고 싶은 욕망을 표현한다. 용납하지 않는 루시 때문에 그들 부부는 몇 년 동안 한 침대를 쓰지 못한다. 여행도 가지 못하고 친구들을 집으로 초대하지도 못한다. 그들의 생활 구석구석 루시의 영향이 미치지 않는 곳이 없다.

루시에게는 스티브라는 인간 오빠가 있었다. 1975년 이후에는 그의 이름이 어느 문헌에도 등장하지 않는다. 어느 사이트에 따르면 1년 반 동안 구아와 함께 자랐던 도널드 켈로그—물론 논문, 책, 홈 비디오에서는 자세하게 다루어졌지만 그는 그 시기를 기억하지 못했다—는 마흔세 살 무렵에 자살했다고 한다. 도널드가 분명히 원숭이처럼 걸었다고 주장하는 사이트도 있지만 백인 우월주의를 표방하는 사이트다. 신빙성이 전혀 없다.

둘

나는 소사 교수님의 강의를 듣고 몇 시간 뒤에 데이비스 중심가에 있는 그래주에이트라는 맥주 겸 햄버거 가게에서 할로를 만났다. 길거리는 어둡고 추웠고 비는 멈추었지만 축축했다. 다른 때 같았으면 저마다 안개 거품에 싸인 가로등, 까만 길거리의 물웅덩이를 반짝 비추며 지나가는 내 자전거 불빛 등 내 주변을 감싼 흑마술을 감상할 수 있었을지 모른다. 하지만 나는 소사 교수님의 강의라는 톱니 모양의 낭떠러지 끝에 계속 비틀거리며 서 있었다. 나는 그날 저녁에 술을 마실 작정이었다. 데이비스에서는 술을 마시고 자전거를 타면 술을 마시고 운전했을 때처럼 딱지를 끊지만, 누가 봐도 어처구니없는 조치라 나는 인정하지 않았다.

자전거에 자물쇠를 채웠을 때 나는 살짝 떨고 있었다. 〈멋진 인생〉

에서 클래런스 오드보디가 불붙인 럼 펀치를 주문하는 장면이 생각났다. 불붙인 럼 펀치가 제격이었을 것이다. 나라면 그 안에 몸을 담갔을 것이다.

그래주에이트의 묵직한 문을 열고 시끄러운 공간 속으로 들어갔다. 침팬지의 성생활에 대해서 방금 전에 알게 된 사실을 할로에게 얘기할까 말까 고민스러웠다. 내가 얼마나 술에 취하는지에 따라 결판이 날 것이었다. 하지만 나는 그날 밤에 여자들 간의 의리를 느끼고 싶은 마음이 굴뚝같았고, 수컷 침팬지들의 끔찍한 행태에 대해서 다른 여자 친구에게 솔직하게 이야기하면 기분이 좋아질지 모른다는 생각이 들었다. 그래서 레그를 보았을 때 반갑지 않았다. 레그는 침팬지의 성생활을 주제로 유익한 토론을 벌일 만한 상대가 아닌 듯했다.

마담 드파르주는 더 반갑지 않았다. 그녀는 고개를 좌우로 흔들고 턱을 코브라처럼 덜렁거리며 할로의 무릎에 앉아 있었다. 할로가 산과 무지개와 대마초를 수놓은 천 조각으로 간신히 연결한 너덜너덜한 청바지를 입고 있어서 무릎 근처가 아주 볼만했다. "조심히 다루고 있어." 나는 아직 아무 말도 하지 않았는데 할로가 무슨 말을 할지 안다는 듯이 짜증이 섞인 말투로 이렇게 이야기했다. 그녀는 내 재미없는 성격을 놓고 이리저리 머리를 굴리는 중이었다. 눈치가 범 같았다. 둘이서 같이 몽키 걸에게 가장 잘 어울리는 방식으로 물건들을 부수고 경찰서 신세를 지면서 우리의 관계는 순조롭게 시작되었다. 하지만 이제 그녀는 나에 대한 재평가에 돌입했다. 내가 자기가 생각했던 만큼 까불까불하지 않은 것이었다. 내가 실망스러워지기 시작한 것이었다.

고맙게도 할로가 그 문제는 잠깐 잊기로 했다. 얼마 전에 그녀가 입수한 소식에 따르면 연극과에서 돌아오는 봄에 성전환 버전의 〈맥베스〉를 무대에 올릴 예정이라고 했다. 물론 그녀는 〈맥베스〉라고 하지 않았다. 연극과 전공생 특유의 짜증이 섞인 말투로 "그 스코틀랜드 연극"이라고 했다. 남자 역을 전부 다 여자가 맡고, 여자 역을 전부 다 남자가 맡을 거라고 했다. 할로는 무대와 의상 연출을 돕는 역할로 선발되었다는데 그렇게 신난 얼굴은 처음이었다. 모두들 의상팀에서 이성의 의상을 입힐 거라고 짐작하고 있지만 그녀는 생각을 바꾸도록 감독을 설득하고 싶어 했다.

레그가 몸을 숙이더니 드레스를 입은 남자만큼 관객들이 좋아하는 것도 없을 거라고 했다. 할로는 사소한 골칫거리를 털어내듯 그를 향해 손사래 쳤다.

"의상은 그대로 입혀야 더 도발적이고 짜릿하지 않겠어?" 그녀가 말했다. 그러니까 지배적인 패러다임이 여성인 공간을 연출하겠다는 것이었다. 이 세계에서는 여성적이라고 여겨지는 모든 것들이 힘과 권력을 상징하는 공간, 여성이 대세인 공간을.

할로는 환상적이고 여성적인 공간을 상상하며 벌써부터 인버네스 성을 스케치하기 시작했다고 밝혔다. 여기에서 자연스럽게 침팬지의 성폭행 이야기로 넘어갈 수도 있었지만 그러자면 감미로운 분위기를 깨뜨려야 했다. 할로가 온갖 희망과 계획들로 반짝이고 있었던 것이다.

남자들이 마담 드파르주 앞으로 술을 사다 바쳤다.

레그가 그중 한 잔을 내게 주었다. 홉 냄새가 진하게 나는 다크 에일이었다. 차갑게 얼린 유리잔이 내 손보다 더 따뜻했고 나는 손가락에 감각이 없었다. 레그가 건배하자며 자기 맥주잔을 들었다. "초능력을 위하여." 내가 지난 일을 잊어버리지 않도록 그는 이렇게 말했다. 이제 괴물 소동을 벌여볼까나?

이내 나는 땀을 흘리기 시작했다. 그래주에이트는 손님들로 가득했다. 디제이도 있었고 몇몇은 얼토당토않은 라인댄스를 추고 있었다. 사방에서 맥주와 몸 냄새가 났다. 마담 드파르주는 이 테이블에서 저 테이블로, 이 의자 등받이에서 저 의자 등받이로 뛰어다녔다. 스피커에서 그린 데이의 〈배스킷 케이스〉가 쿵쾅거리며 흘러나왔다.

할로와 레그가 음악 소리 너머로 고함을 지르며 대화를 주고받았다. 무슨 말을 하는지 내 귀에 거의 다 들렸다. 레그는 그녀가 술집 안의 모든 남자들에게 집적댄다고 생각하는데 할로는 마담 드파르주가 집적대는 장본인이라고 생각한다는 것이 요지였다. 할로는 행위 예술에 가담하고 있을 따름이고 술집의 남자들도 전부 다 그렇다는 것을 알고 있었다.

"아, 그렇지." 레그가 말했다. "다들 교양인이지. 진정한 예술을 사랑하는." 레그는 남자들은 행위 예술이라고 하면 생리혈로 자기 얼굴을 칠하는 여자들을 연상한다고, 남자들은 그런 걸 싫어한다고 했다. 남자들은 헤픈 여자를 좋아한다고 했다.

할로는 헤픈 여자와 헤픈 인형을 조종하는 여자 사이에는 중요한 차이점이 있다고 했다. 레그는 아무 차이 없다고, 여자들은 있다고 생각할지 몰라도 남자들은 상관하지 않는다고 했다.

"나더러 지금 헤픈 여자라는 거야?" 마담 드파르주가 톡 쏘아붙였다. "뚫린 입이라고 잘도 지껄이는구만!"

음악이 느려졌지만 끊기지는 않았다. 할로와 레그는 각자 술잔을 집었다. 야구 모자를 거꾸로 쓴 백인 남자—레그가 나를 보며 "깜둥이 흉내나 내는 우라질 새끼"라고 했다. 그 남자한테 들릴 정도였으니 정말 크게 고함을 지른 셈이었다—가 다가와서 춤을 추자고 했다. 할로는 그에게 마담 드파르주를 건넸다.

"이것 봐." 그녀가 레그에게 말했다. "마담 드파르주가 이 사람이랑 춤추고 나는 너랑 춤을 출 거야." 그녀가 손을 내밀자 레그는 그 손을 잡고 그녀를 끌어당겼다. 그녀는 두 손을 그의 어깨에 얹고 그는 두 손을 그녀의 너덜너덜한 뒷주머니에 넣고, 그렇게 두 사람은 꼭 끌어안고 저쪽으로 멀어져갔다. 야구 모자를 거꾸로 쓴 남자는 당황스러워하며 마담 드파르주를 빤히 쳐다보았다. 내가 그에게서 인형을 거두었다.

"같이 춤추지 않을 거예요." 내가 말했다. "아주 비싼 인형이거든요."

디제이가 사이키 조명을 켰다. 그래주에이트가 저주받은 자들을 위한 무도회장 비슷한 곳으로 변신했다. 레그가 자리로 돌아와서 장황설을 늘어놓자 그의 얼굴 위로 사이키 조명이 만드는 슬라이드 쇼가 지나갔다. 나는 현기증이 날 때까지 고개를 끄덕이다 그의 뾰족한 콧날이 구부러지는 지점에 시선을 고정했다. 그가 고함을 지르지 않았기에 무슨 말을 하는지 한마디도 들리지 않았다.

나는 고개를 좀 더 끄덕였고, 이렇게 맞장구를 쳐주는 내내 초능력에 대한 그의 생각은 현실 세계와 전혀 동떨어진 허튼소리에 불과하다고 혼잣말처럼 중얼거렸다. "헛소리지. 개소리. 잡소리. 망발. 망언. 잠꼬대."

나의 시선이 그의 가슴으로 떨어졌다. 노란색 도로 표지판과 그 표지판을 달려서 가로지르는 어떤 가족의 실루엣이 티셔츠에 찍혀 있었다. 아버지가 맨 앞에서 아내의 손을 잡아당기고 있었다. 아내는 아이를 잡아당기고 아이는 인형의 손을 잡고 있었다. 난 인디애나 출신이야. 그리고 데이비스는 샌디에이고가 아니지. 불법이민자를 치지 말라는 실제 도로 표지판인지 나로서는 알 수 없었다. 아이와 인형, 둘 다 허공에 붕 떠 있었다. 그 가족은 그 정도로 빠르게 달리고 있었다. 빠르게 움직이는 그들의 다리와 뒤에서 채찍질하는 아이의 땋은 머리가 보이는 듯했다. 할로가 준 알약을 몇 개 먹었다고 이쯤에서 밝히는 것이 좋겠다. 나는 지금까지 또래 집단의 압박을 한 번도 느껴본 적이 없어서 다행이었다. 알고 보니 내가 그런 데 젬병이었다.

"흰소리. 거짓말. 엉터리. 난센스." 내가 말했다.

레그가 무슨 말을 하는 건지 안 들린다고 하기에 나는 그와 함께 밖으로 나가서 거울 실험에 대해 들려주었다. 어쩌다 그 실험이 생각났는지 모르겠지만 아무튼 일장연설을 늘어놓았다. 침팬지, 코끼리, 돌고래와 같은 종은 거울 속의 자기 모습을 인식하지만 개와 비둘기, 고릴라와 갓난아이는 그렇지 않다고 알려주었다. 다윈이 이 점에 대해 연구하기 시작한 것도 어느 날 그가 런던동물원의 땅바닥에 거울을 놓아두자 어린 오랑우탄 두 마리가 그 속에 비친 자기들 모습을 쳐다보는 것을 목격하고 난 다음부터였다. 그로부터 100년 뒤에 고든 갤럽이라는 심리학자가 이 실험에서 한 걸음 더 나아가 일부 침팬지들이 거울을 활용해 자기 입속을 들여다보고, 거울이 없으면 볼 수 없는 곳들을 쳐다보는 것을 관찰했다. 나는 레그에게 그 우라질 다윈 이후로 우리가 거울 실험을 통해 자기 인식 능력의 유무를 판단하고 있는데, 그처럼 자기가 모르는 게 없다고 생각하는 대학생이 그렇게 기본적인 사실에 대해 깜깜이라니 믿기지가 않는다고 했다.

그리고 사이코맨티엄이라는 것은 사람들이 특별한 이유 없이 혼령들과 접선을 시도하는 거울의 방을 뜻한다고 덧붙였다.

일란성 쌍둥이의 거울 실험 결과는 어떻게 다를지 문득 궁금해졌지만, 나는 정답을 알지 못했고 그는 정답을 아는 척할 가능성이 있었기에 궁금하다는 이야기를 꺼내지 않았다.

어쩌면 나는 소사 교수님의 수업에서 깨달음을 얻은 뒤에 이 문제를 놓고 땅에 떨어진 권위를 회복하려고 애를 쓰고 있었던 것일지 모른다. 등신처럼 굴고 있었던 것만큼은 분명하다. 레그가 나더러 말이 참 많다고 했을 때 내가 들통이 난 사람처럼 손으로 입을 막은 기억이 난다. 잠시 후에 레그가 다시 몸을 부들부들 떨기 시작한 나를 보고 안으로 들어가야겠다고 했다. 그리고 이제 자기가 모르는 게 없는 사람이라고 생각하기 때문에 거울 실험에 대해서도 알아야겠다고 했다.

셋

내 머릿속에 남은 그날 밤의 나머지 기억은 영화 몽타주처럼 단편적이다. 영화 〈몽키 걸의 귀환〉은 시내를 배경으로 여러 단편적인 사건들이 이어지는 광기 어린 개썰매 경주다.

이제 나는 잭 인 더 박스에서 쌀밥을 주문하려 하고 있다. 레그는 조금 전에 뚱한 얼굴로 떠났다. 할로가 내 자전거를 몰고, 나는 핸들 위에 안정적으로 앉아 있다. 우리는 수도 없이 생각을 바꿔가며 인터컴에 대고 한참 동안 주문하고 여직원이 주문을 제대로 받았는지 확인하는데, 잠시 후에 여직원이 우리더러 차를 타고 온 게 아니기 때문에 주문을 받을 수가 없다고 한다. 매장으로 들어와야 된다고 한다. 말다툼이 벌어지자 여직원이 다른 여직원을 불러오고, 좀 더 직급이 높은 그 여직원은 우리더러 꺼지라고 한다. 큼지막한 눈덩이처럼 생긴 잭의 머리에서 지지직거리는 소리와 함께 **꺼져**라는 대사가 흘러나온다. 할로가 자기 집 열쇠를 유일한 무기 삼아 인터컴을 뜯는다.

이제 나는 G 스트리트 펍에서 어떤 흑인의 수작에 장단을 맞추고 있다. 학교 점퍼를 입고 있는 걸 보면 고등학생일지 모르는데 우리는 열렬하게 입을 맞추었고, 나는 상당히 오랜 시간 동안 그걸 후회한다.

이제 나는 내 몸을 감싸 안은 채 전철역의 축축한 벤치에 앉아서 얼굴을 무릎에 묻고 있다. 정신이 나가서 지금까지 절대 허락하지 않았던 상상을 허락하는 바람에 흐느껴 울고 또 울고 있다. 편이 끌려가던 날을 상상해버린 것이다.

무슨 일이 있었는지 나는 죽을 때까지 모를 것이다. 나는 옆에 없었다. 로웰도 옆에 없었다. 아마 엄마도 옆에 없었을 테고 어쩌면 아빠도 그랬을지 모른다.

편은 분명 약에 취했을 것이다. 눈을 떠보니 낯선 곳이었을 것이다. 내가 새 방에서 눈을 뜬 첫날 오후에 그랬던 것처럼. 하지만 나는 울음을 터뜨리자 아버지가 왔다. 편에게는 누가 가주었을까? 아마 매트가 가주었을 것이다. 나는 편이 맨 처음 눈을 떴을 때 매트가 옆에 있었을 거라는 상상을 하며 이 작은 위안을 허락한다.

나는 마지막으로 보았을 때 그대로, 생기 넘치는 다섯 살의 그때 모습 그대로 그녀를 그려본다. 하지만 이제 그녀는 〈스위스 패밀리 로빈슨〉나무 위의 집에서 지내지 않는다. 더 나이가 많고 덩치가 크며 낯선 침팬지들과 우리 안에서 지낸다. 그녀는 기어 다니는 똥이라고 말하지만, 침팬지인 데다 그 어떤 수컷보다 지위가 낮은 암컷이기 때문에 자기 처지를 깨닫게 될 것이다. 하지만 편이 그걸 고분고분 받아들을 리 없다.

그 우리에서 편이 무슨 짓을 당했을까? 무슨 짓이 됐건 그녀가 그런 짓을 당한 이유는 그걸 막아주는 여자가 없었기 때문이었다. 편의 편을 들어주었어야 하는 여자―우리 어머니, 여자 대학원생, 나―들이 어느 누구도 도와주지 않았다. 도와주기는커녕 여자들 간의 의리라고는 전혀 찾아볼 수 없는 곳으로 그녀를 추방했다.

나는 계속 울고 있지만 어딘지 모를 곳의 칸막이 테이블로 무대가 바뀌었다. 사람들이 하는 이야기를 전부 다 들을 수 있는 것을 보면 술집은 아니다. 나는 할로 그리고 우리와 나이가 비슷한 두 남자와 함께 있다. 좀 더 잘생긴 쪽이 할로 옆에 앉아서 그녀의 어깨 뒤쪽으로 의자 등받이에 팔을 얹어놓고 있다. 머리가 조금 길어서 눈을 덮은 머리카락을 치우느라 자주 고개를 흔든다. 누가 봐도 다른 남자가 내 파트너다. 그는 키가 많이 작다. 그건 상관없다. 나도 키가 많이 작은 편이다. 나는 1인자보다 2인자가 좋다. 그런데 나더러 계속 웃으라고 한다. "뭐 그렇게 끔찍해할 일도 없잖아"라고 한다. 내가 만약 다섯 살이었으면 벌써 그를 물어버리고도 남았을 거다.

누가 봐도 내가 들러리 역할이라는 것도 기분 나쁘다. 심지어 아무도 그렇지 않은 척하지 않는다. 우리가 뮤지컬에 출연 중인데 할로와 그녀의 파트너가 연인 역할을 맡았고 모든 명곡과 굵직한 줄거리가 그들 차지인 듯한 분위기다. 그들과 관계된 거라면 뭐든 중요하다. 내 파트너와 나는 조연이다.

"난 심지어 네 이름도 모르잖아." 나는 그를 보며 웃을 의무가 없는 이유를 이렇게 설명한다. 하지만 사실은 중간에 서로 통성명을 했는데 내가 귀담아듣지 않았을 것이다.

아무도 반응하지 않는 것을 보면 내가 그 말을 속으로만 중얼거렸을지 모른다. 그는 뭐가 들어간 것처럼 눈을 열심히 깜빡인다. 나는 콘택트렌즈를 끼는데 하도 울었더니 내 눈동자에 대고 모하비 사막을 문지른 듯한 느낌이다. 문득 그 생각이 내 머릿속을 가득 채운다. 욱신거리고 따끔거리며 화끈거리는 눈동자.

할로가 테이블 위로 몸을 숙이더니 내 손목을 잡고 흔든다. "내 말 잘 들어." 그녀가 딱 잘라서 말한다. "듣고 있어? 정신 바짝 차리고 듣고 있는 거야? 네가 뭣 때문에 심란해하는지 모르겠지만 상상이야. 진짜가 아니야."

할로 옆에 앉아 있는 남자가 나를 얼마나 지겨워하는지 느껴진다. "빌어먹을. 정신 좀 차려." 그가 말한다.

나는 구역질나는 칠뜨기보다 하등한 인간이 되길 거부한다. 웃길 거부한다. 그러느니 차라리 죽어버릴 테다.

우리는 여전히 그 칸막이 테이블에 앉아 있지만 이제는 레그가 같이 있다. 그가 할로 옆에, 머리 긴 남자가 내 옆에 앉아 있고, 키 작은 남자는 의자를 가져다 한쪽 끝에 앉아 있다. 어쩌다 그렇게 됐는지 기억이 나지 않지만 나는 승격된 데 잔뜩 화가 나 있다. 나는 긴 머리보다 키 작은 남자가 더 좋은데 아무도 내 뜻을 물어보지 않았다.

남자들 사이에 팽팽한 긴장감이 흐른다. 당장이라도 광선검을 휘두를 기세다. 레그가 계속 소금통을 만지작거리고 돌리면서 그게 멈추어 섰을 때 가리키는 사람이 병신이라고 하자 긴 머리 남자는 소금통을 돌릴 필요도 없다고 한다. **자기**는 딱 보면 병신을 알아볼 수 있다고 한다. "진정해." 키 작은 남자가 레그에게 말한다. "둘 중 하나는 포기해야지." 그러자 레그가 자기 손을 이마에 대고 **루저** 사인을 만들어 분위기를 후끈 달군다. 단순히 손가락 두 개로 L자를 만든 게 아니라 가운뎃손가락으로 그 남자를 가리키자 고유의 의미가 고스란히 유지되는 한편으로 단순한 **루저**가 **어딜 봐도 루저**로 변형된다. 긴 머리 남자가 요란하게 호흡을 가다듬는다. 조만간 주먹질이 시작될 분위기다.

내가 세 남자랑 전부 다 자주면 진정할까, 그런 생각이 든다. 그럴 것 같지 않기에 드는 생각이다.

내가 내 생각을 입 밖으로 꺼낸 모양이다. 나는 가정에 불과하다고 열심히 설명한다. 그러면서 소사 교수님의 강의 내용에 대해 알려주려고 하지만 성공하지 못한다. 보노보가 워낙 우스운 단어인 데다 다들 우스운 표정을 짓고 있어서 웃음이 터져버린다. 처음에는 다 같이 웃다가 잠시 후에 그들은 그쳤는데 나만 계속 웃는다. 내가 울었을 때 그렇게들 싫어하더니 지금은 내가 웃고 있는데도 다들 미치도록 짜증

229

스러워하는 기색이 역력하다.

이제 나는 화장실 안에서 피자를 한 조각씩 게워내고 있다. 다 끝났을 때 세수를 하려고 세면대로 걸어가보니 소변기 앞에 남자가 세 명서 있다. 화장실을 잘못 들어온 거다.

그중 하나가 레그다. 나는 화장실 거울에 비친 그의 얼굴을 손가락으로 가리킨다. "저 사람이 누구게?" 나는 그에게 묻고 나서 유익한 정보를 곁들인다. "이거 지능검사야." 나는 콘택트렌즈를 빼서 하수구로 내려보낸다. 일회용 렌즈는 그래야 하는 거다. 그렇게 버리는 거다. 게다가 볼 것도 없지 않은가. 현상 수배 사진처럼 생긴 거울 속의 흐릿한 내가 달걀귀신처럼 하얀 얼굴로 나를 빤히 쳐다보고 있다. 나는 그 얼굴을 전적으로 거부한다. 내가 그렇게 생겼을 리 없다. 다른 사람일 것이다.

레그가 알토이드 박하사탕을 준다. 남자에게 이렇게 지각 있는 선물을 받아보기는 처음이다. 문득 그가 아주 매력적이게 느껴진다. "너무 바짝 붙어 서는 거 아니야?" 그가 묻는다. "너더러 너무 훅 들어온다고 한 사람 없었어? 자기 영역을 침범한다고?" 그 말 한마디로 그하고는 끝이다.

뭔가 생각나는 게 있다. "너는 우라질 영역이 엄청 많이 필요하지?" 나는 이렇게 말하고 나서, 내가 그의 요구 사항에 신경 쓴다는 오해를 사기 전에 화제를 바꾼다. "나를 미워하도록 사람들 마음을 돌려놓는 게 얼마나 쉬운 일인지 알아?" 내가 이런 말을 한 이유는 화제를 돌리려는 전술이기도 하지만 실제로도 그렇기 때문이다. 몇 번을 강조해도 지나치지 않다. "본능에 위배되지 않는 한 자극을 주면 어떤 행동을 하도록 모든 동물을 훈련시킬 수 있어. 인종차별, 성차별, 종차별— 이게 전부 다 인간의 본능이야. 어떤 파렴치한이라도 연단 위로 올라가서 언제든 그런 본능을 자극할 수 있지. 심지어 어린애라도 할 수 있어.

군중심리도 인간의 본능이야." 나는 슬픈 목소리로 말한다. 다시 눈물이 나기 시작한다. "따돌림도."

감정이입도 인간의 본능이고 침팬지의 본능이다. 다친 사람과 맞닥뜨리면 우리의 뇌는 우리가 다치기라도 한 것처럼 어떤 반응을 보인다. 감정 기억들을 저장하는 편도체뿐 아니라 타인의 행동을 분석하는 피질에서도 반응을 보인다. 아팠던 우리의 기억을 끄집어내서 현재 아파하고 있는 이에게 확대 적용한다. 그런 면에서 우리는 착하다.

하지만 그 당시에 나는 그런 줄 몰랐다. 소사 교수님도 몰랐던 게 분명하다.

"이제 집에 가야 할 시간이 됐군." 레그가 말하지만 나는 집에 갈 기분이 아니다. 집에 가야 할 시간이 됐다는 생각이 전혀 들지 않는다.

할로와 나는 셸 주유소 자동 세차장 터널 안을 걷고 있다. 터널 안에서는 특유의 비누와 타이어 냄새가 나고, 우리는 움직이는 솔과 컨베이어 벨트와 보이지 않는 기타 등등을 밟으면서 가느라 살짝 비틀거린다. 우리 둘 다 어렸을 때 차를 타고 자동 세차장을 통과하는 것을 좋아했다. 최고였다. 대왕 오징어처럼 생긴 천 조각이 차창을 때리면 우주선이나 잠수함을 타는 듯한 기분이 들었다. 나는 이 소리를 하면서 대왕 오징어처럼 생긴 천 조각을 만지작거린다. 예상했던 것처럼 축축하고 고무 느낌이다.

끊임없이 흘러내리는 물이 차창을 덮지만 나는 아늑하고 보송보송하다. 어떻게 이보다 더 좋을 수 있을까? 편도 그걸 좋아했지만 나는 그 기억을 억지로 떨쳐버린다. 하지만 금세 되돌아온다. 이쪽에서 저쪽으로 왔다 갔다 하며 한 장면도 놓치지 않으려고 약삭빠르게 카시트의 안전벨트를 풀었던 편.

할로가 가끔 차가 움직이는 것처럼 느껴질 때도 있지만 솔이 지나가면서 생기는 착시 현상이라고 말하자 나도 똑같은 착각을 한 적 있다고 맞장구친다. **똑같은 착각**을 한 적 있다고. 나는 편에 대한 기억을 또다시 떨쳐버린다. 할로도 나와 똑같은 착각을 한 적이 있다니 뽕을 맞은 것처럼 기분이 끝내준다. 우리, 진짜 비슷하다! "나중에 결혼을 하게 되면 자동 세차장 안을 지나가는 차 안에서 식을 치르고 싶어." 내 말에 할로는 기가 막힌 생각이라고, 자기도 그러고 싶다고 한다.

다시 G 스트리트 펍이다. 나는 할로와 포켓볼을 치고 있는데 공을 구멍 안에 넣기는커녕 당구대 밖으로 튀어나가는 걸 막지도 못한다. "너는 포켓볼이라는 게임을 모욕하고 있어." 할로는 이렇게 말하고 그 뒤로 영영 내 앞에서 자취를 감춘다. 어디에서도 그녀를 찾을 수가 없다.

나는 머리를 하얀색에 가깝도록 탈색한, 비쩍 마른 남자를 내려다

보고 있다. 나는 그의 품속으로 뛰어들며 아무 생각 없이 그의 본명을 부른다. 오빠의 냄새를 맡고 싶어서, 세탁 세제와 월계수 잎과 콘 첵스* 냄새를 맡고 싶어서 그의 가슴을 있는 힘껏 끌어안는다. 머리를 탈색하고 살이 빠져서 운동선수의 모습은 온데간데없지만, 나는 언제 어디서든 그를 알아볼 수 있다.

나는 울음을 터뜨린다. "다 컸네." 그가 내 귀에 대고 말한다. "당구대 위로 올라갈 때까지 못 알아봤어."

나는 그의 셔츠를 움켜쥐고 있다. 그 손을 놓을 생각이 없다. 하지만 아니 해딕 경관이 내 앞에 등장한다. "너를 데려가야겠다." 그가 큼지막하고 동그란 머리를 흔들며 말한다. "그 안에서 눈을 붙여도 되고, 아니면 이참에 고민해도 좋겠지. 그런 친구와 어울려도 좋을지에 대해서 말이다." 해딕 경관은 내가 길거리에서 나뒹구는 일은 없도록 하겠다고 빈스(잊어버렸을 경우에 대비해서 밝히자면 우리 아버지 이름이다)와 약속했다고 한다. 술에 취한 여자는 화를 자초하는 거나 다름없다고 한다.

그는 나를 밖으로 데리고 나가서 씩씩하게 경찰차 뒷자리에 태우는데 이번에는 수갑을 채우지 않는다. 할로가 먼저 들어와서 앉아 있다. 우리는 조만간 한 철창 안에 갇히게 될 것이다. 내일 날이 밝으면 해딕 경관이 나더러 할로 같은 친구와 어울리면 안 된다고 못을 박겠지만. "우리, 앞으로는 이런 식으로 만나지 말자." 할로가 말한다.

* 시리얼 브랜드.

나는 머리가 백금발인 남자를 봤느냐고 해딕 경관에게 묻고 싶지만 그러면 안 된다. 오빠가 어찌나 감쪽같이 사라졌는지 내가 없는 사람을 만들어낸 건 아닐까 두려울 지경이다.

넷

그럴 수만 있었다면 두 번째로 유치장에 갇힌 순간도 금세 잠이 드는 수법으로 모면했을 것이다. 하지만 할로가 준 하얗고 조그만 알약들이 내 머릿속 시냅스 안에서 야생마처럼 계속 날뛰었다. 엎친 데 덮친 격으로 편이 그 야생마를 타고 계속 의식의 수면 위로 떠올랐다. 그 오랜 세월 동안 그녀를 잊고 지냈는데 느닷없이 그녀가 내 머릿속을 가득 메웠다. 나도 그녀처럼 약에 취한 채 끌려와서 우리에 갇혔다는 사실을 잊으려야 잊을 수가 없었다. 나는 내일 아침이면 석방될 거라고 굳게 믿었고 그녀도 나처럼 그럴 거라고 굳게 믿었는지 궁금해졌다. 그녀도 뭔가 착오가 생긴 거라고, 우리가 구하러 올 거라고, 조만간 그녀의 방, 그녀의 침대로 돌아갈 수 있을 거라고 굳게 믿었을 거라는 생각을 하면 겁에 질린 그녀의 모습을 상상하는 것보다 훨씬 더 마음이 아팠다.

그리고 펀처럼 나도 다른 이들과 한방을 썼다. 할로도 있었고 엄마
처럼 우리의 자리를 마련해준 나이 많은 아주머니도 있었다. 그녀는
올이 다 빠진 빛바랜 분홍색의 목욕 가운 차림이었고, 그날이 재의 수
요일*이라도 되는 것처럼 이마에 흙을 묻히고 있었다. 희끗희끗한 머
리칼이 바람에 날린 민들레처럼 사방으로 뻗었는데 한쪽만 눌렸다.
그녀는 나를 보더니 샬럿을 빼다 박았다고 했다. "어느 샬럿요?" 내가
물었다.

그녀는 대답하지 않았고 짐작은 내 몫으로 남았다. 샬럿 브론테일
까? 『샬럿의 거미줄』**의 샬럿일까? 노스캐롤라이나 주의 샬럿일까?
『샬럿의 거미줄』이 막바지에 다다랐을 때 엄마가 울었던 게 생각이 났
다. 엄마가 책을 읽다 말고 갑자기 목메여 하며 멈추길래 올려다보았
더니 놀랍게도 빨간 눈과 젖은 뺨이 나를 맞았다. 나는 안 그래도 샬럿
이 기운이 없다는데 이게 무슨 의미일지 불길한 예감을 느꼈지만, 도
중에 누군가가 죽는 책을 읽은 적이 없었기 때문에 그건 내가 상상할
수 있는 범주 밖의 일이었다. 그런 면에서 나는 펀 못지않게 순진했다.
펀은 어머니의 무릎 저편에서 거미를 의미하는 수화를 느릿느릿 반복
하고 있었다. **기어 다니는 응가. 기어 다니는 똥.**

펀은 『샬럿의 거미줄』을 특히 좋아했다. 아마 엄마가 책을 읽어주는

---

* 사순절의 첫날. 재를 이마에 바르거나 머리에 뿌린다.
** 미국의 동화작가 E. B. 화이트의 작품으로 거미 샬럿과 아기 돼지 윌버의 우정을 그렸
    다. 샬럿은 거미줄로 '근사한 돼지'라는 글자를 만들어 베이컨이 될 운명에 처한 윌버
    를 지켜낸다.

동안 그녀의 이름이 수도 없이 등장하기 때문이었을 것이다.* 엄마는 그 책에서 편이라는 이름을 착안했을까? 나는 지금까지 거기에 대해서 궁금해한 적이 없었다. 만약 그게 사실이라면 그 책에서 동물들과 말을 할 줄 아는 유일한 인간의 이름을 우리 편에게 붙인 의도가 뭐였을까?

정신을 차리고 보니 내가 그 **기어 다니는 똥**에 해당하는 수화를 하고 있었다. 내 능력으로는 멈출 수 없을 것처럼 느껴졌다. 나는 손을 들고 움직이는 손가락을 빤히 쳐다보았다.

"아침에 이야기하자." 아주머니는 내가 이야기하고 **있다**는 것을 모르고 이렇게 말했다. "정신이 좀 들면." 그녀가 침대를 고르라고 했지만 네 개 다 구미가 당기지 않았다. 나는 누워서 억지로 눈을 감았지만 금세 눈이 떠졌다. 손가락이 현을 퉁겼다. 다리가 실룩였다. 『샬럿의 거미줄』에 이어서, 아무것도 모르는 순진한 거미들에게 다양한 약물을 강제 주입했던 그 유명한 실험이 생각났다. 약물에 취한 거미들이 자아낸 거미줄을 찍은 그 유명한 사진이 생각났다.

나도 홍수에 떠내려오는 잡동사니처럼 계속 이어지는 광경과 이미지를 이해하려고 애를 쓰며 반각성 상태에서 미친 듯이 거미줄을 잣고 있었다. 여기도 침팬지였다. 저기도 침팬지였다. 온 사방이 침팬지, 침팬지였다.

레그가 계속 주장하는 것처럼 초능력이 상대적인 것이 아니라 절

* 『샬럿의 거미줄』에 등장하는 여자아이 이름이 편이다.

대적인 거라면 스파이더맨의 능력이 샬럿보다 나을 게 없다는 생각이 들었다. 사실 샬럿에 비하면 피터 파커는 좀생원이었다. 나는 같은 말을 속으로 몇 번 중얼거려보았다. 피터 파커는 좀생원이다. 피터 파커는 좀생원이다.

"작작 좀 해라." 아주머니가 말했다. 내가 입 밖으로 소리 내서 말한 건지, 그녀가 내 생각을 읽은 건지 알 수가 없었다. 확률이 정확히 반반이었다.

"할로. 할로!" 나는 속삭였다. 대답이 없었다. 할로는 잠이 든 모양이었다. 나한테 준 약을 그녀는 먹지 않았다는 걸 어떤 식으로 해석하면 좋을지 고민스러워졌다. 약이 부족해서 나한테 선심 쓰고 그녀는 씩씩하게 견뎌보기로 한 걸까? 아니면 바보처럼 자기가 먹을 생각은 없었고 변기에 넣고 물을 내리는 것보다 나한테 주는 게 더 수월했던 걸까? 아니면 화장실보다 내가 더 가까운 데 있었을까?

아니면 깨어 있는 걸까? "나는 그래도 초능력이 상대적인 거라고 생각해." 나는 혹시 모르니까 이렇게 말했다. "샬럿이 그냥 거미라서, 거미줄을 타고 이쪽 벽에서 저쪽 벽으로 날아다닐 수 있어서 슈퍼히어로인 게 아니잖아. 읽고 쓸 줄 아는 게 샬럿의 초능력이지. 문맥을 따져야지. 사실 문맥이 전부잖아. 움벨트가."

"입 좀 다물어줄래?" 할로가 지친 목소리로 물었다. "너 지금 밤새도록 지껄이고 있다는 거 알아? 것도 말도 안 되는 소리를?"

이 말을 들었을 때 묘하게도 몽키 걸 특유의 불안과 향수가 동시에 느껴졌다. 그리고 반발심도 느껴졌다. 나는 말을 그렇게 많이 하지도 않았다. 할로가 계속 뭐라고 하면 밤새도록 지껄이는 게 뭔지 보여줄 수 있었다. 펀이 옆에 있었더라면 땅을 짚고 헤엄치듯 벽을 타고 올라가서 할로를 향해 수직낙하로 몸을 날렸을 거라는 생각이 들었다. 펀이 어찌나 그리운지 숨이 멎을 지경이었다.

"잡담 그만!" 아주머니가 쏘아붙였다. "눈 감고 잡담 그만해. 어이, 그냥 하는 말이 아니다."

예전부터 어머니는 자기가 잠을 못 잔다고 잘 자는 사람들을 깨우는 것은 엄청난 실례라고 했다. 아버지는 생각이 달랐다. 예전에 아버지는 시뻘겋게 충혈된 눈으로 아침을 먹느라 커피에다 오렌지주스를 붓고 거기다 소금까지 치면서 이렇게 말한 적이 있었다. "잠을 설치는 사람이 옆에서 쌔근쌔근 꿈나라를 여행하는 사람을 보았을 때 얼마나 분노가 작렬하는지 너는 상상도 못할 거다."

그래서 나는 입을 다물고 있으려고 했다. 만화경 같은 거미줄이 보이기 시작했다. 대규모의 거미 안무단이 내 눈앞을 지나가며 왈츠 박자에 맞춰서 줄줄이 다리를 들고 캉캉춤을 추었다. 나는 카메라를 줌인해서 그들의 벌집처럼 생긴 눈과 소름 끼치는 턱을 들여다볼 수 있었다. 굽이치는 그들의 다리가 프랙털 패턴처럼 보이도록 줌아웃해서 위에서 내려다볼 수도 있었다.

아무도 불을 끄지 않았다. 거미 코러스라인의 노래가 무도곡에서 수다로 바뀌었다. 누군가가 코를 골기 시작했다. 코 고는 소리 때문에 내가 잠을 못 자는 게 아닌가 싶었다. 내 머릿속에 떠오르는 생각들이 중국의 물고문처럼 리듬을 타기 시작했다. **움벨트. 움벨트. 움벨트.**

데이비드 린치 감독이 연출한 꿈이 밤새도록 끊임없이 이어졌다. 펀이 주기적으로 끼어들었다. 어떨 때는 다섯 살의 모습으로 등장해서 뒤로 공중제비를 넘거나 발을 바꿔가며 몸을 흔들거나 목도리를 질질 끌고 가거나 경고의 뜻에서 내 손가락을 살짝 물었다. 또 어떨 때는 좀 더 나이를 먹은 육중한 모습으로 쭈그리고 앉아서 나를 힘없이 쳐다보았는데 거의 숨이 끊기기 직전이라 한 장면에서 다음 장면으로 넘어가려면 인형처럼 들어서 옮겨야 했다.

아침이 되자 지겨운 십자 그래프로나마 내 생각들을 깔끔하게 정리할 수 있었다. X축: 없어진 것들. Y축: 마지막으로 본 시점.

1번: 내 자전거는 어디 있을까? 마지막으로 어디 세워두었는지 생각이 나지 않았다. 잭 인 더 박스인가? 인터컴을 부순 기억이 떠오르자 몸이 움찔했다. 당분간 잭 인 더 박스를 피해 다니는 게 좋을지 모르겠다.

2번: 마담 드파르주는 어디 있을까? 그래주에이트를 나선 이래 본 기억이 없었다. 할로에게 묻고 싶었지만 너무 피곤해서 어떤 식으로 물으면 좋을지 생각이 나지 않았다. 분위기가 가장 훈훈할 때 물어도 그녀가 짜증을 낼 만한 질문인데 지금은 그런 분위기가 아니었다.

3번: 엄마의 일기장은 어디 있을까? 엄마는 정말로 일기장에 대해서 절대 묻지 않을까, 아니면 내가 잃어버렸다고 적절한 시점에 실토해야 할까? 나는 좀처럼 물건을 잃어버리지 않는 성격인 데다 한 솔로의 불멸의 대사를 빌리자면 내 잘못도 아닌데 그러기엔 억울했다.

4번: 오빠는 어디 있을까? 나를 보고 반가워하는 듯해서 마음이 놓였는데 이제는 걱정이 하늘을 찔렀다. 경찰과 허물없이 대하는 나를 보고 뭐라고 생각했을까? 애초부터 그가 그 자리에 없었던 거라면 어떻게 되는 걸까?

아주머니의 아들이 와서 자기 엄마가 한 말과 부순 물건들에 대해서 입이 닳도록 사과하며 다시 요양원으로 모셔 갔다. 그녀와 함께 코고는 소리도 사라졌다.

마침내 문이 열렸을 때 나는 기진맥진해서 두 팔로 몸을 일으켜 세워야 했다. 해딕 경관과 나는 대화를 나누었다. 피곤해서 죽을 것 같았지만 그렇다고 이야기가 짧아지지는 않았다.

할로를 데리러 온 레그가 나까지 집에 태워다주었다. 나는 현기증을 참아가며 비틀비틀 뜨거운 물로 샤워했다. 그러고 나서 침대에 누웠지만 여전히 눈을 감을 수 없었다. 기운은 한 톨도 없는데 머릿속은 터벅터벅 계속 돌아가는 것만큼 끔찍한 일도 없었다.

나는 자리에서 일어나 부엌으로 건너가서 스토브에 달린 화구를 떼어내고 그 아래를 닦았다. 어떤 음식도 당기지 않지만 냉장고를 열고 안을 빤히 들여다보았다. 최소한 할로가 나에게 중독성 약물을 먹이지는 않았다. 중독의 가능성을 싹둑 자르는 쪽에 가까운 약물을 먹였다. 내가 그 약을 두 번 다시 먹는 일은 없을 것이다.

토드가 일어나서 토스트를 만들다 태우자 화재 경보기가 울리는 바람에 빗자루 손잡이로 때려서 꺼야 했다.

할로와 레그가 사는 집은 아무도 전화를 받지 않았다. 나는 전화를 세 번 하고 메시지를 두 번 남겼다. 그래주에이트까지 걸어가서 인형을 맡긴 사람이 있는지 알아봐야 한다는 건 나도 알았다. 나는 그 귀하디귀한 인형을 잃어버렸다는 생각에 제정신이 아니었다. 자전거도 자전거지만 심지어 마담 드파르주는 내 물건도 아니었다. 어떻게 그렇게 무신경할 수 있었을까? 그러다 마침내 약 기운이 다했는지 정신을 차려보니 내가 침대에 누워 있고 다시 밤이었다.

집 안에는 아무도 없음을 알리는 정적이 감돌았다. 몇 시간이나 잤는데도 여전히 기운이 없었다. 나는 다시 깜빡 졸았고, 반각성 상태에서 꾸던 꿈이 썰물처럼 나에게서 빠져나가자 꿈에서 깨어나 어떤 기억으로 이동했다. 예전에 로웰이 한밤중에 나를 흔들어서 깨운 적이 있었다. 내가 기억하기로 내 나이가 여섯 살이었으니 그는 열두 살이었다.

예전부터 의심했다시피 로웰은 한밤중에 돌아다니는 눈치였다. 그의 방만 1층에 떨어져 있었으니 아무도 모르게 문이나 창문으로 드나들 수 있었다. 어디를 나다녔는지 그건 모르겠다. 그가 정말 나다녔는지 그것조차 분명하지 않다. 하지만 농장의 그 넓은 땅을 그리워했던 것만큼은 분명했다. 숲 속을 탐험하며 보낸 날들을 그리워하는 것도 분명했다. 그는 예전에 화살촉과 조그만 생선 뼈 자국이 찍힌 돌멩이들을 주운 적이 있었다. 지금 우리가 사는 집에 딸린 비좁은 마당에서는 주울 수 없는 물건들이었다.

그날 그는 나더러 조용히 옷을 갈아입으라고 했고 나는 물어보고 싶은 게 한두 가지가 아니었지만 어찌어찌 아무 말 없이 밖으로 나갔다. 며칠 전에 나는 잔디를 디뎠다가 다리를 타고 올라오는 날카로운 통증을 느낀 적이 있었다. 비명을 지르며 발을 들어보니 발바닥 한가운데에 침이 꽂혀 있고, 실에 매달린 벌이 오랏줄을 잡아당기며 윙윙거리는 소리와 함께 죽어가고 있었다. 엄마가 침을 뽑고 계속 비명을 지르는 나를 안고 집으로 들어가서 베이킹 소다를 적신 습포제로 내 발을 감싸주었다. 그 뒤로 나는 여왕벌처럼 굴며 이 의자에서 저 의자로 옮겨달라, 책을 가져다 달라, 주스를 따라달라 명령을 내렸다. 로웰은 내 환자 노릇을 더 이상 두고 볼 수 없어 했다. 우리는 밖으로 나가서 밸런타인 언덕을 걸어 올라가기 시작했다. 내 발은 멀쩡했다.

뜨겁고 바람 한 점 없는 여름밤이었다. 판번개가 번쩍하고 지평선을 갈랐고 달이 떴고 새까만 하늘에는 별들이 점점이 박혀 있었다. 우리 쪽으로 달려오는 자동차의 전조등이 보이자 우리는 나무나 덤불 뒤로 두 번 몸을 숨겼다.

"길 말고 다른 데로 가자." 로웰이 말했다. 우리는 잔디밭을 가로질러서 모르는 집 뒷마당으로 들어갔다. 집 안에서 조그만 개가 짖기 시작했다. 2층 어느 방에서 불이 켜졌다.

두말하면 잔소리지만 나는 그러는 내내 쉴 새 없이 종알거렸다. 우리 어디 가는 거야? 뭐 할 건데? 깜짝 소풍이야? 비밀 작전이야? 내가 자야 하는 시간이 얼마나 지났어? 나 이렇게 늦게까지 깨어 있는 거 처음이지? 여섯 살짜리치고 아주 늦게까지 안 자고 있는 거지? 로웰이 내 입을 손으로 막자 그의 손가락에서 치약 냄새가 났다.

"우리가 지금 인디언이다 생각해." 로웰이 속삭였다. "인디언들은 숲

속을 걸을 때 절대 아무 말도 하지 않아. 발소리도 안 들릴 정도로 정말 조용히 걸어 다녀."

그가 손을 치웠다. "어떻게 그럴 수가 있어?" 내가 물었다. "마술이야? 인디언들만 그럴 수 있어? 얼마나 인디언이라야 그럴 수 있어? 모카신 신어야 하는 거 아니야?"

"쉬이잇." 로웰이 말했다.

우리는 뒷마당을 몇 군데 더 지나갔다. 어둠 속에서 앞을 보는 것이 생각보다 별로 어렵지 않았다. 밤은 별로 조용하지 않았다. 부엉이 우는 소리가 들렸다. 병 주둥이에 대고 바람을 불 때 나는 소리처럼 부드럽고 낭랑했다. 저음의 개구리 소리도 들렸다. 벌레들이 다리를 서로 비비는 소리도 들렸다. 이제 보니 로웰의 발소리가 내 발소리보다 더 잠잠하지도 않았다.

구멍 뚫린 산울타리가 나오자 우리는 기어서 구멍을 통과했다. 로웰이 지나갈 수 있을 만큼 큰 구멍이었으니 나한테는 넉넉했을 것이다. 그런데도 나는 가시 달린 나뭇잎에 긁혔다. 나는 아무 소리도 하지 않았다. 투덜거리면 로웰이 나를 집으로 돌려보낼 수도 있었다. 그래서 나는 한쪽 다리를 긁혀서 따끔거리는데도 아무 소리 하지 않고 있다고 강조했다. "아직 집에 가고 싶지 않거든." 나는 이렇게 선수를 쳤다.

"그럼 잠깐 동안이라도 입을 다물어봐." 로웰이 말했다. "보고 듣기만 하라고."

이제는 개구리가 큰 소리로 시끄럽게 울고 있었는데 내가 옛날에 살았던 농장 옆 개울가에서 겪은 경험을 떠올려보면 소리는 커도 개구리는 작은 경우가 많았다. 나는 울타리를 통과해서 일어섰다. 책에 나오는 비밀의 정원처럼 우묵한 마당이 우리를 맞았다. 비탈길에 나무들이 심어져 있고 풀밭이 우리 집 풀밭보다 부드러웠다. 비탈길이 끝나는 곳에 천연이라고 하기에는 너무 완벽한 연못이 있었다. 부들이 연못을 뱅 둘러서 있었다. 달빛을 받고 은동전처럼 반짝이는 수면 위로 까만색 수련 잎이 듬성듬성 떠 있었다.

"연못에 거북이들이 살아." 로웰이 말했다. "그리고 물고기도." 그는 주머니에 크래커 부스러기를 넣어 왔다. 내가 그에게 받은 부스러기를 연못에 던지자 비가 내리는 것처럼 수면에 곰보 자국이 생기는데, 비가 아래에서 위로 내리는 것처럼 자국이 위로 볼록했다. 나는 물고기들이 입을 뻐끔거리자 조그맸던 동그라미들이 점점 커지는 광경을 구경했다.

연못 저편의 비탈길에는 석상 두 개가 양옆을 지키는 오솔길이 있었다. 달마시안처럼 생겼는데 몸집이 더 컸다. 나는 그쪽으로 다가가서 석상을 쓰다듬었다. 돌로 만든 등이 반질반질하고 차갑고 감촉이 좋았다. 석상을 지나면 오솔길이 뱀처럼 구불구불 이어지다 방충문이 달린 대저택의 뒷문 현관으로 연결되었다. 오솔길이 꺾이는 지점마다 코끼리, 기린, 토끼, 이런 모양으로 깎인 관목이 있었다. 여기가 우리 집이었으면 좋겠다는 마음이 하늘을 찔렀다. 방충문을 열고 안으로 들어갔을 때 우리 가족이, 우리 온 가족이 거기 있으면 좋겠다는 생각이 들었다.

나중에 나는 그 집주인에 대해서 들었다. 텔레비전을 만드는 공장 사장이고 아주 부자라고 했다. 석상은 그들이 실제로 기르던 개의 사진을 놓고 조각한 것이었고, 석상이 서 있는 자리가 그 녀석들의 무덤이었다. 메인에서 바닷가재를 공수해 매년 7월 4일에 파티를 여는데, 시장과 경찰서장과 학장이 죄다 그 파티에 참석했다. 슬하에 자식은 없지만, 길을 잃고 헤매다 들어온 아이들을 따뜻하게 대했다. 가끔 레모네이드를 주기도 했다. 인디애나 주 사투리를 심하게 썼다.

로웰은 손으로 머리를 받치고 비탈이 진 풀밭에 드러누웠다. 나도 그 옆에 가서 누웠다. 풀밭이 보이는 것처럼 그렇게 빽빽하고 푹신하지는 않았지만 빽빽하고 푹신한 냄새를 풍겼다. 여름 냄새였다. 나는 오빠의 배에 머리를 얹고 배 속이 꿈틀거리는 소리를 들었다.

나는 그때 행복했고, 이렇게 내 침대에 누워서 그때의 기억을 되새기는 지금도 행복했다. 오빠와 함께 동화의 나라에 다녀온 그날 밤에 가장 좋았던 부분은 오빠가 딱히 그럴 이유가 없었는데도, 나한테 시킬 일이 아무것도 없었는데도 나를 데리고 갔다는 것이었다. 오빠가 그냥 나를 데리고 갔다는 것이었다.

나는 그의 배에 머리를 얹고 옆에 드러누워서 눈을 감지 않으려고 기를 썼다. 잠이 들면 그가 나를 두고 가버릴까 봐 겁이 났다. 동화의 나라가 좋기는 했지만 거기 혼자 있고 싶지는 않았다. 심지어 그 부분도 기억하면 행복해졌다. 오빠는 그날 밤에 나를 거기 버려두고 갈 수도 있었는데 그러지 않았다.

나는 유치장에서 그리기 시작했던 십자 그래프를, X축에는 없어진 것들을, Y축에는 잃어버린 기간을 기록했던 그 그래프를 머릿속에서 완성했다. 1번, 자전거. 2번, 마담 드파르주. 3번, 일기장. 4번, 오빠.

5번, 펀. 펀은 어디 있을까? 어쩌면 오빠는 알지 모른다. 나도 분명 알고 싶었을 텐데 두려워서 물어보지 못했다. 만약 소원을 물고기 잡 듯 쉽게 이룰 수 있다면 나는 조만간 오빠를 볼 수 있을 테고, 오빠가 펀에 대해서 무슨 이야기를 하든 상처를 받지 않을 것이었다.

하지만 나도 알다시피 동화의 나라에서건 현실에서건 소원은 물고 기처럼 쉽게 잡히지 않았다.

다섯

또다시 할로에게 전화했지만 또다시 자동응답기가 돌아갔다. 나는 언짢아하거나 호들갑 떠는 기색 없이 차분하고 점잖게 다시 한 번 마담 드파르주가 어디 있느냐고 물었다. 예정에 없었던 몽키 걸이 또다시 모습을 드러내는 바람에 결국에는 철창신세를 지고 말았다. 그녀는 언제쯤이면 조신하고 점잖게 구는 법을 배울 수 있을까?

계속 비가 내리는데 자전거가 없었기 때문에 이번에는 그래주에이트에 전화해서 며칠 전날 밤에 누가 마담 드파르주라는 복화술용 인형을 카운터에 두고 간 걸 보지 못했느냐고 물었다. 전화를 받은 남자는 내 질문을 이해 못하는 눈치였다. 이해하려고 애를 쓰지도 않았다. 비가 오거나 말거나 내가 직접 찾아가서 알아보아야 할 모양이었다.

나는 이후에 두 시간 동안 시내 곳곳을 돌아다니며 여러 가지 것들을 수색하러 나섰지만 찾지 못했다. 비에 흠뻑 젖어서 뼛속까지 시렸고, 새 콘택트렌즈를 꼈기 때문에 벌써부터 눈이 따끔거리기 시작했다. 이야말로 살아 숨 쉬는 자기 연민의 늪이었다. 누군가가 마담 드파르주를 가져간 모양이었다. 나는 절대 몸값을 감당하지 못할 것이다. 나는 절대 그녀를 되찾지 못할 것이다.

데이비스는 자전거 절도의 온상지로 악명이 높았다. 다들 즉흥적으로 자전거를 훔쳤다. 훔쳐 타고 다음 수업을 들으러 가는 식이었다. 경찰에서 버려진 자전거들을 수거해 1년에 한 번씩 경매로 판매하고 수익금을 인근 여성 쉼터에 기부했다. 나는 내 자전거를 다시 볼 수 있겠지만 경매에서 낙찰받지 못할 테고, 좋은 일에 쓰인다고 하니 구시렁거리지도 못할 것이다. 내가 여성 쉼터를 만들자는 데 찬성했던가, 하지 않았던가? 나는 그 자전거를 정말 좋아했는데.

해딕 경관이 나와 허물없이 수다 떠는 모습을 보고 오빠가 겁을 먹었을 가능성이 아주 컸다. 내가 자기를 일부러 고발할 일은 없다는 거야 그도 알 것이다. 하지만 그가 이 말을 얼마나 숱하게 반복했던가. "그 빌어먹을 입 좀 다물고 있어줄래?" 내가 다섯 살이었을 때는 육천 번, 팔천 번, 만 번, 십만 번쯤 반복했을 것이다. 나는 입을 다물고 지내는 법을 **터득**했지만 로웰은 그걸 알지 못했다.

나는 빈손으로 눈물을 글썽이며 뼛속까지 얼어버린 몸을 끌고 아파트로 돌아갔다. "내 발은 두 번 다시 체온을 회복하지 못할 거야." 나는 토드와 기미에게 말했다. "발가락들이 떨어져 나갈 거야." 두 사람은 식탁에서 격렬한 카드 게임을 하고 있었다. 카드들이 대부분 바닥에 떨어져 있었다.

두 사람은 한참 동안 침묵을 지키다 안됐다는 듯이 혀를 차더니 곧장 자기들 하소연으로 넘어갔다. 내가 외출한 동안 찾아온 사람들 명단을 읊기 시작한 것이다.

먼저 에즈라. 얼토당토않은 핑계를 댔지만 할로가 있는지 살피러 온 게 분명했다. 그 바람에 망가뜨린 화재 경보기를 들켰고 잔소리를 들었다. 토드와 내가 우리 둘뿐 아니라 이 건물에 사는 모든 사람들의 생명을 위협하고 있다는 잔소리였다. 그들의 안전을 누가 책임지고 있을까? 그들이 누굴 믿고 있을까? 누가 봐도 빤하지만 나와 토드는 아니었다. 그들이 믿는 건 에즈라였다. 에즈라가 그들의 기대를 저버리더라도 우리는 신경 쓰지 않겠지만, 그가 그들의 기대를 저버릴 일은 절대 없었다. 그건 분명했다.

그리고 다음 차례로는 야구 모자를 거꾸로 쓴 백인 **바카**가 할로를 찾아와서, 할로가 돌려달라고 했다며 인형 같은 물건을 토드에게 맡겼다. "막대기가 달린 못난이더라." 토드가 말했다. 인형을 두고 한 말이었을 것이다. 그러고는 할로에 대해서 한마디. "이제 여기가 걔 사무실이야? 걔 회사야? 왜냐하면 잠시 후에 걔가 찾아왔거든. 들어와서는 말도 없이 맥주를 꺼내 마시더니 인형을 들고 네 방으로 가면서 약속한 대로 트렁크 안에 넣었다고 전해달라더라."

"그리고 '어디 망가뜨리지도 않았다고.'" 기미가 거들었다. "약속한 대로.'"

그리고 나서 또다시 문을 두드리는 소리가 들렸다! 비쩍 말랐고 머리는 금발로 탈색했고 서른 살쯤 됐을까? 이름은 트래버스. 나를 만나러 왔는데 없어서 그 대신 할로하고 같이 나갔다. "할로 손에 놀아난 거지." 토드가 말했다. "딱한 머저리 같으니라고."

토드는 할로가 슬쩍한 맥주에 거의 입도 대지 않았다는 데 가장 짜증을 냈다. 물어보지도 않고 꺼내더니만, 토드가 주트베르크라는 수제 맥주 가게에서 사온 헤페바이젠이자 딱 한 병 남은 특제 밀맥주였는데 버드라이트나 뭐 그런 맥주라도 되는 것처럼 싱크대에 따라버리게 생긴 것이었다. 할로의 입속에 뭐가 들어 있을지 모르는 마당에 남긴 걸 마실 수도 없었다. "저녁 내내 이 집은 **기사마**들이 모이는 그랜드센트럴 역이었어." 토드는 이렇게 말하고, 다시 카드 게임으로 돌아가서 클로버 잭을 쾅 하고 식탁에 내려놓았다.

"야 이 나쁜 놈아." 기미가 토드인지 잔인한 잭인지 모를 상대에게 이렇게 말했다. 아주 잠깐 동안이기는 하지만 나를 두고 한 말이 아닐까 싶기도 했다.

기미는 내가 옆에 있으면 자기도 알지 못하는 이유에서 불편해했다. 내 얼굴을 절대 쳐다보지 않았다. 하지만 남들한테도 그러거나 남의 얼굴을 똑바로 쳐다보면 예의에 어긋나는 거라고 가정교육을 받았을 수도 있는 일이었다. 토드가 말하길 그의 외할머니, 그러니까 어머니의 어머니는 남의 눈을 쳐다보거나 남 앞에서 절대 발을 보인 적이 없지만 가게 점원이나 웨이트리스를 그렇게 함부로 대할 수가 없었다고 했다. "여긴 미국이잖니." 그가 당황스러워하는 기색을 보이면 그녀는 큰 소리로 짚고 넘어갔다. "여기서는 손님이 왕이잖아."

기미가 헛기침을 했다. "네가 한 시간 안에 돌아오면, 지금 간당간당하긴 한데, 크레페 가게로 오라고 전해달랬어. 거기서 저녁을 먹을 거라고."

그러니까 차갑고 거센 비를 맞으며 다시 시내로 나가야 한다는 뜻이었는데 거기 가면 로웰을 만날 수 있었다. 나는 기운이 났고 살짝 들떴고 행복이라는 구토제를 먹기라도 한 것처럼 살짝 속이 메슥거렸다. 거기 가면 로웰을 만날 수 있었다.

할로와 함께.

우리가 할로 앞에서 무슨 말을 할 수 있을까?

하지만 내가 하고 싶은 말이 있긴 할까?

나는 마음이 급해졌다. 또 한편으로는 마음의 준비가 덜 된 듯한 기분이 들기도 했다. 그래서 내 방으로 들어가서 수건으로 머리를 말리고 보송보송한 옷으로 갈아입은 뒤 연하늘색 트렁크를 열었다. 차곡차곡 개놓은 옷더미 위에 마담 드파르주가 엉덩이를 보이며 대자로 엎드려 있었다. 나는 그녀를 꺼냈다. 담배 냄새가 났고 옷 한군데가 축축했다. 엄청난 밤을 보낸 흔적이 역력했다. 그래도 흐트러진 머리카락 한 올 없이 멀쩡했다. 항공사 직원이 데리러 오기만 하면 약속대로 어디 한군데 망가진 데 없이 곧장 집으로 돌려보낼 수 있었다.

그녀를 떠나보낸다는 생각에 문득 이상하게 가슴이 아렸다. 인생은 만남과 이별의 연속이다. "나는 너를 잘 알지도 못하는데 이제 네가 나를 떠나려고 하는구나." 그녀는 골짜기를 닮은 묘한 눈으로 나를 빤히 올려다보았다. 파충류처럼 생긴 턱을 부딪쳤다. 나는 그녀도 아쉬워하는 것처럼 두 팔로 내 목을 감싸게 만들었다. 뜨개바늘이 귀를 아프게 찌르자 그녀의 자세를 바꾸었다. "제발 가지 마." 그녀가 말했다. 어쩌면 내가 한 말일 수도 있었다. 우리 둘 중 한 명이 한 말인 것은 분명했다.

유아론의 이면은 이른바 마음이론이다. 마음이론에서는 우리가 심리 상태를 육안으로 확인하지 못하더라도 타인에게(그리고 우리가 우리의 심리 상태를 일반화할 수 있을 만큼 충분히 이해한다는 것이 기본 전제이므로 자기 자신에게도) 전가할 수 있다고 본다. 그렇기 때문에 사회적 동물답게 처신하기 위해 타인의 의도, 생각, 지식, 지식의 결여, 의혹, 바람, 믿음, 추측, 약속, 기호, 목적, 수많은 기타 등등을 끊임없이 추론한다고 본다.

4세 이하의 어린아이들은 뒤죽박죽으로 섞인 그림을 순서대로 금세 나열하지 못한다. 어떤 그림을 설명할 수는 있지만 그림 속 등장인물의 의도나 목표를 알아차리지는 못한다. 즉, 그림을 서로 연결하고 정리하는 고리를 파악하지 못한다. 스토리를 파악하지 못한다.

노암 촘스키가 어린아이들에게 언어의 잠재력이 내재되어 있다고 했다시피 그들에게는 마음이론의 잠재력도 내재되어 있다. 아직 개발되지 않았을 뿐이다. 성인과 나이가 어느 정도 되는 아이들은 앞뒤가 맞도록 그림의 순서를 알아맞히는 데 아무 문제가 없다. 나도 어렸을 때 이 검사를 숱하게 받았고 순서를 맞추지 못한 기억은 없지만, 피아제가 순서를 맞추지 못하는 시절이 있다고 하면 그런 거다.

1978년에, 펀이 아직 우리 가족 안에서 무탈하게 지내고 있었을 때 심리학자 데이비드 프리맥과 가이 우드러프가 「침팬지에게도 마음이론이 있을까」라는 논문을 출간했다. 그 안에는 기본적으로 열네 살 된 침팬지 세라가 인간의 목적을 추론할 수 있는지 관찰한 일련의 실험 결과가 들어 있었다. 어느 정도까지는 가능하다는 것이 그들이 내린 결론이었다.

이후의 연구자들은(그러니까 우리 아버지가 되겠다) 의문을 제기했다. 침팬지들이 타인의 바람과 의도를 전가했다기보다 단순히 과거의 경험을 바탕으로 행동을 예측한 것에 불과할 수도 있다는 것이었다. 이후 몇 년 동안 이어진 추가 실험들은 대부분 침팬지의 머릿속을 들여다볼 방법을 개선하는 데 초점이 맞추어졌다.

2008년에 조지프 콜과 마이클 토마셀로는 이 질문과 결론들을 모든 각도에서 다시 한 번 점검했다. 그들이 내린 결론은 프리맥과 우드러프가 30년 전에 내린 결론과 같았다. 침팬지에게도 마음이론이 있을까? 그들은 확실히 있다고 했다. 침팬지들은 목적이나 지식과 같은 심리 상태를 간파하고 그걸 종합해서 신중하게 행동을 취한다. 심지어 속임수도 알아차린다.

침팬지들이 이해하지 못하는 개념이 있다면 잘못된 신념이다. 그들에게는 현실과 상충하는 신념에서 비롯된 행동을 이해할 만한 마음이론이 없다.

그런데 그런 능력이 결여되어 있다면 무슨 수로 인간 세상을 항해할 수 있을까?

인간은 여섯 살이나 일곱 살 정도가 되면 내장된 심리 상태를 모두 아우르는 심리이론을 갖춘다. 기본적인 1단계—예컨대, 엄마는 내가 침대에 누웠다고 생각한다—는 이미 오래전에 터득한다. 그 이후에 추가로 층—엄마는 내가 침대에 누웠다고 생각하는데 아빠는 그걸 모른다—을 쌓는(그리고 활용하는) 방법을 배운다.

성인이 돼서 사회생활을 하려면 내장된 심리 상태를 이런 식으로 인식하는 능력이 종종 필요하다. 프리맥과 우드러프에 따르면 성인들은 일반적으로 4단계의 전가 능력을 갖추고 있고—A는 B가 못마땅해 한다고 C가 생각하는 것을 D는 안다고 믿는다—그 이상 복잡해지면 불편해한다. 프리팩과 우드러프가 보기에 이와 같은 4단계 능력은 "별로 인상적이지 않다". 재능이 있는 성인은 7단계까지 가능한데, 그 정도가 인간의 한계인 것으로 보인다.

할로와 오빠와 함께 저녁을 먹기 위해 크레페 비스트로로 향하는 것은 마음이론의 관점에서 보았을 때 도전적인 과제다. 로웰은 나를 마지막으로 만난 지 얼마나 오래됐는지 할로에게 이야기했을까? 나는 얼마만큼 흥분해도 되는 걸까? 나는 로웰의 판단력을 믿지만, 그는 그만큼 나를 믿지 않을 것이었다. 우리 둘 다 상대방은 비밀인 줄 모르는 비밀이 있었다. 그러니까 나는 로웰이 할로에게 우리 가족에 대해서 이야기했는지 알아내야 하고, 그는 내가 그녀에게 이야기했는지 알아 내야 하며, 우리 둘 다 상대방은 어떤 이야기를 피하고 감추고 싶어 하는지 파악해야 하는데, 그걸 할로가 빤히 보는 앞에서 그녀 모르게 삽 시간에 해치워야 했다.

시험 문제: 다음 문장에서 여러분이 파악한 전가는 모두 몇 단계인가? 로즈메리는 로웰이 할로에게 편에 대해서 이야기하지 말아주었으면 하는 자신의 속마음을 로웰이 알아차리지 못하면 어쩌나 걱정이 되는데, 왜냐하면 할로가 편에 대해서 들으면 온 사방에 이야기할 테고 그러면 모든 사람들이 몽키 걸이라는 로즈메리의 본모습을 알아차릴 게 분명하기 때문이다.

내가 원하는 건 오빠와 단둘이 있는 것, 그것뿐이었다. 할로가 예리한 마음이론의 소유자라 내 심정을 알아차려 주길 바랄 따름이었다. 나는 그녀가 알아차릴 수 있도록 도울 작정이었다. 로웰도 아마 도와줄 것이다.

여섯

식당에 도착했을 무렵에는 그날 저녁 내내 하도 걸어서 무릎까지 시큰거릴 지경이었다. 너무 추워서 귀가 지끈거렸다. 촛불이 켜져 있고 수증기와 입김으로 창문이 부예진 조그만 공간으로 들어갈 수 있어서 행복했다. 로웰과 할로는 구석 자리에서 다정하게 퐁뒤를 나눠 먹고 있었다.

로웰이 문을 등지고 앉아 있어서 할로가 먼저 보였다. 그녀는 얼굴에 홍조를 띠었고, 풀어놓은 까만 머리가 목 근처에서 곱실거렸다. 한쪽 어깨가 내려오는 보트넥 스웨터를 입고 있어서 브래지어 끈이 보였다(살색이었다). 나는 그녀가 빵 조각을 집어서 새하얗게 반짝이는 이를 드러내고 웃으며 로웰에게 던지는 것을 구경했다. 그 순간 나는 로웰과 편이 웃으며 사과나무를 올라가는 동안 혼자 땅바닥에 내버려진 네 살로 돌아갔다. "오빠는 절대 나를 선택하지 않지." 나는 로웰에게 고함을 지르고 있었다. "내 차례는 절대 오지 않아."

할로가 나를 알아차린 눈치가 없었는데 그녀가 허리를 숙이고 뭐라고 말하자 로웰이 고개를 돌렸다. 금요일 밤에 술집에서는 그를 한눈에 알아보았지만 오늘 밤에는 더 나이가 많고 더 피곤하고 더 로웰답지 않아 보였다. 이제는 누가 봐도 어른이었는데 내가 보지 못한 새 이루어진 변화였다. 머리를 탈색했음에도 불구하고 아버지와 닮아 보였다. 특히 밤이 되면 거뭇거뭇해지는 아버지의 턱수염이 그랬다. "왔네?" 그가 말했다. "어이, 꼬맹이. 이리 와!"

그는 일어서서 나를 잠깐 끌어안고, 내가 앉을 수 있도록 세 번째 의자에 놓아두었던 배낭과 외투를 바닥으로 치웠다. 서로 자주 만나는 사이인 양 아주 스스럼없게 굴었다. 메시지 접수 완료.

나는 내가 뭔가를 방해한 듯한 느낌, **내가 훼방꾼이 된 듯한 느낌**을 애써 떨쳐버렸다.

"주방을 마감한대." 할로가 말했다. "그래서 트래버스가 네 저녁을 미리 주문했어." 두 사람은 이 식당에서 파는 끝내주는 사과술을 이미 몇 잔 마신 눈치였다. 할로는 하늘을 둥둥 떠다니고 있었다. "그러다 포기하고 우리가 먹으려던 참이었어. 마침 잘 왔네."

로웰이 나 대신 주문한 음식은 샐러드와 레몬 크레페였다. 내가 주문했음 직한 메뉴와 아주 흡사했다. 그 오랜 세월이 지났음에도 오빠가 나를 위해 저녁을 주문하다니 눈이 따끔거리면서 눈물이 나려고 했다. 딱 한 가지 잘못한 게 있다면 샐러드 위에 파프리카를 얹은 거였다. 나는 어머니가 스파게티 소스를 만들어주었을 때도 항상 파프리카는 골라내고 먹었다. 파프리카를 좋아한 쪽은 편이었다.

"어이!" 로웰이 의자 앞다리를 들고 뒤로 기댔다. 나는 그의 얼굴을 쳐다보면 영영 눈을 뗄 수 없을 것 같아서 쳐다보지 않았다. 그 대신 녹은 치즈가 점점이 묻은 그의 접시를 쳐다봤다. 그의 가슴을 쳐다봤다. 그는 컬러 풍경화가 그려져 있고 그 아래에 'WAIMEA CANYON'이라고 적힌 까만색 긴팔 티셔츠를 입고 있었다. 이번에는 그의 손을 쳐다봤다. 거칠어 보이는 남자의 손이었고, 기다랗고 불룩한 흉터가 마디에서부터 손목까지 이어지다 소매 속으로 사라졌다. 나는 열심히 눈을 깜빡이고 있었다. 그래서 눈앞이 어지럽고 초점이 안 맞았다. "할로가 그러는데 너한테 오빠가 있는 줄도 몰랐다더라. 왜 그랬어?"

나는 평정심을 찾으려고 심호흡을 했다. "특별한 경우에 대비해서 아껴둔 거야. 세상에서 제일 좋은, **하나밖에** 없는 형제니까. 날마다 들먹이기에는 너무 소중하잖아." 나도 로웰처럼 태연하게 대하고 싶었지만 성공하지 못했던 것 같다. 할로가 나더러 몸을 하도 떨어서 이가 딱딱 부딪치는 소리가 들릴 정도라고 했다.

"밖에 진짜 춥거든." 나는 의도했던 것보다 더 짜증이 섞인 투로 말했다. "게다가 마담 드파르주를 찾느라 비를 맞으면서 시내 여기저기를 헤매고 다녔고." 나를 쳐다보는 로웰의 시선이 느껴졌다. "설명하자면 길어." 내가 말했다.

하지만 내 말이 끝나기도 전에 할로가 치고 나왔다. "나한테 물어보지 그랬어! 어디 있는지 내가 알고 있었는데!" 그러더니 로웰을 보며 이렇게 말했다. "로즈메리하고 내가 금요일 밤에 시내에서 요란한 인형극을 벌였거든."

우리 둘 다 이제는 로웰만 붙잡고 이야기했다. "할로도 나한테 자기 가족 이야기하지 않았어." 내가 말했다. "서로 알게 된 지 얼마 안 됐거든."

"우정이 싹튼 지 얼마 안 됐지." 할로도 맞장구쳤다. "하지만 얼마나 돈독하다고. 같이 감방 생활을 해보기 전에는 사람을 절대 알 수 없다는 말도 있잖아."

로웰이 나를 보며 애정 어린 미소를 지었다. "감방 생활? 여기 이 완벽 양께서?"

할로가 양쪽 손목을 잡는 바람에 로웰의 고개가 당장 그녀에게로 되돌아갔다. "쟤 전과 기록이 얼마나 기냐면"―그의 두 손을 약 30센티미터 간격으로 벌리면서―"이 정도야." 두 사람은 서로 눈을 쳐다보고 있었다. 내 심장이 세 번 뛰는 게 느껴졌다. 째깍, 째깍, 째깍. 그러고 나서 그녀는 그의 손을 놓고 나를 보며 잽싸게 웃어 보였다.

내가 보기에는 질문의 의미가 담긴 미소인 것 같았는데―괜찮지? 하는―뭐에 대해 묻는 건지 알 수 없었다. 우리의 전과 기록을 밝혀도 괜찮으냐는 걸까, 아니면 그의 손을 잡고 눈을 들여다봐도 괜찮으냐는 걸까? 나는 둘 다 안 된다는 표정을 지어 보였지만, 그녀는 이해하지 못했든지 애초에 그걸 물어본 게 아니었든지 둘 중 하나였다. 아니면 더 이상 내 쪽을 쳐다보고 있지 않았든지.

그녀는 그를 붙잡고 우리가 맨 처음 유치장에 갇히게 된 사연을 늘어놓기 시작했다. 큰집, 감방에 갇히게 된 사연을.

그런데 용케 레그 얘기를 빼고 하길래 내가 되짚어 올라가서 끼워 넣어 주었다. 못된 레그가 아니라 착한 레그로. "걔 남자 친구가 당장 달려와서 보석금을 내고 풀어줬지."

그녀는 능수능란하게 대처했다. 레그는 금세 그냥 못된 정도가 아니라 어마무지하게 못된 남자 친구가 되었고, 나는 잘 알지도 못하는 친구에게 집을 빌려주는 인심 좋은 아이가 되었다. "이 여동생이 얼마나 끝내주는지 알아?" 할로가 로웰에게 말했다. "나는 속으로 중얼거렸어. 살다 보면 더 알고 싶어지는 사람을 만난다더니. 기대고 싶은 사람을 만난다더니."

잃어버린 트렁크와 트렁크 안에 들어 있던 마담 드파르주와 시내에서 보낸 밤 이야기가 뒤를 이었다. 대부분 할로가 주도했지만 나한테도 계속 이야기를 거들 기회를 주었다. "세차장 얘기해줘." 할로의 말에 내가 세차장 사건을 이야기했고, 그러는 동안 그녀는 비눗물이 묻은 촉수를 헤치고 어두컴컴한 세차장을 더듬더듬 걸어 나오며 결혼식 계획을 세웠던 우리 모습을 팬터마임으로 흉내 냈다.

그녀는 심지어 타잔과 내가 말한 상대성 이론까지 들먹이며 처음부터 끝까지 나와 같은 생각이었던 척했다. 그녀가 타잔 이야기를 꺼내자 로웰은 흉터가 생긴 쪽 손을 내 소매 위에 얹었다. 나는 그때 외투를 벗으려던 참이었는데 벗지 않았다. 내 팔을 통해 느껴지는 무게감이 그에게서 받을 수 있는 유일한 관심의 표현인 것 같았다. 그걸 놓칠 생각은 없었다.

솔직히— 할로가 하는 모든 이야기, 그 이야기 속의 모든 이모저모가 나를 좋게 포장하는 용도로 쓰였다. 나는 끝내주지만 엉뚱한 아이디어의 소유자였다. 믿음직한 친구였다. 심지가 굳고 친구들을 위해 나설 줄 아는 아이였다. 나는 대박이었다. 짱이었다.

지금의 모습과 전혀 다른 인물이었다.

분명 도움을 주려는 게 할로의 의도였을 것이다. 그녀는 내가 나에게 없는 수많은 장점을 겸비한 아이로 오빠 앞에서 포장해주길 바랄 거라고 생각했을 것이다. 촛불에 온갖 색상으로 물든 자기 얼굴과 머리칼, 반짝이는 눈망울이 어떻게 보이는지 알지도 못했고 그걸 어쩔 방법도 없었을 것이다. 자기가 우리 오빠를 웃게 만들었는데도 말이다.

페로몬은 이 땅의 원초적인 언어다. 인간에게는 개미처럼 페로몬을 금세 감지하는 능력이 없을지 몰라도 그래도 그 호르몬은 제 역할을 한다. 나는 이 식당으로 걸어올 때만 해도 우리 둘이 힘을 합쳐서 할로를 가능한 한 빨리 떼어버릴 수 있겠거니 생각했다. 그런데 사과술이 돌고 이야기들이 똬리를 틀면서 에셔*의 작품처럼 자기가 자기 꼬리를 먹는 지경에 이르렀다. 내가 엄청난 착각을 한 것이었다.

그날 밤에 우리 셋은 결국 내 아파트로 다시 갔고, 마담 드파르주가 다시 등장해서 분위기를 후끈하게 데웠다. 그녀는 로웰의 뺨을 어루만졌다. 그에게 끝내주게 쿨하고 또 거꾸로 끝내주게 핫하다고 했다.

---

* M. C. Escher(1898~1972). 수학적 개념을 도입한 독특한 작품으로 유명한 네덜란드의 판화가. 〈뫼비우스의 띠〉가 대표작이다.

울랄라 랜드로 가는 특급 열차 티켓이라고 했다.

로웰이 뻗은 손이 마담 드파르주의 치마를 지나서 할로에게 닿았다. 그는 그녀의 손을 잠깐 잡고 엄지손가락으로 그녀의 손바닥을 훑었다. 그녀를 가까이 끌어당겼다. "날 가지고 놀지 마요, 마담." 로웰이 잘 들리지도 않을 만큼 나지막한 목소리로 속삭였다.

마담 드파르주의 말투가 당장 남부 억양으로 바뀌었다. "아직은 아니에요, 달링." 그녀도 똑같이 나지막이 속삭였다. "하지만 조만간 그럴 생각이에요."

"꼭두각시도 제 말하면 온다더니." 토드가 경멸하듯 로웰을 턱으로 가리키며 내게 말했다. 로웰이 내 오빠인 줄 모르고서 그러는 거였다. 진실이 공개되자 그는 정말 미안해하면서 내게 자기 침대를 내주고 기미네 집으로 피신했다. 심지어 새로 산 닌텐도 64를 가지고 놀아도 된다고 했다. 그 정도 호의는 베풀어야 **그의** 기분이 훨씬 더 좋아질 수 있기 때문이었다.

나는 잠깐 욕실로 들어가 혹사당한 눈에서 콘택트렌즈를 벗겨냈다. 억지웃음을 짓고 있었더니 턱이 아팠다. 나는 샐러드와 크레페를 먹다가 어느 시점에 이르렀을 때 할로의 친구가 되기 싫어지면서 처음부터 그녀를 만난 적이 없었으면 얼마나 좋았을까 하는 생각이 들기 시작했다. 그녀는 나에 대해서 좋은 이야기만 늘어놓는데 나는 그렇다는 데─질투하고 화를 낸다는 데─죄책감이 들었다. 하지만 그녀가 자기 말처럼 나를 좋아하지는 않는다는 것만큼은 분명했다.

게다가 그녀는 로웰과 내가 얼마나 오랫동안 떨어져 지냈는지 몰랐다.

하지만 로웰은 알았다. 나는 그에게 더 화가 났다. 그는 부모님과 정적이 흐르는 그 서글픈 집에 열한 살밖에 안 된 나를 버리고 떠났다. 그러다 이제 10년 만에 처음으로 다시 만났는데 나를 거의 쳐다보지도 않았다. 게다가 보노보보다 더 자제력이 떨어졌다.

토드의 방에서는 피자 냄새가 났다. 먹다 남은 두 조각이 낡은 신발 혀처럼 가장자리가 위로 말린 채로 상자에 담겨서 책상 위에 놓여 있기 때문이었다. 그리고 책상 위에는 철퍼덕철퍼덕 놀치며 살짝 불그스름한 빛을 뿜어내는, 엄청난 복고풍의 라바 램프도 놓여 있었다. 책꽂이에 만화책이 끝도 없이 꽂혀 있어서 잠이 안 오면 꺼내 볼 수 있었지만 그런 걱정을 할 필요는 없었다. 나는 레그의 전화를 받고 두 번 깼고 할로가 어디 있는지 전혀 모른다고 대답하는 수밖에 없었다. 할로는 전화벨 소리를 들었을 테고 레그인 줄 알았을 테고 자기 때문에 내가 거짓말을 하고 있다는 것을 알았을 테니 나는 그녀에게 마음껏 분통을 터뜨려도 된다는 허가증을 맡아놓은 셈이었다.

나도 알다시피 레그는 내 말이 거짓말이라는 것을 알았고, 자기가 안다는 사실을 내가 안다는 것도 알았다. 과학계에서는 아무리 뛰어난 인간이라도 7단계의 마음이론이 한계라고 말할지 모르지만, 나는 그런 식으로 무한정 이어나갈 수 있었다.

그러고 나서 예전처럼 로웰이 한밤중에 나를 데리고 나갔다. 그는 외투를 입고 배낭을 짊어지고 있었다. 나를 흔들어 깨우더니 아무 말

없이 나오라고 손짓했고, 내가 보송보송한 옷들은 전부 다 할로가 자는 내 방에 있기 때문에 어제 입었던 그 축축한 옷으로 갈아입는 동안 거실에서 기다렸다. 나는 그를 따라서 밖으로 나갔다. 어두컴컴한 복도에서 그가 나를 팔로 감싸 안자 그의 옷깃에서 축축한 모직 냄새가 났다. "파이 한 조각 먹을까?" 그가 물었다.

나는 그를 떠밀면서 못된 말로 쏘아붙일까 고민했지만 그가 벌써 떠나는 건 아닐까 싶어서 겁이 났다. 그래서 짧게 끝냈다. 뚱하긴 하지만 여차하면 시치미를 뗄 수 있게 "그래"라고 했다.

그는 데이비스의 지리를 잘 알았다. 꼭두새벽에 어디에 가면 파이를 먹을 수 있는지 알았다. 거리에는 아무도 없었고 비는 마침내 멎었다. 우리는 눈앞에 계속 둥둥 떠 있지만 안으로 들어갈 수는 없는 유령 같은 안개를 향해 가로등을 하나씩 지나쳤다. 우리의 발소리가 고요한 인도에 부딪쳐 메아리쳤다. "엄마, 아빠는 어떻게 지내셔?" 로웰이 물었다.

"이사하셨어. 노스월넛에 있는 조그만 집으로. 얼마나 희한하게 수리해놓으셨는지 몰라. 꼭 모델하우스나 뭐 그런 데처럼 해놓으셨거든. 예전에 쓰던 물건은 하나도 없고." 일시적이기는 하지만 벌써부터 내 의지와는 상관없이 꽁했던 마음이 풀리고 있었다. 우리 부모님을 우울하게 만든 책임을 반씩 나눠 갖는 사람과 부모님에 대한 걱정과 짜증을 공유할 수 있어서 좋았다. 솔직히 말하면 책임을 반씩 나눠 갖기 때문에 더욱 그랬다. 외동딸의 굴레를 벗는 바로 이 순간이야말로 로웰을 다시 만나는 상상을 할 때마다 내가 품었던 소망이었다.

"아빠 술 드시는 거는?"

"별로 심각하지 않아. 하지만 같이 살지는 않으니까 모를 일이지. 엄마는 요즘 가족계획협회 일을 하셔. 좋아하시는 것 같아. 테니스도 치시고. 브리지도 하시고."

"어련하실까." 로웰이 말했다.

"새집에는 피아노가 없어." 나는 로웰에게 이 심란한 뉴스에 적응할 시간을 주었다. 그가 떠났을 때 엄마가 피아노를 끊었다는 이야기는 하지 않았다. 물을 튀기며 차가 한 대 지나갔다. 알이라도 품는 듯 따뜻한 가로등 위에 웅크리고 앉아 있던 까마귀가 우리를 야단쳤다. 일본어일 수도 있었다. "바! 카! 바! 카!" 어느 나라 말이냐가 관건일 뿐, 분명 우리를 욕하고 있었다. 나는 로웰에게 엄마 얘기 대신 이 이야기를 했다.

"까마귀들이 얼마나 똑똑하다고. 걔네들이 우리더러 바보라고 하면 바보 맞는 거야." 그가 대답했다.

"오빠한테만 하는 소리일 수도 있지." 나는 나중에 농담이었다고 발뺌하고 싶을 때 동원하는 아무 감정 없는 말투로 이렇게 말했다. 내 마음이 약해졌을지 몰라도 아직 용서한 건 아니었다.

"바! 카! 바! 카!"

나는 백만 년이 지나도 이 까마귀를 다른 까마귀와 구별하지 못하겠지만 로웰이 말하길 까마귀들은 사람들을 알아보고 기억하는 능력이 뛰어나다고 했다. 뇌가 몸집에 비해 유난히 커서 그 비율이 침팬지

266

와 비슷하다고 했다.

나는 **침팬지**라는 말에 심장이 부르르 떨렸지만 로웰은 더 이상 아무 소리도 하지 않았다. 우리는 나무들마다 풍선이 가득 달린 B가의 어느 집 앞을 지났다. 앞문에 달린 현수막 위로 아직까지 현관 불빛이 비쳤다. HAPPY BIRTHDAY, MARGARET! 펀과 나도 예전에 생일날이면 풍선을 받았는데, 풍선을 물어뜯고 고무를 삼키면 질식할 수 있기 때문에 한시도 펀에게서 눈을 뗄 수 없었다.

우리는 센트럴 공원을 지났다. 어두운 밤인데도 잔디밭이 겨울 진창에 어떤 식으로 전부 다 잠겼는지 볼 수 있었다. 바닥이 시커멓고 미끄러웠다. 한번은 내가 종이 접시와 신발 끈으로 펀과 내 몫의 진흙 신을 만든 적이 있었다. 펀은 신지 않으려고 했지만 나는 눈 신을 신고 눈밭을 걷듯 진흙 신을 신고 진흙 위를 걷는 상상을 하며 내 신발을 발에 묶었다. 아빠도 입버릇처럼 말하길 실패를 통해서 깨닫는 것이 성공을 통해서 깨닫는 것 못지않게 많은 법이다.

그걸 보며 대단하다고 감탄해주는 사람은 없지만.

"아빠가 마지막으로 쓴 논문을 읽어보려고 했어." 마침내 로웰이 입을 열었다. "「확률학습이론의 학습 곡선」. 첫 문단에서 다음 문단으로 넘어가지도 못하겠더라. 그런 단어들을 한 번도 본 적 없는 사람처럼. 대학에 갈 걸 그랬나 봐."

"그래봐야 별 도움이 안 됐을 거야." 나는 추수감사절 때 아빠가 마르코프 연쇄 분석 이야기를 꺼내서 어떤 식으로 도나 할머니의 짜증을 돋우었는지 간략하게 들려주었다. 피터의 SAT 점수와 밥 삼촌의 음모론을 거쳐 하마터면 엄마가 일기장을 나한테 주었다는 이야기까지 꺼낼 뻔했지만 그랬다가 그가 보여달라고 하면 큰일이었다. 잃어버렸다는 건 그에게도 비밀로 하고 싶었다.

우리는 깅엄 체크무늬 커튼과 유광 테이블 매트와 무자크가 있는 베이커스 스퀘어로 들어갔다. 조명이 살짝 너무 환하기는 했지만 10년이나 그보다 조금 더 이전의 어린 시절로 돌아간 듯 상당히 옛날 분위기라 우리로서는 나쁘지 않았다. 심지어 무자크는 더 고풍스러워서 비치 보이스와 슈프림스였다. 〈비 트루 투 유어 스쿨〉과 〈에인트 노 마운틴 하이 이너프〉. 우리 부모님 세대 음악이었다.

손님은 우리밖에 없었다. 젊은 알베르트 아인슈타인처럼 생긴 웨이터가 당장 달려와서 바나나 크림 파이 두 개를 주문받아 갔다. 그는 파이를 들고 와서 다시 비가 내리기 시작한 창밖을 가리키며 명랑한 목소리로 날씨에 대해 이야기하더니—"가뭄이 끝났어요! 가뭄이 끝났어요!"—접시를 놓고 갔다.

테이블 맞은편에 앉은 오빠의 얼굴은 보면 볼수록 아빠와 비슷했다. 둘 다 야위고 굶주린 표정이었다. 셰익스피어가 보았더라면 아주 위험하다고 했을 것이다. 움푹 꺼진 두 뺨, 까칠한 수염으로 까맣게 덮인 턱. 로웰은 크레페 비스트로에서 보았을 때부터 이미 면도를 해야 하는 상태였다. 이제는 시커먼 수염이 하얗게 탈색한 머리와 묘하지만 인상적인 대조를 이루는 늑대 인간이 되었다. 그가 피곤해 보인다는 생각이 들었지만, 사람들이 밤새도록 황홀한 섹스를 즐기느라 기운을 다 썼을 때 짓는 그런 표정이 아니었다. 그냥 피곤할 때 짓는 표정이었다.

그리고 이제는 좀 전과 다르게 나보다 한참 나이가 많아 보이지 않았다. 그는 자기를 빤히 쳐다보는 내 시선을 느꼈다. "멋지네. 집에서 이렇게 먼 학교를 다니는 대학생이라니. 좋아? 재밌어?"

"그럭저럭."

"왜 이러셔." 로웰은 포크로 파이 한 조각을 잘라서 입에 넣으며 나를 보고 웃었다. "그렇게 감출 필요 없어. 하고 싶은 이야기가 산더미 같을 텐데."

일곱

로웰과 나는 날이 밝을 때까지 베이커스 스퀘어에 있었다. 비가 시작됐다 그쳤다 다시 시작됐다. 나는 달걀을, 오빠는 팬케이크를 먹었고, 둘 다 커피를 마셨다. 아침 손님들이 들어왔다. 우리 웨이터는 퇴근하고 다른 세 명의 웨이터가 출근했다. 오빠는 채식주의자가 되었다고, 여행할 때 말고는 비건*으로 지내는데 여행을 하지 않는 날이 거의 없다고 했다.

데이비스의 수의학과에는 유명한 젖소가 있었다. 위에 일부러 구멍을 뚫어서 소화 과정을 관찰할 수 있게 만들어서 수학여행지로 인기 만점이었고 현장 체험 학습 프로그램으로 그만이었다. 누구든 그 젖

* 고기는 물론 우유와 달걀도 먹지 않는 채식주의자.

소의 몸속으로 손을 넣어서 내장을 만질 수 있었다. 지금까지 수백 명이 그랬다. 로웰이 말하길 일반 젖소와 비교했을 때 그 소는 편하게 사는 셈이라고 했다.

로웰은 위에 구멍을 뚫은 소가 데이비스에 한두 마리가 아닐 거라고 확신했다. 그런 소가 한 마리뿐이라고 사람들을 속여서 구멍을 지나치게 많이 뚫은 것 아니냐는 의혹을 차단할 수 있게 전부 다 매기라는 이름을 붙였을 거라고 했다.

로웰은 대학은 당연히 가는 거라고 생각했는데 그러지 않은 게 진심으로 후회된다고 했다. 그래도 책은 많이 읽었다며 도널드 그리핀의『동물의 심리』를 추천했다. 아빠한테도 읽어보시라고 권하면 좋겠다고 했다.

로웰은 아빠가 마지막으로 쓴 논문은 이해하지 못했지만 아빠가 벌인 실험에 대해서는 할 말이 많았다. 그가 보기에 비인간인격체의 심리 연구는 번거롭고 대단히 난해하며 누가 봐도 특이한 시도였다. 동물들에 대해서 알려주는 정보는 거의 없고, 그걸 기획하고 진행한 연구원에 대해서 알려주는 정보만 많았다. 그는 그러면서 어렸을 때 우리에게 레몬 사탕을 주었던 해리 할로를 생각해보라고 했다.

나도 할로 박사님을 기억했다. 우리 농장으로 저녁을 먹으러 와서 펀과 나 사이에 앉았다. 그날 밤에 그가『곰돌이 푸』한 대목을 읽어주었을 때 숨소리를 섞어가며 루의 대사를 하도 고음으로 내는 바람에 루가 말을 할 때마다 우리 웃음보가 터졌다. 레몬 사탕은 기억이 나지 않지만 펀이라면 기억했을 만한 부분이었다. 아빠가 진심으로 해리 할로를 존경했더라면 내 이름을 할로라고 지었을 수도 있었겠다는 생각이 언뜻 내 머릿속을 스치고 지나갔다. 그럼 나는 지금 할로와 이름이 같았을 것이다. 얼마나 소름 끼치는 일이었을까?

하지만 어느 누구도 자기 자식에게 해리 할로의 이름을 붙이지 않았다. 그는 붉은털원숭이 새끼를 어미와 분리해 타월 천이나 철사로 만든 무생물의 어미 곁에 두고 다른 대안이 없을 때 새끼들이 어느 쪽을 선택하는지 관찰했다. 그의 도발적인 주장에 따르면 애정을 연구하기 위해서 실시한 실험이라고 했다.

새끼 원숭이들은 무정한 가짜 어미에게 애처로울 정도로 매달리다 전부 다 정신이상을 일으키거나 죽었다. "그걸 보면서 뭘 깨달을 수 있을 거라고 생각했는지 모르겠어." 로웰이 말했다. "하지만 새끼 원숭이들은 짧고 서글픈 생을 사는 동안 그자에 대해서 아주 많은 걸 깨달았겠지.

역방향 거울 실험을 해야 해. 타인 속에서 자기들 모습을 찾을 수 있을 만큼 똑똑한 종을 판별하는 방편으로. 얼마나 멀리까지 사슬을 추적할 수 있느냐에 따라 보너스 점수가 주어지지. 곤충까지 성공하면 더블 보너스."

앞머리를 잔뜩 내려서 짧게 자른 젊은 라틴계 웨이트리스가 시럽을 다시 정리하고 커피 잔을 치우고 테이블 위에 놓인 계산서를 좀 더 잘 보이는 위치로 옮기며 우리 주변을 잠깐 어슬렁거렸다. 그러다 결국 포기하고는 좀 더 눈치 빠른 손님을 찾아 나섰다.

로웰은 점원이 근처에 있는 동안에는 하던 이야기를 멈추었다. 그러다 그녀가 사라지자 이야기를 끊었던 그 지점에서 바로 이야기를 이었다. "나 수다쟁이가 된 것 좀 봐!" 그는 간밤에 이렇게 말한 적이 있었다. "오늘 밤에는 내가 너보다 더 너 같다. 평소에는 이렇게 말이 많지 않거든. 조용히 살지." 그러면서 나를 보고 웃었다. 그의 얼굴은 달라졌지만 미소는 예전 그대로였다.

"아빠의 접근 방식의 문제점은 이거야." 로웰은 스크램블러 슈프림 접시 주변에 문제점이 있기라도 한 것처럼 베이커스 스퀘어의 테이블 매트를 한 손가락으로 톡톡 두드렸다. "기본적인 가정. 아빠는 우리도 다 같은 동물이라고 입버릇처럼 말했지만 펀을 대할 때는 접점을 출발점으로 삼지 않았어. 다 같은 동물이라고 입증하는 부담을 전부 다 펀에게 떠넘겼지. 우리하고 대화를 나누지 못하는 건 늘 펀의 잘못이 었어. 펀의 말을 이해하지 못하는 우리 잘못이 아니라. 우리가 서로 유사하다는 가정을 출발점으로 삼았더라면 과학적으로 좀 더 엄격한 연구가 됐을 텐데. 훨씬 더 진화론적인 연구가 됐을 텐데. 그리고 훨씬 더 세련되고."

로웰이 물었다. "펀이 빨간색과 파란색 포커 칩을 가지고 했던 그 게임 생각나? 같다/다르다 게임?"

두말하면 잔소리였다.

"펀은 항상 너한테 빨간색 칩을 줬어. 다른 사람은 말고. 너한테만. 생각나?"

듣고 보니 생각났다. 닳아서 로마 동전처럼 얇아진 해묵은 기억보다 예리한 새로운 기억으로 내 머릿속에 떠올랐다. 내가 여기저기 긁

흰 자국이 있는, 아빠의 안락의자 옆쪽 마룻바닥에 누워 있는데 펀이 와서 내 옆에 누웠다. 내 팔꿈치가 부러진 때였다. 아빠와 대학원생들은 생각지도 못했던 펀의 웃음소리를 놓고 계속 토론 중이었다. 펀은 계속 포커 칩을 쥐고 있었다. 같으면 빨간색, 다르면 파란색. 그녀가 몸을 돌려서 똑바로 눕자 턱에 난 솜털이 한 가닥도 남김없이 내 눈에 들어왔다. 그녀에게서는 땀 냄새가 났다. 그녀가 한쪽 손가락으로 내 머리를 긁었다. 머리카락이 한 올 뽑혔다. 그녀는 그 머리카락을 먹었다.

그러고는 신중하게 고민한 기미를 역력히 드러내며 나에게 빨간색 칩을 줬다. 머릿속에서 그 장면이 처음부터 끝까지 되살아났다. 속눈썹으로 뒤덮인 반짝이는 눈으로 나를 보며 내 가슴 위에 빨간색 칩을 올려놓았던 펀.

우리 아버지는 그걸 어떻게 해석했을지 알겠다. 별다른 의미는 부여하지 않았을 것이다. 예전에 자기가 건포도를 한 알 먹을 때마다 나한테도 한 알 주었던 것처럼 지금 포커 칩을 두 개 들고 있으니 나한테 한 개 준거라고 해석했을 것이다. 재미있는 행동이라고, 아빠가 생각할 수 있는 건 거기까지였을 것이다.

내 해석은 이렇다. 나는 펀이 사과를 하는 거라고 생각했다. 네가 속상하면 나도 속상하다고, 내가 그 빨간색 칩을 통해 얻은 메시지는 그거였다. 너랑 나, 우리는 같다고.

내 언니 펀. 이 넓은 세상을 통틀어 단 하나뿐인 나의 빨간색 포커 칩.

나는 따로 떨어져 있던 두 손을 테이블 아래에서 으스러져라 맞잡고 우리 둘만 따로 떨어져 나오자마자 물었어야 했던 질문을 했다. "펀은 어떻게 지내?"

나는 속삭임처럼 내뱉고, 내 입이 움직임을 멈추기 전부터 후회했다. 무슨 대답을 들을지 두려워서 계속 종알거렸다. "처음부터 얘기해 줘." 나는 비보를 최대한 나중에 듣고 싶은 마음에 이렇게 말했다. "오빠가 떠난 날 밤부터."

하지만 여러분은 당장 펀의 소식부터 듣고 싶을지 모르겠다. 그러니까 간단하게 소개하겠다.

로웰이 집을 나갔을 때 울레비크 박사의 연구소로 갔을 거라는 내 짐작은 맞았다. 2~3일 지나면 우리가 찾으러 나설 텐데 거기까지 가는 데 그 정도 시간이 걸렸다. 눈 없이 단단하게 다져진 흙, 잎이 진 시커먼 나무, 건조하고 매서운 바람으로 이루어진 사우스다코타는 엄청나게 추웠다.

해가 떨어진 뒤에 도착한 그는 모텔에 방을 잡았다. 연구소가 어디인지 모르는 데다 너무 늦어서 찾아 나설 수도 없었기 때문이었다. 게다가 버스에서 이틀 밤을 보내고 났더니 선 채로 곯아떨어질 지경이었다. 카운터 여자는 1950년대 헤어스타일을 하고 있었고 눈빛이 멍했다. 나이를 물을까 봐 걱정했더니 그가 내미는 돈에도 거의 관심이 없었다.

다음 날, 그는 울레비크의 교수실로 찾아가서 학과 비서에게 이 학교에 지원하려는 학생이라고 자기를 소개했다. 그녀는 전형적인 중서 부인이었다. 아주 친절했다. 얼굴은 삽처럼 납작하고 넓었다. 가슴도 크고 넓었다. 그는 그런 여자들을 실망시킬 운명을 타고난 사람이었다. "비어드 부인도 그랬잖아. 내 말이 무슨 뜻인지 알지?" 그가 물었다.

비어드 부인은 5년 전쯤에 죽었으니 그로 인해 두 번 다시 실망할 일이 없었다. 하지만 그런 얘기는 하지 않았다.

그는 비서에게 침팬지 연구에 특히 관심이 많다고 했다. 여기서 어떤 연구가 이루어지고 있는지 참관할 방법이 없을까요? 그녀는 울레비크가 학교에 나오는 시간을 알려주었지만 그는 이미 알고 있었다. 시간표가 그의 교수실 문 앞에 붙어 있었다.

하지만 잠시 후에 그녀가 볼일을 처리하러 잠깐 자리를 비우자 울레비크의 우편함을 훔쳐볼 기회가 생겼다. 다른 우편물 사이에 전기요금 청구서가 있었는데 시골 주소였고 금액이 상당히 컸다. 그는 주유소에 가서 지도와 핫도그를 샀다. 거기까지는 10킬로미터 거리였다. 그는 그 길을 걸어갔다.

지나가는 차가 거의 없었다. 해가 떴는데도 몸이 아리도록 추웠다. 걸었더니 상쾌했다. 그는 재미 삼아 팔을 앞뒤로 흔들며 매리언과의 경기가 어떻게 됐을지 생각했다. 그가 뛰었더라도 승산은 없었을 것이다. 기껏해야 참패를 면하는 수준이었을 것이다. 그런데 그가 빠졌으니? 참패보다 더 못한 게 뭐가 있을까? 그는 고등학교로 돌아가지 말고 검정고시를 봐서 그가 농구 선수였다는 사실을 아무도 모르는 대학으로 직행하는 게 나을지 모르겠다는 생각을 했다. 그는 대학 팀에서 뛸 수 있을 만큼 키가 크지도 않았다.

마침내 그는 울타리에 쇠사슬이 달린 시설에 도착했다. 평소 같으면 쇠사슬 달린 울타리가 그에게 아무 문제도 되지 않았다. 그는 쇠사슬이 달린 울타리를 보면 웃었다. 하지만 여기에는 전선이 버젓이 엮여 있었다. 그러니까 제대로 찾아왔다는 뜻이었지만 그와 동시에 안으로 들어갈 방법이 없다는 뜻이기도 했다.

누렇게 변한 잡초들이 빙 둘러진 앞마당에는 잎이 진 나무들이 빽빽이 서 있었고 흙바닥에는 자갈뿐이었다. 한 나뭇가지에 타이어로 만든 그네가 걸려 있었고, 군대에서 유격 훈련 때 쓰는 벽 타기 그물도 있었다. 주변에는 아무도 없는 듯했다. 길 건너편에 반으로 잘린 나뭇등걸이 있었다. 바람도 피하고 몸도 숨기기에 안성맞춤이었다. 그는 그 안으로 들어갔고 곧바로 잠이 들었다.

그러다 차 문이 닫히는 소리를 듣고 눈을 떴다. 시설 진입로와 연결된 출입문이 열려 있었다. 그 안에서 어떤 남자가 초록색 스테이션 왜건* 뒤에 싣고 온 큼지막한 퓨리나 개 사료 봉지를 부리고 있었다. 그걸 짐수레에 쌓아서 흙마당을 가로질러 차고처럼 보이는 곳으로 운반했다. 로웰은 그가 차고 안으로 사라지자마자 길을 건너서 슬그머니 본관 안으로 들어갔다. "그냥 걸어 들어가면 그만이더라. 간단했어." 로웰이 말했다.

---

* 차체 뒤쪽에 화물을 적재할 수 있게 만든 승용차 겸 화물차.

들어가보니 위로 올라가는 계단도 있고 아래로 내려가는 계단도 있는 어두컴컴한 복도가 나왔다. 침팬지들 소리가 들렸다. 그들은 지하에 있었다.

계단통에서 암모니아와 똥이 섞인, 코를 찌르는 냄새가 났다. 전등 스위치가 있었지만 로웰은 불을 켜지 않았다. 1층 높이 바로 위에 일렬로 달린 조그만 창문을 통해 햇빛이 들어왔다. 그 햇빛만으로도 충분히 밝아서 일렬로 놓인 네 개의 우리와 그 안에 웅크리고 앉아 있는 시커먼 형상들이 보였다. 아무리 못해도 열두 마리는 됨 직했다.

"이 뒤로는 이야기가 끔찍해지는데. 네가 편 이야기 싫어하는 거 나도 알아. 정말로 계속 듣고 싶어?" 로웰이 물었다.

경고의 뜻에서 한 말이었다. 진심으로 이야기를 중단할 생각이 있어서 물은 건 아니었다.

나는 편을 한눈에 알아볼 수 있었어. 어두침침한 거기서 실제로 알아본 게 아니라 그 안에서 가장 어리고 가장 작았거든.

다 자란 덩치 큰 침팬지 네 마리와 한 우리에 갇혀 있더라. 한 침팬지와 다른 침팬지의 차이를 그때처럼 피부로 실감한 적은 없었던 것 같아. 편은 털이 남들보다 붉었고 귀가 위에 달려서 곰 인형 귀에 더 가깝더라고. 조금 달라지긴 했지만 모든 게 아주 금세 한눈에 들어왔고 앞뒤가 딱 맞았어. 예전에는 그렇게 우아했는데 실팍해져서는 웅크리고 앉아 있지 뭐야. 그런데 편이 나를 알아보는 방식이 섬뜩했어. 내가 오는 걸 예감이라도 한 것 같더라. 아빠가 침팬지의 예지력에 대해서 연구해야 한다고 생각했던 기억이 나.

우리를 향해서 걸어가는데, 펀이 내 쪽으로 고개를 돌리지 않았는데도 긴장하는 게 보이더라고. 털을 곤두세우더니 불안할 때 내던 그우 우 하는 소리를 아주 조용히 내기 시작하는 거야. 그러더니 몸을 확돌려서 우리의 쇠기둥으로 뛰어올랐지. 그걸 앞뒤, 좌우로 흔들면서나를 똑바로 쳐다봤어. 나를 향해 비명을 질렀어.

내가 바로 앞까지 달려갔을 때 펀이 손을 내밀어서 내 한쪽 팔을 붙잡고 하도 세게 끌어당기는 바람에 쇠기둥에 부딪쳤지 뭐야. 머리를부딪쳐서 눈앞이 기우뚱하더라. 펀이 내 손을 우리 안으로 당겨서 자기 입속에 넣었는데 아직 물지는 않았어. 나를 봐서 행복한 마음이 더큰지, 화가 난 마음이 더 큰지 갈피를 잡지 못했던 것 같아. 펀이 무서웠던 적은 그때가 처음이었어.

나는 손을 꺼내려고 했지만 펀이 놓아주지 않았어. 펀이 흥분한 냄새가 느껴지더라. 머리카락이 타는 것과 비슷한 냄새가 말이야. 오랫동안 거품 목욕도 못하고 이도 제대로 닦지 못했을 테니까. 솔직히 좀고약한 냄새가 났어.

나는 말했지. 미안하다고, 사랑한다고. 하지만 펀은 계속 비명을 지르고 있어서 내 말을 듣지 못했을 거야. 펀이 내 손가락을 하도 세게눌러서 눈앞에서 별이 왔다 갔다 했기 때문에 침착한 목소리로 조용히 얘기하는 것 말고는 아무것도 할 수가 없더라고.

이제 펀 때문에 다른 침팬지들까지 상당히 흥분하게 됐어. 발정 난덩치 큰 수컷이 다가와서 내 손을 빼내려고 했는데 펀이 놓지 않으니까 내 다른 쪽 팔을 잡지 뭐야. 둘이 양쪽에서 당기는 바람에 나는 이리 끌려갔다·저리 끌려갔다 하면서 계속 쇠기둥에 부딪쳤지. 코를 부딪치고 이마를 부딪치고 얼굴 옆면을 부딪치고. 펀은 계속 내 손을 잡고 있었지만 입안에 넣지는 않았어. 고개를 돌리더니 수컷의 어깨를 물더라고. 아주 세게. 모든 우리에서 터져 나온 비명 소리가 콘크리트 벽에 부딪쳐서 메아리쳤어. 무슨 록 콘서트장 같더라. 아주 위험한 록 콘서트장.

덩치 큰 수컷이 내 팔을 놓고 입을 쫙 찢어서 송곳니를 번뜩이며 뒷걸음질을 쳤는데 정말이지 상어 이빨 같더라. 그런 얼굴로 펀처럼 털을 곤두세우고 똑바로 섰지. 펀을 위협하려는 거였는데 펀은 그 녀석한테 더 이상 관심이 없었어. 나를 잡지 않은 쪽 손을 써서 나에게 수화로 얘기하고 있었거든. 먼저 손가락으로 L자를 만들어서 자기 가슴을 때리는 걸로 내 이름을 부른 다음 착한 펀이라고 했어. 펀은 착한 아이야. 나를 제발 집으로 데려가줘. 착한 아이가 될게. 착한 아이가 되겠다고 약속할게.

덩치 큰 수컷이 뒤에서 달려들었는데 펀은 방어를 하는 동시에 나를 붙잡고 있을 수 없었어. 그래서 방어를 포기했지. 녀석이 발로 펀의 등을 길게 가르는 바람에 피가 났어. 그러는 내내 펀은 계속 비명을 질렀고, 다른 침팬지들도 비명을 질렀고, 피와 분노와 공포의 냄새가 나는데, 그 톡 쏘는 쇠 냄새와 사향 같은 땀 냄새와 코를 찌르는 똥 냄새가 나는데, 나는 그동안 계속 부딪친 것 때문에 머리가 빙빙 돌았지. 그런데도 펀은 나를 놓지 않았어.

이제 사람들이, 남자 둘이 계단을 달려 내려와서 나한테 고함을 질렀지만 뭐라고 하는지 들리지 않았어. 교수라고 하기에는 어려 보였으니까 아마 대학원생들이었을 거야. 아니면 수위였을 수도 있고. 둘 다 덩치가 컸고 한 명은 전기가 흐르는 소몰이 막대를 들고 있었는데 저걸 어떻게 쓰려는 걸까 궁금해했던 기억이 나. 무슨 수로 나를 피해서 편만 저걸로 찌르려는 걸까? 어떻게 하면 편을 찌르지 못하게 막을 수 있을까?

사실 그 막대를 쓸 필요가 없었어. 수컷이 그 막대를 보더니 곧바로 낑낑대면서 우리 저 끝까지 뒷걸음질을 쳤거든. 모두들 조용해졌어. 막대를 보여주니까 편도 결국 내 손을 놓았고.

나는 얼굴에 똥을 맞았어. 다른 우리에서 날아온 거였는데 고약한 냄새를 풍기면서 철퍼덕 내 얼굴을 맞히더니 목을 타고 셔츠 칼라 속으로 흘러 내려가지 뭐야. 나더러 경찰을 부르기 전에 당장 나가라고 하더군. 편은 계속 쇠기둥에 몸을 붙이고서 내 이름과 자기 이름을 수화로 표현했어. 착한 편이라고, 착한 편이라고. 두 남자는 편의 상태를 살필 것인지 말 것인지 여부를 놓고 옥신각신하기 시작했지. 피를 본 순간 얘기가 끝났지만.

한 명이 나가서 수의사한테 연락하기로 했어. 그 참에 나를 질질 끌고 나갔지. 다치지 않은 쪽 팔을 잡고서. 나보다 덩치가 한참 컸는데 나를 잡고 흔들더니 이렇게 얘기하더군. "다음번에는 경찰을 부를 거다. 네가 생각하기에는 재밌냐? 우리에 갇힌 동물들을 그런 식으로 괴롭히니까 아주 재밌어 죽겠냐? 당장 꺼져라. 두 번 다시 나타날 생각하지 말고."

다른 한 명은 편의 곁에 남았어. 소몰이 막대를 들고 편을 내려다봤지. 다른 침팬지들로부터 편을 보호하려는 조치였지만 편은 그걸 협박으로 받아들였어. 수화가 점점 날림으로 변했거든. 자포자기식으로.

그때를 생각하면 지금도 견딜 수가 없어. 그런 일들이 있고 난 뒤에도 그 우두머리 수컷한테서 나를 보호하려고 했다니. 그런 대가를 치러가면서. 내가 편을 거기 두고 떠났을 때 나를 바라보던 그 표정은 정말이지.

그 뒤로 두 번 다시 편을 만나지 못했어.

제5부

요즘은 제가 물론 인간의 언어로만 이 유인원류의 감정들을
묘사할 수 있게 돼서 결과적으로 왜곡이 이루어지죠.

──프란츠 카프카, 「어느 학술원에 보내는 보고서」

하나

편과 나는 다른 점이 있었다. 워낙 어처구니없는 거라 로웰도 사우스다코타에 갈 때까지 전혀 알아차리지 못했던 차이점이었다. 나도 10년이 지난 뒤에 베이커스 스퀘어에서 아침을 먹으며 그에게 듣기 전까지는 알아차리지 못한 차이점이었다. 우리 둘의 차이점이란 이런 거였다. 편은 의자나 자동차나 텔레비전처럼 사고팔 수 있는 대상이었다는 것. 우리 가족의 일원으로 농장에서 함께 살았던 내내, 여동생과 언니와 딸 노릇을 하느라 바빴던 내내 그녀는 사실상 인디애나대학교의 소유물이었다.

가족 프로젝트를 접었을 때 아빠는 미정의 조건으로나마 편과 함께 연구소에서 계속 실험을 진행할 수 있길 바랐다. 하지만 애초부터 유지비로 막대한 비용이 들었고 인디애나대학교 측에서 그녀가 안전하게 지낼 만한 장소를 제공할 수 없다고 했다. 그들은 당장 출구를 찾아 나섰고 당장 데려가는 조건으로 사우스다코타에 그녀를 매각했다.

아버지는 결정권이 없었다. 아버지는 매트를 딸려 보낼 권한도 없었지만 그가 지원하고 나섰고, 매트는 사우스다코타에서 공식적으로 맡은 직책이 없었지만 여력이 닿을 때까지 그곳에 머물며 가능한 한 자주 편을 만났다. 로웰은 두 사람이 최선을 다했다고 했는데, 이 세상 모든 이를 통틀어서 그 부분에 대해 가장 엄격한 평가를 내릴 사람이 로웰이었다. 하지만 부모가 자기 딸 문제에 어쩌면 그렇게 아무 권한도 없을 수 있는지 그 당시의 나로서는—솔직히 지금도 마찬가지지만—이해하기 힘들었다.

"나는 찾아가서 더 큰 고통만 안겨준 꼴이었어. 만나러 가지 말자고 한 아빠의 판단이 옳았더라고." 로웰은 피곤해서 눈이 벌겠는데, 그 눈을 비비는 바람에 더 벌게졌다. "네 기분 좋아지려고 하는 일이라는 얘기는 틀렸지만."

"편이 지금은 어디 있는지 알아?" 내가 묻자 로웰은 안다고, 지금도 사우스다코타의 울레비크 연구소에 있다고 했다. 두 번 다시 찾아가지 말아야 할 감정적인 이유 말고 또 다른 이유도 있었다. FBI가 거기서 그를 기다리고 있을 게 분명했다. 그는 절대 다시 찾아갈 수 없었다. 그래서 보초를 심어놓고 그에게서 보고를 받았다.

울레비크는 5년 전에 은퇴했다. 우리 안에 갇힌 침팬지들로서는 기쁜 소식이었다. 로웰이 말했다. "그 작자는 사실 과학자도 아니었어. 초특급 악당에 더 가까웠지. 범죄를 저지른 정신병 환자들을 가두어놓는 감옥에 어울리는 그런 과학자 말이야."

로웰은 활개를 치고 다니는 이런 과학자들이 슬프게도 한두 명이 아니라고 했다.

"그 작자는 자기가 우리 앞을 지나가면 자기 손에 입을 맞추도록 침팬지들을 훈련시켰어. 펀한테도 그 짓을 계속 강요했지. 예전에 거기서 일했던 사람 말로는 울레비크가 그걸 재미있어했대.

울레비크는 펀을 싫어했는데 아무도 이유를 모르겠다고 하더라. 한번은 내가 펀을 사서 플로리다에 있는 보호시설(다른 보호시설처럼 이미 만원이기는 했지만)을 매수해 대기 순서를 무시하고 펀을 거기 넣자고 어떤 돈 많은 남자를 설득한 적이 있었거든. 그런데 울레비크가 팔지 않겠다고 나온 거야. 그가 다른 침팬지는 어떠냐고 하니까 그 남자는 한 마리라도 구하는 게 낫지 않을까 싶어서 좋다고 했지. 그런데 알고 보니까 차라리 잘된 일이었지 뭐야. 기존의 집단에 새로운 침팬지를 투입하는 건 늘 위험한 일이거든."

유치원에서 보낸 첫날의 기억이, 특이하고 사회성이 떨어지며 남들보다 반 학기 늦었던 내 모습이 퍼뜩 내 머릿속을 스치고 지나갔다.

"펀 대신 보호시설로 옮겨진 침팬지는 죽기 직전까지 공격과 폭행을 당했대." 로웰이 말했다.

다음은 로웰이 한 이야기다.

1989년에 울레비크가 침팬지 몇 마리를 의학 연구소로 보내서 적자를 메울 계획이라고 발표했을 때 나는 심장이 철렁했지. 우마, 피터,

조이, 타타, 다오가 전부 다 팔렸어. 그중에서 지금까지 목숨을 부지한 아이는 우마뿐이야.

편도 명단에 오를 줄 알았는데 그렇지 않았던 건 아마 번식력이 훌륭해서였을 거야. 하지만 우리와 함께 보낸 시간이 편의 성생활을 다 망쳐놨어. 그런 데 관심을 보이지 않았거든. 결국 연구소 측에서 인공 수정을 시작했어. 상처가 남지 않는 성폭행을 자행한 거지.

편이 지금까지 낳은 새끼는 세 마리야. 첫째는 수컷이었는데 이름이 베이즐이었고 태어나자마자 좀 더 나이 많은 암컷 침팬지한테 빼앗겼어. 사이가 아주 돈독한 가족 안에서도 그런 일이 벌어진다고 하더라. 하지만 편은 많이 슬퍼했지.

그런데 그게 다가 아니었어. 울레비크가 베이즐을 편이 낳은 둘째 세이지랑 같이 세인트루이스에 있는 시립동물원에 팔아버렸거든. 사이가 돈독한 가족들은 어찌어찌 그런 운명을 피하는데 이 가족은 그러지 못했던 거지.

로렐이 이야기했다. "가서 너도 만나봐. 대단한 동물원은 못 되지만 의학 연구소는 아니야."

다른 테이블에 앉은 남자가 똥 대신 무지개와 유니콘을 싸지르고 앉아 있다며* 같이 아침을 먹는 상대를 나무랐다. 정확히 그 순간에 내 귀로 들어와서 꽂혔는지 그건 잘 모르겠지만 나는 그의 말을 지금까지 기억하고 있다. 상상하면 아주 괴로운 그림이긴 한데, 그야말로 로

* 세상을 지나치게 낙관적으로 바라보는 것을 뜻한다.

렐의 성향과 정확히 정반대였다. 로렐이 절대 하지 않을 짓이었다. 그래서 로렐이 울례비크가 은퇴한 뒤로 편의 생활이 모든 면에서 나아졌다고 했을 때 나는 그 말이 사실이라는 것을 알았다. 로렐이 말했다. "대학원생들이 편을 얼마나 좋아하는지 몰라. 예전에도 그랬잖아?"

로렐이 말하길 편은 새끼를 한 마리 더 낳았는데 암컷이고 이름은 헤이즐이라고 했다. 헤이즐은 이제 막 두 살이 되었고 편은 그녀에게 수화를 가르쳤다. 둘을 중심으로 실험이 진행 중이라 그 아이는 빼앗기지 않을 듯했다. 연구소 직원들은 헤이즐이 최소 네 명의 증인이 보는 앞에서 최소 열네 번 이상 사용한 수화가 아닌 이상 그녀의 앞에서 아무 수화나 쓸 수 없었다.

편은 200여 개의 수화를 쓰는 것으로 기록이 되었는데, 연구원들은 그녀가 그중에서 몇 개나 전수할지 기록하는 중이었다. 실용적인 수화만 가르칠까, 아니면 일상적인 대화에 쓰이는 수화까지 가르칠까?

로웰이 말했다. "헤이즐은 새끼손가락 하나로 온 연구소를 들었다 놨다 하고 있어. 벌써 자기만의 수화도 만들었고. **나무 옷**이 나뭇잎. **큰 수프**가 욕조. 얼마나 똑똑한지 몰라. 꼭 체스를 두는 전략가처럼. 자기 엄마를 빼다 박았지 뭐야."

"그거, 편 때문에 생긴 거야?" 내가 로웰의 손에 남은 흉터를 가리키며 묻자 그는 아니라고, 겁에 질린 붉은꼬리 말똥가리가 남긴 명함이라고 했다. 하지만 편의 이야기가 아직 끝나지 않았기 때문에 거기에 얽힌 사연은 듣지 못했다.

무단 침입 이후에 사우스다코타로 돌아간 로웰은 병원에서 치료를 받아야 했다. 우리 쇠기둥에 얼굴을 부딪친 것 외에도 손가락 두 개가 부러졌고 손목을 삐었다. 의사가 가정집으로 왕진을 나와서 차트에 진료 기록을 기입하지 않고 치료해주었다. 그는 그날 밤에 그 집에서 잤는데, 누군지 모르는 사람이 그를 간병하다 일정한 간격으로 깨워서 뇌진탕의 조짐이 없는지 확인했다. 로렐을 연구소 아니면 그날 아침에 대학교에서 본 사람이 있었거나 블루밍턴에서 생쥐 대석방 사건에 감명을 받은 사람이 있었기에 이루어진 조치였다. 로웰은 그 부분에 대해서 아는 게 거의 없었다. 아무튼 누군지 몰라도 그 사람은 연구소 동물들의 처우를 못마땅하게 여겼고 뭔가 조치를 취해야 한다는데 로웰도 뜻을 같이할 거라고 생각했다.

로웰이 말했다. "그쯤 됐을 때 나 혼자서는 펀을 구출할 방법이 없다는 걸 깨달았어. 펀과 내가 한 솔로와 추바카처럼 같이 떠날 수 있을 줄 알았다니, 초공간으로 폴짝 이동할 수 있을 줄 알았다니 내가 바보였고 어린애 같았지.

아무 생각도 없었던 거야. 그냥 만나고 싶고, 어떻게 지내는지 보고 싶고, 우리가 잊지 않았다는 걸 가르쳐주고 싶은 마음만 있었을 뿐. 사랑한다고 말하고 싶은 마음만 있었을 뿐.

이제 계획이 필요하다는 걸 알 수 있었어. 펀을 데려갈 공간과 도움을 청할 사람들이 필요하다는 걸. 법적으로 따지면 내가 절도범이 된다는 걸 알았지만 그러거나 말거나 개뿔도 관심 없었지. 캘리포니아주 리버사이드에서 모종의 작전을 벌일 계획인데 차에 한 자리가 남았다는 얘기를 들었어. 내가 가겠다고 했지. 뭐든 하면 나중에 펀을 위해 쓸 수 있는 보험을 드는 거라는 생각으로."

로웰은 큼지막한 창문으로 고개를 돌려서 출근 행렬이 시작된 창밖의 길거리를 내다보았다. 땅안개가 다시 길거리를 덮었다. 비가 멈추고 햇빛이 비쳤지만 워낙 희미하고 듬성듬성해서 차량들이 전부 다 전조등을 켜고 달렸다. 시내 전체가 양말 안에 쑤셔 넣어진 듯한 느낌이었다.

베이커스 스퀘어 안은 점점 분주해져서 포크나 숟가락들이 사기 접시에 부딪쳐 쟁그랑거렸고, 웅웅거리는 대화가 이어졌다. 금전등록기 소리. 문 위에 달린 종소리. 나는 울고 있었는데 언제부터 그랬는지 알 수가 없었다.

로웰이 팔을 뻗어서 그 거친 손으로 내 손을 잡았다. 손이 나보다 따뜻했다. "다음 날 경찰이 연구소로 나를 찾으러 왔었대. 나도 전해 들은 얘기야. 내가 거기 갔었다는 얘기가 경찰 측에 전해졌으니까 엄마, 아빠도 내가 거기 갔었다는 걸, 기본적으로 무사하다는 걸 알았을 거야. 하지만 나는 계속 머리끝까지 화가 나서 집으로 돌아가질 못하겠더라고. 리버사이드로 가는 게 잡히지 않고 그곳을 빠져나갈 수 있는 가장 좋은 방법 같았어.

나는 내가 충분히 고민했다고 생각했어. 펀을 위해서 최선의 조치를 취하고 있다고 생각했어. 하지만 화가 났지. 우리 가족 모두에게. 계속 펀의 얼굴이 눈앞에서 어른거렸고.

절대 집으로 돌아가지 않겠다고 결심한 건 아니었어. 그냥 펀을 먼저 어디 좋은 곳, 행복하게 지낼 수 있는 곳으로 옮기고 싶을 뿐이었지." 그는 내 손을 잡고 살짝 흔들었다. "어떤 농장 같은 곳으로."

그 무렵, 식당 안의 모든 소음이 일제히 멎는 그런 신기한 순간이 찾아왔다. 아무도 말을 하지 않았다. 아무도 숟가락으로 커피 잔 옆면을 때리지 않았다. 아무도 밖에서 짖거나 경적을 울리거나 기침을 하지 않았다. 페르마타. 정지 화면.

다시 액션.

로웰은 언성을 낮추었다. "내가 정말 바보 같았지." 그가 아무 감정 없는 투로 말했다. "그 대학교에 진학할 수도 있었는데. 연구소에서 일할 방법을 찾을 수도 있었는데. 그런 식으로 편을 날마다 볼 수 있었는데. 그런데 FBI에 쫓겨서 돌아갈 수 없는 신세가 되고 말았어. 학교로도, 집으로도."

그는 긴 한숨을 토했다. "편을 구하려고 얼마나 노력했는지 몰라. 몇 년 동안 애를 썼는데 거둔 성과가 뭐냐? 무슨 이런 한심한 오빠가 다 있나 모르겠다."

우리는 웨이트리스가 포기하고 돌아선 지 몇 시간 만에 음식값을 계산했다. 로웰은 배낭을 어깨에 짊어졌고 우리는 안개를 뚫고 2번 가까지 같이 걸어갔다. 로웰의 까만색 모직 코트 위로 물방울이 맺혔다.

내가 감기에 걸렸을 때 로웰이 나더러 밖에 나갈 수 없으니 자기가 눈을 들고 오겠다고 했던 날이 떠올랐다. 그는 까만색 가죽장갑 손등 위에 눈송이를 올려서 가져다주며 복잡한 육각형의 결정체를 볼 수 있을 거라고 했다. 눈의 여왕이 사는 성의 축소판을 볼 수 있을 거라고 했다. 하지만 현미경 렌즈로 보인 건 텅 빈 물방울뿐이었다.

펀이 떠나기 전이었는데 펀이 이 기억 속에 등장하지 않는 이유가 뭔지 궁금해졌다. 무슨 일을 하든 펀—빙그르르 돌고 공중제비를 넘으며 오늘을 즐기던 그녀—을 떼어놓기가 힘들었는데. 대학원생들과 다른 데서 실험을 하고 있었을지 모른다. 옆에 있었는데 내가 기억에서 지워버렸을지 모른다. 이제 와 그 털북숭이를 떠올리면 너무 고통스러워서 그랬을지 모른다.

"기차역까지 같이 걸어가자." 로웰이 말했다.

떠나려는 거였다. 내가 할로와의 동침에서 비롯된 분노를 완전히 삭일 때까지 곁에 있어주지도 않겠다는 거였다. "나는 같이 하이킹이나 갈까 했는데." 나는 징징거리는 듯한 말투를 애써 감추려고 하지도 않았다. "당일치기로 샌프란시스코에 다녀올까 했는데. 이렇게 금세 가버릴 줄은 몰랐어."

그에게 하려고 쟁여놓은 이야기들이 너무 많았는데. 또다시 나를 버리면 안 된다고 끈질기게 눈치를 주었는데. 죄책감을 전면 자극했는데. 그의 이야기가 끝나기만을 기다렸는데.

어쩌면 그도 알아차렸을지 모른다. 로웰은 눈치가 빨랐다. 적어도 나에 대해서는 그랬다. "미안, 로지. 나는 아무 데서도 오래 머물면 안 돼. 여기는 특히 그렇고."

열댓 명쯤 되는 학생들이 미슈카스 입구에 모여서 문을 열 때까지 기다리고 있었다. 우리는 그 사이를 통과했다. 로웰과 그의 배낭, 고개를 숙인 그 옆의 나. 미슈카스는 기말고사 기간 동안 인기가 많은 카페인데, 뒤쪽 자리를 차지하려면 서둘러야 했다. 앞쪽 테이블은 공부 금지 구역이었다. 그게 '규칙'이었다.

카페 앞 안개에서 커피와 머핀 냄새가 풍겼다. 나는 고개를 들었다가 1학년 때 기숙사에서 같이 지냈던 도리스 레비의 얼굴과 딱 마주쳤다. 그녀는 나를 알은체하지 않았다. 수다를 떨 만한 기분이 아니었는데 다행이었다.

로웰은 학생들이 한 블록 뒤로 멀어진 다음에서야 다시 입을 열었다. "FBI에서는 네가 여기 있는 걸 알 거야. 그렇게 화려한 전과를 기록했으니 더욱 그렇겠지. 너희 아파트 관리인이 나를 봤어. 네 룸메이트도. 할로도. 너무 위험해. 그리고 다른 데 갈 일도 있고."

로웰은 어떤 작전을 계획 중인데 워낙 장기적인 비밀 작전이라 완벽하게 사라져야 된다고 했다. 때문에 핀이 어떻게 지내는지 더 이상 보고를 받을 수 없게 되었다.

그래서 내 앞으로 보고서가 배달될 것이었다. 받으면 알 테니까 어떤 식으로 배달될지 신경 쓸 필요는 없다고 했다. 이제 핀을 살피는 것이 내 임무가 됐다고 나에게 알리는 이 마지막 절차 말고는 모든 조치를 끝내놓았다고 했다.

그가 나를 찾아온 이유가 그 때문이었다.

기차역에 도착했다. 로웰이 가서 표를 끊는 동안 나는 며칠 전날 밤에 핀이 끌려가던 날을 상상하며 심장을 토할 듯이 울었던 그 벤치에 앉아 있었다. 소사 교수님의 수업을 들은 이래 이런저런 이유로 하도 울어서 눈물이 남아 있을까 싶었는데 또다시 눈물이 흘렀다. 그래도 거기는 기차역이었다. 공항과 기차역은 원래 우는 곳이다. 나는 예전에 오로지 그럴 목적으로 공항에 간 적도 있었다.

우리는 플랫폼으로 나가서 단둘이 있을 수 있는 곳까지 선로를 걸었다. 떠나는 사람이 나였으면 좋겠다는 생각이 들었다. 어디든 상관없었다. 로웰이 올지 모른다는 희망이 사라지면 데이비스가 무슨 의미일까? 여기 머물러 있을 이유가 뭐가 있을까?

나는 지금까지 자기 인생이라는 작품에 출연한 주인공처럼 살려고 하는 에즈라의 습관을 허영으로 간주했다. 그런데 이제 그 효용성을 알 것 같았다. 내가 어떤 작품에 출연한 거라면 거리를 둘 수 있었고, 내가 느끼는 감정을 실제로 느끼는 게 아니라 느끼는 척하는 것인 척할 수 있었다. 내가 코를 훌쩍이는 소리가 배경음악이기는 했지만 이 장면 자체는 영화 같았다. 내 오른쪽과 왼쪽에서 선로들이 안개 속으로 사라졌다. 기적 소리와 함께 열차가 다가왔다. 나는 전쟁터에 나가는 오빠를 배웅하러 나온 길일 수 있었다. 아니면 대도시로 돈을 벌러 가는 오빠를 배웅하러 나온 길일 수 있었다. 사라진 아버지를 찾아서 금광으로 떠나는 오빠를 배웅하러 나온 길일 수 있었다.

로웰이 나를 감싸 안았다. 내 얼굴이 그의 모직 코트에 축축한 콧물 자국을 남겼다. 나는 그의 체취를 기억하려고 막힌 코로 숨을 크게 들이쉬었다. 젖은 개 냄새가 났지만 그건 코트에서 나는 냄새였다. 커피. 할로가 쓰는 바닐라 향수. 아무리 애를 써도 그 밑에 숨어 있는 로웰의 냄새는 맡을 수가 없었다. 나는 따끔거리는 그의 뺨을 더듬고, 어렸을 때 그랬던 것처럼, 펀이 내게 그랬던 것처럼 그의 머리카락을 만지작거렸다. 한번은 수업 시간에 손을 뻗어서 내 앞에 앉은 여학생의 머리를 만진 적이 있었다. 땋아서 동그랗게 똬리를 튼 머리였다. 그 이리저리 얽힌 머리를 만지고 싶다는 욕망에 휩싸여서 아무 생각 없이 저지른 짓이었다. 그녀가 고개를 돌렸다. "이거 네 머리 아니거든?" 그녀는 차갑게 쏘아붙였고, 나는 더듬더듬 사과를 늘어놓으며 신경 쓰지 않으면 아직도 튀어나오는 나의 침팬지 본능에 경악했다.

우리와 가장 가까운 데 있는 교차로에서 경고음과 함께 북쪽에서 다가오는 기관차 소리가 들렸다. 나는 하려고 했던 말 중에서 가장 중요한 한마디를 미친 듯이 찾았다. 그렇게 서두르다 잘못된 선택을 했다. "오빠는 늘 나 때문에 펀이 그렇게 됐다고 생각했다는 거 알아."

"그러면 안 되는 거였는데. 그때 너는 다섯 살이었잖아."

"그런데 내가 무슨 짓을 했는지 솔직히 기억이 안 나. 펀이 떠난 부분에 대해서 전혀 아무것도 기억이 안 나."

"정말?" 로웰이 물었다. 그는 잠깐 동안 아무 말도 하지 않았다. 얼마만큼 공개할지 고민하는 눈치라는 것을 알 수 있었다. 얘기하면 안 될 부분이 있다는 불길한 징조였다. 심장에서 가시가 자라서 심장이 뛸 때마다 찔리는 느낌이었다.

열차가 도착했다. 검표원이 내리는 승객들을 위해 계단을 설치했다. 몇 명이 내렸다. 몇 명은 올라탔다. 시간이 없었다. 우리는 이미 가장 가까운 문을 향해 걸어가고 있었다. "네가 엄마, 아빠한테 선택을 강요했거든." 로렐이 마침내 말문을 열었다. "너인지 펀인지. 너는 어렸을 때 늘 질투심이 하늘을 찔렀어."

그는 배낭을 열차 안으로 던지고 계단을 올라가서 몸을 돌려 나를 내려다보았다. "그때 너는 다섯 살이었잖아." 그가 똑같은 말을 반복했다. "자책하지 마."

그는 한참 동안 다시 만나지 못할 사람을 대하는 눈빛으로 나를 물끄러미 바라보았다. **내가 떠났을 때 그녀가 지었던 표정.** "엄마, 아빠한테 사랑한다고 전해줄래? 믿게 만들기 어렵겠지만."

그는 계속 문 앞에 서 있었다. 얼굴의 어떤 부분은 그의 얼굴이었지만 피곤해하는 표정에서는 아버지의 얼굴이 보였다. "너도 마찬가지야, 꼬맹아. 내가 우리 식구를 얼마나 그리워하는지 상상도 못 할 거다. 블루밍턴도 그립고. '워배시*에 비친 달빛이 꿈에 나오면…….'"

그 소리에 나도 인디애나의 집이 그리워진다.

청바지에 하이힐을 신은 중년의 동양 여자가 달려왔다. 그녀는 계단으로 폴짝 뛰어오르려다 핸드백으로 로웰의 팔을 쳤다. "어머나, 미안해요." 그녀가 말했다. "하마터면 기차 놓치는 줄 알았네." 그녀는 객차 안으로 사라졌다. 경적이 울렸다.

"네 옆에 친구가 있어서 정말 기쁘다." 로웰이 말했다. "할로가 너를 많이 아끼는 것 같더라." 그때 승무원이 다가와서 그에게 자리에 앉으라고 했다. 믿음직한 우리 오빠가, 나만의 헤일밥 혜성이 증기 열차를 타고 또다시 떠나기 전에 마지막으로 한 말이 그거였다. 할로가 나를

* 오하이오 주, 인디애나 주, 일리노이 주를 흐르는 강.

아낀다는 것.

　머문 기간은 짧았지만 그는 일말의 소득을 거두었다. 나는 원래 내외로운 생활을 보여주며 그의 죄책감을 자극할 생각이었는데 할로와 그 어처구니없는 우정 때문에 내 계획은 물거품으로 돌아갔고, 오히려 내 쪽에서 무안해져 버렸다. 오빠는 편이 나 때문에 그렇게 됐다고 생각한다는 것을 전부터 알고는 있었지만 10년 만에 그에게 확인을 받았으니 말이다.

　로웰이 한 말에 그가 떠난 충격, 수면 부족, 근질근질하고 추잡한 약물의 부작용이 더해졌다. 넷 중 하나만 있어도 죽음이었을 텐데 한데 합쳐지니 감당할 수가 없었다. 나는 슬픔과 충격, 수치심과 상실감, 카페인으로 인한 흥분과 죄책감과 비탄, 기타 등등을 느꼈다. 꼴이 말이 아니었다. 안개가 열차를 삼키는 광경을 지켜보는데 피곤하다는 생각뿐이었다.

　"너는 편을 사랑하잖아." 누군가가 말했다. 그 옛날 상상 속의 친구 메리였다. 메리를 못 보고 지낸 세월이 편을 못 보고 지낸 세월만큼이나 긴데 나이를 전혀 먹지 않았다. 그녀는 오래 머물지 않았다. "너는 편을 사랑하잖아." 이 메시지 하나만 던져주고 다시 사라졌다. 나는 그 말을 믿고 싶었다. 하지만 메리의 존재 이유가 편과 관련해서 나를 안심시키는 것이었다. 어쩌면 그녀는 자기 역할에 충실했던 것에 불과했을 수도 있었다.

　우리가 감정을 감정이라고 부르는 이유는 느껴지기 때문이다. 어머니가 위대한 실용주의자인 윌리엄 제임스를 근거로 항상 펼친 주장에 따르면 감정은 머릿속에서 시작되는 게 아니라 몸속에서 유발되는 것이다. 감정은 선택할 수 없고 행동만 선택할 수 있다는 것이 어머니의 양육 철학이었다(하지만 내가 어떤 감정을 느끼는지 모든 사람들에게 말하는 것은 **행동**에 해당했다. 못된 감정일 경우에는 특히 그랬다. 하지만 어렸을 때 나는 이도 저도 아니라고 생각하는 쪽이었다).

피곤을 헤집고 모든 숨결, 모든 근육, 모든 심장박동을 샅샅이 뒤져보니 다행스럽게도 뼛속 깊은 확신이 느껴졌다. 나는 편을 사랑했다. 나는 언제나 편을 사랑했다. 앞으로도 영원히 그럴 것이었다.

선로 옆에 혼자 서 있는데 문득 온갖 상상들이 소나기처럼 쏟아졌다. 편이 없는 내 인생이 아니라 편과 함께인 내 인생이 그려졌다. 유치원에서 자기 손을 본떠 종이로 칠면조를 만드는 편. 고등학교 체육관에서 로웰의 농구 경기를 관람하며 그가 골을 넣을 때마다 폭소를 터뜨리는 편. 신입생 기숙사에서 다른 친구들에게 제정신이 아닌 부모님에 대한 하소연을 늘어놓는 편. 우리가 그 당시 아주 재미있게 생각했던 핸드 사인을 하는 편. **루저. 아무튼.**

나는 그 모든 장면마다, 그 모든 순간마다 그녀를 미치도록 그리워했었는데 그런 줄 몰랐었다.

하지만 내가 기억하는 한 나는 항상 그녀를 질투했다. 로웰이 내가 아니라 그녀를 위해서 여기까지 찾아왔다는 걸 알아차린 지 15분도 안 됐는데 다시 질투가 났다. 어쩌면 자매는 대개 서로에게 이런 감정을 느끼는 것일 수 있었다.

하지만 한쪽이 다른 쪽을 쫓아낼 정도로 질투하는 자매는 없을 것이다. 내가 정말 그랬을까? 이 지점에서 동화가 궤도를 벗어났다.

나는 좀 더 원기를 회복한 뒤에 다시 생각하기로 했다. 대신 그때까지 이런 생각을 했다. 세상에 어떤 가족이 다섯 살짜리의 손에 그런 결정을 맡길까?

둘

로웰은 버밀리언으로 가는 버스에서 국제 결혼하는 신부와 몇 시간 동안 나란히 앉았다. 그보다 겨우 한 살 많은 필리핀 출신이었고 이름은 루야였다. 그녀는 결혼할 남자의 사진을 보여주었다. 로웰은 공항으로 마중 나오지도 않은 남자에 대해서 좋게 말할 거리가 없었기 때문에 아무 말도 하지 않았다.

같이 버스를 타고 가던 어떤 남자는 그녀에게 업계 종사자냐고 물었다. 그녀도 그렇고 로웰도 그렇고 그게 무슨 말인지 이해하지 못했다. 또 다른 남자는 뒷좌석에서 앞으로 몸을 내밀더니 동그랗게 뜬 눈을 이리저리 굴리며 모유의 납 수치 음모론을 제기했다. 요즘 여자들은 집과 가족들에게 매여 있기 싫어하는 게 문제였다. 모유에 유독 물질이 있다는 낭설은 그들이 기다리던 핑계에 불과했다. "다들 바지나

입으려 하고 말이지." 남자가 말했다.

"제가 오늘 미국의 많은 부분을 보네요." 루야는 필리핀 억양이 섞인 영어로 소심하게 계속 똑같은 말을 반복했다. 그 말이 그의 캐치프레이즈가 되었다. 그는 뭔가가 마음에 들지 않을 때마다 이렇게 말했다. 내가 오늘 미국의 많은 부분을 보네.

나는 걸어서 아파트로 돌아갔다. 추웠다. 모든 연령대와 모든 표정을 망라하는 편과 로웰의 환영이 안개 속에서 등장했다 사라지길 반복하며 내 주변을 빙빙 돌았다. 나는 로렐을 만나고 떠나보낸 충격에서 회복될 시간을 벌기 위해서 천천히 걸었다. 그리고 솔직히 할로와 만나는 걸 미루고 싶기도 했다.

나는 할로를 놓고 속을 끓이고 싶지 않았다. 로웰이 내게 마지막으로 건넨 말에 그녀가 등장하면 안 되는 거였다. 그녀는 가장 나중에 생각할 문제가 되어야 했다. 하지만 집에 가보면 그녀가 내 침대에 누워 있어서 어떻게든 처리해야 할 것이다.

로웰을 여자와 하룻밤 보내자마자 차버리는 그런 남자로 치부하기는 싫었다. 아무 말 없이 떠나는 것은 로웰의 성격일 뿐, 거기에 대해서 기분 나빠할 필요가 없었다. 할로도 앞으로 똑같이 하면 된다.

로웰의 변호를 하자면 내가 보기에 그는 제정신이 아니었다. 약 떨어진 환자처럼 정말 제정신이 아니었다. 내가 그렇게 생각하는 티를 내지 않았던 건 나도 안다. 사랑하는 마음에 그랬다. 하지만 이 자리에서 솔직하게 밝히려고 한다. 은근슬쩍 얼버무리려고 해봐야 아무에게도, 그리고 특히 로웰에게 도움이 안 될 것이다.

그래서 사랑하는 마음에 이야기를 처음부터 다시 해보겠다. 할로와 있는 동안에는 그가 완벽하게 정상인 같았고, 정말 그럴듯한 제약회사 영업사원으로 보였다. 할로에게 직업을 그렇게 밝혔다는데 정말 영업사원이었을지 아무도 모를 일이었다. 심란한 사건들은 전부 다 나중에 우리 둘만 베이커스 스퀘어에 갔을 때 벌어졌다.

그건 버럭 화를 내는 게 아니었다. 그는 내 기억이 닿는 먼 옛날부터 발을 구르고 가운뎃손가락을 내밀며 어린아이처럼 폭발하는 성격이었다. 그런 거라면 익숙했다. 그의 분노는 나의 향수를 자극했다.

아니었다. 그건 분노라기보다 광기에 가까웠다. 워낙 미묘하고 확실하지 않아서 보지 못한 척할 수 있었고 솔직히 지금도 그러고 싶은 심정이다. 하지만 10년의 데이터 공백 기간이 있다 해도 나는 로웰을 알았다. 한때 펀의 보디랭귀지를 한눈에 알아차렸던 것처럼 그의 보디랭귀지도 한눈에 알아차릴 수 있었다. 그는 시선이 어딘지 모르게 이상했다. 어깨의 각도와 입 모양도 이상했다. 어쩌면 **제정신이 아니었다**는 건 부적합한 표현일 수 있겠다. 너무 내면적이다. **정신적인 충격을 받은 사람 같았다**고 하는 게 더 나을지 모르겠다. 아니면 **불안정했다**거나. 로웰은 누군가에게 떠밀려서 균형을 잃은 사람처럼 말 그대로 불안정해 보였다.

그러니까 할로에게 그 부분에 대해서 설명해야 할 것이다. 비열한 인간이 아니라고. 그냥 불안정한 거라고. 다른 사람은 몰라도 그녀라면 이해해주어야 한다고.

나는 그렇게 결정한 뒤 펀이 더 많은 공간을 차지할 수 있도록 할로를 머릿속에서 지웠다. 눈물과 후회라면 이제 지긋지긋했다. 로웰이 이제 펀은 내 몫이라고 했다. 늘 그렇지 않았나? 전부터 그랬어야 하는 일이었다.

정기적인 보고고 뭐고 우리의 펀을 연구소 우리 안에 가두어둘 수는 없는 일이었다. 하지만 로웰이 그녀를 풀어주려고 10년째 노력 중이라지 않은가. 그가 모든 문제의 대책을 마련할 것이다. 무슨 수로 조용히 그녀를 빼낼 것인지(이제는 헤이즐과 함께), 누구에게 도움을 청할 것인지, 아무도 당장 소재를 파악해서 반환 요구를 할 수 없도록 무슨 수로 보안을 유지할 것인지. 미국에서 운영 중인 몇 개 안 되는 침팬지 보호소는 만원이었고, 훔친 동물인 줄 알면서 받아줄 보호소는 없었다.

소재를 감출 필요가 없다 하더라도 어디로 데려갈 것인지 자체가 어마어마한 문제였다. 금전적인 부담이 엄청났다. 새끼 한 마리를 비롯해서 새로운 침팬지 두 마리를 기존의 집단에 합류시키는 데 따르는 위험부담도 상당했다. 나보다 훨씬 똑똑하고 인맥도 탄탄하고 인정사정없이 밀어붙이는 로웰도 실패했는데 내가 무슨 수로 성공할 수 있을까? 그리고 펀은 또다시 터전을 옮기고 싶을까? 새롭게 알게 된 사람들이나 침팬지들과 또다시 헤어지고 싶을까? 로웰도 이제 연구소에 좋은 친구들이 생겼다고 하지 않았던가.

돈이면 모든 문제가 해결되지 않을까 싶었다. 돈이 아주 많으면. 영화를 찍거나 재단을 설립할 수 있는 정도의 금액이면. 평생 그 10분의 1도 구경하지 못할 수준의 금액이면.

처음에는 무한정 달라 보일지 몰라도 많은 문제가 결국에는 돈 문제였다. 이 얼마나 불쾌한 현실인가. 화폐의 가치는 있는 사람들이 없는 사람들을 상대로 벌이는 사기극이다. 벌거벗은 임금님의 새 옷이 전 세계적으로 확산된 것이다. 만약 돈을 쓰는 쪽이 우리가 아니라 침팬지들이었다면 우리는 돈에 감탄하지 않았을 것이다. 불합리하고 원시적인 도구라고 했을 것이다. 기만적인 도구라고 했을 것이다. 금은 뭐 하러 쓰겠는가? 침팬지들은 고기로 물물교환 한다. 고기의 가치는 누가 봐도 분명하다.

이 무렵 내가 사는 아파트 근처에 도착했다. 아파트 건물 앞에 차가 세 대 주차되어 있는데 그중 한 대의 실내등이 켜져 있었다. 불을 밝힌 차 안에 앉아 있는 거구의 운전자가 실루엣으로 보였다. 안테나에 찌릿찌릿 느낌이 왔다. FBI였다. 하마터면 로웰이 잡힐 뻔했다. 내가 설득해서 그를 주저앉혔다면 얼마나 후회가 됐을까?

차를 좀 더 유심히 들여다보았다. 옛날 옛적에는 흰색이었을 구닥다리 볼보였다. 누군가가 범퍼에 스티커를 붙였다가 떼어냈는지 V인지 W의 절반인지 모를 것만 남았다. 나는 조수석 창문을 두드렸고 문이 열리자 올라탔다. 안은 따뜻했고, 자고 일어났을 때 나는 입 냄새를 알토이드로 가리듯 역겨운 냄새를 박하 향으로 덮어씌웠다. 실내등이 켜진 이유는 운전자가 책을 읽고 있기 때문이었다. 『생물학 입문』이라는 두툼한 책이었다. 여자 친구를 스토킹하는 동시에 기말고사 공부를 하는 거였다. 이른바 멀티태스킹 중이었다. "안녕, 레그." 내가 말했다.

"왜 이렇게 일찍 일어났어?"

"오빠랑 나갔다 왔거든. 파이 먹으러." 이보다 더 순수하고 이보다 더 건전하게 미국적일 수 있을까? "너는 여기 어쩐 일이야?"

"자존심을 다 버렸거든."

나는 그의 팔을 토닥였다. "지금까지 지킨 것만으로도 대단한 거야."

누가 봐도 이건 어색한 상황이었다. 나는 간밤에 레그의 전화를 받았을 때 할로가 여기 없다고 했다. 그런데 그가 여기서 잠복근무를 하고 있다는 것은 나를 대놓고 거짓말쟁이라고 몰아붙이는 처사였다. 그 모욕감을 곱씹고 그의 비정상적인 질투심에 놀라워할 수 있다면 좋았겠지만, 할로가 지금 당장이라도 저 안에서 걸어 나올 수 있었기 때문에 그럴만한 여유가 없었다.

"집으로 가." 내가 말했다. "할로가 이미 들어와서 네가 도대체 어디 갔을까 궁금해하고 있을지도 모르잖아."

그는 나를 빤히 쳐다보더니 시선을 돌렸다. "아무래도 우리 이렇게 끝날 것 같아. 이렇게 할로하고 끝낼 것 같아."

나는 애매모호한 소리를 냈다. 짧은 콧소리 비슷한 걸 냈다. 그는 나와 처음 만났을 때 그녀와 헤어지려 하고 있었고 그 뒤로 대부분의 시간 동안 같은 과정을 반복하고 있었다. "헤이소스네." 나는 결국 이렇게 말하고 친절하게 설명을 덧붙였다. "무언가를 증오하는 데서 오는 쾌감."

"딱 그거야. 이제 평범한 여자 친구를 사귀고 싶어. 편안한 상대를.

혹시 아는 친구 없어?"

"네가 돈이 많았다면 내가 손들고 나섰을 텐데. 어마어마하게 돈이 많았다면. 막대한 거금의 소유자였다면 내가 편안한 여자 친구가 되어줄 수 있었을 텐데."

"기분은 좋지만 됐다."

"그럼 내 시간 낭비하지 말고 집으로 가." 나는 차에서 내려서 아파트 안으로 들어갔다. 의심스러워 보일 테니까 그가 어떻게 하는지 돌아보지 않았다. 그대로 계단을 올라갔다.

에즈라는 코빼기도 보이지 않았다. 아파트 관리에 매진하기에는 너무 이른 시각이었다. 토드는 아직 들어오지 않았다. 내 방문은 여전히 닫혀 있었다. 마담 드파르주는 두 다리를 기운차게 머리 위로 접고 소파에 앉아 있었다. 나는 그녀를 들고 토드의 방으로 들어가서 그녀를 안은 채 잠이 들었다. 레그와 내가 단두대와 전기의자, 둘 중에서 뭐가 더 인도적인지를 놓고 옥신각신하는 꿈을 꾸었다. 누가 어느 편이었는지는 기억이 나지 않는다. 레그의 입장이 어느 쪽이었는지 몰라도 설득력이 부족했던 기억만 난다.

셋

　로웰과의 아침 식사를 소개하면서 불안정해 보였다는 것 말고도 생략한 부분이 많다. 그가 한 이야기 중에서도 많은 부분을 생략했다. 다시 옮기기 너무 섬뜩한 데다 여러분도 이미 아는 이야기이기 때문이다. 내가 듣고 싶지 않은 이야기들이었고 여러분도 마찬가지일 테니 생략했다.

　하지만 로웰이라면 우리 모두 귀 기울여야 한다고 말할 것이다.

　그는 여기 이 데이비스에서 30년 동안 계속되고 있는 어떤 실험에 대해서 이야기했다. 아무도 신음 소리를 들을 수 없도록 후두를 제거한 여러 세대의 비글에게 스트론튬 90과 라듐 226을 쪼이고 있다는 것이었다. 이 실험에 가담한 연구원들은 비글 클럽이라는 익살맞은 별명을 자칭했다.

그는 충돌 실험의 일환으로 멀쩡하게 깨어서 겁에 질린 개코원숭이들의 머리를 반복적으로 끔찍하고 잔인하게 가격하는 자동차 회사들에 대해서도 이야기했다. 개들을 생체 해부하면서, 녀석들이 낑낑거리거나 반항하면 그만 좀 하라고 고함을 지르는 제약 회사 연구원들에 대해서도 이야기했다. 비명을 지르는 토끼들 눈에 화학약품을 바른 다음 그로 인해 영구 손상이 생기면 안락사하고 그렇지 않고 원상태로 회복되면 같은 실험을 반복하는 화장품 회사들에 대해서도 이야기했다. 소들이 고기 색이 달라질 정도로 겁에 질리는 도축장들에 대해서도 이야기했다. 밥 삼촌이 오래전부터 언급했다시피 닭들이 걸어다니기는커녕 일어서지도 못하고 알만 낳아야 하는 배터리 케이지에 대해서도 이야기했다. 사춘기만 돼도 힘이 너무 세져서 통제가 안 되기 때문에 연예 산업에 동원되는 침팬지들은 전부 다 새끼일 수밖에 없다는 이야기도 했다. 아직까지 엄마의 등에 업혀 있어야 할 이 새끼들을 따로 우리에 가두고 야구방망이로 몽둥이찜질을 하기 때문에 나중에 영화 촬영장에 가면 야구방망이를 보여주기만 해도 고분고분 말을 잘 들었다. 그러면 촬영이 시작되기 전에 모든 학대가 끝나기 때문에 영화사에서는 작품을 촬영하는 동안 동물을 학대한 적이 없다고 주장할 수 있었다.

로웰이 말했다. "세상은 끝도 없고 깊이도 알 수 없는 이런 비극을 연료 삼아서 돌아가지. 사람들도 그걸 알지만 보지 않은 부분까지 신경 쓰진 않아. 그들을 보게 만들고 신경 쓰게 만들면 미움만 살 뿐이야. 그걸 보게 만들었다는 이유로."

그들. 오빠는 인간을 지칭할 때마다 그 단어를 썼다. 절대 **우리**라고 하지 않았다.

며칠 뒤에 나는 종교와 폭력 기말고사 답안지에 그에게 들은 이야기들을 고스란히 옮겨 적었다. 내 머릿속에서 끄집어내 다른 이의 머릿속으로 옮기려는 일종의 퇴마 의식이었다. 덕분에 나는 소사 교수님의 교수실로 불려가서 허블 우주망원경이 촬영한 포스터 크기의 총천연색 창조의 기둥* 사진 아래에 앉게 되었다. 맞은편 벽에는 이런 인용문이 붙어 있었다. "모두들 세상을 바꿀 생각만 할 뿐 자기 자신을 바꾸려는 사람은 없다." 소사 교수님은 분명 자극을 주려고 교수실을 이렇게 꾸몄을 것이다.

그리고 내가 기억하기로는 명절 분위기이기도 했다. 크리스마스 전구가 책꽂이를 장식했고 얘기하면서 빨아 먹을 지팡이 사탕도 있었다. "너한테 F를 주기는 싫다." 소사 교수님이 말했고 그 점에 있어서는 우리 둘이 같은 마음이었다. 나도 그건 싫었다.

그는 임시로 쌓아놓은 잡지 더미 위에 두 발을 엑스 자로 걸치고 책상 의자에 대자로 앉아 있었다. 불룩한 배 위에 올려놓은 한쪽 손이 그가 숨을 쉴 때마다 따라서 오르락내리락했다. 다른 쪽 손은 지팡이 사탕을 들고 있다가 가끔 뭔가를 가리킬 때 썼다. "지금까지 네 성적은 좋았고 기말 답안지에서는…… 기말 답안지에서는 엄청난 열정이 느껴졌다. 네가 여러 가지 아주 중요한 문제를 제기했지." 소사 교수님은

---

* 허블 우주망원경이 지구로부터 약 7,000광년 멀리 있는 독수리 성운의 성간가스와 성간먼지 덩어리를 촬영한 사진.

갑자기 다리를 내리고 허리를 세우며 제대로 앉았다. "하지만 실제로 내가 낸 문제에 대해서 답을 하지 않았다는 건 너도 알 거다. 근처에 가지도 못했지." 그는 몸을 앞으로 숙여서 다정한 눈 맞춤을 강요했다. 이런 데 도가 튼 사람이었다.

나도 마찬가지였다. 아버지의 슬하에서 훈련을 받지 않았던가. 나는 그의 자세를 똑같이 따라 하며 그의 시선을 피하지 않았다. "저는 폭력에 대해서 썼는데요. 연민. 타인. 서로 연관 있는 주제 아닌가요? 토머스 모어도 그러잖아요. 인간들은 먼저 동물들에게 잔인한 짓을 저지름으로써 다른 인간들에게 잔인한 짓을 저지르는 법을 터득한다고요." 내가 기말고사 답안지에도 썼던 내용이라 소사 교수님은 토머스 모어에 이미 내성이 있었다. 하지만 내가 몸을 앞으로 숙이자 크리스마스 전구가 반짝이는 형광 뿔처럼 그의 관자놀이 양옆으로 튀어나왔다. 때문에 나는 주장을 제대로 펼치지 못했다.

사실 토머스 모어는 동물들에게 더 이상 잔인한 짓을 저지르지 말자고 했다기보다 우리의 잔인한 본능을 통제하는 관리인을 두어야 한다고 주장했다. 그의 주된 관심사는 유토피아인들이 양심의 가책을 느낄 일이 없어야 한다는 것인데, 오늘날에 동원되는 방식과 크게 다르지 않은 듯하고 내가 보기에는 그런 방식이 그가 바란 만큼 우리의 섬세한 감정에 유익한 역할을 한 것 같지는 않다. 덕분에 우리가 더 나은 인간이 된 것 같지도 않다. 로웰도 그렇게 생각할 것이다. 펀도 그렇게 생각할 것이다.

펀에게 물어본 건 아니지만. 이제는 그녀가 어떤 것에 대해 어떻게 생각하는지 알지도 못하지만.

소사 교수님은 첫 번째 질문을 큰 소리로 낭독했다. "세속주의는 원래 폭력을 제한하기 위해 주창되었다. 여기에 대해 논하시오.'"

"아주 미미하게나마 연관이 있죠. 동물들에게도 영혼이 있을까? 종교계의 전형적인 난제 아닌가요? 그 안에 함축된 의미가 어마어마하고요."

소사 교수님은 옆길로 새는 걸 용납하지 않았다. 두 번째 질문. "종교적인 근거를 주장하는 폭력은 모두 진정한 종교의 왜곡이다. 유대교, 기독교, 이슬람교의 특정 예를 들어서 논하시오.'"

"제가 과학도 어떤 사람들에게는 일종의 종교가 될 수 있다고 하면 뭐라고 하실 건가요?"

"내 생각은 다르다고 할 거다. 과학이 종교가 되면 그건 더 이상 과학이 아니지." 소사 교수님은 행복한 표정을 지으며 다시 의자에 몸을 묻었다. 전구 때문에 그의 까만 눈이 크리스마스 시즌처럼 반짝였다. 훌륭한 교수라면 누구나 그렇듯 그도 논쟁을 사랑해 마지않았다.

그는 한 학기 내내 내가 수업을 워낙 열심히 들었고 자기 교수실까지 찾아와서 투지를 불살랐으니 불완전 이수 처리하겠다고 했다. 나는 그의 제안을 받아들였다.

크리스마스 직후에 성적표가 날아왔다. 아버지가 물었다. "너를 그 대학교에 보내느라 우리가 얼마를 부담하는지 아니? 우리가 그 돈을 벌려고 얼마나 열심히 일하는지 알아? 그런데 너는 그저 빈둥거리고 있다니."

나는 아주 많은 걸 배우고 있다고 건방지게 대꾸했다. 역사와 경제학과 천문학과 철학. 나는 양서를 읽으며 새로운 생각들을 하고 있었다. 그것이 대학 교육의 의미 아닌가. 나는 모든 걸 돈으로 환산할 수 있다고 생각하는 사람들이 문제라고 했다(마치 문제점이 그거 하나인 양).

그런 성적에 그런 태도가 합쳐지니 산타의 말 안 듣는 아이 명단에 내 이름이 당장 올라갔다.

"할 말이 없다." 어머니가 말했다. 아주 틀린 말은 아니었다.

넷

하지만 내가 너무 앞서 나가고 있다.

다시 데이비스 이야기로 돌아가자면 우리 바로 아랫집인 309호에 살던 벤슨 씨가 나갔다. 나는 벤슨 씨를 조금 알았다. 나이가 불분명하다고 하면 대개 사십 대 중반을 의미하는데, 그는 예전에 자기야말로 데이비스에 딱 한 명뿐인 뚱보라고 한 적이 있었다. 어비드 리더라는 서점 직원이었고 샤워를 하면서 종종 〈댄싱 퀸〉을 부르는 소리가 워낙 커서 위층인 우리 집에까지 들릴 정도였다. 나는 그가 마음에 들었다.

그는 지난달에 그래스밸리로 가서 어머니를 간병했다. 어머니가 추수감사절 바로 다음 날에 돌아가셨는데 유산을 남겼는지, 직장을 그만두고 임대차 계약을 해지하고 이삿짐센터를 불러서 짐 정리를 맡겼다. 그는 그길로 영영 돌아오지 않았다. 나는 이런 전후 상황을 에즈라에게 들었는데 그가 슬픈 표정으로 전한 바에 따르면 벤슨 씨가 지금까지 그를 거쳐 간 세입자들 중에서 가장 엄청난 게으름뱅이였다고 한다.

에즈라는 새로운 세입자를 맞이하기 전에 309호를 청소하고 칠하고 수리하고 카펫을 새로 까는 동안 할로에게 그 집을 쓰게 했다. 아파트 주인은 아마 모르는 사실이었을 것이다. 에즈라는 범법자들과 함께 3층을 쓰게 됐다며 미안해했지만 그녀와 한 건물에서 살게 된 데 황홀해했다. 그는 309호를 쉴 새 없이 드나들었다. 할 일이 너무 많다고 했다.

할로는 하루의 거의 대부분을 우리 집에서 보내는 것으로 정신없고 가구가 없어서 불편한 상황과 에즈라의 관심을 모면했다. 토드는 언짢아했지만 잠깐이면 끝날 일이었다. 조만간 우리 모두 집으로 내려가서 크리스마스를 보내고 돌아오면 진짜 세입자가 들어와 있을 것이었다. 나는 토드에게 새로운 세입자는 아마 할로와 같이 지낼 생각이 없을 거라고 했지만 토드는 장담하지 못하겠다고 했다.

아마 그녀는 결국 레그에게 돌아가지 않을까 싶었다. 나는 그날 아침 이후로 레그를 본 적이 없었고 할로는 그의 이름을 거의 입에 담지 않았다. 누가 먼저 결별을 통보했는지 그것조차 알 수 없었다.

할로는 우리 소파에 앉아서 우리 맥주를 마시며 들뜬 목소리로 로웰에 대해서 이야기했다. 그는 두 번 다시 여길 찾지 않을 거라고 이미 경고했지만 그녀는 그의 말을 믿지 않았다. 그녀는 집착성 강박증이

315

라는 현미경에 눈을 갖다 대고 그가 했던 다른 모든 말과 더불어 그의 경고까지 해부했다. 내가 그의 여동생이었다. 나를 만나기 위해서라도 다시 찾아올 수밖에 없었다.

나랑 같이 있으면 불안해진다고 한 게 무슨 의미였을까? 오래전부터 나랑 알고 지내던 사이 같다고 한 건 또 뭐고. 이 둘이 서로 앞뒤가 안 맞지 않니? 너는 어떻게 생각해?

그녀는 그에 대해서 모든 걸 알고 싶어 했다. 어렸을 때는 어땠는지, 지금까지 여자 친구를 몇 명이나 사귀었는지, 그중에서 진지하게 사귄 건 몇 명이었는지. 어떤 밴드를 좋아했어? 하느님을 믿니? 뭘 좋아해?

나는 그가 〈스타워즈〉를 좋아했다고 알려주었다. 돈내기 포커를 쳤다고도 했다. 방 안에서 쥐를 길렀는데 대부분 치즈 이름을 따서 불렀다고도 했다. 그녀는 황홀해했다.

고등학교 내내 여자 친구가 딱 한 명뿐이었는데 눈이 동그란 모르몬교도였고 이름은 키치였다고 알려주었다. 고등학교 농구팀에서 포인트 가드로 활약했지만 가장 중요한 경기를 뛰지 않았다고 했다. 마르코라는 가장 친한 친구와 가게에서 트위즐러를 훔친 적이 있다는 얘기도 했다. 그녀에게 무슨 마약을 파는 듯한 기분이 들었다. 무슨 이야기를 들려주어도 더 듣고 싶어 했다. 나는 점점 짜증이 났다. 써야 할 보고서가 있었다.

하지만 나에 대해서는 뭐라고 했어?

"우리 둘이 친구라서 기쁘다고 했어. 네가 나를 많이 아끼는 것 같다고 했고."

"맞아!" 할로의 얼굴이 환한 달덩이처럼 변했다. "또 없었어?"

그것 말고는 없었지만 그건 너무 잔인한 대답인 것 같았다. 그녀가 계속 헛된 희망을 품도록 내버려두는 것도 잔인하기는 마찬가지였다. "트래버스는 떠났어." 나는 환한 달덩이에 대고 이렇게 이야기했다. 어쩌면 그녀뿐 아니라 나에게 하는 이야기일 수도 있었다. 나는 로웰을 기다리며 인생의 절반을 보냈는데 이제는 우리 둘 다 그런 기다림을 접고 사는 법을 터득해야 했다. "문제는 뭐냐면 말이지, 오빠가 지명수배자라는 거야. 우체국에 사진이 붙은 그런 수배자야. 동물해방전선 소속의 국내 테러범으로 FBI한테 쫓기고 있어. 오빠가 여길 찾아왔었다고 아무한테도 얘기하면 안 돼. 소문이 나면 내가 잡혀갈 거야. 다시한 번 말하지만. 진짜야.

이번 주말 이전까지 나는 10년 동안 오빠를 보지 못했어. 오빠가 어떤 밴드를 좋아했는지는 빌어먹을 단서조차 모르겠다. 심지어 트래버스가 본명도 아니야. 너는 정말로, 정말로, 정말로 우리 오빠를 잊어야해."

내가 또다시 쉴 새 없이 조잘거리고 있었다.

이보다 더 〈카사블랑카〉와 비슷할 수 있을까? 할로는 자기가 예전부터 신조가 있는 남자를 만나고 싶어 했었다는 사실을 문득 깨달았다. 행동으로 보여주는 남자를. 국내 테러범을.

뱀파이어를 차지할 수 없다면 그런 남자야말로 모든 여자아이들의꿈이었다.

동물해방전선은 이사회도 본부도 회원 명단도 없다. 자율적으로 움직이는 조직원들로 이루어진 느슨한 조직이다. FBI 측에서 보면 그래서 골치가 아프다. 한 명을 체포한들 기껏해야 두세 명 줄줄이 엮이고 끝이다. 로웰은 말을 너무 많이 하는 바람에 그들의 주목을 받게 되었다. 두 번 다시 반복하지 않은 초보적인 실수였다(나더러 내내 입을 다물고 있을 줄 모른다고 했던 걸 생각하면 아이러니한 일이다).

동물해방전선에는 누구든 가입할 수 있다. 사실 동물 해방에 관여한 적이 있는 사람이면, 동물을 착취하고 학대하는 현장에 육체적으로 개입한 적이 있는 사람이면 동물해방전선의 가이드라인에 알맞은 조치를 취했을 경우, 자동적으로 회원이 된다. 동물해방전선은 인간을 비롯해서 그 어떤 동물에게도 육체적인 위해를 가하는 데 찬성하지 않는다.

반면에 재산 파괴는 권장한다. 고통으로 이익을 취하는 자들에게 금전적인 피해를 입히는 것이 그들의 공식 목표다. 학대 실상을 널리 알리는 것, 은밀한 공간에서 자행되는 끔찍한 실상을 만인에게 공개하는 것도 마찬가지다. 몇몇 주에서 공장식 축산 농장과 도축장 내부를 무단 촬영하는 것을 중죄로 규정하는 법안 제정을 검토하는 이유도 그 때문이다. 그 안에서 어떤 일이 벌어지는지 사람들에게 보여주는 것이 심각한 범죄로 간주되려 하고 있다.

직접적인 행동을 감행하면 자동으로 회원 자격이 주어지듯 그게 없으면 회원이 될 수 없다. 동조하는 것만으로는 동물해방전선에 가입할 수 없다. 고통받는 동물들을 보면 얼마나 안쓰럽고 슬픈지 아무리

글로 써봐야 소용없다. 뭔가를 **저질러야** 한다.

2004년에 자크 데리다는 변화가 이미 시작되었다고 했다. 고문은 피해자뿐 아니라 가해자에게도 상처가 된다. 아부 그라이브*의 고문 관 가운데 닭고기 가공업체에서 일을 하다 곧바로 군에 입대한 병사 가 있었던 것은 우연의 일치가 아니다. 데리다가 말하길 속도가 더딜 지는 몰라도 결국에는 우리의 자아가 동물들이 학대당하는 광경을 더 이상 견디지 못하게 될 거라고 했다.

동물해방전선은 더딘 변화에 별반 관심이 없다.

어떻게 관심이 있을 수 있겠는가? 그 모든 고통이, 그 모든 고통이 현재 진행형인데.

할로는 무너졌다. 얼굴은 부었고 눈은 충혈되었고 입은 꾹 다물었 고 피부는 핏기를 잃었다. 더 이상 우리 집에 찾아오지 않았고 이틀째 우리 냉장고 음식에 손을 대지 않았다. 어쩌면 그동안 곡기를 끊었다 는 뜻일 수 있었다. 에즈라가 허리 아래로 공구 벨트를 느슨하게 차고 4층으로 찾아와서 정상 회담을 소집하더니—참석자는 그와 나, 단둘 이었다—새로 깐 309호의 카펫 위에 엎드리고 누워 있는 그녀를 얼마 전에 본 적이 있다고 전했다. 아마 울고 있었을 거라고 했다. 에즈라는 여자의 눈물을 보면 워낙 불안해지는 성격이었기 때문에 군이 확인하 려 들지는 않았다.

* 이라크의 정치범 수용소. 이라크 전쟁 당시 미국 병사들이 이곳에서 고문과 성폭행, 살 인을 자행했다.

그는 레그를 나무랐다. 이 아파트와 아파트 주민들을 속속들이 파악하고 있다고 자부하는 에즈라이지만 이번만큼은 잘못 짚었다. 그가 말했다. "학생이 가서 얘기해봐. 모든 종말은 새로운 시작이라는 걸 알려줘. 친구가 그런 얘기를 해줘야지." 그는 레그가 비밀 동성애자이거나 어렸을 때 학대를 당했을지 모른다고 생각했다. 가톨릭 신자인가? 가톨릭 신자가 아닌 이상 그렇게 잔인하게 구는 이유를 설명할 방법이 없었고 할로가 그에게서 벗어날 수 있을 때 벗어난 게 다행이었다.

에즈라는 할로에게 중국어로는 **문을 닫다**와 **문을 열다**가 같은 글자라고 알려주었다고 했다.* 그도 힘들 때마다 그 사실을 떠올리면 엄청난 위안을 느꼈다. 정보의 원천이 대부분 〈펄프 픽션〉이긴 한데 어디서 그런 정보를 얻었는지 모르겠다. 아마 틀렸을 것이다.

나는 그에게 여자를 뜻하는 중국어 글자가 무릎을 꿇고 앉아 있는 남자 형상이라고, 상심한 할로를 달랠 묘책을 동양의 오래된 격언에서 찾을 수 있을지 모르겠다고 했다. 나는 그녀를 찾아가지 않았다. 찾아갔다면 어떤 일이 벌어졌을지 지금도 종종 궁금해지기는 한다.

하지만 나는 아직 분이 풀리지 않았다. 내가 느끼기에 할로는 그렇게 상심할 권리가 없었다. 로웰에 대한 소유권을 주장할 권리가 없었다. 그 둘이 서로 알고 지낸 시간이 얼마나 됐을까? 15분쯤 됐나? 나는 22년 동안 그를 사랑했고 그 대부분의 시간을 그를 그리워하는 데 바쳤다. 내가 보기에는 할로가 **나를** 챙겼어야 하는 상황이었다.

---

* 에즈라는 열 개(開) 자와 닫을 폐(閉) 자를 혼동했다.

평생 똑같은 실수를 반복하는 사람이 나 하나뿐인지, 아니면 인간이 원래 그런 건지 가끔 궁금해질 때가 있다. 한 가지 죄에서 벗어나지 못하는 것이 우리 인간의 성향일까?

만약 그렇다면 나의 죄는 시기이고, 이 슬픈 일관성을 성격의 문제로 간주하고 싶은 유혹이 느껴진다. 하지만 우리 아버지가 살아 계셨더라면 분명 반론을 제기했을 것이다. 네가 뭐라고 생각하는 게냐? 햄릿? 오늘날 심리학 연구 결과에 따르면 성격이 인간의 행동에 미치는 영향은 놀라울 정도로 미미하다. 오히려 우리는 환경의 사소한 변화에 아주 민감하게 반응한다. 그런 점에서 말과 비슷하다. 말보다 타고난 재능이 적을 뿐.

하지만 나는 잘 모르겠다. 오랜 세월 동안 내가 느낀 바에 따르면 사람들의 반응은 우리가 어떤 행동을 했느냐보다 우리가 누구냐에 따라 달라진다. 물론 나는 그렇게 생각할 만도 하다. 중학교 때 나에게 아주 못되게 굴었던 그 많은 인간들? 얼마나 딱한 인간들인가!

그러니까 연구 결과와 나의 생각은 서로 들어맞지 않는다고 볼 수 있다. 하지만 연구는 추가로 계속 이루어질 것이다. 우리의 생각이 바뀌면 내 말이 맞는 게 될 테고, 우리의 생각이 다시 바뀌면 내 말은 다시 틀린 게 될 것이다.

그때까지는 논의를 우리 아버지에게 맡기고 나는 빼주었으면 좋겠다. 어쩌면 내 시기심보다 더 중요한 게 기말고사일 수 있었다. 체면상 적어도 몇 개 과목은 수료해야 하지 않을까 싶었다. 게다가 마지막 순간까지 미루고 미루는 바람에 제출 시한까지 몇 분 안 남은 건 아니지만, 그래도 써야 할 기말 보고서도 있었다. 나는 이번 보고서 주제에 관심이 많았다. 교수님이 몇 주 전에 주제를 정하고 조교에게 허락을 받도록 강요했을 때만 해도 관심이 생길 줄 몰랐는데 놀라운 일이었다. 내 주제는 토머스 모어가 『유토피아』에서 이론상 설정한 병폐가 그의 인생과 정치라는 현실 세계에서 어떤 식으로 발현되었는가 하는 것이었다. 이야말로 머릿속을 스치고 지나가는 모든 상념과 연관이 있어 보이는 그런 주제였다. 내가 보기에는 대부분의 주제가 그렇다.

게다가 트렁크 때문에 계속 전화도 걸어야 했다. 새크라멘토 공항의 수화물과에 근무하는 여직원이 나를 '깜찍한 학생'이라고 부르기 시작했다는 것은 우리 사이가 얼마나 가까워졌는지를 보여주는 대목이었다.

내가 세상 무엇보다 가장 중요하게 여겨야 하는 할로를 뒤로 제친 이유도 그 때문이었다. 때는 인디애나폴리스행 비행기에 오르기 24시간 전이었고 나는 〈기쁘다 구주 오셨네〉를 흥얼거리며 토드에게 빌린 더플백에 짐을 챙기는 동안 부모님에게 로웰에 대해서 어디까지 말씀드릴지, 새집에 도청 장치가 설치돼 있을지 궁금해하고 있었다. 우리는 예전 집에 도청 장치가 설치돼 있을 거라고 생각했고 그 때문에 아버지는 미치려고 했는데—무슨 실험실 쥐라도 되는 것처럼 우리를 24시간 감시하다니 뼈 빠지게 벌어서 낸 세금을 그런 데 쓰는 거냐고 했다—아마 다른 집으로 이사한 진짜 이유도 그 때문이었을 것이다. 약물로 인한 기억상실 사건 때 타던 자전거를 잃어버렸으니 부모님에게 크리스마스 선물로 새 자전거를 사달라는 얘기를 어떻게 꺼낼지 그것도 또 다른 고민거리였다. 이렇게 이런저런 생각을 하고 있었을 때 경찰이 찾아왔다.

이번에는 아니 경관이 아니었다. 이번 경관은 자기소개를 하지 않았다. 얼굴은 사마귀처럼 삼각형이고 입은 넓으며 턱은 뾰족하고 철두철미하고 인정사정없이 사악한 분위기를 풍겼다. 아주 정중하게 같이 가달라고 했지만 우리 둘이 친구가 될 것 같지는 않았다. 그가 자기 이름을 밝히건 말건 상관없었다. 어차피 나는 알고 싶지도 않았다.

다섯

이번에는 수갑을 차지 않았다. 유치장에 들어가지도 않았다. 서에서 조서를 작성하지도 않았다. 그 대신 거의 아무것도 없다시피 한—의자가 두 개인데 두 개 다 불편한 주황색 플라스틱이었고 상판에 리놀륨을 깐 테이블이 하나 있었다—취조실에 혼자 남겨졌다. 내가 나가지 못하도록 밖에서 문을 잠갔다. 그 안은 아주 추웠고 나도 마찬가지였다.

아무도 들어오지 않았다. 테이블에 물주전자는 있는데 잔은 없었다. 읽을거리도 없었다. 심지어 교통법규나 총기 안전법이나 약물의 치명적인 부작용을 소개하는 안내 책자마저 없었다. 나는 앉아서 기다렸다. 서서 기다렸다. 나는 어딜 가든 위를 올려다보며 얼마만큼 높은 데까지 올라갈 수 있는지, 펀이나 메리는 얼마만큼 높은 데까지 올라갈 수 있을지 가늠하는, 절대 없어지지 않는 습관이 있다. 이 방에는 창문이 없었고 벽에도 아무것도 없었다. 내가 됐든 누가 됐든 높이 올라갈 방법이 없었다.

소몰이 막대를 들고 등장한 사람은 없었고, 내 짐작에는 앞으로도 없을 듯했지만, 저들이 내 처지를 가르쳐주려고 하는 건 마찬가지였다. 놀랍게도 나는 이 문제에 관한 한 절대 가르침에 응할 생각이 없었다. 나는 절대 내 처지를 파악하지 않을 작정이었다. 다른 어느 누구도 내 처지를 파악하지 못하게 할 작정이었다.

바닥에 쥐며느리가 있길래 나는 결국 그 녀석을 구경하기 시작했다. 덕분에 뭐라도 할 일이 생겼다. 예전에 편이 자꾸 쥐며느리를 먹으면 엄마는 막으려고 했지만, 아빠는 쥐며느리가 곤충이라기보다 아가미로 호흡하고 혈액에 철분 대신 구리가 든 육생 갑각류에 가깝다며 새우를 한 번이라도 먹어본 사람은 쥐며느리를 무시하면 안 된다고 했다. 나는 쥐며느리를 먹은 기억이 없지만, 입에 넣고 씹으면 치리오스*처럼 으드득 소리가 난다는 것을 알고 있으니 먹어본 게 분명하다.

쥐며느리는 벽까지 기어가더니 모서리에 닿을 때까지 벽을 따라서 움직였다. 모서리 때문에 혼란스러워졌든지 좌절했든지 둘 중 하나였다. 오전이 저물었다. 나는 나의 역량이 얼마나 보잘것없는지 깨달았다.

나를 여기로 데려온 경찰관이 마침내 등장했다. 그는 들고 온 녹음

---

* 시리얼의 일종.

기와 함께 엄청나게 두툼한 종이와 서류철과 공책 더미를 우리 둘 사이에 내려놓았다. 맨 위에 오래된 신문 기사가 놓여 있었다. 헤드라인이 보였다. '블루밍턴의 시스터 액트'였다. 퓐과 내가 예전에 《뉴욕 타임스》에 소개된 적이 있었던 모양이다. 나는 절대 몰랐던 일이지만.

경찰관은 의자에 앉아서 서류를 뒤적였다. 또다시 한참 동안 시간이 흘렀다. 예전 같았으면 내가 침묵을 깼을 테지만, 나도 알다시피 그는 내가 침묵을 깰 때까지 기다리고 있었다. 나는 이 게임에서 이길 작정이었다. 내가 먼저 입을 열지 않을 작정이었다. 오래전에 헤어진 베이비시터 멀리사와 친할머니, 친할아버지가 지금의 나를 보았더라면 얼마나 놀라워했을까. 나는 이 방 안에서 나를 응원하는 그들의 모습을 상상해보았다. "쉿! 그 지긋지긋한 수다는 이제 그만! 조용히 생각 좀 정리하자."

이 문구를 내 부고란에 넣어야겠다. 경찰관은 포기하고 녹음기를 켰다. 큰 소리로 날짜와 시각을 알렸다. 그러고 나서 내게 이름을 밝히라고 했다. 나는 시키는 대로 했다. 그는 나더러 여기에 와 있는 이유를 아느냐고 물었다. 나는 모른다고 했다.

"네 오빠가 로웰 쿡이지." 그가 말했다. 질문처럼 들리지 않았는데 질문이었다. "맞는지 대답해라." 그가 아무 감정 없는 목소리로 이렇게 말했다.

"네."

"오빠를 마지막으로 만난 게 언제였지?"

나는 몸을 앞으로 숙이고, 소사 교수님이 얼마 전에 아주 효과적으

326

로 내게 써먹었던 것처럼 그의 눈을 똑바로 쳐다보았다. "화장실 좀 다녀올게요." 내가 말했다. "그리고 변호사도 부르고요." 내 비록 한낱 대학생에 불과할지 몰라도 본 텔레비전 드라마가 있었다. 아직은 두렵지 않았다. 적어도 내 생각에 두렵지는 않았다. 로웰이 잡힌 모양인데 그렇다면 끔찍하고 끔찍한 일이었지만 아무리 끔찍하더라도 지금 내가 해야 할 일을 망각하면 안 될 노릇이었다. 그에게 불리하게 쓰일 만한 이야기를 하면 안 될 노릇이었다.

"아니 변호사는 왜?" 경찰관이 화를 내며 일어섰다. "우리가 너를 체포한 것도 아니잖니. 그냥 친구처럼 수다나 떨자는 건데."

그는 녹음기를 껐다. 입술이 얇아서 짜증을 잘 내게 생겼고 공화당원처럼 머리에 기름을 바른 여자가 들어와서 나를 화장실에 데려갔다. 그녀는 내가 쉬를 하고 물을 내리는 소리를 들으며 칸막이 문 앞에서 기다렸다. 그녀를 따라서 취조실에 들어가보니 또 아무도 없었다. 서류며 그 어떤 것도 테이블 위에 남지 않았다. 심지어 물주전자마저 사라졌다.

째깍째깍 시간이 흘렀다. 나는 다시 나의 쥐며느리에게로 돌아갔다. 움직이지 않는 녀석을 보며 좌절했다기보다 빈사 상태는 아닌지 걱정이 되기 시작했다. 살충제 냄새도 맡아지기 시작했다. 나는 벽에 등을 대고 있었다. 나는 그대로 스르르 주저앉아서 한 손가락으로 쥐며느리를 건드렸고, 녀석이 몸을 동그랗게 마는 것을 보고 안심했다. 얼굴과 배가 하얗고 꼬리를 말아서 코 위로 갖다 대는 까만 고양이가 문득 떠올랐다.

나더러 입을 다물고 있지 못한다고 말하는 로웰의 목소리가 들렸다. 내가 엄마와 아빠에게 선택을 강요했다고 말하는 그의 목소리가 들렸다.

이 고양이는 아버지가 차로 쳐서 죽인 고양이와 많이 닮았지만, 죽은 게 아니라 잠이 들었다. 그 고양이가 아니라고 내 머릿속 깊은 곳에서 끝을 딱딱 끊어가며 말하는 누군가의 목소리가 들렸다. 그 고양이가 아니야.

그 목소리가 그렇게 또렷하게 들린 적이 있나 싶다. 내 목소리 같지는 않았다. 내 귀 사이에 박혀 있는 피에로 차를 운전하는 이 사람은 누구일까? 나한테 말을 걸지 않는 동안에는 뭘 하며 지낼까? 어떤 장난을 치고 어떤 딴청을 부릴까? 뭐라고 얘기 좀 해봐. 나는 감시당하고 있을 경우에 대비해서 속으로 이렇게 중얼거렸다. 그녀는 대답이 없었다.

취조실 벽 사이로 스며드는 외부 소음은 거의 없었다. 조명은 맨 처음 보았던 그 기분 나쁘게 지직거리는 형광등이었다. 나는 그 시간을 이용해서 다음번에 들어오는 사람에게 뭐라고 말할지 계획을 짰다. 코트와 먹을 것을 달라고 할 것이다. 나는 그날 아침을 먹지 않았다. 그리고 부모님에게 전화를 하게 해달라고 요청할 것이다. 가엾은 엄마, 아빠. 자식이 셋 다 철창에 갇히다니. 지지리 복도 없지.

그리고 다시 한 번 변호사를 요청할 것이다. 나더러 변호사를 쓸 수 있다고 한 사람은 없었지만 어쩌면 다 같이 내 변호사가 도착하길 기다리고 있는지도 모를 일이었다. 쥐며느리가 동그랗게 말았던 몸을 조심스럽게 풀기 시작했다.

　나를 화장실에 데려갔던 여자가 들어왔다. 참치 샌드위치와 포테이토칩이 담긴 종이 접시를 들고 있었다. 책갈피 대용으로 책장 사이에 끼워놓기라도 했는지 샌드위치가 납작했다. 포테이토칩은 가장자리가 초록색이었지만 불빛 때문에 그렇게 보이는 것일 수도 있었다.

　그녀가 다시 화장실에 다녀오겠느냐고 물었고 나는 딱히 뭐가 마렵지는 않았지만 기회가 있을 때 가두는 편이 나을 것 같았다. 그것도 할 일이라면 할 일이었다. 나는 화장실에 다녀와서 샌드위치를 조금 먹었다. 손에서 참치 냄새가 나서 싫었다. 꼭 고양이 사료 냄새 같았다.

　나는 머릿속에서 들리는 목소리에게 다른 걸 물었다. 그럼 그 고양이가 있기는 하냐고 물었다. 눈동자가 달빛 색깔이었고 어렸을 때 농장 주변에 종종 출몰했던 길고양이가 떠올랐다. 겨울이면 어머니가 먹이를 놓아두고 잡아서 중성화 수술을 시키려고 여러 번 시도했지만 고양이는 워낙 영리했고 어머니는 할 일이 워낙 많았다. 어머니가 매혹적인 삽화를 자랑하는 『백만 마리 고양이』를 읽어주었을 때부터 나는 가장 끔찍한 이유에서 고양이를 키우고 싶어 했다. 하지만 우리 집을 들락날락하는 쥐들이 워낙 많았기 때문에 실제로 키우지는 못했다. 아버지는 이렇게 말했다. "고양이는 살인마야. 재미 삼아 상대를 죽이는 몇 안 되는 동물 가운데 하나지. 먹이를 가지고 놀잖니."

　나는 점점 불안해졌다. 고양이는 겁이 나면 털을 세워서 몸집을 부풀린다. 침팬지도 마찬가지 이유에서 털을 세운다. 인체에서 그런 입모 역할을 하는 것이 소름인데 지금 내 몸에 소름이 돋았다.

『백만 마리 고양이』에서 할아버지, 할머니가 키우게 된 맨 마지막 새끼 고양이가 떠올랐다. 큼지막한 의자에 우리 어머니와 나란히 앉아서 손을 그 책장에 얹고 그림을 집어내리려는 것처럼 손가락을 오므렸다 폈다 했던 편이 떠올랐다. "편이 고양이 갖고 싶대요." 나는 어머니에게 말했다.

눈동자가 달빛 색깔이었던 그 고양이는 새끼를 세 마리 낳았다. 어느 날 오후에 개울가를 지나가면서 보니 이끼로 뒤덮인 양지바른 바위 위에 대자로 누워서 새끼들에게 젖을 물리고 있었다. 새끼들은 조그만 앞발로 어미의 배를 누르고 문지르며 젖을 빨았다. 두 마리는 까만색이고 똑같이 생겼다. 어미 고양이는 고개를 들어서 우리를 쳐다보기만 할 뿐, 꿈쩍하지 않았다. 그 정도로 가까운 거리까지 나의 접근을 용납한 것은 그때가 처음이었다. 어미가 되면서 순해진 것이다.

새끼 고양이들은 갓난쟁이가 아니었다. 뛰어다닐 수 있을 만큼 컸고 새끼 고양이 특유의 귀여움이 극에 달했다. 한 마리 가지고 싶다는 열망이 나를 사로잡았다. 나는 가만히 내버려두어야 한다는 것을 알면서도 혼자만 다르게 생긴 회색 고양이를 젖꼭지에서 떼어내 성별을 알아내려고 뒤집었다. 녀석은 심하게 투덜거렸다. 이빨과 혀를 지나 분홍색 목젖까지 들여다보였다. 그 아이에게서 젖 냄새가 났다. 모든 게 조그맣고 완벽했다. 어미가 돌려달라는 눈치를 보였지만 나도 그 아이를 가지고 싶었다. 어미가 없는 아이라면, 이 세상에 홀로 남겨진 고아라면 우리 집에서 기를 수 있지 않을까 싶었다.

다시 취조실. 나는 심하게 떨고 있었다. "여기 너무 추워요." 나는 누군가가 지켜보고 있을 경우에 대비해 큰 소리로 외쳤다. 그들에게 자기들 수법이 먹혀들어 가고 있다는 착각을 심어주고 싶지 않았다. 그들에게 만족감을 주고 싶지 않았다. "제 재킷 좀 주시면 안 될까요?"

사실 나는 몇 시간 동안 아무도 없는 추운 방 안에 내버려졌기 때문에 떠는 게 아니었다. 나를 여기로 데려온 경찰관이 카이저 소제*와 똑같은 분위기를 풍겨서 그런 것도 아니었다. 그가 편과 나에 대해서 알아서 그런 것도 아니었다. 그가 로웰을 체포해서 그런 것도 아니었다. 지금 벌어지고 있는 일이나 앞으로 벌어질지 모르는 일 때문에 그런 게 아니었다. 나는 기억의 저편으로 사라졌고 논란의 여지가 많은 과거라는 환상의 세계 속에 완전히 파묻혀 있었다.

지그문트 프로이트의 주장에 따르면 인간에게는 유아기 기억이 없다고 한다. 그 대신 나중에 소환돼서, 실제 벌어졌던 사건보다 나중의 관점에 더 잘 들어맞는 거짓 기억만 있다. 가끔 실제 현실의 격렬한 감정을 고스란히 담고 있는 거짓 기억이 실제 기억을 대체하면 실제 기억은 폐기되고 기억 저편으로 사라진다. 이것을 은폐 기억이라고 한다. 은폐 기억은 고통스러웠던 사건을 기억하되 그 기억으로부터 자기 자신을 보호하기 위한 타협안이다.

우리 아버지는 지그문트 프로이트가 대단한 위인이긴 하지만 과학자는 아니라고, 그 둘을 혼동하는 바람에 생긴 피해가 이루 헤아릴 수 없을 지경이라고 입버릇처럼 말했다. 그러니까 절대 벌어진 적 없었

---

* 1996년에 개봉된 미스터리 스릴러 영화 〈유주얼 서스펙트〉의 주인공.

던 사건에 대한 나의 기억이 은폐 기억인 것 같다고 내가 이 자리에서 정의한다면 상당한 서글픔을 동반한 정의가 될 것이다. 프로이트의 분석 이론을 들먹이는 것으로 모자라 우리 아버지를 아무 이유 없이 차로 고양이를 치어 죽인 사람으로 매도했으니 이 얼마나 쓸데없이 잔인한 처사인가.

여러분도 기억하겠지만 다섯 살 때, 펀이 사라지고 며칠 만에 나는 인디애나폴리스의 친가로 보내졌다. 나는 거기서 무슨 일이 벌어졌는지 이야기했다. 그 이후에 무슨 일이 벌어졌는지도 이야기했다.

이제, 그 이전에 무슨 일이 벌어진 것 같은지 이 자리에서 공개하려고 한다. 그런데 경고하는 뜻에서 사족을 하나 달아야겠다. 내게 있어 이 기억은 실제 기억 못지않게 생생하다고 말이다.

여섯

펀과 나는 개울가에 있었다. 그녀는 내 위 나뭇가지에 서서 위아래로 폴짝폴짝 뛰고 있었다. 앞쪽을 큼지막한 핀으로 집어야 하는 타탄무늬 주름치마를 입고 있었다. 그런데 핀으로 집지 않아서 치맛자락이 날개처럼 펄럭였다. 치마 아래에는 아무것도 입지 않았다. 배변 훈련이 잘돼서 기저귀를 뗀 지 몇 달 됐다.

펀이 아래로 내려왔을 때 내가 점프하면 어쩌다 한 번씩 그녀의 발을 건드릴 수 있었다. 우리는 게임을 하고 있었다. 나뭇가지가 아래로 휘면 내가 점프하는 게임이었다. 내 쪽에서 그녀의 발을 건드리면 나의 득점이었다. 건드리지 못하면 그녀의 득점이었다. 점수를 기록하지는 않았지만 우리 둘 다 아주 즐거워했던 것을 보면 점수가 거의 비슷했을 것이다.

하지만 잠시 후에 그녀가 게임을 지겨워하며 내 손이 닿지 않는 곳으로 올라가버렸다. 내려오지 않고 웃으면서 나뭇잎과 잔가지만 내 쪽으로 던지길래 나도 게임 같은 거 안 한다고 했다. 나는 중요한 볼일이라도 있는 듯이 단호하게 개울 쪽으로 걸어갔지만, 올챙이는 이미 사라진 철이었고 아직 반딧불이가 보일 시각은 아니었다. 그러다 바위 위에서 고양이와 새끼들을 발견했다.

나는 회색 새끼를 집어 들었고 어미가 울어도 돌려주지 않았다. 나는 그 아이를 펀에게 데려갔다. 과시용이었다. 펀이 그 새끼 고양이를 얼마나 가지고 싶어 할지 알았지만 그 아이의 주인은 나였다.

그녀는 허겁지겁 나무에서 내려왔다. 그녀가 자기한테 달라고 수화로 이야기했고, 나는 내 것이라고 하면서 안아보라고 넘겼다. 눈동자가 달빛 색깔이었던 어미는 전부터 항상 내 주변에서는 얼쩡거렸을지 몰라도 펀 근처에는 절대 가지 않았다. 아무리 모성 호르몬이 충만해도 그녀가 펀에게 새끼 고양이를 내주는 일은 절대 없었을 것이다. 펀이 그 회색 고양이를 만지고 싶으면 내 도움을 받는 수밖에 없었다.

새끼 고양이는 계속 야옹거렸다. 어미가 도착했고, 그녀가 두고 온 바위 위에서 까만 고양이 두 마리가 울어대는 소리가 조금 멀리서 들렸다. 어미는 털을 바짝 세우고 있었고 펀도 마찬가지였다. 그 뒤로 모든 일이 눈 깜짝할 새 벌어졌다. 어미 고양이는 쉭쉭거리는 소리를 내뱉었다. 펀의 손에 들린 회색 새끼 고양이는 큰 소리로 울부짖었다. 어미가 발톱으로 펀을 할퀴었다. 그러자 펀이 그 조그맣고 완벽한 아이를 나무에 대고 휘둘렀다. 새끼 고양이는 입을 떡 벌리고 아무 소리 없이 편의 손에 매달려서 대롱거렸다. 그러자 편이 고양이를 두 손에 잡고 지갑처럼 양옆으로 벌렸다.

기억 속의 그녀를 지켜보는데, 이 세상이 끝도 없고 깊이도 알 수 없는 동물 학대를 연료 삼아서 어떤 식으로 돌아가는지 얘기하는 로웰의 목소리가 들렸다. 까만 새끼 고양이들은 멀리서 계속 울고 있었다.

나는 어머니를 불러오려고, 어머니한테 이 상황을 해결해달라고, 새끼 고양이를 치료해달라고 하려고 히스테리 환자처럼 집으로 달려가다 말 그대로 로웰과 정면으로 부딪치는 바람에 땅바닥에 무릎을 밀어먹었다. 나는 무슨 일이 벌어졌는지 설명하려고 했지만 횡설수설했다. 그가 내 어깨를 잡고 진정시키며 편이 있는 데로 데려다 달라고 했다.

그녀는 좀 전의 그 자리가 아니라 개울가에 웅크리고 앉아 있었다. 두 손이 축축했다. 고양이들은 살아 있는 아이도, 죽은 아이도 보이지 않았다.

편이 벌떡 일어나서 로웰의 발목을 잡고 그의 다리 사이로 장난스럽게 재주넘기를 하자 주근깨가 박힌 엉덩이가 보였다가 치마로 단정하게 덮였다. 팔뚝 털에 가시들이 섞여 있었다. 나는 그 가시들을 손가락으로 가리켰다. "새끼 고양이를 가시덤불 속에 숨긴 거야. 아니면 개울에 던졌든지. 찾아야 해. 찾아서 병원에 데려가야 해."

"고양이 어디 있어?" 로웰이 말과 수화로 같이 물었지만 그녀는 못 들은 척 그의 발가락에 걸터앉아서 팔로 그의 다리를 감쌌다. 그녀는 그런 식으로 신발을 타는 것을 좋아했다. 나도 아버지를 상대로 똑같이 할 수 있었지만 로웰의 신발 위에 앉기에는 덩치가 너무 컸다.

펀은 몇 걸음 그렇게 신발을 타고 가다 평소처럼 대책 없이 까불까불 뛰어갔다. 나뭇가지를 하나 붙잡고 앞뒤로 그네를 타다 땅바닥으로 뛰어내렸다. "나 잡아봐." 그녀가 수화로 이야기했다. "나 잡아봐." 제법 그럴듯한 연극이었지만 훌륭하지는 않았다. 자기가 뭔가 잘못을 저질렀다는 걸 아는데 모르는 척하는 것에 불과했다. 로웰은 어떻게 그걸 모를 수 있을까?

그가 땅바닥에 앉자 펀이 와서 그의 어깨에 턱을 얹고 귀에 대고 바람을 불었다. 그가 제안했다. "펀이 실수로 고양이를 다치게 한 걸지 몰라. 자기 힘이 얼마나 센지 모르고."

내 귀에는 나를 달래려고 하는 말처럼 들렸다. 그는 내 이야기를 믿지 않는 것이었다. 로웰은 그때도 그랬듯 이날 이때까지도 전부 다 내가 펀을 골탕 먹이려고 꾸며낸 이야기라고 생각했다. 시체도 없고 핏자국도 없었다. 모든 게 아무 이상 없었다.

나는 돼지풀, 쇠비름, 민들레, 도깨비가지를 헤집으며 찾아다녔다. 개울 속 돌멩이를 헤집으며 찾아다녔다. 로웰은 도와주지 않았다. 펀은 커다란 누런색 눈을 반짝이며, 내가 보기에는 흡족해하는 눈빛으로 로웰의 어깨 뒤에 서서 구경했다.

나는 펀이 뭔가 켕기는 표정을 짓고 있다고 생각했다. 로웰은 내가 그렇다고 생각했다. 그의 생각은 맞았다. 새끼를 어미한테서 빼앗은 사람이 나였다. 그 아이를 펀에게 준 사람이 나였다. 그런 일이 벌어진 건 내 잘못이었다. 하지만 전부 다 내 잘못은 아니었다.

　로웰을 나무랄 수는 없다. 나는 다섯 살 때부터 이미 이야기를 잘 지어내기로 유명했다. 재미있으라고 그런 거였다. 필요한 때 단조로운 이야기에 양념을 더하는 수준이었지, 새빨간 거짓말을 지어내지는 않았다. 그런데 그 경계선이 자꾸 흐릿해지는 게 문제였다. 아버지는 나를 양치기 소녀라고 불렀다.

　내가 찾으면 찾을수록 로웰은 점점 화를 냈다. "아무한테도 얘기하지 마. 알았어, 로지? 진짜야. 네가 그런 소리를 입 밖에 내면 편이 혼날 테고 나는 그럼 너를 미워할 거야. 네가 뻔뻔한 거짓말쟁이라고 동네방네 소문내고 다닐 거야. 아무한테도 얘기하지 않겠다고 약속해."

　나는 그 약속을 진심으로 지킬 생각이었다. 평생 로웰의 미움을 사다니 생각만 해도 끔찍했다.

　하지만 입을 다물고 있는 것은 내 능력 밖의 일이었다. 편은 할 수 있지만 나는 할 수 없는 수많은 일들 가운데 하나였다.

　며칠 뒤, 나는 집 안으로 들어가고 싶은데 편이 놓아주지 않은 적이 있었다. 장난을 치는 거였고 그녀에게는 쉬운 장난이었다. 그녀는 나보다 몸집이 한참 작았지만 훨씬 빠르고 힘이 셌다. 용케 빠져나온 내가 옆을 지나가는 순간, 그녀가 내 손을 잡고 뒤로 홱 잡아당기는 바람에 어깨에서 뽁 하는 소리가 났다. 그녀는 웃고 있었다.

　나는 울음을 터뜨리며 어머니를 찾아갔다. 편이 그렇게 쉽게 나를 이길 수 있다는 데 분하고 속상해서 눈물이 났다. 나는 어머니에게 편 때문에 다쳤다고 일러바쳤다. 종종 있는 일이었고 심하게 다친 게 아니었기 때문에 심각한 고자질이 아니었다. 아이들은 누구 하나가 다칠 때까지 난투극을 벌이는 법이었다. 원래 가족이 그런 거였다. 엄마들은 그럴 줄 알았다며 대개 걱정하기보다 짜증을 냈다.

하지만 나는 말끝에 편이 무섭다고 덧붙였다.

"도대체 조그만 편이 왜 무섭다는 거니?" 엄마가 물었다.

바로 그때 내가 얘기를 꺼냈다.

바로 그때 내가 할아버지 댁으로 보내졌다.

바로 그때 편이 다른 곳으로 보내졌다.

일곱

다시 취조실. 이 기억이 기상관측 장치처럼 내 몸속을 훑고 지나갔다. 내가 좀 전에 지면상으로 밝힌 이야기를 그날 오후에 전부 다 기억하고 있지는 않았다. 하지만 필요한 만큼은 기억하고 있었고, 기억이 완전히 지나가자 신기하게도 몸서리와 울음이 멈추었다. 배가 고프거나 춥지 않았고 변호사도 화장실도 샌드위치도 필요 없었다. 오히려 이상하게 머릿속이 맑았다. 나는 더 이상 과거에 머물러 있지 않았다. 내가 있는 곳은 지금 이 순간이라는 것이 피부로 느껴졌다. 나는 침착하게 하나에 집중했다. 로웰에게는 내가 있어야 했다. 다른 모든 건 나중에 생각할 일이었다.

이야기가 하고 싶어졌다.

내가 집어 들자 쥐며느리는 다시 몸을 똘똘 감았다. 얼마나 완벽하게 공 모양을 만드는지 앤디 골드워시*가 만듦 직한 예술 작품 같았다. 나는 먹다 남은 참치 샌드위치가 담긴 종이 접시 위에 쥐며느리를 내려놓았다. 내가 마침내 석방되었을 때 이 벌레를 두고 나가면 로웰이 싫어할 것 같았다. 곤충까지 성공하면 더블 보너스였다. 이 방에서는 어느 누구도 살 수 없었다.

나는 늘 반복하던 스토리—할아버지, 할머니와 두 분이 즐겨보았던 연속극, 트램펄린과 파란색의 조그만 집에 살았던 남자, 칠면조처럼 손발이 묶여 있었던 여자—를 고수하되 좀 더 어려운 단어로 포장할 작정이었다. 미메시스**, 디에게시스***, 하이포디에게시스****. 그냥 이야기를 하는 게 아니라 주석까지 다는 거다. 분해하는 거다. 그러는 내내 내가 지금 당장이라도 질문에 대답을 할 것 같은 분위기, 언제라도 실질적이고 적절한 대답을 할 것 같은 분위기를 풍기는 거다. 악의적으로 협조할 작정이었다.

나는 그런 대처법을 종종 목격한 적이 있었다. 십 대 시절에 로웰이 그 방면의 제다이 마스터*****였다.

하지만 취조관은 두 번 다시 찾아오지 않았다. 펑! 하고 악마처럼 사라졌다.

---

* Andy Goldworthy(1956~). 영국의 조각가, 대지미술가, 환경운동가.
** 대상에 대한 재현 또는 모방.
*** 서술자에 의한 서술.
**** 극 안의 극.
***** 〈스타워즈〉의 평화 수호 조직 제다이에서 높은 지위를 가진 기사. 특정 분야의 전문가를 가리키는 뜻으로 쓰이기도 한다.

그 대신 엉덩이가 넓고 굼뜬 여자가 들어와서 이제 그만 가도 좋다고 했다. 인정사정없는 악당이 맡을 리 없는 역할이었다. 나는 그녀를 따라서 복도를 지나 밤공기 속으로 나섰다. 새크라멘토 공항으로 날아가는 비행기 불빛이 머리 위로 보였다. 나는 무릎을 꿇고 몸을 동그랗게 만 조그만 쥐며느리를 풀밭에 내려놓았다. 나는 그 취조실 안에 여덟 시간쯤 갇혀 있었다.

기미, 토드, 토드의 어머니가 나를 기다리고 있었다. 나는 그들을 통해서 로웰이 체포되지 않았다는 소식을 접했다.

체포된 사람은 다른 사람이었다.

그 전날 저녁, 내가 한 학기의 끝을 일찍 잠자리에 드는 것으로 자축하고 있었을 때 에즈라 메츠거가 캘리포니아대학교 데이비스 분교의 영장류센터에 무단 침입을 시도했다. 현장에서 체포되었을 때 자물쇠를 따고 전선을 자르고 전기신호를 변경하는 데 필요한 여러 가지 도구들이 그의 손에 쥐어 지지는 않았을지 몰라도 벨트에 걸려 있었다. 그는 저지당하기 전까지 우리의 문을 여덟 개나 열었다. 나중에 데이비스대학교 관계자가 익명으로 신문사에 밝힌 바에 따르면 그 무단 침입 사건으로 원숭이들이 충격을 받았다고 했다. 죽어라고 비명을 지르는 바람에 진정제를 투여하는 수밖에 없었다고 했다. 그 기사에서 가장 슬픈 부분은 무엇이었는가 하면 대부분의 원숭이들이 우리 밖으로 나가길 거부했다는 점이었다.

여자 공범은 아직 잡히지 않았다. 그녀가 그의 차를 슬쩍하지 않았더라면 에즈라도 도망칠 수 있었을 것이다.

아니다, 그건 아니다. 그렇게 말하면 너무 잔인한 거다.

1996년에 캘리포니아대학교 데이비스 분교는 동물을 상대로 실시하는 감염성 질환 연구 결과를 한데 취합하기 위한 방편으로 의과대학과 수의과대학의 가교 격인 비교의학센터를 개설했다. 그중에서도 영장류센터가 가장 중요한 시설이었다. 설립 이래 질병, 특히 전염병, SIV, 쿠루병 그리고 원숭이에서 인간으로 전염되는 마버그 바이러스와 같은 다양한 인수공통전염병 예방법이 그곳에서 연구되었다. 소련의 연구원들이 마버그 바이러스에 두 차례 노출되는 사건이 발생한 지 얼마 되지 않았다. 리처드 프레스턴의 논픽션 베스트셀러 『핫존』이 아직 우리들 기억 속에 생생했다.

이번 사건은 신문 기사로 소개되기는커녕 넌지시 언급조차 되지 않고 지나갔다. 장난이 아니었을 가능성, 에즈라가 자기도 잘 모르는 이야기를 떠벌였을 가능성이 공판 전에 조용히 제기되었을 뿐이다.

7년이 흘러서 2003년, 데이비스 분교는 원숭이들을 탄저병, 천연두, 에볼라 바이러스에 감염시키는 하이 시큐리티 생체방어연구소 입찰에 응했지만, 우리를 청소하는 동안 히말라야원숭이 한 마리가 사라지는 사건으로 인해 낙찰을 받지 못했다. 그녀는 돌아오지 않았다. 감쪽같이 도망친 것이다.

오늘날 데이비스의 영장류센터는 SIV, 알츠하이머, 자폐증, 파킨슨병을 이해하고 치료하는 데 상당히 기여했다는 평가를 받고 있다. 이런 질병들이 쉽게 해결할 수 있는 문제라고 주장하는 사람은 없다.

나는 네 가지 이유에서 철창신세를 면할 수 있었다.

첫 번째 이유는 간밤에 나의 알리바이를 입증한 토드와 기미의 증언이었다. 나는 일찌감치 잠자리에 들었지만, 자기들은 마치 크리스마스 저녁처럼 고전 영화를 감상하며 한 학기의 마지막을 자축했다고 경찰에 밝힌 것이다. 그들은 〈사이코〉, 〈살아 있는 시체들의 밤〉, 〈위커맨〉, 〈캐리〉, 〈34번 가의 기적〉을 빌려다가 그 순서대로 보았고, 가끔 팝콘을 만들러 부엌에 들어갔을 때말고는 줄곧 거실 소파를 지켰다. 따라서 내가 그들 모르게 아파트를 빠져나갈 방법이 없었다. 기미는 경찰에 스파이더맨이 아닌 이상 그럴 수 없었다고 이야기했다고 전했다.

"나는 타잔이 아닌 이상이라고 했는데." 토드가 말했다. "하지만 스파이더맨이 낫다."

나는 핀이 아닌 이상이라고 생각했지만, 이제는 핀을 모르는 사람이 없을 거라고 짐작하면서도 입 밖으로 얘기하지는 않았다. 이제는 핀을 모르는 사람이 없을 거라는 짐작은 잘못된 믿음을 근거로 내린 추측이었다. 내가 경찰의 입단속 능력을 과소평가했다.

사실 **첫 번째** 증거를 접했을 때 눈 하나 꿈쩍한 사람은 없었을 것이다. 나와 로웰의 관계를 파악했을 때 경찰 측에서는 여자 공범을 잡았다고 확신했다. 우리가 같은 테러 조직의 조직원이라서 서로 두둔하는 것일 수 있었다. 그들은 오래전부터 우리 아파트를 예의 주시하고 있었다. 3층에 고약한 인간들이 살고 있었던 것이다.

두 번째 이유는 토드의 어머니였다. 어떤 칠칠찮은 인간이 토드를 면담하기 전에 전화 통화를 허락한 것이었다. 토드의 어머니는 샌프란시스코에서 유명한 인권 변호사였다. 내가 앞에서도 이야기한 적 있을 것이다. 윌리엄 컨스틀러*와 비슷하지만 그렇게 매력적이지는 않은 인물을 상상하면 된다. 체구가 아담한 여자 2세대 이민자 윌리엄 컨스틀러를 상상하면 된다. 그녀는 헬리콥터를 타고 날아와서 고맙게도 토드와 기미뿐 아니라 나까지 보호 대상에 넣어주었다. 내가 마침내 풀려났을 때 그녀가 근사한 렌터카를 타고 기다리고 있다가 우리를 전부 데리고 나가서 저녁을 사주었다.

세 번째 이유는 할로였다. 아무도 그녀의 행적을 알지 못했으니 할로 자체가 도움이 된 것은 아니었고, 경찰에서 찾는 여자가 할로 필링인 게 분명하다고 토드와 기미가 주장한 덕분이었다. 경찰 측에서 레그를 찾아가자 레그는 아는 것도 없고 본 것도 없고 들은 것도 없지만 할로가 자기 대신 징역을 살아주겠다고 할 때까지 남자를 들들 볶은 것 같다고 얘기했다.

거기다 나는 그런 짓을 할 친구가 아니라고 덧붙였다는데, 고마운 일이었고 그는 실제로 그렇게 믿었을 것이다. 펀이 나 대신 오랫동안 징역을 살아주고 있다는 것을 몰랐으니 말이다.

에즈라도 경찰에 공범이 할로라고 밝혔다. 그가 지금은 무슨 영화의 주인공을 연기하고 있을지 궁금해졌다. 〈폭력 탈옥〉? 〈쇼생크 탈출〉? 〈어니스트 감옥에 가다〉? 나는 그가 할로의 정체를 너무 금세 불어버린 게 아닌가 생각만 했을 뿐, 나를 위해서 그랬다는 건 나중에 토드가

---

* William Kunstler(1919~1995). 미국의 변호사이자 인권 운동가.

알려준 다음에서야 알았다. 에즈라가 할로보다 나를 더 좋아해서 그런 건 아니었다. 그건 분명했다. 하지만 그는 존경할 만한 인물이었다. 막을 방법이 없는 것도 아니고, 나의 소행이 아니라는 걸 아는데 내가 체포되도록 내버려둘 수 없었던 것이다.

네 번째 이유는 경찰이 내 종교와 폭력 기말고사 답안지를 보지 않았다는 것이었다.

토드의 어머니는 데이비스에는 괜찮은 식당이 없다며 차도에는 자갈이, 인도에는 널빤지가 깔려 있는 새크라멘토 올드 타운으로 우리를 데려갔다. 파이어하우스라는 식당에서 토드의 어머니는 바닷가재로 나의 아슬아슬한 탈출을 자축하라고 했지만 수조에서 살아 있는 녀석을 골라야 하는 거라 사양했다. 접시에 아주 커다란 쥐며느리가 놓인 형상일 것 같았다.

나는 데이비스를 벗어나지 않겠다고 경찰에 약속했지만 그녀가 나더러 다음 날 집에 가서 크리스마스를 보내도 된다고 했기 때문에 그렇게 했다.

나는 그녀에게 수도 없이 고맙다고 인사했다. 그녀가 말했다. "그러지 마. 토드의 친구라면 다 환영이야."

"그거 헛소리인 거 알지?" 나중에 토드가 물었을 때 나는 순간 우리가 친구라고 한 걸 말하는 줄 알았다. 하지만 그게 아니라 자기 엄마는 별것도 없는 직권 남용을 좋아해서 돕는 상대가 누가 됐건 신경 쓰지 않는다는 뜻에서 한 말이었다. 그게 어머니로서는 장점이 아닐지 몰라도 지금은 그런 걸 따질 때가 아니었다. 살다 보면 부모님에 대해서 투덜거려야 하는 순간과 고마워해야 하는 순간이 있는데, 그 두 순간을 서로 혼동하면 안 되겠다는 생각이 들었다. 앞으로도 기억하자고 다짐했지만 모든 다짐이 그렇듯 잊혀버렸다.

몇 주 뒤에 나는 토드에게 우리가 친구냐고 물었다. "로지! 우리는 오래전부터 친구였잖아." 그가 말했다. 상처받은 말투였다.

큼지막한 까만색 자동차는 우리를 다시 아파트로 데려다주고 토드의 어머니를 태운 채 별빛 아래로 사라졌다. 3층은 이미 축제 분위기였다. 음악 소리가 고막을 찢는 수준이라 결국 경찰이 출동했다. 수업 시간에 쓴 공책이 갈기갈기 찢겨서 색종이 조각처럼 마당에 뿌려져 있었고, 복도에 누워 있는 책상 의자는 바퀴가 아직까지 돌아가고 있었다. 우리는 물이 가득 든 콘돔들의 환영을 받으며 현관으로 들어섰다. 관리가 잘 안 되는 아파트에 산다는 게 이런 거였다. 앞으로 익숙해져야 할 광경이었다.

우리는 유쾌한 소음의 바다 속에서 섬처럼 슬픈 분위기를 풍기는 우리 식탁에 둘러앉았다. 토드의 주트베르크 맥주를 마시며, 한때 CIA에 입사하고 싶었지만 실패하고 (우리가 아는 한) 난생처음으로 벌인 특공 작전에서 원숭이를 딱 한 마리 풀어주는 데 그친 에즈라 생각에 고개를 절레절레 저었다. 둘 다 편 얘기를 꺼내지 않는 것을 보니 아직 모르는 모양이었다. 하지만 로웰에 대해서는 알았고, 바로 이 집에서 그렇게 위험한 남자와 어울렸다는 데 잔뜩 흥분했다. 그리고 그렇게 엄청난 과거를 숨기고 있었던 나에 대해서도 놀라워했다. 속을 알 수 없는 친구라며, 그럴 줄은 정말 몰랐다고 했다.

토드는 로웰이 할로의 손에 놀아나는 꼭두각시가 아니라 정반대였는데 그런 줄 몰랐다며 사과했다. "너희 오빠가 할로를 대원으로 선발했나 봐. 그래서 이제는 둘이 같은 조직에—" 그랬을 가능성은 미처 생각하지 못했는데 듣는 그 순간부터 마음에 들지 않았다. 아무튼 그랬을 가능성은 낮게 느껴졌다. 할로의 상심한 모습이 너무 진짜 같았다. 나는 할로의 연극을 본 적 있었다. 실제 행동도 본 적 있었다. 그래서 그 둘의 차이점을 알았다.

그러고 나서 다 같이 〈34번 가의 기적〉을 다시 보는데, 토드와 기미가 고백하길 그 작품뿐 아니라 다른 영화를 볼 때도 대부분 꾸벅꾸벅 졸았다며 내가 수십 번 집을 들락거렸대도 몰랐을 거라고 했다.

〈34번 가의 기적〉은 변호사를 아주 미화하는 작품이다. 심리학자들을 보는 시선은 그다지 우호적이지 않다.

로웰이 할로를 부추기지는 않았지만, 그녀가 그런 짓을 저지른 이유가 로웰 때문이기는 했다. 우리는 토드가 생각하는 그런 식이 아닐 뿐, 알고 보면 위험한 가족 맞다. 할로는 자기가 아는 유일한 경로를 통해서, 그가 뿌려놓은 빵 조각을 따라서 로웰을 찾으려고 했던 게 분명했다. 나는 그녀가 성공했을지 궁금했다. 성공하지 못했다는 쪽에 내기를 걸지는 않았다.

그녀는 그의 타입이 아니었다. 그녀 혼자 그의 타입인 척했을 따름이다. 만약 로웰과 정말 사귀고 싶으면 이제 좀 진지해져야 했다. 모두들 날 보세요, 하는 연극과 전공생 노릇은 접어야 했다. 하지만 나는 그녀가 그럴 수도 있을지 모른다는 생각이 들었다. 어쩌면 둘이 행복하게 지낼 수도 있을지 모른다는 생각이 들었다.

그날 밤, 내 방문을 열자 할로의 바닐라 향수 냄새가 희미하게 났다. 나는 곧바로 연하늘색 트렁크를 열었다. 아니나 다를까, 마담 드파르주가 보이지 않았다.

제6부

……저는 이내 두 가지 길이 있다는 것을 깨달았죠.
동물원이냐, 보드빌 극장이냐.
저는 고민하지 않았습니다. 저 자신에게 말했죠.
보드빌 극장에 들어갈 수 있도록 전력을 다하라고. 그게 탈출구라고.
동물원은 철창이 달린 새로운 우리에 불과하다고.
거기 들어가면 끝장이라고.

— 프란츠 카프카, 「어느 학술원에 보내는 보고서」

하나

편이 떠나고 난 뒤에 우리 가족은 크리스마스 때마다 습관적으로 여행을 했다. 요세미티에 두 번, 푸에르토 바야르타*에 한 번, 밴쿠버에 한 번 다녀왔다. 런던에 갔을 때는 난생처음으로 훈제 청어를 먹었고, 로마에 갔을 때는 부모님이 콜로세움 앞 노점에서 여자아이가 새겨진 조그만 카메오**를 사주었다. 노점상 주인이 나를 닮았다고, 우리 둘 다 **벨리시마***하다고 했기 때문이었다. 집으로 돌아왔을 때 인디애나대학교에서 독일 문학을 가르치지만 숨은 재주가 많은 레마크 교수님이 그걸로 반지를 만들어주었고, 나는 그 반지를 낄 때마다 **벨리시마**

* 멕시코의 해변 휴양지.
** 보석이나 조가비 등에 사람 얼굴 등을 돋을새김한 장신구.
*** bellissima. 이탈리아어로 아주 예쁘다는 뜻이다.

351

해진 기분이 들었다.

우리는 독실한 신자가 아니었기 때문에 크리스마스에 별 의미를 두지 않았다. 로웰이 떠난 뒤에는 여행도 거의 포기하고 지냈다.

내가 칼바람이 부는 1996년 연말에 마침내 블루밍턴에 도착했을 때 크리스마스 분위기를 풍기는 물건이라고는 트리 모양으로 깎은 조그만 로즈마리 화분밖에 없었다. 그 화분이 현관 옆 테이블에 놓여서 입구를 향기롭게 물들이고 있었다. 밖에 리스는 걸려 있지 않았다. 로즈마리에도 아무 장식이 없었다. 나는 크리스마스를 보낸 다음에 로웰을 만났다는 이야기를 하기로 진작부터 마음을 먹고 있었다. 시각적으로 전혀 흥겨운 분위기가 아니라는 것이야말로 크리스마스라는 날 자체가 아직 너무 아슬아슬하고 어머니가 아직 불안정하다는 증거였다.

그해에는 눈이 오지 않았다. 25일 오후에 우리는 차를 몰고 인디애나폴리스에 가서 친할아버지, 친할머니와 명절 저녁 식사를 했다. 늘 그렇듯 음식들이 축축했다. 으깬 감자는 질척거렸고 깍지 콩은 흐물거렸다. 접시마다 갈색 그레이비소스의 호수 아래에 판독할 수 없는 것들이 잔뜩 쌓여 있었다. 아버지는 물고기처럼 그걸 마셨다.

내가 기억하기로 아버지는 콜츠 미식축구팀이 그해에 연합뉴스 선정 최우수팀으로 뽑힌 것을 기념하는 건배를 제안했다. 최우수팀의 영광은 대개 인디애나폴리스를 비껴갔다. 아버지는 할아버지도 건배에 참여시키려고 했지만, 할아버지는 주문에 걸린 사람처럼 아버지의 이야기를 듣다 말고 식탁에 앉은 채로 잠이 들어버렸다. 돌이켜보면 알츠하이머의 전조였는데 우리는 그런 줄 모르고 그저 재미있어했다.

나는 생리를 앞두고 있었기 때문에 배가 무지근했다. 그래서 핑계 김에 펀이 사라졌던 해 여름 동안 내가 지냈던 그 방 침대에 가서 누웠다. 물론 생리 중이라고 밝히지는 않고 워낙 완곡하게 중서부식으로 에둘러 말하는 바람에 할아버지가 전혀 알아차리지 못해서 할머니가 귓속말로 알려주어야 했다.

어릿광대 그림이 여전히 벽에 걸려 있었지만 침대 프레임은 기둥과 머리판에 담쟁이덩굴 같은 이파리가 꽈배기처럼 달린 철제로 바뀌었다. 프레데리카 할머니가 모조 오리엔탈 소품의 시기를 거쳐 본격적인 포터리반*의 길로 이동하는 중이었다.

나는 내가 입만 열면 두꺼비와 뱀이 나오는 아이라서 혼자 비참하게 죽도록 내쫓겼다는 생각을 하며 이 방에서 몇 주 동안 지냈다. 내가 뻔뻔한 거짓말쟁이라고 로웰이 동네방네 소문을 냈을 테고 로웰은 절대 거짓말을 하지 않으니까 전부 다 그 말을 믿었을 거라고 넘겨짚으며 이 방에서 몇 주 동안 지냈다. 펀이 삶의 기쁨이라면 나는 삶의 골칫거리라고 괴로워하며 이 방에서 몇 주 동안 지냈다.

펀과 새끼 고양이에 얽힌 이야기는 정말 끔찍했다. 내가 지어낸 거라면 용서받을 수 없는 짓이었다.

내가 지어낸 이야기였을까?

나는 침대맡 스탠드를 끄고 창문을 보며 누웠다. 길 건너편 처마에

---

* 미국의 유명한 가정생활용품 브랜드.

고드름처럼 달린 크리스마스 전등이 방 안에 희미한 빛을 드리웠다. 1
학년 때 기숙사에서, 자기 언니가 아버지에게 성추행을 당했다고 하
더니 꿈속에서 그랬던 거라고 말을 바꾸었다고 했던 애비가 생각났
다. "정신 나간 언니 때문에 다 망가졌지 뭐야. 언니가 미워." 애비는
그렇게 말했다.

그리고 로웰도 생각났다. "아무한테라도 얘기하면 죽을 때까지 널
미워할 거야."

그날 저녁에 기숙사에서 그 소리를 들었을 때는 당연하게 느껴졌
다. 그렇게 추잡한 거짓말을 한 사람은 미움당해 마땅했다.

내 다섯 살 시절로 돌아가면 로웰도 나를 미워할 만했다. 내가 아무
한테도 얘기하지 않겠다고 약속해놓고 그 약속을 어겼다. 경고를 받
았는데도.

우리가 입고 온 겨울 코트들이 침대커버 위에 쌓여 있었다. 나는 어
머니의 파카를 당겨서 발을 덮었다. 내가 어렸을 때 어머니는 플로리
다 워터라는 향수를 뿌렸다. 지금 어머니가 쓰는 향수는 부모님이 현
재 거주하는 모델하우스 같은 그 집에서 나는 냄새만큼이나 낯설었
다. 하지만 이 방 냄새는 예전 그대로였다. 묵은 쿠키 냄새였는데 내
다섯 살 시절보다 더 묵은 냄새가 나지는 않았다.

한때 우리는 맨 처음 만들어진 장소로 가면 기억이 가장 훌륭하게
복원된다고 믿었다. 하지만 우리가 알고 있다고 생각하는 다른 모든
것들처럼 이것 역시 이제는 확실하지 않은 것으로 간주된다.

하지만 지금은 아직 1996년이다. 나는 다섯 살의 기억을 더듬으며,

유배지에서 또 하루를 마감하고 이 방의 이 침대에 누웠을 때 어떤 기분을 느꼈을지 정확하게 파악해보려고 애를 쓴다.

맨 처음 떠오른 것은 약속을 지키지 못한 죄책감이었다. 그다음은 로웰의 사랑을 영영 잃었다는 절망감이었다. 세 번째가 내쫓겼다는 절망감이었다.

죄책감을 느끼는 부분은 또 있었다. 내가 돌려달라고 야옹거리는 어미한테서 새끼를 빼앗아 편에게 건넸다. 그런데 이 부분을 쏙 빼고 편이 혼자서 그런 짓을 저질렀던 것처럼 고자질을 했다. 편과 나는 뭐든 함께했고 벌도 함께 받았다. 그걸 영광으로 여겼다.

하지만 그때 나는 그 잔인한 사건을 심층 분석했다. 내가 잘못한 부분이 있을지 몰라도 고양이를 죽인 범인은 내가 아니었다. 전부 다 편의 소행이었다. 내 말을 믿지 않다니, 나에게 가장 큰 벌을 내리다니 불공평한 처사였다. 어린아이들도 침팬지 못지않게 차별 대우에 민감하게 반응한다. 특히 당하는 쪽이면 더욱 그렇다.

내가 진실을 전부 다 밝히지는 않았을지 모른다. 하지만 내가 만약 거짓말을 했다면 그렇게 억울해하지 않았을 것이다.

나는 어머니의 파카로 발을 덮은 채 침대에 누워서, 식기세척기는 웅웅거리며 돌아가고 스포츠를 주제로 한바탕 토론이 벌어지며 명절 때마다 대동단결하는 할머니와 엄마가 아빠의 술버릇을 놓고 잔소리를 퍼붓고 비쩍 마른 젊은 시절의 프랭크 시나트라가 텔레비전에 나와서 부르는 캐럴 소리를 들으며, 끔찍한 기억을 처음부터 다시 되짚었다. 결론에 논리적인 결함이 있는지 찾아보았다. 나를 바라보는 나를 바라보았다. 그때 놀라운 일이 벌어졌다. 내가 어떤 사람인지 나는 알고 있다는 사실을 깨달은 것이다.

그 은폐 기억이 수학 증명마냥 군더더기 없고 목표가 정확해서 기억의 정의를 뒤엎을 만큼 생생하기는 하지만, 여러 연구 결과에 따르면 행동을 결정하는 데 성격이 중요한 역할을 하지 않는다고 하지만, 여러분이 보기에 나는 남이 조종하는 대로 아무 생각 없이 움직이는 자동인형처럼 느껴질 수도 있겠지만, 그럼에도 불구하고 나는 그 새끼 고양이 이야기를 지어내지 않았다고 장담할 수 있었다. 지금의 나는, 그리고 예전의 나는 **그런** 짓을 저지를 사람이 아니라는 것을 알기 때문에 장담할 수 있었다.

나는 잠시 후에 잠이 들었다. 예전 같았으면 부모님이 조용히 나를 안아서 차에 태우고 블루밍턴으로 건너가서 내 방에 눕혀주었을 것이다. 크리스마스의 기적이 벌어지면 다음 날 눈을 떴을 때 나는 집에 와 있고 로웰과 펀도 마찬가지였을 것이다.

나는 바로 그날 밤에 부모님에게 로웰에 대해서 이야기할 작정이었다. 자아 찾기라는 그 고통스러운 여정이 끝나자 그럴 용기가 생겼고, 한참 동안 차를 타고 이동하는 시간이야말로 불편한 대화를 나누기에 고해성사만큼 안성맞춤이었다(고해성사를 한 번도 해본 적이 없으니 어디까지나 내 추측에 불과하긴 하지만). 하지만 아버지는 술에 취해서 의자를 뒤로 젖히더니 곯아떨어져 버렸다.

다음 날은 정확한 이유는 기억이 나지 않지만 아마 어머니의 심기 때문에 느낌이 안 좋았고, 그러다 내 성적표가 날아왔다. 성적표가 분위기 전환에는 도움이 될지 몰라도 알맞은 타이밍은 아닌 듯했다. 그래서 학교로 돌아갈 날이 며칠 안 남았을 때 이야기를 꺼내는 수밖에 없었다. 우리는 식탁에서 아침을 먹는 중이었고 뒷마당 덱이 내다보이는 프렌치 도어로 햇살이 쏟아져 들어왔다. 뒷마당에 심긴 나무들이 워낙 빽빽해서 그 방에는 햇볕이 잘 들지 않았다. 그래서 햇볕이 들 때면 마음껏 누렸다. 보이는 동물이라고는 모이 집에 얌전하게 앉아 있는 참새 떼밖에 없었다.

로웰의 방문에 대해서는 여러분도 이미 알고 있을 테니 똑같은 이야기를 반복하기보다 어떤 부분을 빠뜨렸는지만 밝히도록 하겠다. 할로, 에즈라, 캘리포니아대학교 영장류센터, 두 번의 유치장 나들이, 약물 복용, 취태 그리고 공공 기물 파손. 우리 부모님은 이런 부분에 대해서 아무 관심이 없을 거라는 게 나의 생각이었다. 그래서 나는 중간에서부터 시작해서 중간에서 끝냈다. 베이커스 스퀘어와 긴긴 밤 동안 나눈 대화와 파이에 집중했다.

그 부분에 대해서는 철두철미하게 보고했다. 로웰의 걱정스러운 정신 건강 상태, 아빠의 논문에 가한 그의 비판, 우리가 같은 동물들을 상대로 저지르는 끔찍한 짓들까지 고스란히 전했다. 펀이 등장하는 대목에 이르자 그녀가 예나 지금이나 농장 생활을 한 적이 없었고 우리 집을 떠난 뒤 우리에 갇혀서 비참하게 살았다는 사실을 외면할 방법이 없었다. 내가 어떤 식으로 표현했는지는 정확하게 기억이 나지 않지만 아버지가 똑같은 말을 반복한다며 나를 나무랐던 기억은 난다. "너는 그때 다섯 살이었어. 내가 너한테 도대체 **뭐라고** 얘기했어야 했겠니?" 마치 그게 그중에서 가장 큰 잘못인 양 그렇게 얘기했던 기억은 난다.

부모님은 로웰이 대학에 가고 싶어 한다는 소리에 당장 낙심했다. 집으로 돌아오고 싶어 한다는 것은 곱씹을 수 없을 만큼 엄청난 사실이라 몇 시간 묵혀두었다가 다시 이야기를 나누어야 했다. 식탁이 울음바다로 변했다. 어머니는 냅킨 대신 쓰던 키친타월을 갈기갈기 찢었고, 큼지막하게 찢어진 조각으로 눈물과 콧물을 닦았다.

새로운 소식을 전하는 쪽은 내가 될 줄 알았는데 놀랍게도 나 역시 뜻밖의 이야기를 몇 개 들었다. 그중에서도 가장 놀라웠던 부분은 내가 제대로 받아들이지 못했기 때문에, 나를 생각해서 편 이야기를 절대 꺼내지 않았다는 우리 부모님의 주장이었다. 편의 이름만 등장해도 내가 숨을 헐떡이며 피가 날 때까지 몸을 긁고 머리카락을 뿌리째 뽑았다는 것이다. 두 분의 주장은 완벽하게 일치했다. 나에게 편 이야기를 하려고 오랜 세월 동안 숱하게 시도했지만 나 때문에 번번이 좌절됐다.

로웰이 저녁을 먹다 말고 편이 찐 옥수수를 좋아했다는 이야기를 꺼냈던 순간, 아직 편에 대해서 이야기할 마음의 준비가 되지 않은 어머니를 보고 그가 집을 나가버린 그 순간에 대해서도 부모님은 나와 다르게 기억하고 있었다. 내가 울음을 터뜨리며 다들 그만하라고 했다는 것이다. 내가 다른 가족들 때문에 가슴이 아프다고 하더니 히스테리 환자처럼 횡설수설 비명을 질러서 모두들 입을 다물었고 로웰은 집을 나가버렸다는 것이다.

부모님의 주장은 내가 기억하는 많은 것들과 정면으로 대치된다. 내가 그걸 지면에 소개하는 이유는 수긍해서 그런 게 아니라 **사실 추정의 원칙** 때문이다.

내가 그렇게 히스테리를 부렸다는데, 추방당한 편을 두고 내가 엄청난 죄책감을 느꼈다는 이야기에 부모님은 놀라는 눈치였다. 충격적인 사건이기는 하지만 동물을 죽였다고 자식을 버리는 부모는 없다. 편은 새끼 고양이 때문에 다른 곳으로 옮겨진 게 아니었다. 로웰이 경고했던 것처럼 그녀는 혼났을 테고 작고 연약한 생물을 건드리지 못하도록 조치가 이루어졌겠지만 그것으로 끝이었을 것이다.

그런데 부모님은 내가 분명 알았고 심지어 두 눈으로 똑똑히 목격까지 했다는데 나는 기억조차 나지 않는 다른 사건들이 있었다. 하나는 비비 외숙모가 내 사촌 피터가 누워 있는 유모차 안으로 편이 고개를 숙이더니 피터의 한쪽 귀를 입속에 넣었다가 뺐다고 주장한 것이었다. 외숙모는 그 짐승을 기르는 한 우리 집에 두 번 다시 놀러오지 않겠다고 했다. 그 소리에 어머니는 심란해했지만 아버지는 누이 좋고 매부 좋은 일이라고 했다.

대학원생 하나가 손을 심하게 물린 적도 있었다. 그때 오렌지를 들고 있었기 때문에 편이 오렌지를 깨물어 먹으려다가 그런 것일 수도 있었다. 하지만 수술을 두 번 받아야 했을 만큼 부상이 심각했고 결국 그는 학교를 상대로 소송을 제기했다. 그리고 편은 예전부터 그 대학원생을 좋아하지 않았다.

한번은 편이 자기가 좋아했던 에이미라는 대학원생을 1~2미터 거리에서 벽으로 던진 적도 있었다. 느닷없이 벌어진 사건이었고 에이미는 실수라고 주장했지만, 다른 학생들 말로는 왜 그렇게 공격적인 태도를 보였는지 모르긴 해도 편이 장난을 치거나 까불까불하는 것처럼 보이지는 않았다고 했다. 그 사건의 여파로 목격자 셰리가 연구를 접었지만 에이미는 남았다.

편은 아직 어렸고 성격도 좋았다. 하지만 점점 자라고 있었다. 점점 통제 불능으로 치닫고 있었다. 아버지가 말했다. "좀 더 심각한 사태가 벌어질 때까지 기다리는 건 무책임한 짓이었지. 그러면 편에게도, 다른 누구에게도 좋을 게 없었어. 누굴 심하게 다치게 만들면 대학 측에서 안락사를 시킬 테니까. 우린 모든 사람들을 생각해서 그런 조치를 취한 거다. 방법이 없었어."

어머니가 말했다. "너 때문에 그렇게 된 게 아니야. 절대 너 때문에 그렇게 된 게 아니야."

이번에도 그다지 설득력 있게 들리지 않았다. 그런데 내가 할머니 집에서 보낸 마지막 며칠에 대해 계속 이야기하다 보니 내가 한 가지 거짓말의 의혹에서 벗어나는 순간, 또 다른 거짓말의 혐의가 제기되었다. 나는 어머니에게 편이 새끼 고양이를 죽였다고 일러바쳤지만 그건 거짓말이 아니었고 그것 때문에 편이 다른 곳으로 옮겨진 것도 아니었으니 그 부분에 대해서 내가 죄책감을 느낄 필요는 없었다.

그런데 나는 그때 거기서 멈추지 않았다. 편이 나를 일부러 해칠 거라고 생각한 적은 절대 없었다. 설령 그녀가 그런 적이 있었더라도 나는 절대 느끼지 못했다. 하지만 죽은 새끼 고양이를 무심하게 쳐다보다 손가락으로 배를 찢는 그 잔인한 행각에 나는 엄청난 충격을 받았다. 그러니까 나는 엄마에게 이렇게 말했어야 했다. 내가 엄마에게 전하고 싶었던 말은 이런 거였다.

편의 안에 내가 모르는 게 있다고.

나는 그녀를 잘 안다고 생각했는데 아니었다고.

편에게 비밀이 있는데 좋은 비밀이 아니라고.

그런데 나는 그녀가 무섭다고 해버렸다. 그 거짓말 때문에 그녀는 다른 곳으로 옮겨졌다. 바로 그 순간, 부모님은 우리 둘 중에서 하나를 선택할 수밖에 없게 된 것이다.

둘

누구나 살다 보면 곁에 남는 사람, 떠나는 사람, 자기 뜻과 상관없이 사라질 수밖에 없는 사람을 만난다.

토드의 어머니는 에즈라를 위해서 열심히 노력했다. 하지만 법원에서는 문을 여는 거나 닫는 거나 그게 그거라고 인정하지 않았다. 에즈라는 유죄 선고와 더불어 발레이오의 경범죄자 형무소에서 8개월 복역형을 받았다. 토드의 어머니 말로는 처신을 잘하면 5개월 만에 나올 수 있을 거라고 했다. 덕분에 그는 애지중지하던 직장을 잃었다. CIA에 입사할 가능성도 사라졌다(어쩌면 아닐 수도 있다. CIA에서 그런 전적의 소유자를 기다리고 있을지 모르는 일이었다). 나는 그때까지 에즈라처럼 자기 일에 혼신을 다하는 아파트 관리인을 만난 적이 없었다. 그는 예전에 이런 말을 한 적이 있었다. "잘사는 비결은 모든 일에 최선을 다하는 거야. 그게 쓰레기 버리는 일에 불과하더라도 잘하면 돼."

나는 그가 수감된 지 한 달 정도 지났을 때 면회일에 맞춰서—크리스마스 이후였다—찾아갔다. 교도관들이 주황색 점프슈트를 입고 있는 그를 데리고 나와서 다른 공간이었으면 피크닉 테이블이라고 불렀음 직한 곳에 서로 마주보고 앉을 수 있게 했다. 신체 접촉을 금한다는 경고와 함께 우리 둘만 남겨졌다. 에즈라는 콧수염을 밀었는데, 반창고를 붙여서 수염을 떼어내기라도 한 것처럼 윗입술에 상처가 났다. 얼굴에 털이 하나도 없었고 큼지막한 앞니는 토끼 이빨 같았다. 한눈에도 기운이 없어 보였다. 나는 어떻게 지내느냐고 물었다.

"예전처럼 킬킬거리게 재미있지 않아*." 그의 대답을 듣고 나는 마음이 놓였다. 에즈라는 여전했다. 〈펄프 픽션〉은 여전했다.

그는 할로 소식 들은 게 있느냐고 물었다.

"프레즈노에 사는 부모님이 찾으러 올라왔었어요. 소득은 없었죠. 할로를 본 사람이 아무도 없거든요."

내가 로웰에게 할로도 자기 가족 얘기를 한 적 없다고 말하고 며칠이 지났을 때 그녀가 다음과 같은 정보를 주었다. 남동생이 셋, 언니가 둘. 좀 더 구체적으로 들어가면 전부 다 외형제.

그녀는 자기 어머니가 임신을 좋아하지만 장기적인 관계에는 소질이 없다고 했다. 히피족, 대지의 여신, 뭐 이런 과였다. 할로의 형제들

---

* 1994년에 개봉된 쿠엔틴 타란티노 감독의 범죄 코미디 영화 〈펄프 픽션〉에 나오는 대사다.

은 전부 다 아버지가 달랐지만 어머니와 함께 시 외곽의 다 쓰러져가는 집에서 살았다. 아이가 넷이었던 시절부터 방이 모자랐기 때문에 몇몇 아버지들이 지하실을 토끼 굴 같은 방으로 개조했고, 아이들은 거기서 단속하는 어른 없이 피터 팬처럼 지냈다. 할로는 친아버지를 보지 못한 지 오래됐지만 그래스밸리에서 조그만 극단을 운영하고 있으니 학교를 졸업하면 친아버지를 통해서 문제없이 일자리를 구할 수 있을 것이었다. 그녀의 표현에 따르면 그가 비장의 무기였다.

할로의 지하실은 오래전에 내가 꿈꾸었던 트리하우스와 신기하게도 닮은 구석이 있었다. 딱 한 가지 차이점이 있다면 할로의 네버-네버랜드는 지하로 내려가야 들어갈 수 있다는 것이었다(사실은 상당한 차이점일 수도 있다. 최근에 위로 올라가기만 해도 사람들의 처신이 좀 더 명확해지고 아래로 내려가면 명확성이 떨어진다는 연구 결과가 나왔으니 말이다. 이런 연구는 거대한 쓰레기 더미가 아닌가 싶긴 하지만, 내가 하고 싶은 말은 뭔가 하면 과학이 있는 곳에 과학이 있다는 거다. 인간을 주제로 하는 연구는 대부분 과학이 아니다).

지하실과 트리하우스는 또 다른 공통점이 있었다. 둘 다 진짜가 아니라는 공통점이었다.

알고 보니 할로는 외동딸이었다. 그녀의 아버지는 PG&E의 가스 검침원이었다. 화려하지는 않을지 몰라도 개들 때문에 상당히 위험한 직업이었다. 그녀의 어머니는 동네 도서관에서 근무했다. 내가 세상의 주인이 되면 사서들에게 비극 면제권을 부여할 것이다. 사소한 슬픔을 느끼더라도 책 한 권 꺼내는 시간이면 사라지게 만들 것이다.

그녀의 부모님은 두 분 다 키가 컸지만 구부정해서 방금 전에 배를 얻어맞기라도 한 것처럼 똑같은 모양으로 등을 구부리고 있었다. 어머니는 할로와 머리색이 같은데 짧고 실용적인 스타일이었다. 목에 실크 스카프를 두르고 그 아래로 이집트 카르투슈*가 달린 기다란 은색 목걸이를 하고 있었다. 새를 의미하는 상형문자가 새겨져 있다는 것을 알아볼 수 있었다. 이 지역 경찰과 나와 레그를 만나려고 얼마나 신경 써서 옷을 입고 오셨을까 하는 생각이 들었다. 옷장 앞에 서서 가슴 아픈 아이의 소식을 들으러 가는 길에 어떤 옷을 입으면 좋을지 고민하는 그녀의 모습이 그려졌다. 무너진 억장 말고는 닮은 구석이 하나도 없었지만, 그래도 그녀의 모습에서 우리 어머니가 생각났다.

할로의 부모님은 엄마, 아빠가 얼마나 걱정할지 뻔히 알면서 전화 한 통 없다니 그녀답지 않다며 납치된 거 아니냐고 걱정했다. 죽었으면 어떻게 하느냐고 전전긍긍하느라 둘 다 분유리처럼 금방이라도 깨질 것 같았다. 그랬을 가능성에 대해 생각해보도록 나에게도 무언의 압박을 가했다. 그들은 에즈라가 훨씬 더 무시무시한 사건을 은폐하려고 영장류 사건을 꾸며놓고 그녀에게 덮어씌우려는 것일지 모른다고 했다. 크리스마스를 건너뛸 아이가 절대, 절대 아니라고 했다. 그녀의 양말이 아직도 벽난로 선반에 걸려 있다며 그녀가 이렇게든 저렇게든 돌아올 때까지 계속 걸어놓을 거라고 했다.

그들이 계속 나가서 이야기하자고 했기 때문에 미슈카스에 가서 겨

* 이집트 상형문자를 새긴 직사각형 또는 타원형의 장식.

울 학기 초반의 고요한 분위기 속에서 커피를 마셨다. 손님은 거의 없었고 소음이라고는 원두 가는 소리뿐이었다.

아무튼 **나는** 커피를 마셨다. 그들이 손도 대지 않은 커피는 점점 더 식어만 갔다.

나는 그들에게 할로가 분명 살아 있을 거라고, 사실 원숭이 사건이 벌어지고 다음 날 두고 간 물건을 챙기느라 우리 아파트에 다녀갔다고 했다. 직접 만나지는 못했지만 그녀가 분명한 증거를 남겼고, 내가 아는 건 거기까지라고 했다. 그녀의 어머니가 탄성과 비명이 섞인 듯한 소리를 냈다. 무의식중에 낸 소리였지만 우렁차고 날카로웠다. 그러더니 울음을 터뜨리며 내 손을 잡는 바람에 커피 잔들이 엎어졌다.

그녀가 가장 심각한 피해를 입었다. 그 예쁜 블라우스를 두 번 다시 못 입지 않을까 싶었다. "하지만 그 아이답지 않은 짓이라서 말이다." 그녀의 아버지는 같이 뒷수습을 하며 같은 말을 몇 번이고 반복했다. "무단 침입을 하다니. 뭘 훔치다니." 아마 원숭이를 두고 한 말이었을 것이다. 나는 마담 드파르주에 대해서 아무 소리도 하지 않았다. "자기 것이 아닌 물건을 훔치다니."

우리가 동일 인물에 대해서 이야기하고 있나 싶었다. 내가 보기에는 그보다 더 할로다운 짓이 없었다.

하지만 부모님처럼 속이기 쉬운 사람도 없다. 부모님들은 보고 싶은 것만 본다. 나는 에즈라에게 그녀의 부모님과 만난 이야기를 조금 들려주었다. 그는 너무 우울해서 아무 관심도 보이지 못했다. 놀랍게도 그를 만지고 싶은 욕구— 전에는 그런 욕구를 절대 느낀 적이 없었고 지금도 오로지 금지된 사항이기 때문에 느끼는 거였다—가 나를 뒤덮기 시작했다. 그의 팔을 쓰다듬고 머리카락을 만지작거리며 기운을 북돋워주고 싶었다. 나는 그러지 못하도록 손을 깔고 앉았다.

"원숭이들이 어디로 갔을까요?" 나는 그에게 물었다.

"가고 싶은 데로 갔겠지." 그가 대답했다.

셋

데이비스 역에서 로웰과 작별한 그 순간부터 더 이상 알짱거리며 대학교 공부를 계속할 이유가 없어졌다. 나에게는 돌보아야 할 언니가 있었다. 이제 진지해져야 할 시점이었다.

첫 번째 보고서가 날아오길 기다렸지만 좀처럼 소식이 없었다. 로웰이 무슨 조치를 취했다는 건지 몰라도 어그러진 모양이었다. 나는 기다리는 동안 도서관을 뒤져서 몽키 걸을 다룬 책이 있으면 전부 다 대출했다. 제인 구달(침팬지), 다이앤 포시(고릴라) 그리고 비루테 갈디카스(오랑우탄).

학교를 졸업하면 곰베 강*으로 가서 하루 종일 카사켈라 침팬지를

---

* 제인 구달은 1960년부터 탄자니아 곰베 강 부근에서 야생 침팬지를 관찰하기 시작했으며, 이후 침팬지를 연구하는 '곰베강 연구센터'를 설립했다.

관찰할까 싶었다. 그곳에 가면 뭔지 몰라도 특별한 기여를 할 수 있을 것 같았다. 오랜 시간이 지났지만 아버지의 실험을 좋은 데 활용할 방법을 찾을 수도 있었다. 예전에 수면제 역할을 했던 상상 속의 트리하우스처럼 나는 그렇게 살기 위해서 태어났다는 생각이 들었다. 드디어 나에게 걸맞은 곳을 찾을 수 있을지 모른다는 생각이 들었다. 정글의 타잔. 신나서 하늘을 날 것 같았다.

그러다 나는 곤두박질쳤다. 3일 동안 170번의 성폭행이 이루어졌다는 소사 교수님의 강의 내용이 떠올랐다. 그걸 관찰하며 한 침팬지가 170번 성폭행당하는 동안 숫자를 센 과학자가 있었다. 훌륭한 과학자다. 나는 그런 위인이 못 된다.

게다가 지금까지 영장류라는 주제를 열심히 피해 다녔기 때문에 이쪽 분야에서 일을 하려면 대학교 공부를 처음부터 다시 시작해야 했다.

그리고 그런 공부를 한들 편에게 무슨 도움이 될까?

로웰이 예전에 사귀었던 키치가 나더러 좋은 선생님이 될 줄 알았다고 했던 말이 생각났다. 예의상 한 말이었겠지만—수많은 선배들처럼 그녀 역시 여학생 클럽 생활을 하느라 나사가 풀린 상태에서 내뱉은 어처구니없는 발언이기도 했다—한손에는 대학 편람을, 다른 손에는 내 성적 증명서를 들고 몇 시간 동안 뒤져보니 지금까지 내가 들은 수업을 최대한 활용할 수 있는 최단 경로가 교직이었다. 물론 교직에 근무하려면 자격증을 따야 했다. 하지만 마야인이 예견한 세계 종말의 날이 오기 전까지 내가 딸 수 있는 학위가 그것밖에 없었다.

그해 봄에 도서관에서 레그를 우연히 만났을 때 그가 연극과에서 역할의 성을 전환한 〈맥베스〉 공연을 하는데 같이 보러 가지 않겠느냐고 했다. 할로의 친구한테 표를 두 장 얻었다고 했다.

우리는 땅거미가 질 무렵에 극예술관(한 달 뒤에 설레스트 터너 라이트 홀이라는 알맞은 명칭으로 개명되어 여성의 이름을 따서 붙인 세 개밖에 안 되는 캠퍼스 건물 가운데 하나가 됐다. 데이비스 분교의 모든 여성을 대표해서 설레스트에게 고맙다는 인사를 하고 싶다)에서 만났다. 환상적인 저녁이었고 극장 뒤 수목원에서는 박태기나무와 까치밥나무가 꽃을 피웠다. 언덕 아래에서 청둥오리들이 느른하게 다투는 소리가 들렸다.

연극은 빤한 유혈극이었고 할로의 아이디어는 하나도 반영되지 않았다. 안타까운 일이었다. 나쁘지는 않았지만 그녀의 구상대로 만들어졌더라면 훨씬 더 재미있었을 것이었다. 하지만 레그는 세상에 드레스를 입은 남자보다 더 우스운 건 없다는 원래 의견을 고수했다.

온 세상의 여성과 복장도착자를 비하하는 소름 끼치는 의견이었다. 나는 그에게 〈맥베스〉를 희극으로 포장해야 한다고 생각하는 바보는 전 세계에 너 하나뿐일 거라고 했다.

그는 명랑하게 나를 향해 손을 흔들었다. "여자를 데리고 페미니즘 공연을 보러 가는 남자는 어떤 상황이 벌어질지 알아. 결국에는 싸움이 벌어진다는 걸 알지." 그는 내게 생리 중이냐고 물었고, 그렇게 물어놓고 또 오지게 재미있어했다.

우리는 그때 그의 차를 향해 걸어가던 중이었다. 나는 홱 하니 몸을 돌렸다. 그에게 그냥 걸어가겠다고 했다. 혼자 걸어가겠다고 했다. 덜 떨어진 인간 같으니라고. 집까지 반쯤 걸어갔을 때 그가 한 말의 의미를 깨달았다. "여자를 데리고……." 나는 그게 데이트인 줄도 몰랐다.

다음 날 그가 연락해서 또 데이트를 신청했다. 우리는 한 5개월 동안 만났다. 사십 대를 향해가는 지금까지도 그때가 가장 좋은 추억으로 남아 있다. 나는 레그를 많이 좋아했지만 같이 살지는 않았다. 우리는 늘 아웅다웅했다. 나는 그가 바라던 편안한 여자 친구가 아니었다.

"아무래도 우리는 안 될 것 같아." 어느 날 저녁에 그가 내게 말했다. 내 아파트 앞에 차를 세워놓고, 소음 공해로 3층에 딱지를 발부하려고 온 경찰들이 나가길 기다리던 때였다.

"왜?" 나는 과학적인 연구에 돌입할 태세로 물었다.

"너는 멋져. 그리고 아주 예쁘고. 구구절절 설명하자니 입이 아프네." 그래서 나는 우리가 헤어진 이유를 정확하게 알지 못한다.

어쩌면 그가 문제였을지 모른다. 어쩌면 내가 문제였을지 모른다. 할로의 환영이 우리를 보며 피로 물든 머리 타래를 흔들어서 그런 거였을지 모른다. **물러가라, 소름 끼치는 망령아! 실체 없는 가짜여, 물러가라!***

지면상으로는 어떻게 느껴질지 몰라도 우리의 마지막 대화가 그렇게 가슴 아프지는 않았다. 나는 지금도 레그를 좋게 기억한다. 그 당시에는 그가 먼저 말을 꺼내기는 했지만 내 쪽에서 헤어진 거라고 굳게 믿었다. 그런데 나중에 그가 남자를 만난다는 소문이 들렸으니 내가

---

* 〈맥베스〉에 나오는 대사다.

너무 속단했던 모양이다.

한 가지 밝히지 않은 사실이 있다면 많은 시간과 노력에도 불구하고 섹스 문제가 해결되지 않았다는 거다. 노력이 부족했던 건 아니다. 구구절절 설명하자니 입이 아프다.

로웰은 내 어린 시절 경험이 나의 성생활을 망쳐놨다고 할까? 많은 시간과 노력에도 불구하고 섹스 문제가 해결되지 않은 사람은 나 하나뿐일까?

여러분은 많은 시간과 노력을 들이면 해결되는 거 아니냐고 생각할지 모르지만 그렇지가 않다. 자신의 장애를 인식하지 못하는 질병인 식불능증은 인간 고유의 질병이고 그 병을 앓는 환자가 나 혼자는 아니다.

엄마는 임자를 못 만나서 그런 거라고, 내 눈에 담긴 별을 알아봐주는 남자를 못 만나서 그런 거라고 한다.

맞는 말이다. 나는 아직 그런 남자를 만나지 못했다.

우리 어머니의 눈에 담긴 별을 알아보았던 남자는 1998년에 세상을 떠났다. 일주일 동안 혼자 캠핑, 낚시, 카약, 사색을 즐기기 위해 워배시 강으로 떠났을 때였다. 이틀째 되던 날 바위 위로 카약을 옮길 때 심장마비가 왔는데 아버지는 그걸 독감으로 착각했다. 어찌어찌 집까지 와서 침대에 누웠는데 다음 날 2차로, 그날 밤에 병원에서 3차로 심장마비가 왔다.

내가 내려갔을 무렵, 아버지는 다시 집 밖으로 나가서 접경지대에 있는 환상의 산을 타고 있었다. 내가 내려왔다는 걸 알리기 위해서 엄마와 내가 계속, 열심히 노력했지만 아버지가 나를 알아보았는지 잘 모르겠다. "너무 피곤하네. 내 짐 좀 들어주겠니? 잠깐이면 돼." 아버지는 당황스러워했다.

"그렇게요, 아빠. 그렇게요. 보세요, 이제 제가 들었어요. 아빠가 됐다고 하실 때까지 들어다 드릴게요." 내가 한 말 중에서 이것이 아버지가 제대로 들은 마지막 말이었다.

내 묘사만 접하면 영화 속의 임종 장면처럼 깨끗하고 전형적이며 심오하고 웅장하게 느껴질 수도 있겠다. 사실 아버지는 하루를 더 보내고 눈을 감았고 그 과정은 전혀 깔끔하지 않았다. 피와 똥과 점액과 신음이 난무했고 고통스럽게 숨을 헐떡이는 소리가 몇 시간 동안 이어졌다. 의사와 간호사들이 달려왔고 엄마와 나는 병실에 있다가 주기적으로 쫓겨났다.

대기실에 있었던 수조가 기억난다. 몸속에서 심장이 뛰는 게 육안으로 보였고 비늘이 유리 색이었던 물고기가 기억난다. 발에 달린 입을 끊임없이 벌렸다 오므리며 수조 옆면을 기어가던 달팽이도 기억난다. 의사가 나오자 어머니가 일어나서 얘기를 들으러 갔다. "이번에는 저희가 손을 쓸 도리가 없었습니다." 그는 마치 다음번 기회라도 있을 듯이 그렇게 말했다.

다음번에는 아버지와 나 사이의 잘못된 부분들을 바로잡아야겠다. 이번에는 어머니가 쓰러지는 바람에 그러지 못했지만 다음번에는 어머니한테도 펀에 대한 책임을 따져 물어야겠다. 다음번에는 아버지에게 모든 책임을 전가하지 않을 것이다.

다음번에는 더도 말고 덜도 말고 딱 내가 책임져야 할 부분만큼만 책임을 져야겠다. 다음번에는 펀에 대해서는 입을 다물고 로웰에 대해서는 입을 열어야겠다. 로웰이 농구 연습을 빼먹었다고 엄마, 아빠한테 일러바쳐야겠다. 부모님과 대화를 나누면 그가 집을 나가지 않을 테니까.

나는 예전부터 언젠가 아빠를 용서할 생각이었다. 그 실험으로 잃은 게 많지만 나를 잃지는 않았다는 말씀을 진작 드렸더라면 얼마나 좋았을까. 이제 와 후회하려니 가슴 아프고 허무하다.

그래서 아버지가 마지막으로 그런 부탁을 하신 게 두고두고 고맙다. 상상 속의 짐일지라도 아버지의 짐을 들어드릴 수 있었던 게 내겐 엄청난 선물이었다.

돌아가셨을 때 아빠는 쉰여덟 살이었다. 의사의 진단에 따르면 당뇨병과 술 때문에 신체 나이는 그보다 훨씬 많았다고 했다. "스트레스가 많으셨나요?" 의사의 질문에 엄마는 스트레스가 없는 사람이 어디 있겠느냐고 반문했다.

우리는 부검차 아버지의 시신을 병원에 두고 차에 올랐다. "로웰이 있었으면 좋겠다." 어머니는 이렇게 말하고 운전대 위로 쓰러져서 이러다 아빠와 함께 저세상으로 가는 게 아닐까 싶을 만큼 심하게 숨을 몰아쉬었다.

자리를 바꿔서 내가 운전대를 잡았다. 몇 번 우회전, 좌회전을 하다 정신을 차려보니 돌과 공기로 만든 그 집이 아니라 어린 시절을 보냈던 학교 옆 소금통 모양 집으로 향하고 있었다. 어느덧 그 집 근처였다.

《뉴욕 타임스》에 실린 길고 정중한 부고 기사를 보았더라면 아빠는 좋아하셨을 거다. 편도 당연히 소개되었지만 '유족'이 아니라 실험 대상이었다. 마음의 준비가 되지 않았는데 편의 이름을 접하자 비행기를 타고 가다 에어포켓을 만난 것처럼 심장이 철렁했다. 몽키 걸은 여전히 알려지는 것을 두려워하는데 이건 마치 전 세계적으로 노출되는 듯한 심정이었다.

하지만 그때 내가 있었던 곳은 아는 사람이 거의 없는 스탠퍼드였다. 아무도 그 부고에 대해 일언반구도 없었다.

부고가 실리고 며칠 지났을 때 엽서가 배달되었다. 첨탑 지붕과 은색 유리창으로 유명한, 플로리다 주 탬파의 42층짜리 리전스 빌딩 엽서였다. "제가 오늘 미국의 많은 부분을 보네요." 엽서에는 그렇게 적혀 있었다. 수신인은 엄마와 나였다. 발신인은 공란이었다.

넷

다시 1996년. 항공사에서는 내가 크리스마스 명절을 보내러 떠나고 며칠 지났을 때 내 트렁크를 돌려주었다. 명절이라고 잽싸게 집에 내려가는 법이 없는 토드가 아파트를 지키고 있었기 때문에 확인하고 받았다. "진짜야. 진짜 네 트렁크 맞아. 어디서든 한눈에 알아볼 수 있어." 그가 다른 트렁크도 되돌려주었는데, 나는 내가 없는 동안 항공사에서 찾아올 줄 몰랐기 때문에 심란했다.

물론 내가 인디애나에 착륙했을 때 할로가 평소에도 종종 그랬던 것처럼 몰래 내 방으로 들어가서 연하늘색 석관 속에 마담 드파르주를 온전히 되돌려놓았을 가능성도 있다. 하지만 여기서 "가능성도 있다"는 문장은 "꿈도 꾸지 말라"는 뜻이다.

마담 드파르주를 생각할 때마다 참담하다. 분명 값나가는 귀중한 골동품이었을 텐데. 트렁크를 돌려주기 전에 사과의 쪽지를 써서 넣을 작정이었는데. 그래서 여기에 사과문을 싣기로 한다.

조깅을 좋아하는 인형극 전문가 보세요.

제가 마담 드파르주를 훔친 건 아니지만 제가 보관하고 있었을 때 사라졌어요. 정말 죄송합니다. 애지중지하는 인형일 텐데요.

이런 말씀이 위안이 될지 모르겠지만 마담 드파르주는 분명 끊임없이 죗값을 치르며 살고 있을 거예요. 한마디로 요약해서 사회운동가 겸 정의의 사도로 거듭났거든요.

그녀를 어디 한군데 사라진 부분 없이 멀쩡하게 돌려드릴 수 있는 날이 찾아오길 바라 마지않습니다. 이베이에 매물로 나오지는 않았는지 최소 한 달에 한 번씩 검색할게요.

진심으로 사과드리며
로즈메리 쿡

불룩한 내 트렁크에서는 없어진 물건이 없었다. 내 파란색 스웨터도 그대로 있었고, 방에서 신는 슬리퍼, 잠옷, 속옷도 그대로 있었다. 마지막으로 보았을 때처럼 멀끔하지는 않았지만—비행기를 타고 오느라 귀퉁이가 해지고 표지가 부스스하고 크리스마스 리본의 각도가 삐딱해졌다—어머니의 일기장도 그대로 있었다. 모든 게 살짝 눌리기는 했지만 기본적으로 멀쩡했다.

일기장을 당장 열어보지는 않았다. 집에 다녀오느라 피곤했고, 지난 몇 주 동안 편에 대해서 이야기하고 생각하느라 너덜너덜했다. 나는 옷장 위에 달린 선반에 잠깐 넣어두되 거울 달린 문을 열 때마다 보이지 않도록 깊숙이 밀어놓기로 마음먹었다.

그런 결심을 하며 제일 위에 놓인 일기장의 표지를 넘겼다.

태어나자마자 병원에서 폴라로이드로 찍은 내 사진이 있었다. 나는 새빨갰고 양수로 번들거렸고 단춧구멍만 한 눈을 가늘게 뜨고 의심스러워하는 눈빛으로 세상을 쳐다보고 있었다. 양손은 주먹을 쥐고 얼굴 옆에 갖다댔다. 당장이라도 빽빽거리며 울 태세였다. 내 사진 아래에 시가 적혀 있었다.

아, 아,
어쩜 이리 통통하고 행복한 얼굴일까
이 모란은!*

나는 내친김에 두 번째 일기장의 표지도 넘겨보았다. 편도 사진이 있었고 일부 구절이나마 시가 적혀 있었다. 농장에 도착한 날 찍은 사진이었다. 생후 약 3개월이었고 누군가의 팔을 해초처럼 감싸고 있었다. 분명 우리 어머니의 팔이었을 것이다. 셔츠의 큼지막한 초록색 무늬를 다른 사진에서 본 적이 있다.

* 에도 시대 일본의 하이쿠 작가 고바야시 잇사가 쓴 하이쿠.

머리털과 구레나룻은 위로 솟아 있다. 뭔가에 자극을 받았는지 마치 이지러진 후광처럼 머리털과 구레나룻이 맨 얼굴 사방으로 뻗쳤다. 팔은 어린가지 같고 이마는 쭈글쭈글하며 놀란 두 눈은 접시만 하다.

여왕도 감동할 자태—

절반은 어린애— 절반은 여장부—[*]

엄마가 남긴 공책은 학술 일지가 아니다. 한두 개의 그래프와 숫자, 치수가 간간이 적혀 있기는 하지만, 내 예상과 다르게 냉정하고 꼼꼼한 현장 기록이 아니다.

우리 둘을 키우면서 적은 육아 일기 같았다.

---

[*] 19세기 미국의 여류 시인 에밀리 디킨슨의 시.

다섯

이제 내 이야기의 중반부가 끝났다. 초반부의 마지막 부분과 후반부의 첫 부분이 끝났다. 다행히 남은 두 부분은 서로 겹치는 부분이 많다.

작년 가을에 엄마와 나는 출간할 준비를 하느라 몇 주 동안 엄마의 일기장을 함께 정리했다. 이제 육십 대 후반으로 접어든 엄마는 작업복을 입는 습관이 생겼다. "2001년 이후로 허리라는 걸 본 적이 없다." 엄마는 입버릇처럼 이렇게 말하지만, 사실은 나이가 들면서 살이 빠져서 팔은 전보다 앙상해지고 다리는 전보다 가늘어졌다. 여전히 매력적이지만 이제는 살갗 아래로 뼈가 보인다. 옛날 사진들을 보면 우리 때문에 속이 문드러지기 이전에 어머니가 항상 얼마나 행복해 보였는지 생각이 났다.

"너는 아무도 본 적 없을 만큼 예쁜 아기였어." 엄마는 내게 이렇게 말했지만, 폴라로이드 사진을 보면 전혀 믿기지 않는 이야기다. "아프가 점수*가 10점 만점이었지." 어머니의 일기에 따르면 분만까지 걸린 시간은 여섯 시간이었다. 체중은 3.23킬로그램이었다. 키는 48.3센티미터였다. 제법 괜찮은 조건이었다.

나는 5개월에 앉았다. 내가 뜨개바늘처럼 등을 꼿꼿하게 세우고 앉아 있는 사진도 있다. 펀이 팔로 내 허리를 감싸 안고서 내게 기대어 있다. 하품을 시작하기 직전이거나 끝낸 직후인 것 같다.

펀은 5개월에 이미 손마디와 꽉 다문 발을 딛고 기어 다녔다. 엄마가 말했다. "펀은 어렸을 때 자꾸 발을 헛디뎠어. 손은 괜찮았지. 눈에 보이니까 어딜 디디면 되는지 알 수 있잖아. 그런데 발은 아래로 내리지 못하고 자꾸 허공이나 옆으로 내밀면서 허우적거리는 거야. 얼마나 귀여웠는지 몰라."

나는 10개월에 걷기 시작했다. 펀은 10개월에 계단 난간을 타고 자기 혼자 1층으로 내려갈 수 있었다. 엄마는 달래듯이 말했다. "너도 다른 아이들에 비하면 아주 빠른 편이었어. 펀을 보면서 살짝 자극을 받은 거 아닐까?"

10개월 때 내 몸무게는 6.5킬로그램이었다. 이는 아래위로 두 개씩 났다. 펀은 4.6킬로그램이었다. 엄마의 차트상 우리 둘 다 또래에 비해 작은 편이다.

---

* 신생아의 심장박동 수, 호흡 속도 등 신체 상태를 다섯 개 분야로 나누어서 채점한 뒤 합산한 점수.

내가 맨 처음으로 한 말은 **바이바이**였다. 11개월에 수화로 했고 13개월에 말로 했다. 펀이 맨 처음 수화로 한 말은 컵이었다. 그때가 10개월이었다.

나는 블루밍턴의 평범한 분만실에서 태어났다. 펀은 아프리카에서 태어난 지 한 달도 안 됐을 때 어미가 잡혀서 식용으로 팔렸다.

엄마가 말했다.

우리는 몇 년 전부터 침팬지를 키워보자는 이야기를 하고 있었어. 철저하게 그냥 생각만 해본 거야. 나는 전부터 어미한테서 떼어 온 침팬지는 키우지 못한다고 했지. 갈 데 없는 침팬지라야 한다고. 나는 거기서 끝날 줄 알았어. 너를 임신했고 더 이상 침팬지 이야기가 나오지 않았으니까.

그러다 펀의 이야기를 듣게 된 거야. 우리가 키우겠다고 할지 모른다는 생각에 친구의 친구들이 카메룬의 시장에서 밀렵꾼한테 샀다지 뭐니. 그 친구들 말로는 죽은 거나 다름없었대. 걸레처럼 축 늘어졌고 설사 기미를 보이는 데다 온몸에 벼룩이 들끓어서 지저분했다고. 조만간 죽을 것 같았지만 차마 버려두고 떠날 수가 없더래.

그런데 살아남으면 끈질긴 꼬맹이로 입증이 되는 거였지. 굴하지 않고. 적응력이 뛰어난. 우리가 키우기에 완벽한 꼬맹이.

네가 태어났을 때 펀은 아직 검역을 받고 있었어. 집 안에 병을 옮기거나 그러면 안 되니까. 그래서 한 달 동안 우리 집에 아기라고는 너밖에 없었어. 너는 얼마나 잘 웃었는지 몰라. 그리고 순했지— 운 적이 거의 없었어. 하지만 나는 고민이 되더라. 밤에 잠도 제대로 못 자고 하루 종일 젖을 먹이는 게 얼마나 피곤한 일인지 잊고 있었던 거야. 내가 그때 못하겠다고 했었어야 하는 건데. 하지만 그랬더라면 펀은 어떻게 됐을까? 그리고 내가 망설일 때마다 다들 도와주겠다고 했어. 대학원생들이 전부 다.

펀을 마침내 데려온 날은 바람이 심하게 불었어. 바람 때문에 등 뒤에서 문이 쾅 하고 닫히니까 펀이 거기까지 자길 데리고 온 남자 품에 안겨 있다가 나한테로 폴짝 넘어오지 뭐니. 그것으로 상황 종료였지.

한동안 나를 어찌나 꽉 붙잡았는지 내려놓으려면 손가락을 하나씩 떼어내는 수밖에 없었어. 2년 동안 펀의 손가락과 발가락 때문에 온몸에 멍이 가실 날이 없었단다. 하지만 야생에서는 원래 그래. 새끼 침팬지는 생후 2년 동안 어미한테 그런 식으로 매달려서 지내거든.

아귀힘이 어찌나 셌는지 오고 얼마 안 됐을 때 내가 내려놓으니까 싫다고 팔을 마구 휘젓다가 두 손이 서로 맞닿은 적이 있었거든. 조개껍데기처럼 두 손이 서로 맞다물려 버려서 떼어내질 못하게 된 거야. 펀이 비명을 지르니까 너희 아빠가 자기 손을 넣어서 풀어주었지.

펀은 처음 일주일 동안 내내 잠만 잤어. 아기 침대를 썼는데 완전히 잠이 든 다음에서야 거기 눕힐 수 있었지. 내 팔에 머리를 기대고 내 무릎에 웅크리고 앉아서 목젖이 다 보이도록 하품을 하면 나도 덩달아 하품이 나오곤 했어. 그러다 눈이 서서히 풀리고 눈꺼풀이 내려오고 살짝 떨리다 감겼지.

무기력했고 모든 것에 관심이 없었어. 깨어 있을 때마다 말을 건넸는데 거의 듣지도 않는 눈치였지. 걱정이 되더구나. 결국 아픈 건가. 별로 똑똑하지 않은가. 상처가 너무 커서 극복을 못하는 건가.

그래도 그 일주일 동안 내 마음을 완전히 사로잡았지 뭐니. 너무 조그맣고 너무 외로워 보였거든. 너무 겁에 질리고 슬퍼 보이기도 했고. 그리고 갓난아이랑 똑같았고. 너랑 똑같았어, 그동안 겪은 괴로움이 더 많을 뿐.

나는 네 아빠한테 그랬어. 네가 속한 세상은 그렇게 평온하고 펀이 속한 세상은 그렇게 잔인한데 그 둘을 무슨 수로 비교할 거냐고. 하지만 이미 돌이킬 수 없었지. 너희 둘한테 푹 빠져버렸거든.

나는 캐서린 헤이스가 비키에 대해서 쓴 책은 물론이고 집에서 키운 침팬지에 관한 자료라면 닥치는 대로 찾아 읽으면서 잘 키울 수 있겠다는 생각을 했어. 캐서린은 비키와 끝까지 함께 지낼 거라고 했어. 나중에 비키가 배신할 수도 있지 않으냐고 사람들이 계속 물어보는데 그럼 조간신문을 꺼내서 잠자는 부모님을 살해한 어떤 아이 기사를 읽어준다고 하더라. 우리 모두 운명에 맡기고 살아가는 거라며.

물론 비키는 다 자라지 못하고 죽었고, 그들은 시험에 들지 않았지. 하지만 네 아빠하고 나도 진심으로 그렇게 생각했어. 펀이랑 끝까지 함께 지낼 거라고. 네가 학교에 다니기 시작하면 연구에서 네가 맡은 역할은 끝나지만, 펀과의 실험은 계속할 거라고. 결국 너는 대학교로 떠나겠지만 너와 로웰, 둘 다 그렇겠지만, 펀은 우리와 함께 집에 남을 거라고. 나는 그런 조건 아래 펀을 맡는 거라고 생각했어.

몇 년 전에 인터넷에서 비키의 아버지가 한 말을 읽은 적이 있어.

실패한 언어 실험의 표본으로 늘 비키가 도마에 오르는 게 불만이라고 하더라. 그건 실패할 수밖에 없는 실험이었지. 우리도 이제는 알다시피 생리학적으로 불가능한데 침팬지한테 말을 가르치려고 했으니 말이야.

헤이스 씨는 그들 부부가 벌인 실험에서 가장 중요하고 결정적인 결론은, 모두들 애써 외면하려는 결론은 이거라고 했어. 언어 말고는 비키가 **모든 면에서** 정상적인 어린이와 크게 다를 바 없었다는 사실이라고.

"성공한 지점보다는 실패한 지점이 훨씬 더 중요한 법이라니까요?" 내가 말했다.

"어휴, 그럼 너무 허탈하잖아. 만약 내가 그걸 믿는다면 바로 지금, 여기 이 자리에서 독미나리 술을 디저트로 마실 거야." 어머니가 말했다.

우리는 어느 날 밤, 식탁에 눌러앉아서 와인을 마시며 이런 대화를 나누었다. 우리 책이 계약된 것을 자축하기 위해 특별히 마련한 자리였다. 선인세 금액이 우리의 예상을 웃돌았다(욕심에는 못 미쳤지만). 외풍이 있는 부엌 안에서 촛불이 이리저리 흔들렸고 우리는 편의 손길을 피해 살아남은 고급 사기그릇을 꺼냈다. 엄마는 차분했고 슬퍼하는 기미를 별로 보이지 않았다.

엄마가 말했다. "닥스훈트랑 푸들을 그렇게 만든 것처럼 침팬지의 몸집을 축소하면 인간이 제어할 수 있을 거라고 생각했던 어떤 과학자의 글을 어디에선가 읽은 기억이 나."

나는 1920년대에 인간과 침팬지를 이종 교배해서 휴먼지라는 불가능에 가까운 잡종을 만들려고 몇 번 시도했던 일리야 이바노비치 이바노프에 대해서 읽은 적이 있다고 말하지 않았다. 그는 원래 인간의 난자와 침팬지의 정자를 수정시킬 생각이었지만 결국에는 반대로 침팬지의 난자에 인간의 정자를 수정시켰다. 그런 꿈을 꾸는 게 인간이래요, 어머니. 독미나리 술 드시고 나면 저도 한 모금 주세요.

엄마가 말했다.

펀은 잠을 자고 나면 아주 확실하게 일어났어. 풍차처럼 빙글빙글 돌고. 구름 사이로 비치는 환한 햇살처럼 불쑥 튀어 오르고. 미니 거인처럼 온 집 안을 헤집고 다니고. 아빠가 펀을 기운 센 돌개바람이라고 불렀던 거 기억나지? 시끌벅적하고 다채롭고 신나는 참회 화요일* 축제가 우리 집 안에서 펼쳐지는 거야.

네가 어느 정도 자란 다음부터는 둘이 아주 환상적인 호흡을 자랑했지. 펀이 찬장 문을 열면 네가 냄비며 프라이팬을 전부 다 끄집어내는 식이었다고 할까. 펀은 아이들용 잠금 장치도 금세 풀 수 있었지만 어떻게든 풀고야 말겠다는 끈기는 없었어. 펀이 신발 끈에 얼마나 집착했는지 기억하지? 펀이 우리들 모르게 신발 끈을 풀어놓는 바람에 계속 신발에 걸려서 넘어졌잖아.

---

* 사순절이 시작되기 전날. 가면을 쓰고 춤을 추며 축제를 벌인다.

펀은 옷장을 타고 올라가서 옷걸이에 걸린 외투들을 꺼내 아래에 있는 너에게 던져주었어. 내 지갑을 열고 동전을 꺼내서 너에게 빨아 먹게 했지. 서랍을 열어서 너에게 핀, 바늘, 가위, 칼을 주었고.

"그게 저한테 어떤 영향을 미칠지 걱정하신 적 있어요?" 내가 물었다. 나는 맨정신으로 대답을 들을 자신이 없어서 용기를 북돋우려고 와인을 한 잔 더 따랐다.

어머니가 대답했다. "당연히 걱정했지. 계속 걱정했어. 하지만 네가 펀을 워낙 좋아했거든. 어렸을 때 넌 밝디밝은 아이이기도 했고."

"그래요? 기억이 안 나는데."

"그랬어. 펀의 여동생으로 지내는 게 너한테 어떤 영향을 미칠지 걱정스럽긴 했지만 그래도 너한테 선물해주고 싶었어." 촛불이 그림자 인형극을 펼쳤다. 와인은 레드 와인이었다. 엄마는 와인을 또 한 모금 마시고 살짝 쳐진 얼굴을 나에게서 거두었다. "너한테 특별한 인생을 선물해주고 싶었어."

엄마가 한 대학원생이 만든 비디오테이프를 끄집어냈다. 우리가 남들은 옛날 옛적에 버린 구닥다리 가정용 비디오플레이어를 버리지 않는 이유도 이런 테이프가 워낙 많기 때문이다. 처음 시작은 농장의 계단을 길게 훑으며 올라가는 장면이다. 배경 음악은 〈조스〉 주제가다. 내 방문이 열리고 비명 소리가 들린다.

장면이 바뀌어서 펀과 나. 내 빈백 의자에 우리 둘이 나란히 기대고 앉아 있다. 목 뒤로 팔을 접고 손으로 머리를 받친 자세가 똑같다. 무릎을 구부리고 한쪽 다리를 다른 쪽 다리 위에 얹어서 한쪽 발은 바닥을 딛고 있고, 다른 쪽 발은 허공에서 대롱거린다. 자기만족적인 성취감의 표본이다.

주변은 난장판이다. 우리는 폐허로 변한 카르타고 한복판에 앉아 있는 로마인이다. 아이센가드의 메리와 피핀*이다. 신문은 갈기갈기 찢겼고, 옷과 장난감들은 여기저기 흩뿌려졌고, 간식은 내동댕이쳐져 짓밟혔다. 땅콩버터 샌드위치는 침대보 위에서 짓이겨졌고, 커튼은 사인펜 낙서로 어지러울 지경이다. 흐뭇해하는 우리 주변에서 대학원생들이 치우고 있다. 그들이 청소를 하는 장면 위로 달력이 떨어진다.

나중에 그 비디오를 책으로 출간할 수도 있겠다. 이번 책에는 육아일기에 실린 사진을 썼고 첫 경험—첫 걸음마, 첫 이, 처음으로 한 말, 기타 등등—들을 좀 더 이야기 같은 분위기로 풀어냈다. 핀이 도나 할머니의 모자를 쓰고 있는 사진을 넣었다. 발로 사과를 집어서 입에 대고 있는 사진도 넣었다. 거울로 자기 이빨을 들여다보는 사진도 넣었다.

일기장마다 얼굴 클로즈업 사진이 세트로 들어 있었다. 표정 연구자료였다. 우리는 어린아이와 침팬지가 감정을 표현하는 방식을 비교할 수 있도록 사진을 한 쌍씩 짝 맞추어 실었다. 장난스럽게 이를 드러낸 내 옆에서 핀이 입술을 뒤집고 윗니를 보이고 있다. 내가 울면 얼굴

---

* 아이센가드는 『반지의 제왕』에서 마법사들의 수장이었던 사루만의 영토다. 반지 전달자인 프로도의 친구이자 호빗족인 메리와 피핀은 아이센가드를 공격한다.

이 일그러진다. 이마에는 주름이 생기고 입은 크게 벌어지며 눈물이 뺨 위로 줄줄 흘러내린다. 펀이 우는 사진에서도 입은 벌리고 있지만 고개를 뒤로 젖히고 눈을 감고 있다. 눈물은 보이지 않는다.

내가 행복해하는 얼굴을 찍은 사진과 '흥분'이라고 적힌 사진에서는 별 차이점을 못 느끼겠다. 펀은 쉽게 구분이 된다. 첫 번째 사진에서는 입을 벌렸고 두 번째 사진에서는 입을 오므렸다. 행복해하는 사진에서는 이마가 평평하다. 흥분한 사진에서는 깊게 골이 파였다.

내가 찍힌 거의 모든 사진마다 펀이 꼽사리를 꼈다. 내가 프레데리카 할머니의 품에 안겨 있으면 펀은 아래에서 할머니의 한쪽 다리를 붙잡고 있다. 내가 유아용 그네에 앉아 있으면 펀은 내 머리 위 가로대에 대롱대롱 매달려 있다. 농장의 작은 동물들을 일렬로 늘어놓은 사진에서는 우리 둘이 타마라 프레스라는 테리어에게 몸을 기대고 있다. 우리 둘 다 타마라의 털 속으로 손을 집어넣어서 주먹을 쥐고 있다. 우리가 성심을 다해서 괴롭히고 있는데 타마라는 고분고분하게 카메라를 쳐다본다.

이번에는 우리 둘이 레몬 호로 아빠와 소풍을 떠났다. 나는 아기띠에 앉아서 아빠의 가슴에 등을 대고 있는데 끈 때문에 얼굴이 구겨졌다. 펀은 배낭 속에 들어 있다. 털을 세우고 흥분한 눈빛으로 아빠의 어깨 너머를 훔쳐보고 있다.

우리 육아 일기에 시를 적은 사람은 엄마지만 고바야시 잇사와 에밀리 디킨슨은 아버지가 가장 좋아한 시인이었다. 1997년 겨울, 대학생 시절에 내 방에서 그 시를 처음 읽었을 때 아버지가 의인화를 격렬

하게 거부하기는 했지만, 로웰의 닮은꼴 테스트에서 그보다 더 높은
점수를 기록할 시인은 없겠다는 생각이 들었다. 곤충까지 성공하면
더블 보너스였다.

잇사

이보게, 그 파리를 죽이지 말게!

손과 발을 싹싹 비비며

자네한테 애원하고 있지 않은가.

디킨슨

벌아! 너를 기다리고 있어!

어제 얘기했거든

너도 아는 어떤 이에게

네가 올 때가 됐다고—

개구리들은 지난주에 집으로 돌아와

자리를 잡고 일을 하는 중이고—

새들도 거의 다 돌아왔고—

클로버는 따스하고 빽빽하고—

17일이면 내 편지가

도착할 테니 답장 줘

찾아와주면 더 좋고—

네 친구, 파리가.

2012년.

임진년.

미국의 대선이 있는 해라고 되새겨줄 필요라도 있는 것처럼 에인
랜드* 악단이 방송에서 독설을 장황하게 늘어놓는다.

그리고 전 지구적인 차원에서는— 공룡들**의 시대가 밝아오고 있
다. 마지막 장: 신생 포유류를 향한 복수가 서막을 열었다. 공룡들이
무지몽매한 우리를 구워삶고 있다. 만약 바보를 땔감으로 쓴다면 땔
감 떨어질 걱정이 없을 것이다. 한편 국내외의 독실한 공갈 집단은 세
상의 종말까지 얼마 안 남은 그 짧은 시간 동안 찰나의 행복에 대한
모든 희망을 짓밟아 뭉개느라 정신이 없다.

하지만 내 생활은 상당히 훌륭하다. 나무랄 데가 없다.

엄마와 나는 요즘 사우스다코타의 버밀리언에서 함께 지낸다. 돌과
공기로 이루어진 그 집보다 더 작고 평범한 연립주택을 한 채 빌렸다.
블루밍턴의 따뜻한 겨울과 그보다 더 따뜻한 북캘리포니아의 겨울이
그립지만 버밀리언도 대학촌이고 충분히 쾌적하다.

---

* Ayn Rand(1905~1982). 미국 자유주의 운동의 창시자이자 『형제들의 궁전』과 『아틀
  라스』의 저자. 미국의 보수주의와 자유방임주의에 많은 영향을 미쳤다.
** 극우파를 뜻한다.

나는 7년 전부터 침팬지 부대와 최대한 가까운 애디슨초등학교의 부설 유치원에서 교사로 근무 중이다. 키치의 말이 맞았다. 맞는 것을 넘어 예언이었다. 나는 이 일에 소질이 있다. 특히 어린아이들의 보디 랭귀지를 파악하는 데 소질이 있다. 아이들을 지켜보고 그들의 이야기를 들어보면 그들이 어떤 기분이고 무슨 생각을 하는지, 그리고 가장 중요하게는 뭘 하려는 생각인지 알 수 있다.

내가 유치원생이었을 때는 다들 경악했던 내 유치원 시절의 행동들이 교사일 때는 상당 부분 허용이 된다. 우리는 매주 부모님이 모를 것 같은 단어를 하나씩 배우는데 아이들이 얼마나 재미있어하는지 모른다. 지난주에 배운 단어는 과일을 주식으로 한다는 뜻의 'frugivorous'였다. 이번 주에 배우는 단어는 허둥지둥한다는 뜻의 'verklempt'다. 나는 아이들에게 SAT 준비를 시키고 있다.

나는 아이들의 이목을 집중시켜야 할 때면 의자 위로 올라가서 선다. 바닥에 앉아 있을 때는 아이들이 내 무릎을 타고 올라가서 손가락으로 내 머리칼을 빗질한다. 생일맞이 컵케이크가 도착하면 침팬지처럼 쿵쿵거리며 맞이하는 것이 우리의 전통이다.

그런가 하면 한 단원을 통째로 할애해서 올바른 침팬지 예절에 대해 배운다. 나는 침팬지 가족을 만나면 작아 보이게 몸을 웅크려야 침팬지들이 위협감을 느끼지 않는다고 알려준다. **친구**가 수화로 뭔지 가르쳐준다. 어떻게 하면 침팬지들처럼 윗입술로 윗니를 덮으면서 웃을 수 있는지 가르쳐준다. 단체 사진을 찍을 때는 사진사에게 두 장을 부탁한다. 한 장은 집으로 보내고 한 장은 교실에 붙여놓기 위해서다. 교실에 걸린 사진을 보면 우리 모두 상냥한 침팬지 표정을 짓고 있다.

예절을 배운 뒤에는 이제 영장류 커뮤니케이션 센터로 이름이 바뀐 울레비크 연구소로 현장학습을 떠난다. 일렬로 줄을 지어서 방탄유리 벽이 침팬지들과 우리 사이를 막고 있는 면회실로 들어간다.

가끔 침팬지들은 손님을 맞을 기분이 아니면 달려와서 쿵 소리를 내며 유리가 떨릴 정도로 세게 벽을 향해 몸을 던지는 것으로 표현한다. 그러면 우리는 갔다가 나중에 다시 온다. 이 센터는 그들의 집이다. 어떤 손님을 받을지 말지 그들이 결정한다.

하지만 교실에 스카이프도 연결해놓았다. 오전 내내 이걸 켜놓기 때문에 아이들은 언제든 침팬지들이 뭘 하는지 확인할 수 있고 침팬지들도 마찬가지다. 이제는 여기 남은 침팬지가 여섯 마리뿐이다. 헤이즐, 베니, 스프라우트, 이렇게 셋은 펀보다 어리다. 애번과 하누, 이렇게 둘은 펀보다 나이가 많고 둘 다 수컷이다. 그러니까 펀은 가장 덩치가 크지도, 가장 나이가 많지도, 가장 수컷답지도 않다. 그런데도 내가 관찰한 바로는 여기서 서열이 가장 높다. 하누가 침팬지의 방식으로 펀에게 애걸하는 모습은 본 적 있지만—팔을 벌리고 손목을 늘어뜨린다—펀이 다른 누군가에게 그러는 것은 본 적이 없다. 그러니까 생각 바꾸세요, 소사 교수님.

내 제자들은 내 언니보다 조카인 헤이즐을 훨씬 더 좋아한다. 아이들에게 가장 인기가 많은 침팬지는 다섯 살로 가장 어린 스프라우트다. 스프라우트는 펀과 아무 관계가 없지만, 펀보다 그 아이의 모습에서 펀에 얽힌 추억이 더 자주 생각난다. 우리는 나이가 많은 침팬지보다 다루기 쉬운 새끼들의 영상을 더 많이 본다. 펀은 몸집이 커지고 느려졌다. 세월의 흔적이다.

내 제자들은 그녀더러 좀 심술궂다고 하지만 내가 보기에는 마냥 좋은 엄마다. 중심에서 무리를 관리하고 얼토당토않은 짓을 용납하지 않는다. 싸움이 벌어지면 그녀가 나서서 말리고, 서로 끌어안고 화해하게 만든다.

가끔은 스카이프 화면에 우리 어머니가 등장해서 집에 가는 길에 가게에서 뭘 사라고 하거나 치과에 예약해놓은 걸 잊지 말라고 한다. 어머니는 자원봉사자로 날마다 센터에 출근한다. 현재는 펀이 좋아하는 음식을 먹을 수 있도록 챙기는 일을 하고 있다.

어머니가 맨 처음 출근한 날, 펀은 외면했다. 유리벽을 등지고 앉아서 헤이즐과 엄마가 서로 대화를 나누는데도 고개를 돌리지 않았다. 그녀가 예전에 좋아했던 땅콩버터 쿠키를 엄마가 만들어 와서 안에 넣어주었지만 먹지 않았다. "나를 모르더라." 엄마는 그렇게 말했지만 내가 보기에는 정반대였다. 펀이 아무 이유 없이 땅콩버터 쿠키를 거부했을 리 없었다.

엄마가 처음으로 침팬지들에게 점심을 배식하게 된 날—쟁반 하나 들이밀 수 있을 만한 크기의 조그만 창으로 배식했다—펀이 기다리고 있다가 팔을 뻗어서 엄마의 손을 붙잡았다. 하도 세게 잡아서 아플 지경이라 엄마가 살살하라고 여러 번 얘기했지만 펀은 들은 척도 하지 않았다. 계속 냉정하고 고압적인 태도로 일관했다. 엄마가 하는 수 없이 손을 깨문 다음에서야 그녀는 손을 놓았다.

그 뒤로 찾아가는 횟수가 쌓이면서 그녀는 누그러들었다. 이제는 엄마와 수화로 이야기하고, 엄마의 움직임을 남들보다 훨씬 유심히 관찰한다. 바깥에 있는 엄마를 안에서 최대한 열심히 눈으로 좇는다. 엄마가 만든 쿠키도 먹는다. 펀의 육아 일지를 보면 펀과 내가 핥아먹으려고 거품기를 들고 농장의 식탁에 앉아 있는 사진이 있다. 펀은 닭다리라도 되는 것처럼 그걸 이로 갉고 있다.

예전에는 펀이 로웰과 아빠에 대해서 물으면 뭐라고 대답해야 할지 고민스러웠다. 조 할아버지가 있는 요양원으로 찾아가서 아빠가 돌아가셨다고 몇 번을 알려드려도 할아버지는 5분이 지나면 내가 뭐 그리 큰 잘못을 저질렀길래 하나밖에 없는 아들이 보러 오지도 않느냐고 묻곤 했다. 하지만 펀은 두 사람 이야기를 한 번도 꺼낸 적이 없다.

가끔 우리가 찾아가거나 스카이프를 통해서 내 제자들과 침팬지들이 미술 수업을 같이할 때도 있다. 우리는 손가락 그림을 그린다. 풀과 반짝이로 종이를 칠한다. 찰흙으로 접시를 만들고 우리 손도장을 찍는다. 센터 측에서는 기금 마련 행사를 개최해서 침팬지들이 만든 작품을 판매한다. 우리는 펀의 그림을 몇 점 사다가 연립주택 벽에 걸었다. 내가 가장 좋아하는 작품은 새를 형상화한 작품이다. 환한 하늘에 검은색 사선이 그어졌고, 생물이나 화가를 가두는 우리는 어디에도 없다.

센터에는 아직 분석하지 못한 비디오들이 선반마다 쌓여 있다. 자료에 비해 연구가 몇십 년씩 늦다. 따라서 남은 여섯 마리의 침팬지는 과학계에서 은퇴한 상태다. 센터 측에서는 우리가 찾아가면 그들을 자극하고 흥미를 유발할 수 있기 때문에 환영한다. 우리 때문에 결과가 엉망진창이 될까 봐 걱정하는 사람은 아무도 없다.

이 여섯 마리의 침팬지는 최상의 보살핌을 받고 있지만 남들이 부러워할 만한 생활을 하는 건 아니다. 그들에게는 좀 더 넓은 공간과 좀 더 많은 외출 시간이 필요하다. 새, 나무, 개구리가 있는 개울, 벌레들의 합창 등 있는 그대로의 자연이 필요하다. 뜻밖의 순간들이 필요하다.

나는 뜬눈으로 잠자리에 누워서, 예전에 편과 같이 살고 싶은 트리하우스를 상상했던 것처럼 인간들이 사는 집을 설계한다. 영창 비슷하지만 훨씬 커서 방이 네 개고 화장실이 두 개다. 정문이 유일한 출입구다. 뒷벽은 방탄유리이고 8만 제곱미터 혹은 그보다 넓은 층층나무, 옻나무, 미역취, 덩굴옻나무 숲이 내다보인다. 내 상상 속에서는 인간들이 그 집 안에 갇혀 있고 침팬지들이, 이 센터에 있는 여섯 마리뿐 아니라 다른 침팬지들까지, 어쩌면 내 조카 베이즐과 세이지까지 그 땅을 마음껏 뛰어다닌다. 이게 꿈이라는 것이 이 대목에서 드러난다. 다 큰 수컷 두 마리를 좁은 공간에 함께 두겠다는 것은 끔찍하고 위험한 발상이다.

지난 몇 년 동안 침팬지가 무시무시한 공격을 감행한 사건이 몇 차례 보도된 바 있다. 나는 편을 무서워하지 않는다. 그래도 우리가 예전처럼 서로 만지고, 어깨동무를 한 채로 나란히 앉고, 한 사람인 양 몸을 포개고 걸을 일이 두 번 다시 없다는 것은 안다. 이 꿈속의 보호구역이 내가 상상할 수 있는 최상의 해결책이다. 전기가 흐르는 담벼락이 우리를 에워싸고 방탄유리가 우리를 가른다.

유치원 교사 연봉으로는 부족할 게 뻔했다. 일기를 어린이 책으로 출간하자는 것은 엄마의 아이디어였다. 엄마가 초고를 썼고 최종본도 대부분 엄마의 솜씨였지만, 즉흥적으로 편과 내 이름이 공동 저자로 표지에 올려졌다. 모든 수익금은 센터로 넘어가서 침팬지들의 야외 보호구역을 넓히는 기금으로 적립된다. 책마다 기부금 신청서도 첨부할 것이다.

출판사에서는 들뜬 모습으로 낙관적인 전망을 내놓는다. 내 여름 방학 즈음으로 출간 일이 정해졌다. 홍보부에서는 여러 곳에서 인터뷰 요청을 할 것으로 예상한다. 그 생각이 자꾸 머릿속에 떠오르면 공포가 엄습해서 라디오보다는 지면이, 텔레비전보다는 라디오가 낫고 아니면 이기적일지 몰라도 서평이 하나도 실리지 않았으면 좋겠다는 생각이 든다.

공포의 일정 부분은 나도 익히 잘 아는 노출에 대한 두려움에서 비롯된 것이다. 여름이 지나면 더 이상 숨을 수도, 못 본 체할 수도 없다는 생각을 하면 겁이 난다. 내 머리를 잘라주는 미용사에서부터 영국의 여왕에 이르기까지 전부 다 나를 알게 될지 모른다.

물론 진짜 내가 아니라 좀 더 상품성 있고 사랑하기 쉬운, 나의 포토샵 버전을 알게 될 것이다. 아이를 낳을 생각이 없는 내가 아니라 유치원에서 아이들을 가르치는 나를. 언니를 보낸 내가 아니라 언니를 사랑하는 나를. 나는 내가 진정한 나일 수 있는 곳을 아직 찾지 못했다. 여러분도 진정한 여러분이 된 적 없을지 모르겠지만.

예전에는 몽키 걸이 오직 나만 걱정하면 될 문제라고 생각했다. 하지만 이제는 그녀 때문에 모든 게 엉망이 될 수 있다는 것을 안다. 그러니까 노출에 대한 해묵은 두려움에 내가 몽키 걸을 얼마만큼 드러낼지 잘못 계산해서 일을 그르칠 수 있다는 두려움이 더해진다. 내가 무슨 짓을 하건 남들이 날 사랑하게 만들 수 있다고 장담할 수 있을 만한 근거가 없다. 자칫 잘못하면 중학교로 돌아갈 수 있다. 복도와 교실이 아니라 타블로이드 신문과 블로그로 이루어진 중학교로 말이다.

내가 여러분이 보는 텔레비전에 나온다고 가정해보자. 나는 최대한 다른 사람들처럼 행동할 것이다. 다른 사람들은 텔레비전 프로그램에서 그런 짓을 저질러도 축출당하지 않았지만, 나는 테이블 위로 올라가지 않고 소파에서 뛰지도 않을 것이다. 그래도 여러분은 속으로 이렇게 중얼거릴 것이다. 그것 참 이상하네. 보기에는 완벽하게 정상적이고 심지어 예쁜 구석도 있는데 어째 특이하단 말이지. 뭐가 어떻게 특이한지 콕 집어서 말은 못하겠지만…….

나를 보면 여러분은 조금 소름이 끼치면서 불쾌한 골짜기 반응이 나타날 것이다. 아니면 짜증이 날 것이다. 그런 사람이 한둘이 아니다. 다만 편에 대해서 안 좋은 편견은 품지 말아주었으면 좋겠다. 여러분은 그녀를 좋아하게 될 테니까.

엄마가 나 대신 언론 홍보를 맡아주었으면 좋겠지만 엄마는 아무 잘못 없는 희생자로 비쳐질 수 없다. 방청객들이 엄마에게 고함을 지를 것이다.

그래서 부딪쳐보려 한다. 블루밍턴의 시스터 액트에서 인간을 담당하고 있는 변화무쌍한 로즈메리 쿡이 본격적으로 시작해보려 한다. 나는 언니의 대변인이 될 것이다. 많은 사람들이 나를 보며 감탄할 것이다. 편은 배후의 세력자가 될 것이다. 그것이 우리의 계획이다.

그것이 우리의 계획이었다.

여섯

만약 여러분이 내 이야기에 거부반응을 느낀다면……

마담 드파르주를 빌려서 언니의 인생을 소개하겠다.

옛날 옛날에 엄마, 아빠, 아들 하나, 딸 둘, 이렇게 행복한 가족이 살 았어요. 언니는 똑똑하고 날렵했고 온몸이 털로 뒤덮였고 예뻤어요. 동생은 평범했고요. 그래도 부모님과 오빠는 그 둘을 똑같이 사랑했 죠.

그런데 이를 어쩌나! 어느 날 언니가 못된 왕에게 잡혀갔지 뭐예요. 왕은 언니를 아무도 만날 수 없는 감옥에 가두었어요. 거기서 빠져나 오지 못하게 주문을 걸었어요. 그리고 날마다 언니에게 정말 못생겼 다고 했죠. 얼마 안 있어서 못된 왕은 죽었지만 주문은 풀리지 않았어 요.

주문을 풀 수 있는 사람은 우리뿐이에요. 그 언니가 얼마나 예쁜지 알아주어야 해요. 감옥으로 쳐들어가서 언니를 풀어달라고 요구해야 해요. 우리가 들고일어나야 주문을 풀 수 있어요.

그러니까 들고일어나야 해요.

2011년 12월 15일자 《뉴욕 타임스》에 국립보건원에서 침팬지 생체 공학과 행동 연구에 더 이상 추가 보조금을 지급하지 않기로 결정했다는 기사가 실렸다. 향후에는 인류 보건상 필요한 연구에만 보조금을 지급하고 그 외에는 일절 지급하지 않을 예정이다. 두 가지 예외인 분야가 있다면 현재 진행 중인 면역 실험과 C형 감염 연구였다. 하지만 침팬지 연구는 대부분 전혀 불필요하다는 것이 이 기사의 기본 논조였다.

작은 승리였다. 편과 나는 샴페인으로 기사를 자축했다. 우리 아버지는 섣달 그믐날마다 우리에게 샴페인을 한 모금씩 주었다. 편은 그걸 마실 때마다 재채기를 했다.

편도 그랬던 걸 기억할지 궁금해진다. 승리 자축주를 새해 기념주로 착각하지 않으리란 건 분명하다. 센터에서도 명절을 쇠고 편은 명절의 순서를 정확하게 기억한다. 가면 쓰는 날이 먼저고 그다음이 새 먹는 날. 나무 장식하는 날이 먼저고 그런 다음에서야 잠 안 자는 날.

편이 어디까지 기억하는지 많이 궁금하다. 로웰은 편이 자기를 한눈에 알아보았다고 했다. 엄마는 자기를 모르더라고 했다.

교토대학교의 연구 결과에 따르면 몇몇 단기기억 실험에서는 침팬지들의 능력이 인간보다 우수한 것으로 밝혀졌다. 훨씬 우수하다. 차원이 다를 정도다.

장기기억은 연구하기가 좀 더 까다롭다. 1972년에 엔델 툴빙은 **일화기억**이라는 용어를 만들었는데, 이것은 과거에 겪은 사건의 시·공간적인 정보(언제, 어디서, 무엇을)를 자세히 기억해두었다가 나중에 일종의 정신적인 시간 여행을 떠나는 것처럼 다시 음미할 수 있는 능력을 의미한다.

1983년에 그는 이렇게 썼다. "다른 동물들도 경험을 통해 배우고 경험을 활용하며, 적응하고 조절하고 문제를 해결하고 판단을 내리는 능력을 습득할 수 있지만 머릿속에서 과거로의 여행을 떠나지는 못한다." 그의 주장에 따르면 일화 기억은 인간만이 누리는 선물이다.

그가 무슨 수로 그 사실을 알아냈는지는 불분명하다. 우리 인간들이 이것이 바로 우리들만의 능력이라고 선언할 때마다—털 없는 두발 보행, 도구 사용, 언어—다른 종족이 달려와서 냉큼 낚아채는 느낌이다. 만약 겸손이 인간의 특징이었다면 오랜 세월을 거치면서 좀 더 신중해지는 법을 터득했을 텐데.

일화 기억은 주관적인 측면이 있다. '과거라는 느낌'과 자신의 기억이 정확하다는, 때로는 잘못된 자신감이 일화 기억과 한 세트다. 다른 종족의 내면성은 절대 관측이 불가능하다. 그렇다고 해서 다른 종족에게는 내면성이 없다는 것은 아니다. 있다는 것도 아니다.

제대로 된 일화 기억—언제, 어디서, 무엇을 했는지 잊지 않고 기억하는 능력—의 증거를 보여주는 종족들도 있다. 특히 미국어치의 데이터는 설득력이 있다.

인간들은 사실상 '언제'를 기억하는 능력이 떨어진다. 하지만 '누구'를 기억하는 능력은 아주 훌륭하다. 사회적 동물인 침팬지들도 똑같지 않을까 싶다.

펀은 우리를 기억할까? 기억하지만 우리가 기억 속의 그들이라는 걸 모를까? 우리의 모습은 분명 전과 다를 테고 어린아이들도 자란다는 것을, 인간들도 침팬지처럼 나이를 먹는다는 것을 펀이 아는지 모르겠다. 22년이 지난 일을 침팬지가 어느 정도 기억하는지에 대해서 연구한 자료를 찾지 못했다.

그래도 나는 펀이 우리가 누군지 안다고 믿는다. 결정적이지는 않을지 몰라도 강력한 증거가 있다. 아버지의 환영 때문에 강하게 주장하지 못할 따름이다.

일곱

다시 올해 2월의 이야기로 돌아가자면 홍보부 직원이 오전 내내 주요 언론의 인터뷰 문의가 쇄도했다는 놀랍고도 달갑지 않은 소식을 전했다. 그러면서 낯익은 이름들—찰리 로즈, 존 스튜어트, 바버라 월터스,《더 뷰》—을 줄줄이 늘어놓았다. 그녀는 출판사에서 출간일을 앞당길 수 있는지 알아보고 있는데 내 생각은 어떠냐고 물었다. 협조해줄 수 있겠느냐고 했다. 이런 소식을 전하는 그녀의 목소리가 이상하게 나지막했다. 로웰이 드디어 잡혔다는 소식은 그렇게 내게 전달되었다.

그는 올랜도에서 체포되었고, 경찰 측 주장에 따르면 대략『전쟁과 평화』분량의 혐의 목록도 모자라서 시월드 습격 작전을 실행에 옮기기 직전이었다고 했다. 그걸 자기들이 간신히 저지했다고 했다.

신원을 알 수 없는 여자 공범은 아직 체포되지 않았다.

엄마와 내가 일기장을 출간하기로 결정한 이유는 펀 때문이었다. 엄마의 두 일기장은 한데 묶여서 귀엽고 유쾌한 어린이 책으로 다시 태어났다. "펀과 로즈메리는 자매예요. 두 사람은 시골의 큰 집에서 함께 살아요." 그 이야기에는 구운 칠면조처럼 팔다리가 묶인 여자도, 죽임을 당한 새끼 고양이도 등장하지 않는다. 전부 다 실화이지만—완벽한 실화다—실화를 있는 그대로 소개하지는 않는다. 아이들이 좋아할 만한 수준으로, 펀을 생각했을 때 적당한 수준으로 소개한다.

로웰이 보기에는 부족할 것이다.

그래서 이번에는 그를 위한 이야기를 하려고 한다. 하지만 이것은 펀을 위한 이야기이기도 하다. 다시 펀이다. 펀은 어디든 빠지는 법이 없다.

오빠와 언니는 남다른 인생을 살았지만 직접 경험하지 않은 내가 그 부분에 대해서 들려줄 수는 없다. 나는 지금까지 내가 들려줄 수 있는 부분, 내가 등장하는 부분만 고수했는데, 그랬는데도 전부 다 그 두 사람에 대한 이야기뿐이고 그 두 사람이 있어야 하는 자리를 분필로 그려놓았다. 아이는 셋인데 이야기는 하나다.

내가 화자로 나선 이유는 딱 한 가지, 현재 우리 안에 갇히지 않은 사람이 나 혼자이기 때문이다.

나는 반평생 동안 펀과 로웰과 내 이야기를 하지 않으려고 애를 쓰며 지냈다. 말문이 트이려면 연습이 필요할 것이다. 내가 지금까지 한 이야기를 연습이라고 생각해야겠다.

지금 우리 가족에게 필요한 것이 뭔가 하면 엄청난 수다쟁이이니 말이다.

여기서 로웰의 결백을 주장하지는 않겠다. 그는 시월드 범고래 공장을 피도 눈물도 없는 흉물이라고 생각했을 것이다. 시월드에서 범고래가 또다시 죽어나가기 전에 막아야 한다고 생각했을 것이다. 그리고 그렇게 생각하는 것으로 그치지 않았을 것이다.

따라서 경찰 측 주장이 사실일 거라고 예상하지만, '시월드 습격'이 폭탄 투척을 의미할 수도 있고 벽면에 낙서를 그리고 반짝이를 뿌리고 크림 파이를 던지는 것을 의미할 수도 있다. 정부에서는 항상 이 둘을 명확하게 구분하지 않는 듯하다.

로웰이 심각한 피해를 입힐 생각은 없었을 거라고 주장하려는 건 아니다. 인간의 언어는 돈이라고, 로웰이 아주, 아주 오래전에 내게 말한 적이 있었다. 인간들과 대화를 나누고 싶으면 그들의 언어를 배워야 하는 법이다. 그저 인간이 됐건 뭐가 됐건 동물을 해치지 않는 것이 동물해방전선의 원칙이라고 이 자리에서 다시 한 번 짚고 넘어가고 싶을 따름이다.

로웰이 좀 더 일찍 잡혔더라면 차라리 나았겠다는 생각이 든다. 1996년에, 혐의 목록도 짧고 이 나라의 분위기도 좀 더 민주적이었던 그때 내 손으로 경찰에 넘길 걸 그랬다는 생각이 든다. 그래도 징역을 살았겠지만 지금쯤이면 출소해서 우리와 함께 살고 있었을 것이다.

1996년에는 테러 혐의자도 헌법에 규정된 권리를 보장받았다. 로웰은 수감된 지 3개월째인데 아직 변호사도 만나지 못했다. 정신 건강도 좋지 못하다.

내가 듣기로는 그렇다. 엄마와 나에게도 면회 허가가 떨어지지 않았다. 최근에 찍은 사진이 신문과 인터넷에 실렸다. 어느 모로 보나 테러리스트다. 산발한 머리, 듬성듬성한 수염, 움푹 꺼진 눈. 연쇄 소포 폭탄 테러범의 눈빛. 기사를 읽어보니 체포된 이래 지금까지 한마디도 하지 않았다고 한다.

모두들 그의 침묵에 영문을 몰라 하지만 내가 보기에는 왜 그러는지 그보다 더 분명할 수가 없다. 16년 전에 마지막으로 만났을 때 그는 반쯤 넘어간 상태였다. 이제 로웰은 완전히 동물의 신분으로, 비인간인격체의 신분으로 재판을 받기로 작정한 것이다.

예전에도 비인간인격체가 법정에 선 적이 있었다. 이론의 여지가 있기는 하지만 동물해방전선이 미국에서 벌인 첫 번째 사업이 1977년, 하와이대학교에서 돌고래 두 마리를 석방시킨 것이었다. 범인들은 중절도죄로 기소되었다. 그들은 돌고래도 인격체라고(한 피고는 돌고래 옷을 입은 인격체라고 했다) 항변했지만 법정에서 금세 기각되었다. 법정에서 판단의 근거가 된 인격체의 정의가 무엇이었는지 모르겠다. 돌고래는 안 되지만 기업은 되는, 그런 거였을까?

2007년에 빈에서는 마티아스 히아슬 판이라는 침팬지를 대신해서 소송이 제기된 적이 있었다. 오스트리아 대법원에서는 그가 인격체가 아니라 사물이라는 결론을 내리며, 인격체도 아니고 사물도 아닌 제

삶의 범주가 없다는 데 유감스러워했다.

비인간인격체는 유능한 변호사를 선임하는 편이 좋다. 1508년에 바르톨로메 샤스네는 프랑스 어느 지역의 쥐들을 유창하게 변론한 덕분에 명예와 부를 거머쥐었다. 쥐들이 보리를 망가뜨리고 법정에 출두해서 변론하라는 법원의 소환 명령을 무시한 혐의로 기소당한 사건이었다. 바르톨로메 샤스네는 법원에서 그 동네 고양이들의 공격을 피할 수 있도록 합당한 보호책을 마련해주지 않았기 때문에 쥐들이 법정에 출두하지 못한 거라는 주장을 펼쳐 변론에 성공했다.

나는 최근에 토드의 어머니와 연락을 주고받았고 그녀가 로웰의 변론을 맡아줄 것 같다. 그녀도 관심을 보이지만 복잡한 사건이라 시간이 좀 걸릴 가능성이 크다. 돈이 상당히 많이 들 것이다.

늘 돈이 문제다.

토머스 모어의 『유토피아』에는 돈도 사유재산도 없다. 인생의 모진 측면들로부터 보호받아야 할 유토피아인들에게 돈이나 사유재산 같은 것들은 너무 추한 개념이다. 전쟁이 나면 자폴렛이라는 대기 중인 용병들이 대신 싸워준다. 고기는 노예들이 잡아준다. 토머스 모어는 이런 일들을 직접 하면 유토피아인들이 예민한 성정과 자비로운 연민의 정을 잃지 않을까 걱정한다. 자폴렛들은 살육과 약탈을 즐긴다는데 도축이 노예들에게 미치는 영향에 대해서는 아무 논의가 없다. 모든 이에게 유토피아인 유토피아는 없다.

다시 로웰의 얘기로 돌아가자면 그는 공장식 축산 농장과 화장품회사, 제약회사의 실험실에서 몇십 년 동안 첩자로 활동했다. 그러면서 우리는 보지 않으려는 것들을 보았고, 아무도 할 필요 없는 일들을 감행했다. 자기 가족과 미래를 희생하고 이제는 자유까지 제물로 바쳤다.

모어라면 그렇게 규정하고 싶을지 몰라도 그는 인간 말종이 아니다. 공감 능력, 연민, 의리, 사랑과 같은 그의 가장 훌륭한 장점, 인간으로서 가장 훌륭한 장점들이 빚은 직접적인 결과물이 그의 인생이다. 그것만큼은 인정해야 한다.

오빠도 언니처럼 자라면서 점점 위험해진 건 맞다. 그래도 그들은 우리 가족이고 그들을 돌려받고 싶은 것이 우리의 심정이다. 그들은 여기, 우리 집에 있어야 한다.

알고 보니 이야기의 중반부는 내가 어렸을 때 생각했던 것보다 훨씬 자의적인 개념이다. 아무 데나 중반부라고 할 수 있다. 도입부도 그렇고 말미도 그렇다. 내 이야기는, 내 이야기 속의 사건들은 아직 끝나지 않았다. 그냥 나의 내레이션만 끝난 거다.

얼마 전에 있었던 일을 소개하면서 나의 내레이션을 마칠까 한다. 22년 동안 떨어져 지내다 언니를 처음으로 다시 만난 순간을 끝으로 나의 내레이션을 마칠까 한다.

그때 나의 심정을 말로는 표현할 수 없다. 어떤 단어로도 부족하다. 내 몸속에 들어오지 않는 이상 어떤 심정이었는지 어느 누구도 100퍼센트 이해할 수 없다. 그래도 우리가 어땠는지 이야기해 보겠다.

그 무렵 어머니는 편을 찾아가기 시작한 지 2주쯤 지났다. 우리는 둘이 한꺼번에 찾아가면 편이 너무 흥분할 수 있다는 판단 아래 나는 기다렸다가 나중에 찾아가기로 했다. 엄마에 대한 반응이 그렇게 싸늘했으니 나는 좀 더 오래 기다렸다. 편과 수화로 서로 대화를 나누기 시작하고 며칠 지났을 때 어머니가 그녀에게 내가 만나러 올 거라고 알렸다.

나는 몇 가지 물건들을 먼저 보냈다. 그녀가 혹시 기억할 수 있으니까 내가 예전에 애지중지했던 펭귄 인형 덱스터 포인덱스터를 보냈고, 내 체취가 남았을 테니까 내가 마르고 닳도록 입었던 스웨터를 보냈고, 빨간색 포커 칩도 보냈다.

나는 직접 만나러 나섰을 때 빨간색 칩을 하나 더 챙겼다. 면회실에 들어가보니 편이 저쪽 벽 앞에 앉아서 잡지를 보고 있었다. 처음에는 다른 침팬지들보다 높고 모양이 둥그스름한 귀 하나로 그녀의 정체를 파악했다.

나는 공손하게 허리를 숙이고 우리 둘 사이에 놓인 유리벽 쪽으로 걸어갔다. 그녀가 내 쪽을 쳐다보자 그녀의 이름과 내 이름 로즈메리를 수화로 이야기했다. 그런 다음 한가운데 포커 칩을 얹은 손바닥을 방탄유리벽에 댔다.

편은 무겁게 몸을 일으켜 내 쪽으로 다가왔다. 그 큼지막한 손을 내 손 맞은편에 대더니 그러면 포커 칩을 가져갈 수 있기라도 한 것처럼 손가락을 살짝 구부려서 유리를 긁었다. 내가 남은 한 손으로 내 이름을 다시 한 번 수화로 이야기하자 그녀도 자기 손으로 똑같이 했지만, 나를 기억해서 그러는 건지 아니면 그냥 예의상 그러는 건지는 알 수 없었다.

그러다 잠시 후에 그녀가 유리에 이마를 댔다. 나도 똑같이 따라했고 우리는 한참 동안 얼굴을 맞대고 그렇게 서 있었다. 그 각도에서는 시야가 눈물로 얼룩져서

그녀의 눈과

벌름거리는 콧구멍과

턱과 귓가에 듬성듬성 난 털과

위아래로 보일락 말락 하게 움직이는 둥그스름한 어깨와

입김이 서렸다 사라지는 유리벽만

눈앞에 조각조각 둥둥 떠다닐 따름이었다.

그녀는 무슨 생각을 했고 어떤 심정이었는지 알 수는 없었다. 그녀의 몸은 내 눈에 낯설게 변했다. 하지만 나는 그녀의 모든 것을 알아볼 수 있었다. 내 언니 편. 이 넓은 세상을 통틀어 단 하나뿐인 나의 빨간색 포커 칩. 나는 꼭 거울을 들여다보는 듯한 심정이었다.

감사의 말

이 자리를 빌려 감사의 인사를 전해야 할 사람들이 정말, 정말 많다.

워싱턴 주 엘렌즈버그의 침팬지와 인간 커뮤니케이션 연구소에 있는 타투, 다르, 룰리스 그리고 인간인격체들.

나를 격려하는 사람들과 나만의 공간이 필요했을 때 두 가지 모두 지원을 아끼지 않았던 헤지브룩 휴양소 직원들과 나와 함께 그곳에 묵었던 사람들, 그중에서도 특히 친구로서 응원을 아끼지 않았던 루스 오제키.

궁지에서 벗어나 이 작품으로 향하는 길을 가르쳐주었던 사랑하는 내 친구 팻 머피와 엘런 클레이지스.

블루밍턴 관련 자료 조사를 훌륭하게 마친 메건 피츠제럴드.

나를 대신해서 이런저런 것들을 알아봐준 수많은 독자들, 앨런 엘

름스, 마이클 블룸라인, 리처드 루소, 데비 스미스, 도널드 코치스, 카터 숄츠, 마이클 베리, 세라 슈트라이히, 벤 오를러브, 클린턴 로렌스, 멀리사 샌더셀프, 잰더 캐머런, 앵거스 맥도널드.

원고를 처음부터 끝까지 여러 번 읽고 날카로운 지적으로 많은 도움을 주었던 미카 픽스, 질 울프슨 그리고 엘리자베스 매켄지.

칼라 프리세로 박사의 동물이론 관련 저서와 강연도 많은 도움이 되었다.

웬디 웨일과 웨일 에이전시의 전 직원과 위대한 메리언 우드에게도 진심 어린 감사의 뜻을 전하고 싶다.

하지만 누구보다 고마운 사람은 딸이다. 어느 해 새해 선물로 이 책에 대한 아이디어를 주었고, 글을 쓰는 내내 훌륭한 피드백을 주었다. 딸과 아들 모두 1990년대 중반의 대학교가 자기들에게 어떤 식으로 느껴지는지 유용한 정보를 제공하는 동안 옆에서 남편은 평소처럼 응원을 아끼지 않았다.

영국에서 가장 권위 있는 문학상으로 꼽히는 맨부커상은 2014년부터 미국 작가들에게도 문호를 개방하고 있다. 원년인 그해에 두 편의 미국 작품이 최종 후보작으로 선정되는 영예를 누렸는데, 그 가운데 한 작품이 바로 『우리는 누구나 정말로 어찌할 바를 모르고 있다』다. 이 작품은 지금까지 여섯 편의 장편소설과 세 권의 단편집을 출간한 캐런 조이 파울러의 신작이다. 전작인 『시스터 눈Sister Noon』이 2001년 펜/포크너상 소설 부문 최종 후보작으로 선정되었고 단편집 『블랙 글래스Black Glass』는 1999년에 세계판타지상을, 『내가 보지 못한 것과 그 밖의 다른 이야기들What I Didn't See and Other Stories』은 2011년에 세계판타지상을 수상한 것을 보면 알 수 있다시피 캐런 조이 파울러는 순문학과 장르문학을 넘나들며 "어느 누구도 이보다 더 매력적인 인물을 이보다 더 예리하고 이보다 더 따뜻하게 그려낼 수는 없다"는 평가를 받은 작가다. 우리나라 독자들에게는 13주 동안 《뉴욕 타임스》 베스트셀러에 올랐던 『제인 오스틴 북클럽』으로 널리 사랑을 받았지만, 『제인 오스틴 북클럽』을 기억하고 그와 유사한 분위기를 기대했던 독자라면 당황할 수도 있겠다. 마지막 책장을 덮었을 때 자칫 마음이 무겁고 착잡해질 수도 있으니 말이다.

사실 저자의 아버지도 이 작품 속 로즈메리의 아버지처럼 인디애나대학교에서 동물의 행동을 연구한 심리학 교수였다. 그녀가 이 책의 아이디어를 얻은 것도 딸과 함께 인디애나대학교 교정을 걸으며 어린 시절의 추억을 들려주다 켈로그 부부가 벌인 실험 이야기를 꺼냈을 때 딸이 "우와, 자식을 침팬지랑 같이 키워도 아무 문제가 없다고 생각하는 부모 밑에서 자라면 어떤 심정일까요? 그걸 책으로 한번 써보세요"라고 했기 때문이었다. 그녀는 여섯 살 때부터 동물의 지능이 어느 정도인지를 놓고 아버지와 설전을 벌였다. 아버지의 무기는 과학적으로 엄선한 정보였고 그녀의 무기는 집에서 기르던 개와 고양이, 새, 쥐를 개인적으로 관찰하고 내린 결론이었다. 언뜻 보기에는 일방적인 참패가 예상되지만 그녀의 주장에 따르면 팽팽한 접전이었다고 한다. 따라서 이 작품은 어쩌면 그녀가 아버지의 영전에 바치는 체계적인 반론일 수도 있겠다.

실제로 영국에서는 2012년에 출판계와 영화계의 스타였던 님 침스키의 일대기를 다룬 다큐멘터리가 상영된 적이 있었다. 님은 유인원에게도 인간의 언어를 가르칠 수 있는지를 알아보는 실험 대상으로 뉴욕에서 라파지 가족과 몇 년 동안 함께 지내다 실험 결과가 실망스러운 수준이라는 결론이 내려지자 영장류 연구소로 보내졌다. 결국에는 스물여섯이라는 이른 나이에 눈을 감았는데 일설에 따르면 사망원인이 상실에 따른 정신적인 상처였다고 한다.

지구의 역사를 24시간으로 환산하면 호모 사피엔스가 등장한 시점은 23시 59분 59초라고 한다. 그러니까 지구의 관점에서 보자면 인간은 풋내기 중에서도 풋내기인데, 그런 풋내기가 이 지구라는 공간과 그 공간을 함께 쓰는 다른 종족들을 상대로 몹쓸 짓들을 참 많이도 저지르고 있다. 온갖 방식으로 자행되는 환경오염과 동물 학대를 무슨 수로 합리화할 수 있을까.

우리는 인간과 비인간의 차이점에 집착한다. 우리도 같은 동물임에도 굳이 그 사이에 선을 긋고 만물의 영장을 자처한다. 우리만 할 수 있고 그들은 할 수 없는 것에 방점을 찍는다. 하지만 생각해보면 정말이지 자의적이고 주관적인 방점이다. 이 작품 속에서 작중 화자의 오빠인 로웰은 의미심장한 발언을 한다. 왜 펀에게 우리의 언어를 가르치려고만 하고 우리가 그들의 언어를 배울 생각은 하지 않았느냐고 말이다. 나는 그 대목을 읽었을 때 내가 지금까지 당연하게 여겨왔던 무언가가 깨지는 느낌을 받았다. 자료를 찾아보니 1930년대에 자기 아들 도널드와 암컷 침팬지 구아를 쌍둥이처럼 길렀던 켈로그 부부의 실험이 조기에 막을 내린 이유도 구아만 도널드의 습성을 따라 하는 게 아니라 도널드도 구아의 습성을 따라 하는, 전혀 상상하지도 못했던 양상이 드러났기 때문이라고 한다. 우리가 다른 종족들을 상대로 몹쓸 짓들을 저지르는 것도 우리는 그들과 다른 특별한 존재라는 오만함에서 비롯된 행동일지 모른다.

이 작품을 한창 번역하고 있을 때 딸아이가 동물 실험을 주제로 글을 써야 하는데 어떻게 쓰면 좋을지 모르겠다며 도움을 청했다. 나는 이 책에 나오는 브리치스 이야기를 들려주었다. 시각장애인으로 태어난 갓난아이들을 위해 고안된 음파 장비를 시험하기 위해 태어난 날 곧바로 두 눈을 봉합당한 짧은꼬리원숭이 말이다. 딸아이는 인간이 그렇게 잔인할 수 있다는 데 충격을 받은 눈치였다. 이 작품의 작중 화자인 로즈메리는 심란한 일이 벌어지면 잠을 자버리는, 그래서 잊어버리는 수법을 애용한다. 우리도 인간의 만행이 도마 위에 오르면 로즈메리처럼 잠을 자버리는 건 아닌지 모르겠다. 그렇게 못 들은 척하는 건 아닌지 모르겠다. 이 책의 저자는 어느 언론과의 인터뷰에서 이런 말을 남겼다. "이 세상은 복잡하고 놀라우며 끔찍할 때도 많고 아름다울 때도 많은 곳이다. 이 세상을 그 상태 그대로 보존했으면 좋겠다. 우리만 여기서 사는 게 아니지 않은가."

영국 작가들은 계층 이야기에 집착한다면 미국 작가들은 가족 이야기에 집착한다는 우스갯소리가 있는데 캐런 조이 파울러도 미국 작가인지라 이 작품에도 가족 이야기가 등장한다. 남들은 어떻게 생각했을지 몰라도 펀이 이들에게는 딸이자 동생이자 언니였기에 어느 날 갑자기 그녀가 사라졌을 때 그 충격으로 이 가족은 풍비박산이 난다. 아버지는 알코올중독자가 되고, 엄마는 우울증에 걸리며, 로웰은 집을 나가서 FBI에게 쫓기는 신세가 된다. 그리고 말하기 올림픽에 나가면 금메달감이라는 소리를 듣던 로즈메리는 입을 닫아버린다. 자신이 입 방정을 떠는 바람에 편이 쫓겨났다는 죄책감 때문이다. 하지만 엉뚱한 사건을 통해 근 20년 동안 눌러왔던 감정의 봇물이 터지면서 자신을 이해하고 용서하는 계기가 마련된다. 그리고 자신에게 맡겨진 '기억 전달자' 또는 '기억 기록자'로서의 소임을 다하기로 한다. 로즈메리의 꽃말이 '나를 기억해요'인 것은 우연의 일치가 아니었다.

영화 〈메멘토〉에서도 이야기하다시피 기억은 기록이 아니라 해석이다. 로즈메리는 그 사실을 깨달았을 때 비로소 닫았던 말문을 열 수 있었다. 조금 더 일찍 깨달았더라면 얼마나 좋았을까 하는 아쉬움이 있긴 하지만 뭐, 괜찮다. 이 작품의 마지막 장면을 보면 알 수 있다시피 너무 늦지는 않았으니까.

우리는 누구나 정말로
어찌할 바를 모르고 있다

초판 1쇄 펴낸날 2016년 1월 18일

지은이 캐런 조이 파울러
옮긴이 이은선
펴낸이 양숙진

펴낸곳 (주)현대문학
등록번호 제1-452호
주소 06532 서울시 서초구 신반포로 321(잠원동, 미래엔)
전화 02-2017-0280
팩스 02-516-5433
홈페이지 www.hdmh.co.kr

© 2016, 현대문학

ISBN 978-89-7275-766-5 03840

* 책값은 뒤표지에 있습니다.